褚钰泉（1944–2016）

褚钰泉编辑随笔选

褚钰泉——著

二十一世纪出版社集团
21st Century Publishing Group
全国百佳出版社

目　录

序

正　编

阿昌逛书市

1985年

1986年

2000 年

2001 年

2002 年

书林短笛

《悦读》卷首语

2010 年

2011 年

2012 年

2013 年

2014 年

2015 年

2016 年

副　编

雪泥鸿爪

序　一

陈铁健

褚钰泉一生，从童年、少年、青年、中年到老年，以书为伴侣，为职守，为终极，直至七十岁远行不归。从四十岁起，他把心血精力完全用到编报编书上。1985年创办《文汇读书周报》，及至风生水起时竟被逐出。马上又创编《悦读》，刚出三卷，就被同一领导人叫停。幸承二十一世纪出版社集团张秋林伸出援手，鼎力支持，钰泉得以续编《悦读》四十四卷。三十年衷心不改，他把至爱之情献给愉快读书的千万读者，全心全意做一个天下最好的主编，他真的做到了最好。

今天，2016年11月21日，离褚钰泉猝亡的2016年1月9日，已有三百多天。恰值雪夜晨风，云暗天低，衰叶满地，一片萧瑟。此时，面对二十一世纪出版社寄来的钰泉三十年编辑随笔选，格外怅然神伤。但当一篇篇诵读下去时，惆怅不再，欣悦随之。钰泉笔下文字几乎篇篇言之有理，头头是道，让我直感他的稳炼、直朴和智慧。

《阿昌逛书市》，每周一文，连绵八百周作文八百篇。每篇几百字，七天功夫，那构思锤炼时间当是足够的。逛书市，游走基层，才可能踞高望远。钰泉身在上海，思接八方，京畿中原，东北西南，东南西北，直到海南港台，莫不在其视野之内。文中反复出现的是书，是与书相关的编书、译书、写书、买书、售书、发书、藏书、读书；是美书、丑书、烂书、禁书、关系书、献礼书、应景书；是书店、书摊、书展、书城、书价；是图书馆、文化馆、博物馆、文化街；是作者稿酬、“文化掮客”、图书品位、出版规划、降低书价、广开渠道、消减库存……凡与书相关的一切，都在钰泉思索和求变中。

钰泉著文如行云流水，娓娓而谈；短文难写，他却能片言居要，从不浪费笔墨。写的是书籍刊物，同时也是引人入胜的美文。有说理，有品评，有纪念，有追怀。其美不在花哨，不在张扬，而在素朴，在率真。读来不觉琐碎干燥、板滞繁缛，而是如听弦歌，声声入耳，如啖甘果，津津有味。钰泉博览古今中外经典，随意拈出一句嘉言，便令读者分享他的富有和聪慧。

钰泉笔下不仅谈书，而且论世。官场之腐，吏员之庸，史书之伪，艺文之滥，文明之劫，“运动”之恶，社会之疾，疮痍之源，其见解之独到与深刻，如利刃断铁风骨卓然。本书编者从《阿昌逛书市》八百篇中选出两百余篇，删去的五百多篇不少是“时代性太强”的篇什，足证智者钰泉又是一位勇者。智勇兼备的文化人，今天越发少见，与那些匍匐膜拜、颂圣阿世之徒相比，钰泉屹立不凡，堪称当世书界楷模。

京城秋尽冬来，霾天不止，抵住袭人的寒意，翻看钰泉遗作，温寻着往日情怀。五天的埋首阅读，积成十页笔记，写成这篇小序，作为对《悦读》主编的三百天祭。

行将收笔，心上仍有一丝可以追怀又难以排遣的怆然未尽之感。

改定抄清于 2016 年 11 月 29 日

序　二

郝铭鉴

和钰泉兄相识，说来是有点偶然的。一九六八年秋天的一个晚上，我去了位于圆明园路的《文汇报》，拜访文艺部的一位编辑。不巧，这位编辑不在办公室，接待我的是个年轻人，他招呼我坐下来等一会。我是第一次去《文汇报》，想见的编辑其实并不熟悉，未免显得有点局促。年轻人也许看出了苗头，没过一会便停下手中的活儿，移座过来和我攀谈。这份善意颇让我感动。这个年轻人便是褚钰泉，刚从复旦大学分到报社。当时，我也是刚从上海师院分到出版社。相同的二十几岁年龄，相同的中文系学科背景，相同的文化宣传单位，两人一下子如老友重逢一般，有了很多共同的话题。于是你一句，我一句，越谈越投机，越谈越亲近，不知窗外夜色之已深。我在离开报社时，想见的编辑并未见到，但我已经毫无遗憾。从此，我在《文汇报》有了一个朋友，一个可以交往一生的朋友。

中国出版一九七八年下半年开始复苏，一九八二年后进入了快车道。随着“文化禁锢主义”的结束，我们告别了“书荒”年代，迎来了百花争艳的春天。品种日益丰富的图书，激发了群众的读书欲望；群众日益高涨的读书热情，又进一步推动了中国出版。当读书成了全社会的精神需求时，指导读书、提升读书便成了一种文化使命。正是在这样的背景下，钰泉兄挺身而出，以高度的文化自觉，提出了创办《文汇读书周报》的设想。我至今还能感觉得到，他在筹办期间的那种兴奋状态。一九八五年一月二十五日周报“试刊号”印出，本人忝为作者之一，曾在中午赶到报社，只见钰泉兄拿着还散发着油墨香的“试刊号”，翻过来覆过去，盯着看个不停，仿佛在抚摸一个刚坠地的新生儿。我想，这时他的心中，一定在憧憬着周报的未来、读书的未来。

一九八零年代确实是一个值得怀念的年代。全国有一批读书报纸、读书刊物相继问世。电台、电视台也开办了读书栏目。社会上的读书活动风起云涌。无疑，《文汇读书周报》是其中的佼佼者，是读书风尚的引领者。它自创刊之日起，始终办得堂堂正正，实实在在，无论是泡沫图书泛滥，还是市场经济冲击，从不随人俯仰，跟风浮沉。它不屑于“老王卖瓜，自卖自夸”，不屑于“名人秘闻，明星艳史”。这是一份有个性的报纸，一份有内涵的报纸，一份有风骨的报纸。作为读者兼朋友，透过报纸的字里行间，我看到了钰泉兄的身影。钰泉兄用十六年的时间主编《文汇读书周报》，十年的时间主编《悦读》，这是他生命中的两座丰碑。主编《文汇读书周报》期间，编辑部成了他的家。我经常晚上去看他，再晚办公室里也亮着灯光。主编《悦读》期间，他一个人在上海、江西两地穿梭，编辑事务头绪繁多，他却甘之如饴，不知疲倦二字。称他为“天下最好的主编”，当非溢美之辞，十六年的《文汇读书周报》可以作证，十年的《悦读》可以作证。

钰泉兄是名副其实的读书种子。他读书、爱书、懂书，视书如命。他曾说过，“平生最大的爱好就是逛书店”。在出版社的新书发布会上，一般见不到他；但在书店里却常常能和他不期而遇。他喜欢用自己的眼光访书、买书、评书。自从有了独立的办公室之后，我只觉得他的脸越来越圆，书越积越多。办公桌上是书，沙发上是书，墙角里是书，连坐椅边也堆满了书。有时他低头处理稿件，你会一下子看不到他人在哪里。别人是坐拥书城，他是坐埋书堆。我曾对他说，你这里太乱了，帮你理一下吧。他说，千万别理！这里每一本书都有故事。确实，每次去看他时，他总是兴致勃勃地介绍这本书，推荐那本书，娓娓道来，如数家珍。有次我说起想买一本《阅读史》，跑了两家书店都没觅到，他当即告诉我说，河南路书店有货呀，后来果然在那里买到了。我惊讶他对书店熟悉的程度。难怪他多次撰文，批评一问三不知的“稻草人”营业员。

主编是报纸的灵魂，言论则是版面的灵魂。《阿昌逛书市》正是这样的言论栏目。当年我曾多次向上海和外地的同行推荐这个栏目。我把它比喻为是“出版界的气象站”。虽然一篇只有几百字，文字也朴实无华，但它有感而发，往往能一针见血，入木三分。读者的坦率、记者的敏锐、论者的犀利在此融为一体。它能让出版人的感觉变得更加细腻，头脑变得更加清醒。尤为难得的是，十六年间写了近千篇文章，立场和观点一以贯之，不为风向所左右，不因人事而摇摆。收在本书中的文字，发表时都曾读过，如今集中重温，既亲切又伤感，别有一番滋味在心头，更感受到了钰泉兄关注出版的拳拳之心。书中几乎每一篇文章，都能勾起我的一段回忆。随着《艾科卡自传》《自我论》《第二性——女人》《查特莱夫人的情人》《官场病》《山坳上的中国》等等轰动一时的书名一个个出现，我有一个强烈的感觉，这与其说是一个人的随笔集，不如说是一部当代出版史。钰泉兄的笔下，为中国当代出版保存了大量鲜活的史料。从出书结构到图书品格，从书籍设计到图书定价，全都是逛书店获得的第一手材料，不能不说弥足珍贵。

钰泉兄说话慢声细语，待人真情实意，恂恂然有君子风。但他是性情中人。他有温润如玉的一面，也有强硬似铁的一面。钰泉兄做人是有自己的底线的。他可以掏心掏肺地为你献计献策，但一旦见到《我如何一夜成名》这类不知羞耻的书，见到《说谎和反说谎》这类教唆堕落的书，会立即拍案而起，怒不可遏。钰泉兄的身上，更有一种可贵的正义感，喜欢打抱不平。上海一位女作家的长篇小说，被本地某出版社以格调不高为由退稿，后在外地出版却大获好评。钰泉兄了解情况后，对上海的取稿标准公开提出质疑。我曾想为此事从中调停，钰泉兄丝毫不给面子。此事曾在业界造成很大影响。另有一次，为某高校的一本书评奖事，钰泉兄和我持有不同意见，一言不合就在报刊上公开论战。双方在文章中冷嘲热讽，充满了火药味。但我们见面时，却似乎什么事也没有发生。于理，寸步不让；于情，不存芥蒂。这就是钰泉兄的可敬可畏之处。斯人已去，风范犹存，思之泫然。

二零一六年一月六日，《编辑学刊》召开编委会，钰泉兄准时到场。那天他就坐在我的旁边。他和大家寒暄，谈笑风生，未见一点疲态。他答应一回家就帮我补寄漏掉的《悦读》。我趁便向他约稿，请他写《我是怎样编〈文汇读书周报〉的》。想不到三天以后，竟会因心脏病与世长辞！这一残酷的消息传来，人们实在无法相信。听到噩耗的第二天，收到了他生前寄出的《悦读》，我的眼泪夺眶而出。天妒英才，情何以堪！坦荡一生，仰之弥高。且让我们一起重温他的遗作，缅怀这位一辈子和书打交道的重量级的读书人吧。

2016年12月4日

序　三

张秋林

冥冥之中，我与褚钰泉兄有着一种因缘。

这因缘要上溯到 1985 年。对于钰泉兄和我，那是我们后来得以相识、相知、相契的起始。

1985 年 3 月，钰泉兄年届“不惑”，他和同事创办了《文汇读书周报》，这是全国第一份由媒体创办的读书类专业报纸。钰泉兄主编这份读书周报凡十六年。

1985 年 2 月，江西少儿出版社创立，年近“而立”的我，不久便出任这新生少儿社的社长。屡经风雨，几度起落，至今我仍还在这个社的社长岗位上——只是这个社早在二十七年前，就已更名为二十一世纪出版社。

1985 年，遥隔千里的钰泉兄和我，虽然还没有相遇，但既然决定我俩此后人生的风帆已相向起航，既然我俩择定的志业都与“书”紧紧相系，那么，我跟钰泉兄就注定是要走到一起的，或者说，我与钰泉兄的因缘是前定的。

果然，没过多久——大约是第二年吧，我就和钰泉兄相遇、相识了，可以说有一见如故的感觉。当时江西少儿社只是内地一隅的蕞尔小社，而我则是个“初出茅庐”的出版人，然而钰泉兄对我十分热诚，并爽快承诺“一定多宣传你们的好书”。此后我们社的一些重点图书，如《巴金和寻找理想的孩子》《布鲁诺与布茨》系列小说、《和父母亲谈谈儿童的性教育》等等，都在钰泉兄主编的《文汇读书周报》上率先宣传报道；钰泉兄还曾亲自执笔，在他的专栏“阿昌逛书市”里，为我们的“中学生密友丛书”倾情鼓吹……江西少儿社因此而声名鹊起，赢得业界的瞩目和读者的青睐。

后来，我因遭遇一次人生的挫跌而“漂”在上海，钰泉兄更是对我悉心关照和掖助。当时我策划和编纂成一套《绘画本二十五史故事精华》，这套书刚出版面世，钰泉兄就用读书周报的大块版面予以高调推介。随后又刊发我的《关于大出版的若干思考》等文章。在我重回二十一世纪出版社之后，钰泉兄随即编发了对我专访的文章，特意为我造势。……所有这一切，使我刻骨铭心，感念无已。诗哲柯尔律治说：“友谊是一棵可以庇荫的树。”钰泉兄无私而深挚的情谊，就是曾经予我以如许温暖和支撑的树。

弹指之间，到了新世纪。有一段日子钰泉兄遭到算计、压制，以至于离开了他为之呕心沥血十多年的《文汇读书周报》。钰泉兄被“休息”，却不甘寂寞，后来他编了一本《悦读》，又无端地遭“封杀”。之前略知钰泉兄的遭遇，我已忿然于胸，《悦读》被夭折，更使我忍无可忍。我对钰泉兄说，他们不让出，到我们这里来吧！就这样，《悦读》落户于二十一世纪社了。正如一个朋友在其纪念文章中所说的：“书生钰泉兄，真正是‘得其所哉’！他因此而尽展其志，大畅其旨，这是他生命中后十年最舒心也最华彩的时光。”

如今换个角度来看，当年那些个《悦读》的封杀者，虽然做得毫无道理，但他们却无意间促成——或曰“玉成”了钰泉兄和我的密切合作，从而使我俩之间的因缘更进入彼此相契的胜境。所以，似乎也该“感谢”哩。

孰料钰泉兄编完《悦读》第四十四卷后不久，竟猝然撒手西去，令众多学界人士和无数读书人痛惜不已。

在悲痛之中，我深感，钰泉兄虽然走了，但我与他的因缘仍在，还有些必须做的事情要做。我们先编辑、出版了一部纪念褚钰泉的文集《天下最好的主编》，接着编钰泉兄的书，就是这本《褚钰泉编辑随笔选》。

览读这部书稿，或可以用“百感交集”“怦然心动”“憬然有悟”等词来形容，尽管书里“阿昌逛书市”中不少随笔文章，以前曾经看过，尤其是《悦读》的四十四篇卷首语，当时我都曾先睹为快。如果说阿昌随笔于书市中敏锐捕捉，颇具即时性，那么《悦读》卷首语则显从容博察，更见其思虑的深切。无论是前者还是后者，一以贯之的都是“书”，准确地说，就是有关“书”的一切：他对好书的热情鼓吹，对坏书的犀利指斥，对读书人的倾心关切，对出版怪状的直言抨击，为著书人而仗义执言，为大书编辑而发声请功，为一流书店而热切呼唤，为探究历史真相而执著吁求……从中能读到他的钟情和痴迷，他的质直和坦率，他的胆识和睿智，他的抱持和坚守，还有他的殷殷忧思。是的，他的忧思在不少文章里弥漫，不绝如缕。“知我者，谓我心忧。不知我者，谓我何求？”除了为“书”的志业（为天下的读书人、著书人、出版人），可以说他别无所求。他屡引前贤关于书的哲言，如“书是进入世界的入口”（茨威格），“没有一种苦恼是读书所不能驱散的”（孟德斯鸠）……还有这句：“书是爱书者的精神天堂”，似乎是他自创的座右铭。他以其拳拳之心，谆谆之言，切望人们爱书、知书。若是爱书者多起来，他为之欣幸。

而如果言者谆谆，听者藐藐，他就会忧从中来，而且深感自己更要多做一些什么。所以说，正是这样的忧思，映照出他的淑世情怀和文化担当。

说来令人难以置信的是：几乎一生浸淫、厮守于书中的钰泉兄，而且又是大半生以“书”为志业，他自己在生前竟然没有出过一本书！据有些朋友说，钰泉兄是淡泊于己的人，他觉得自己的文章是应时之作，时过境迁便没多大意思了。如果是这样，钰泉兄似乎是有些低估自己了。主编《文汇读书周报》，每周亲撰一篇随笔，十六年积八百余篇；十年主编《悦读》四十多卷，卷首语皆出自他的笔下；再加上至少百余篇与“书”相关（包括书人、书事）的文章。如此以“书”为志业、锲而不舍地做着一件事的编辑，世有几人？这些文章若单独地看，似乎还没什么，然而，连篇集结起来，那就蔚然可观了！而且他涉笔于三十年间（世纪之交的前后十五年）“书”域，即时捕捉、记录了多少关于阅读、出版乃至文化景象的鲜活史料！确实，钰泉兄的文章结集，自有其不可小觑的分量和价值。

所以，《褚钰泉编辑随笔选》是钰泉兄的第一本书。今天编辑出版这本书，不仅是为感念，不仅是为情义，更是我们义不容辞的责任。我们以此告慰于钰泉兄的在天之灵，我们庄重地编成这本书，同样也是为了天下的读书人、著书人、出版人的。

《褚钰泉编辑随笔选》付梓出版，也了却了我的一宗心愿。但这不意味着我与钰泉兄的因缘从此终结，因为钰泉兄仍在我的心里——他的音容笑貌，他的情怀，他的理念，他的精神。

阿昌逛书市

《阿昌逛书市》系褚钰泉以笔名“阿昌”为《文汇读书周报》等报刊所撰同名专栏文章辑集，凡两百余篇。一九八五年三月二日，《文汇读书周报》创刊，在创刊号二版右上角，褚钰泉以“阿昌”为笔名开写《书市漫步》，每周一篇。一九八九年元旦起，《书市漫步》栏改名为《阿昌逛书市》。二〇〇二年一月二十五日，褚钰泉“离开了这份报纸，按领导的要求‘好好休息’”之后，《阿昌逛书市》也在刊出《学历与能力》后被停刊。至此，《文汇读书周报》《阿昌逛书市》专栏前后持续了近十七年、逾八百周，刊发专栏稿逾八百余篇。二〇〇三年初，褚钰泉以“阿昌”名为文汇出版社主编杂志书《悦读》，并于是年五月出版的第二辑上重开《阿昌逛书市》专栏。同年八月，《悦读》第三辑出版后被停刊，《阿昌逛书市》随之告终。

1985年

开场白：我叫阿昌，平生最大的嗜好就是逛书店。一走进书店，看到琳琅满目的各种书籍，就喜不自胜。自然，有时也有点意见和感慨，如今借《文汇读书周报》之一角，向读者谈谈我的所见所感。

（1985年3月2日）

连环画的题材还应丰富些

春节期间，各个商店的柜台前都人头济济，书店也不例外，买书的人特别多。其中不少人是为自己的子女、亲友选购图书，打算以书作为新年礼物。

我也挤在中间，想为两位小朋友选购几套连环画。一看，连环画的种类也真不少，特别是还有精装品种，有的配以硬纸盒，有的配以塑料袋，颇惹人喜爱，不失为节日送给儿童的佳品。于是，我仔细挑选起来，一厚盒的是《三国演义》，一小盒的是《薛刚反唐》，装帧精美的长盒是《岳飞传》，此外，还有《红楼梦》《西汉演义》……我从中选了一种，再想买一套现代或外国题材的盒装连环画。营业员连连摇头，说："没有。"我想，多出些历史题材的连环画并非不可，但全部是历史题材，那就显得单调了。孩子们吸收知识正如吸收营养一般，如果仅仅吃单一的食物，不长成畸形才怪哩！看来，连环画的出版也应注意这个问题。其实，现代题材有不少也可成套出版的。诸如《红岩》、三大战役、一些有影响的人物的传记都可绘成成套的连环画，小朋友们一定会欢迎的。

（1985年3月2日）

书籍装帧材料要丰富些

俗话说："人要衣装，佛要金装。"对书来说，也应给它们穿得漂亮些。最近，一家书店出售一批海外出版的图书，我闻讯后，自然不会错过机会，兴冲冲地赶去了，一瞧，被这些书吸引了。书店的同志不让细翻，对它们的内容就不妄加评论。就这些书的外形来说，确是十分吸引人的，不仅色彩艳丽，而且不少是用涂塑，或是一些我也叫不出名字的材料印制的，真使人爱不释手。这样的书不仅外貌美观，而且不易损坏。看了这些书，再看看其他柜台上国内出版社出版的书籍，不免相形见绌。

要把书打扮起来，需要有种种材料。我想，过去我们谈到装帧设计，想到的往往只是封面的图案。其实，很重要的一个环节，还在于装帧的材料。现在我们的涂塑纸、花纹书皮纸等等特殊材料的研究和生产都还很不够。看来，出版部门应该向工厂和设计单位伸出求援的手，请他们多多提供这方面的新材料。

（1985年3月16日）

出版社要有自己个性

上海举行国际书展，好不容易搞到一张入场券，兴冲冲地走进展览大厅。

来自世界各地的出版社，依次把自己的书陈列在一个个书架上，任人翻阅。这真是一种享受，这本翻翻，那本看看，宛如在书的海洋中遨游，令人喜不自胜。看着看着，我发现，不少出版社所出的书都具有自己强烈的个性。你很容易在一大堆书中区别出它们是属于哪个出版社的，各门不同学科的书籍都用不同颜色作封面的基调，人们很容易识别这本书是文科、理科，还是医科……而那些边缘学科，又用与它有关的两种相近的学科的颜色来作封面。这个出版社出版的书，使人一目了然。这样既方便了读者，又在读者的心目中加深了对这家出版社的印象。

由此想到国内的一些出版社。走进书店，读者往往很难辨认出书架上这些书是属哪家出版社的。从封面到装帧，往往大同小异。我想，出版社应该有自己的个性，这种个性不光表现在内容和选题上，也应表现在书的形式上。这样既可在读者中树立这家出版社的威信，也有利于书籍的推销，岂不两全其美？

（1985 年 5 月 11 日）

令人吃惊的广告

真令人吃了一惊！在街上蹓跶，被挂在一家书铺旁的广告怔着了。且把它抄录如下，让诸位书友见识见识：

昔日曾作淫书遭禁，如今重见天日发行。描写封建社会反常的夫妻关系及混乱的家庭私生活。可与金瓶梅媲美，解放后未曾印行，保持原貌，未作删节……

这是一本什么样的书？在八十年代的街头，居然光天化日之下会有这样的广告。根据如此介绍，其内容也就不言而喻了。广告果然产生奇效，一些对此类书有嗜好者立即被吸引着，有的情不自禁地掏起腰包来。其实，他们回到家中就会连呼上当。这是一本上海古籍出版社出版的古典小说，内容并非为广告所述，而且前言中也已明确写明："已作删节"。

图书的广告是用以向读者推荐图书的，理应切合书籍的内容。这位书铺的主人以这样的方法来吸引顾客，实在令人惊讶！这不但会使购书者上当，而且有关出版社的编辑看了，一定也会啼笑皆非。真没想到，此类旧社会十里洋场中一些商人惯用的手法，如今又在街头抬头，这实在有污于社会主义精神文明的清净空气。

（1985 年 5 月 25 日）

要有进取精神

谁能说得上现在究竟有多少种刊物和报纸?!

走进书店和报刊门市部，真可说是琳琅满目！除了那些人们熟知的报刊外，几乎两三天就能看到一种新创刊的报刊。有人说，如今报刊之多，是中国历史上前所未有的，此话并不过分。

报刊多了，读者仍就这些。为了赢得读者，这就展开了竞争。那些形形色色的封面和目录就告诉人们，各个编辑部之间正在开展一场互不相让的“争夺战”。为了争夺读者，各有各的办法。有的拿富有刺激性的画面招揽读者；有的不惜篇幅刊登武侠、探案作品……然而，有些报刊的编辑并不如此。

前几天，在报刊门市部看到新出版的《上海文学》，拿在手中，不觉给人焕然一新之感。且不说内容不乏佳作，就编排而言，也是动了很多脑筋的。使人明显感到与以往几期不同。我不由掏钱买了一本。

捧着这份刊物，我想，办刊物的人应该有进取精神。特别在如今报刊林立的形势下，要赢得更多的读者，非有这种精神不可。而这种进取精神决非是以歪门邪道来招揽读者，应该像《上海文学》的编辑那样，在努力保持自己刊物的性格和格调前提下，使刊物的内容和形式更完美一些。

（1985 年 7 月 13 日）

踏破铁鞋无觅处

日前收到一位朋友的来信，他对中国现代文学特别感兴趣，最近想写些这方面的文章，手头颇缺资料，于是开列一份书单，嘱我代买。

一看书单，原来都是上海书店编辑出版的“中国现代文学史参考资料”中所收录的，其中有茅盾等人的《作家论》、李何林的《中国文艺论战》……

友人所托，义不容辞。我就冒着盛暑逛起书店来。从徐家汇走到静安寺；又从静安寺来到外滩，走了五六家新华书店，竟然一本也未买到。听到的回答都是：“这几本书我们书店没卖过。”最后，不得不赶到印行这套书的上海书店，总算如数买到。

当我从营业员手中接过这几本书时，一阵欣喜。继而一想，如果其他书店也能卖这几本书，就用不到我跑这许多路了，以致衣衫被汗水浸湿如许，真有些冤哉！这套“中国现代文学史参考资料”在读者中的反应甚佳，可是在其他书店上柜很少，这不由使我想到图书流通的问题。看来这是解决读者“买书难”的一个关键。再好的书，如果不“流”到各个书店的柜台上与读者见面，就会使读者踏破铁鞋无觅处。“中国现代文学史参考资料”是如此，其他许多好书也是这样，然而，我们有些出版发行部门的人却还不太留意这个问题。

（1985 年 7 月 27 日）

一点怀疑

近几个月，突然从书店刮出了一阵风，不少店的领导都在叹息自己“资金周转不灵”。我对经济全然外行，请教了一位书店的同志，才懂得，原来这是指库存过多，资金都积压了起来，这样显然无法腾出更多的财力去购置新书货源。这位书店的同志带着十分严肃的神情对我说：“你等着瞧，现在削减了订数，再过几个月，你要买书就更困难了！”这位同志还告诉我，上海最大的新华书店已积压了五百余万资金的存货，其他一些店，有的三百万，有的两百万。这些数字是否可靠，像我这样一个逛逛书店的读者，自然无法去一一核实。但数字之大，是毋庸置疑的。

怎么会一下子积压这么多资金呢？自从听了这席话后，这几天踏进书店，脑中就浮起了这个问题。今天来到淮海路新华书店，看到店堂里的玩具柜台越摆越大，再到其他一些书店，又看到好些卖录音机、电风扇、电子计算器……的柜台。往日这些柜台不大有人光顾，我也不加留意，今天便有些刺眼，不禁想起，这些本不该在书店中卖的，其资金是否也算在书店的资金之内？如果这些书店一面在叹息“资金周围不灵”，一面又将大量资金用于购置这些商品上，那就实在不应该了——当然，这仅仅是我的一点怀疑而已，毕竟我仅仅是一个读者，无法知道书店的内情。

（1985 年 8 月 31 日）

能否“薄利多销”？

常跑书店，结识了几个与自己一样的“书迷”。在柜台边见面的机会一多，也就搭讪了起来。以往的话题多半是交流有关新书的信息，近来谈话的内容变了，说的都是对书价的议论。

前几天，遇到一位在某杂志社工作的青年编辑，此君每隔两三天要来一次书店，每次几乎都不空手而归。这次与他见面时，见他手中正在翻阅一本华中工学院出版社出版的《生命科学史》，面露犹豫神色。他见到我，摇着头说：“真是太贵了，这样一本书竟要卖五元多，我这位书店常客，手也软了。”

“是啊，按印张计算，这本书至多卖两三元钱。”我同情地说。

“你看，”他指了一下手中这本书，又说：“这样内容的书，过去是很好销的，现在放在书架上好几天，也没人过问。毕竟太贵了！”

我说：“书价定得过高，买的人少了，恐怕对出版社也没有多大好处！”

那位书友灵机一动说：“是啊，出版社为什么不能像这些商品那样，来个‘薄利多销’呢？有些书定价略低一些，买的人多了，经济效益不是同样会很好吗？！”

“此话甚是！”听了他的建议，我不禁脱口而出。但就是不知出版界的同志以为如何？

（1985 年 9 月 21 日）

课本的利用

柜台边遇见两位业余大学的学生。

一位男青年摇着头说："老师开列了这么多书目，这学期的书费已花掉一二十元了。"女青年翻弄着一本不厚的文学史教材，叫了起来："哟！这么薄的一本要卖两元多，记得去年才卖一元。"

这样的议论，近来听到不少。我看了一下这两位，又转眼看看柜台。现在教材的品种也真够繁多，书店特地辟了一个专柜还不够放。不知是教学方法的更新，还是现代社会分工过细的缘故，同一课目往往有各种不同人编写的教材。记得在六十年代时，有关部门曾抓过全国高校统一教材的编写工作。既方便了学生，又提高了教材的质量。如今却出现了这么多雷同的教材，不知是好事还是坏事？我对教育一窍不通，不敢妄加评论，但总觉得这对学生不甚方便——自然这与书店无关，都是些题外话。我把视线又转向这两位业余大学的学生。

一学期要交几十元的书费，对他们来说确是不轻的负担，何况有些书用过后，保留的价值并不大。由此我想，书店能否设立一个专门的门市部来回收尚可利用的旧教材，然后打折扣卖给新的一批学生，这样既扩大课本的利用率，又能减轻学生的负担，岂不美哉！

（1985 年 10 月 19 日）

金钱与漂亮

上海的新华书店正在举办香港版图书展销。对于一个平日鲜有机会见到和买到港版图书的读者来说,这自然是一个不能错过的良机。

展销处门口人头攒动。踏进此门，殊为不易。先得凭介绍信换取入场券，且每天都限定人数。我去了三次，才幸获入门的许可。

也许是期望过高的缘故，到了里面，多少有些失望。图书的品种并不太多，其中不少书内地都也已出版过。不知是香港这几家出版社所出书籍就是这点，还是举办展销的人选择得少了些，总之很有些不过瘾的感觉。然而，平心而论，这些书籍的装帧设计都远远超过内地一些出版社。进了门，仅看看封面，也使人开了眼界。我不禁脱口而出 :“真漂亮！”

“有什么稀奇！你看看这些书卖得多贵，自然应该漂亮些。”一位不相识的书友，听了我的话，在一旁发了这样一通议论。

书贵了，就能漂亮。对这看法我不敢完全苟同。自然，装帧材料考究一些，书也可漂亮些，就拿展销会上见到的巴老的《随想录》来说，与内地的版本相比，不知漂亮多少倍，但是它的漂亮除了装帧材料外，封面设计的本身就大大胜于内地，前者精心、后者马虎，这就不仅仅是钱的问题了。近来，我们不少书的定价上涨，可是面目依旧，可见书价贵贱与书的漂亮并不是成正比的。问题还在于书籍的编辑和装帧设计人员精心与否。不知那位不相识的书友是否同意我这一看法。

（1985 年 10 月 26 日）

值得推广

也不知是从什么时候养成的习惯，每次来到上海南京东路新华书店，总要先在那块“每日上柜新书”的牌子前逗留片刻。

这块牌子，列出了当天上柜新书的名称，并告诉读者可到哪个柜台去买，这真是帮了读者的大忙。偌大个书店，来了一本新书，插在某一个书架上，读者要能觅到，也总得费上不少劲。粗心的读者，往往会失之交臂。如果这是一本热销书，那就更后悔莫及了。

由此可见，这家新华书店的做法很值得推广的。每个书店门口不妨都放上一块“今日上柜新书”的牌子。其实这也并不麻烦，却给读者带来了很大的方便。就书店而言，对增加其销售量，作用也不会小的。

自然，说不麻烦，也多少有些麻烦。因为毕竟要安排专人来做这项工作，否则，稍有疏忽也会引起老读者的不满。我就有过这种体会。有时来到书店，朝牌子一看，见到依然是几天前的一批书目，以为并无新书出售，转身悻悻离去。不料事实并不这样，书店每天还是有新书上柜的，只是牌子忘了更换了，恰恰有不少好书就这样漏买了。因此，我在向各家书店郑重推广这种做法的同时，也希望他们确能认认真真地把每天上柜的新书择要写上，这样就免得读者失望。

（1985 年 11 月 2 日）

宣传的技巧

正当一些书店的同志埋怨图书销售不景气的时候，一位友人告诉我，近来街头巷尾经销图书的个体摊贩有所增加。这倒是件怪事，不免引起我的兴趣。

星期天，到街头兜了一圈。果然，见到新增了不少卖报刊的个体摊贩。我凑上前去，故意问："摆书刊摊头，收入还可以吗？"一位青年笑嘻嘻地说："虽比不上卖虾蟹的，但还可以过得去，这项买卖毕竟既干净又轻松。"

"那么，买的人多吗？"我问。

"还不少哩。"他回答。

我站在一旁看了会儿，确实买的人还不少。这不禁使我纳闷起来，为何大书店在耽心销售量下降，而这小书摊却生意兴隆呢？

我又仔细观察了一下，终于悟出了一些原因。这些书摊所选的品种迎合部分读者的口味，此是其一；但更重要的是，他们都比较注意宣传。各种书刊都摆在读者面前，令人一目了然，免去了上书店隔着柜台远眺的苦恼。再则，书摊旁挂了不少海报，有的写得很有吸引力，会激起读者立即把那本书拿来翻一翻的欲望。由此可见，只要懂得读者心理，就不怕卖不出图书。我想，书店的同志从这一现象中，或许会得到一些启示的。

（1985 年 11 月 9 日）

发现新的读者群

前几天，到上海交通大学去联系工作，走过该校大礼堂的门口，看到一群学生密密匝匝地围在几张桌子的四周，里三层、外三层，显得拥挤不堪。宁静的校院出现这番景象，不由使人一惊。我以为出什么事，赶忙挤身其间，想看个究竟。

原来是上海南京东路新华书店学术专柜在这儿设摊流动供应。“或许是什么热销书吸引着学生。”我这样猜揣着。可是，仔细一瞧，桌子上放着的一本本书，几乎都是目前书店中能买到的。为何能吸引这么多的学生呢？这就引起了我的好奇。找到这个书柜的负责人，便向他打听起来。

这位负责人姓严，名钟麟，长得瘦长个儿，他用手抹抹头上的汗水，兴冲冲地说：“真没想到买书的人这样多，几个小时就做了四千元钱的生意，另有四千余张预订单也一售而空。这儿的学生都是学工科的，他们也很想读些文史哲的书籍，可是平时学习很忙，很少有机会到各个书店去走走，如今我们送书上门，受到了出乎预料的欢迎……”

这番话给人不少启示。近来不少书店都在为图书滞销而担忧。滞销是由书价上涨等原因引起的，这靠书店本身自然很难解决。然而，能不能想些其他办法，变滞销为畅销呢？看来办法还是有的，上海南京东路新华书店学术专柜到基层去发现新的读书群，就是一例。

（1985 年 12 月 14 日）

1986年

读者并未减少

元旦的早晨，顾不及做其他的事，先到书店走上一圈，看看新的一年书店有什么新气象。

柜台边人熙人攘，买书的人真是不少！有年轻的父母为孩子挑选连环画作为新年礼物；有好学的青年选购各种教材和工具书……看着一批又一批的读者手捧叠叠新书，面露笑容走出店堂，我也不由跟着笑了起来。

近几个月来，一些书店的同志在感叹，说买书的读者越来越少了。对这种看法，我不敢苟同。你看买《情爱论》的那个柜台边，读者围得水泄不通，这本书在书店中已卖过三次，可每次都是几天内销售一空，至今供不应求。我听上海市南京东路新华书店学术专柜的同志介绍，《哲学中的变革》《精神分析引论》等书籍，都是几天内销售一空的。他们柜台销售的总数超过了出版社印数的十分之一以上。

一个小小的柜台居然售出出版社总印数的十分之一以上，全国有这么多家书店，该销多少册啊！可惜，现在出版社收到书店的订货单，上面的数字往往寥寥无几，这就使人纳闷起来，出版社欲印不能，读者欲购不得，岂不矛盾？其实读者并未减少，只是我们书店的有些同志还没有看到他们，如果书店能多了解一下读者的要求，那该是千千万万读者的福音了。

（1986 年 1 月 4 日）

被搞糊涂的外国人

一家书店，专门辟有一间房间，其中有一半柜台陈列着香港出版的书籍。

这天，我与友人正要朝里走去，在门口看到一位露出一副大惑不解神色的外国人，他叽叽咕咕地在说些什么。友人略懂几句外文，立即翻译给我听。原来，这个外国人被一块“外国人不得入内”的牌子怔住了。他耸耸肩膀说：“香港我也去过，那儿的图书任人挑选，为什么到了中国内地，反而不让其他国家的人买呢？”

难怪这位外国人被弄懵了。随着对外开放政策的实施，这些年来，一些港版书籍开始在内地出售。自然，其内容与出版单位都是经过选择的。可是，国内一些书店在出售这些书籍的做法上却不尽一致。有的在新华书店设专柜公开出售；有的要读者买张门票，才能进内选购；有的却把它列入“内部书”……同是买一种书，竟有如此多的花样，那位异国外乡来的洋人如何搞得清？！

面对这位疑色满脸的外国人，我自然无法为他解释清楚。当然，这位外国人弄不清楚，问题还不算大，这种种不同的做法，却给国内许许多多读者带来了不便，其实这类事情本可以避免的，按照统一的规定执行就是了，何必有那么多的“创造性”。

（1986 年 1 月 11 日）

难能可贵

《傅雷家书墨迹展》到上海展出了！对于一个爱书的人来说，谁愿错过这样一次机会？！

开幕第一天，我就匆匆赶到上海博物馆，还未走到展厅的门口，便下意识地掏出一角钱来，打听门票在哪儿出售。如今各个地方都时兴买门票，有的书店出售港版图书，也要读者先交出一角钱，才能跨进门槛。这儿举办这样一个内容丰富，在香港、北京都曾引起广泛注意的展览会，岂会不卖门票？我自作聪明地猜测着。

看门的同志笑吟吟地对我说："这个展览会是免费参观的。""免费"！这二字真是久违了，我简直有些不相信自己的耳朵，怎么可能免费呢？

当我认认真真地把展品一件件地看完，才领悟到这个展览会主办单位的用意。从这些家书和墨迹中，傅雷这位杰出翻译家的高尚人格跃然眼前，每个人，特别是青年人都会受到深刻的教育。傅雷的一生是难能可贵的。三联书店、《读书》杂志花了这样大的人力物力，上海博物馆慨然免费提供展览场地，同样也是难能可贵的。我想，这种难能可贵的精神，在今天的生活中是多么需要啊！

（1986 年 1 月 25 日）

莫当“稻草人”

记不清是哪位作家写的作品，其中有一个角色称之为“稻草人”，他身形如人，可就是不肯动脑筋，一问三不知，所作所为，令人捧腹大笑。但笑后又觉得作家未免太挖苦了，现实生活中怎么会有这样的人？！

这一怀疑储存在大脑中久矣，可是最近我才发现自己的怀疑完全是多余的。作家笔下的人物，在生活中确有其影。

听说一家书店有售《罗曼·罗兰文钞》，我急忙赶去，看到文艺书籍柜台边仅站着一位营业员，便问她这本书有没有？连问三声，没有一点反应，直至第四声，她才答道：“不知道！”我只得用自己的眼睛在一米以外的书架上搜索，毕竟眼力不济，未能找见。于是只能再对她说：“昨天有位同志在这儿买过，你能不能帮忙找一找？”话音未落，她就瞪了我一眼：“我不是这儿的营业员，你去问领导好了。”

明明站在这个柜台边，又不能接待读者，这样的情况，这 个月中我已遇到过三次。我想，营业员应该是书与读者之间的桥梁，站在柜台边，又不能为读者服务，岂不成了“稻草人”。我看着这位虎着脸的营业员，真想对她说一声：“千万别当‘稻草人’啊！”

（1986年2月8日）

想起了赵家璧

今年春节，市场供应颇为令人满意。只要手中有钱，不愁买不到鱼虾鸡鸭。可是，去了几次书店，却都空手而归。新春期间，几乎没见到书柜上添什么使人感兴趣的新品种。

自然，看不到新书有种种原因，一些书店没有及时订货，也造成了不少新书在书店不能露面。过去经常听到出版社的同志为此责怪发行部门，如今我从书店空手而归，不由也跟着责怪起来。一位营业员听到我的责怪声，向我解释起来："这不能全怪我们，平时在订货时，只看到出版社在征订单上寥寥几行说明，谁知道这本书读者欢迎不欢迎？"

听了这番解释，我觉得确也有几分道理。书店的同志不知道书的内容，叫他如何多订呢？使我不由想起了出版界的前辈赵家璧先生。这位老编辑在二十来岁就主编过一套皇皇巨著《中国新文学大系》，当年在发行这套大系时，赵先生想了一个办法，特地编印了一本宣传材料，由"大系"的各分卷主编撰文，介绍"大系"的内容。这本小册子印得很精美，使人一册在手，立即激起对整套"大系"的兴趣。我觉得，这真是一个好办法，如今一些出版社在出版重点书籍时，不妨也印些宣传材料，既向书店的同志宣传，又向读者进行介绍。这一定能使发行数大大上升。不知出版社的同志以为如何？

（1986 年 2 月 22 日）

书迷们的喜悦

听说《文汇读书周报》组织举办"文汇书展"，真令我们这些书迷不胜欣喜！

书展这种形式，对于中国的读者来说，似乎有些陌生。这些年来，见得比较多的是种种商品的展销会。有吃的、有穿的，唯独很少看到图书的展览。去年听说在香港举行过一次规模盛大的“中国书展”，可惜内地的读者无法一饱眼福。当时我就暗暗纳闷，出版部门为什么不在内地也经常举办各种书展呢？如今“文汇书展”终于办了起来，这确是一件值得高兴的事。

自从这次书展的消息在报端披露后，来到书店，遇到熟识的书友，大家就情不自禁地交谈起来。定期举行书展，展示各出版社的成果，对读者来说真是太需要了！如今，全国每年要出版几万种书籍，而读者能见到的只是其中的很小一部分，加上一些书店由于资金周转不灵，订货品种日益减少，更造成了读者视野的闭塞，举办书展，就可以帮助读者解决这一问题。如果在书展上还能为读者买书创造一些条件，那就更是书迷们的福音了。

“文汇书展”开幕了，书迷们由衷地预祝它取得圆满成功，并一年一年地办下去！

（1986 年 2 月 29 日）

买到了《未晚谈》

我很喜欢林放的杂文，每逢见到报上刊登他的文章，总要剪下来，如今已收有厚厚一包。久而久之，有些纸张已发黄发脆。每当翻阅这些旧报纸，心中不禁泛起一个疑问：现在各种文章都可编成集子，为什么林放的杂文却没有一家出版社将它汇总出版呢？

有了，终于有了！听说上海人民出版社要出版一本林放的杂文集《未晚谈》，这真令我喜出望外，获知这一消息后，每次来到书店，总要问一问：这本书卖了没有？开始，几位营业员对我说，不知道有这本书要出版，后来，见我问的次数多了，就干脆回答我，这本书他们书店不卖。这倒是免去我下次再去打扰他的好办法。亏得一位书友告诉我，《未晚谈》早已问世，在《新民晚报》读者服务部就可买到。于是我连忙赶去，终于在这个读者难以光顾的地方买到了一本自己喜欢的书。

我不禁纳闷起来，论知名度，林放不算低；论文章的质量，这本杂文也可算作上乘，为何不少书店都不卖呢？其实，这并不是个别情况，近来不少读者渴望看到的书，书店中都很难见到。读者不禁要问，有的读者欢迎的书为何不能多备些呢？看来，了解读者的需要是一项很重要的工作。

（1986 年 5 月 10 日）

真可惜！

中国社会科学出版社编辑出版的那套“美学译文丛书”颇受读者欢迎。诸如《艺术与视知觉》《艺术原理》等等，一上柜台，就很快销售一空，一位在艺术院校攻读的友人未能及时买到，惋惜万分，托我一定要设法代为寻觅。

这天，走进书店，只见柜台上放着一大叠书，其中就有二十来本《艺术与视知觉》和《艺术原理》，其他还有不少早已售缺的畅销书，总数不下一二百本。我一阵欣喜，今天来得真巧，这下可买到几本好书了。于是，情不自禁地伸手取起书来。

“且慢！”营业员一声吆喝，把我欣喜的心情一扫而空。他向我解释说，这些书是不卖的，这是读者买回家后，发现印刷、装订有问题，拿来换的。我仔细一看，果然！这些书的封面虽都堂堂正正，可是里面不是缺页，就是印坏。再认真一看，其中不少是北京印刷二厂印刷的书籍。据这位营业员讲，这一大堆书仅是读者最近一个月里来换的，有的读者把书买回去后，束之高阁，未及时发现其中有问题的还不知有多少哩！

明明是一些读者等着买的好书，由于印刷厂的疏忽，弄得断胳膊缺腿的，真令人可惜！据说，近年来，印刷质量越来越引起买书人的不安，每个月书店收到读者要求换退的书的数字不断上升。看来，这也是一个应该认真抓一抓的环节。

（1986 年 6 月 28 日）

视野放得更宽些

听说上海书店等单位在南市文庙举办书市，我冒着骄阳，匆匆赶去。

这次书市有一大批三十年代商务印书馆编印的“万有文库”和“四部丛书”的散本供应。这确是一个难得的机会，这些书，二十年前在上海旧书摊上几乎比比皆是，一两角钱一本，文、史、哲、经各种内容都有。对一些经济不宽裕的书迷来说，往往是十分受欢迎的。然而，“文革”以后，这些书就很难见到了，没想到上海书店的库存还有许多，而且仍以这样低廉的价格供应读者，真令人喜出望外。

我循着书架，一本本挑选，不一会儿就捡了一大叠，看看这些书目，不禁引起一番思索。

真没想到，我国翻译界在三十年代就已把这许多外国的名著介绍到国内来，我敢担保，其中不少书，假如重新印刷的话，一定能成为书店中的畅销书。现在，大家都在说要重视文化引进，不少学者和出版部门也雄心勃勃、跃跃欲试，可是究竟确定哪些选题，往往又要经过一番长期的讨论和请示。我想，三十年代的出版社和学者已经能把这一批不同学派、不同思潮的著作介绍进来，我们今天有什么理由不把视野放得更宽些，胆子放得更大些呢?

（1986 年 8 月 9 日）

废纸与好书

一位读者想买《徐光启年谱》《白居易年谱》，走遍了上海各个书店，得到的回答都是：没有。后来偶尔路过广东路一家名为“上海书刊服务公司”的小店铺，竟在这儿见到，而且还是作为特价处理的。真是踏破铁鞋无觅处，得来全不费功夫。他不禁喜出望外，再仔细一瞧，这儿还有不少有价值的书在作特价处理，他一下子就挑了好几本，其中有：《皮子文薮》《通志堂集》《元史纪事本末》等。

原来，这家公司卖的书，都是从新华书店上海发行所准备送往造纸厂回炉成纸浆的图书中挑选出来的。他们以一折二折进货，然后以二折至六折出售。这真是皆大喜欢，发行所增加了收入，这家公司又赚了钱，而读者又能以低廉的价格得到不少好书。

听了这番介绍，我真有些啼笑皆非。不少有价值的书，读者在书店中欲求不得，而在另一个地方却正在作为废纸等待处理。这真是一个难以令人置信的现实，可是，据说目前仍在继续着。

我想，这是一个很值得研究的问题，说明图书发行工作还存在不少弊病。图书发行的渠道不畅通，对整个出版事业的影响很大，看来，如能把这个环节好好抓一抓，必将给整个出版工作以有力的推动。

（1986 年 9 月 6 日）

“天才”与“出生证”

前几天，遇到几位颇有声望的作者，有的经过三五年呕心沥血，有的甚至花费了十来年的精力，写就了一本本很有学术价值的专著，送到出版社后，虽也受到青睐，可是由于书店订数寥寥，一直未能“开印”。据说如今很多出版社作出了一条不成文的规定：五千册开印！一万册开印！这样，一些有学术价值的书就难以领到“出生证”了！

这就出现了一种怪现象：“天才”往往难以降临人间，而能及时领到“出生证”的，不少是唯有“票房价值”的庸碌之辈。

当然，不能说订数少的一定有学术价值，也不能讲订数大的一概都是追求“票房价值”的书籍。但是，以订数能否达到一定数额来确定是否开印，这实在不是一个好办法。这样往往会埋没不少有学术价值的书籍，对祖国的文化积累也没有好处。事实上，有些书籍即使印数寥寥，一旦出版了，却一销而空，出版社不得不立即重版，这样的事例，这些年并不鲜见。

可见，书籍的“出生证”最好不要以订数的多少来颁发，而要视其质量和价值来确定，这就需要出版、发行部门有更多的有识之士。

（1986 年 10 月 25 日）

琼瑶的变迁

几个月前，要觅一本琼瑶的小说，真不是一件易事。在书店中你休想看到这些书的影子，就是沿街的书摊上见到有琼瑶的小说出售，一概都得搭售其他书刊。我在那儿买过一本琼瑶的《窗外》，足足多花了三四角钱。至今想来也有点冤枉。

时隔数月，当我再走过一些书摊时，情况却有了变化。一则琼瑶的作品已不再局限于原有的三四种，而多达十来种；二则读者可以随意挑选，不必耽心再搭售其他你不想要的书刊。更出乎意料的，在一个书摊上，我要买一本其他的畅销书，摊主还硬要我搭买一本琼瑶的作品。

琼瑶作品的这番变迁，不由引起我的感叹！

琼瑶的小说从奇货可居到比比皆是，不言而喻，这是一些出版社“一窝蜂”所造成的。你印、我印，待到各种琼瑶的作品装订成册，涌上市场，读者的兴趣却已发生变化。于是畅销书变成了滞销书。甚至出现了这样的现象，原先买琼瑶的作品要搭买其他书刊，如今买其他的书籍要搭琼瑶的小说，这不能不说是一个信号。

出版书籍，万万不能“一窝蜂”，这些年来，这类教训不可谓不多，偏偏我们一些出版社在这一点上容易患“健忘症”。现在，琼瑶又一次为我们敲起了警钟。

（1986年11月8日）

他们在挑战

一位熟识的书店营业员，见我去书店的次数少了些，好奇地问：怎么近来不大见到你？

我笑笑说：最近对书亭、书摊发生了兴趣，有空闲的时间，多到那儿去看看。

那位营业员露出大惑不解的神色，说：大书店不来，去逛小书亭，有何必要？

其实，他并不知道，在那些街头巷尾的书亭、书摊上，可以见到许多大书店暂时还见不到的书籍。就拿那本《唐山大地震》来说，我就是在一个小小的书摊上购得的，而在有些书店里，至今还未见到此书的影子。这些天，在一些书亭里，又见到一家出版社编辑出版的“拿来丛书”，颇有几本吸引人的。而这套丛书，有些书店的营业员还闻所未闻。

这就使人感到奇怪，为什么那些书亭、书摊所卖的书经常会比书店快呢？再注意一下它们陈列的品种，尽管限于条件，有的只有几十种，至多也只有几百种，稍稍对这些书目作些分析，就会发现，这些书亭、书摊的主人很会抓住读者的“热点”，同时又能及时获取各种图书出版的信息，显然，他们是动了一番脑筋的。

看来，这些书亭、书摊正在向书店提出挑战，别看我们一些书店腰粗背壮，后台又硬，如果不放下架子，将会被这些小小的书亭、书摊争去一大批读者。

（1986年12月27日）

1987年

"畅销"的转化

任何事物总有一个"度"，"畅销书"也同样如此。在外国畅销的，到了中国并不一定畅销；即使在中国也畅销，如印过了度，"畅销"也会转化为"滞销"。

这一想法，是我看到书店中出现了一本《艾科卡自传》而引起的。这本国际畅销书，在我国已有不下五六家出版社同时出版。前几天，在报上又见到有几家出版社还要推出这本书的节译本。我真耽心，国际上热闹了一阵的艾科卡，在中国的书店里会因找不到读者而向隅而泣。

其实，不光是艾科卡的自传，最近几个月来，学术著作、传记文学这些正在受到读者青睐的品种，重复出版的现象越来越严重。

这种现象如何避免？由出版部门的领导采取一定的行政措施，是一个办法，但这用不着我这样一个普通读者多嘴。我想，除此之外，可不可以发挥书评的作用，及时请一些学有所长的人对各种不同的译本进行比较。随时在报上加以披露。读者购书总是选优弃劣，那些粗制滥造的译本没有人去买，也只能让那些一心想牟利的出版社自作自受，这不是很好吗？

我盼望那些学有所长的人能做这项工作，读者是会感谢他们的。

（1987 年 1 月 10 日）

难以见到的《京剧大观》

京剧是我们的国宝。我想，自己作为一个中国人，不该只对交响音乐、歌剧、芭蕾感兴趣，也得懂点京剧。去了几次剧场，优美的身段、悠扬的唱腔确实令人赞叹。可遗憾的是，一些唱词却不易听懂，两只眼睛，一会儿转向舞台，一会儿转向台边的字幕，脑袋变成了“拨浪鼓”。坐在一旁的一位书友兼京剧迷笑了起来，告诉我：北京出版社新出了一本题为《京剧大观》的书，一些主要剧目的唱词都收录其内，买一本来看看，对欣赏京剧大有帮助。

走了几家书店，都说未见过这本书。托人一打听，原来此书仅印了九千册。倒不是出版社不愿多印，而是各地书店不肯向这家出版社进货。不过，其中也有一处例外。天津一家新华书店的门市部就订购了七千五百册。据说，很快就销售一空。一个门市部竟卖了这本《京剧大观》全部印数的六分之五，难道京剧迷都集中在那个门市部的四周？当然不是！这只说明这本书还是有相当的读者的。问题是书店的发行工作还有缺陷，既影响了出版社的印数，又使许多想见到这本书的读者盼而不得。

从这本《京剧大观》可以见到，当前图书发行工作存在的弊病确实不少。书店的同志能不能从这本书引出一些教训呢？我看完全是可以的。

（1987 年 1 月 24 日）

“编”与“骗”

或许是爱买书的缘故，我素来对编书的人是十分尊敬的。可是万万没想到，如今的“编者”中还有那么几个是“骗者”。

此话可能言重了。但当我看到一个个受骗上当的读者懊丧的神态，不由不忿忿地下这样的结论。

事情发生在几天前的一个下午，路过一个报刊门市部，看到橱窗里放着一本刊物的特辑，标题为《金瓶梅传奇》。薄薄的一本，要卖一元六角钱。只见不少读者纷纷围上前去，许多人看到这标题便从口袋里掏起钱来。显然，买的人以为这本刊物登的是被称为中国古代“第一奇书”的《金瓶梅》。这部古代名著，由于种种原因，一般人是不易看到的。现在只要花一元六角就能买到一本，真是机会难得！没一会儿，厚厚一叠刊物就一销而空。然而，当读者仔细一看，便连呼上当，原来印的并非是古代《金瓶梅》，而是今人写的一部其他作品。

我真钦佩编这本刊物的编辑能想出这样绝妙的点子，一本粗制滥造的刊物，借用了“金瓶梅”三个字，就轻而易举地使读者口袋里的钱流到了自己的编辑部。可是，当他们拿了这些钱后，知道别人在背后不再称他们为“编者”，而叫作“骗者”，这时会有何感想呢？请这些编辑同志不妨认真想一想。

（1987年1月31日）

研究一下读者的眼光

去了一次“文汇书展”，每个书架都仔仔细细地搜罗了一遍，买了一大叠好书。回到家中，仍按捺不住觅得好书时的那股兴奋心情，决定再去参观几次！

随着拥挤的人群，一次又一次地在各个书架前左顾右盼，居然每次又都能挑到几本自己想要的书。原来主办单位天天都有新的品种添加到书架上去。然而，后几次去书展，除了买书，我更感兴趣的是，那许许多多读者究竟在挑选哪些书？

三联书店的《自我论》《人生五大问题》《异端的权力》这几本书一上书架，就被人争购一空。

索尔兹伯里的《长征——前所未闻的故事》也是一本抢手书。不断有读者盯在工作人员身后，希望他们到仓库里再拿些出来。

一些新学科、新知识的书籍，也成为人们目光注视的焦点……

读者喜欢哪些书？只要我们注意一下读者的眼光，不难找出答案。我觉得这倒是一个值得研究的问题，了解一下读者的需要，以及研究一下为什么有这样的需要，对于我们更好地做好出版工作是大有裨益的。正是在这个意义上，我认为出版社的领导和编辑应该到各种书展、书市去走走，研究一下读者的眼光。

（1987 年 3 月 28 日）

谨防冒牌“畅销书”

兴之所至，这几天突然对新出版的外国文学作品发生了兴趣。

在读这些作品时，自然先留意作者与编者的介绍。按以往的阅读习惯，总把这些介绍作为阅读的指南，虽寥寥数语，有的把作者情况说了，有的把作品的价值讲了，可以帮助自己选择。

可是，渐渐觉得自己在上当，时下不少外国文学作品的介绍，总要加上这样几句："闻名世界的畅销书……""某某年世界十大畅销书之一……""曾经轰动某国的畅销书……"这样的介绍，确实颇有吸引力，既然是世界闻名的畅销书，我能不读吗？可是一翻，不过如此而已，实在咀嚼不出"畅销书"的滋味。一次偶然的机会，遇到一位对文学颇为熟悉的外国友人，顺便问起被我们一些出版社称之为世界畅销书之一的某部作品在国外的发行情况，那位友人瞠目结舌，久久回答不出来，原来他还没有听说过这本书。这时，我才开始怀疑这些"世界畅销书"的头衔是我们那些好心者和编者自封的。

后来明白了，这无非是一种广告语言，但这种语言却使读者上了当。这样的宣传，虽然可以帮助推销掉几本书，但在读者中造成了混乱，至少使他们对一些作品的价值产生误解，我看，这是很不切当的。

（1987 年 5 月 16 日）

为孩子想得更周到些

听说，日前在新加坡举行的"世界华文书展"上，台湾华一出版社印制的一套儿童启蒙文学丛书，引起了不少人的兴趣。

这套书均以十六开彩色精印，每册介绍一部中国古典名著，打开题为《红楼梦》的那本，卷首是一篇题为《为儿童打文学底子》的文章，告诉孩子们为何要读些古典名著，接着是一篇题为《古典文学的新高峰》的文章，简明扼要地介绍《红楼梦》的文学地位。然后，作者将《红楼梦》改写成通俗易懂的故事，并配以一幅幅精致的插图，真可谓图文并茂，少年儿童读了这本书，大抵可对《红楼梦》有一个初步的了解。这本书吸引人的还不止于此，编者利用书中不少空白之处，辟了好些作补白之用的专栏，例如，在“你应该知道的”这个专栏中，介绍了“女娲炼石补天”等条目，在“有趣的风俗”这一专栏下，介绍了“抓周”等内容，这些都是读《红楼梦》所必备的知识，对少年读者来说，确是很有帮助的。

这套书有几十种，既有《红楼梦》《三国演义》，又有《唐诗》《宋词》等等，我想，孩子们看后，确可对中国古典文学有一个梗概的了解。

其实，我们也出版过不少为孩子们介绍古典文学的书籍，但相比之下，在装帧、设计，特别是针对孩子的需要等方面还略显不足，看到这套丛书后，我不禁想，儿童读物的编辑和作者，可以从中得到一些启迪，应该为孩子们想得更周到些。

（1987 年 6 月 20 日）

尚嫌不足

书店去得多了，自然便认识了不少人，有书店的营业员，也有来自其他各行各业的书友。

其中有一位是某出版社的领导，他几乎每三四天要去一次书店，经常见面，也就顾不上地位高低，便常常攀谈起来。

他来书店，除了本人酷爱书籍外，另有一项与众不同的任务，便是了解自己社出的书籍的销售情况。每逢看到自己社编印的书籍畅销时，他总是喜孜孜的，看到有些书在书架上无人问津，便会皱起眉头，一喜一忧，反差分明。可是，从今年年初以来，他脸上表情的变化与书架上存书多少却不成正比，尽管有不少书积压在书架上，情绪依然很乐观。前几天，我们又在书架前见面，便聊了起来，这位领导掩饰不住兴奋的心情对我说：这几个月我们对出书情况作过一番检查，近几年，本社没有一本书与“资产阶级自由化”沾上边，说到此，脸上不无得意之色，我想，近来他情绪颇佳，或许盖出于此。

我有些不识时务地打断了他的话，问：“在我印象中贵社有关宣传改革，帮助读者开拓眼界，特别是宣传这几年改革在实践上的成就和理论上的发展的书籍也没有出过几本。”

他呐呐地答道：“这类书不易把握，我们还不曾考虑……”

原来如此！我想，一家出版社出的书不与“资产阶级自由化”沾边，这自然值得高兴。可是，如果仅此而已，对直接宣传改革开放的书籍并不热衷，几年也拿不出一本这方面内容的像样的书籍来，这家出版社总令人感到尚嫌不足！

（1987 年 7 月 18 日）

为个体户说几句话

星期天，本该在家休息休息，可是，好几天未去书店，心中痒痒的，决定冒着骄阳走上一圈 。

正值盛暑，在马路上稍走几步路，就汗流浃背，去了几家书店，见不到几本吸引人的新书，不免有些叫冤。据行家说，每年此时，书店要忙于教材的发行，其他书籍只能靠边站站，这对买书人来说，是很为失望的。走出书店，在街头的几家个体书摊上，竟看到了好几种新书，有畅销小说，也有理论著作，不由转怨为喜。

正当我在书摊上挑书时，耳边传来一对青年男女的议论。那位男的，和我一样，想驻足选书；而那位女的，却拉着他的手臂说：别在这儿买书，报上不是登了吗，这儿有非法出版物……

听了此话，我不觉打起抱不平来。前一阵一些报刊在宣传打击非法出版物时，确常常提到个体书摊，给人的印象，似乎这儿就是非法出版物的孳生地。其实并不然，虽然有些个体书摊卖过非法出版物，但炮制这些出版物的并不是他们。这些年来，个体书摊有了很大的发展，弥补了新华书店发行渠道的不足，也给读者带来了很大的方便，个体书摊不仅应该存在，还应更好地发展。现在的问题是，应该有一个职能部门对他们加强管理和引导，使他们明白该卖哪些书，不应卖哪些书。可是如今恰恰还没有一个部门在很好地抓这项工作，这是令人遗憾的。

（1987 年 8 月 8 日）

文化街的建设

上海的福州路，是书店最集中的一条街道，不知留下过我多少脚印，消磨过我多少时间。

听老一辈人说，在我未生之时，这儿已是书店林立，然而，多少年来，兴兴衰衰，这条街道的面貌已发生很大变化，书店的数量大为减少，“文革”之后，国泰民安，有人就提出，能不能把这条马路建成一条“文化街”？

呼吁者不乏其人，上海新闻出版局局长袁是德就是其中突出的一位，我曾见到他四处奔波，希望有关部门能把建设文化街列为市政建设的一件实事，可惜，这些呼吁都杳无下文。一打听，国家的财力毕竟有限，要拨款建设一条像模像样的文化街谈何容易？！

前几天，来到福州路逛书店，看到书店、文具店门前挂着的一条条“发扬文化街特色，为师生服务”的横幅，不觉为之一振，原来在上海新闻出版局的倡导下，这儿正在举办“福州路一条街为师生服务周”的活动。

呼吁了多少年的“文化街”，终于办了起来，自然，由于没有钱大兴土木，整条街道的格局并没有发生变化，但这些横幅毕竟使人想起了这儿是一条文化街，使这儿几十家从事文化事业的商店开始意识到要发扬“文化街的传统”！这样的活动也可提醒有关部门，别忘了这里是一条“文化街”，你们在安排商店和市政布局时别再把一些没有文化气息的商店罗列在街道两旁。人们期待通过各方面的努力，一条真正的“文化街”能早日建成。

（1987 年 9 月 19 日）

书不能这样读

难得看电视，听说电视台举办《红楼梦》知识竞赛，对我这个读过几遍《红楼梦》的人来说，无疑有很大的吸引力，把手头的其他事搁一搁，早早就坐到了电视机前。

赛题是由全国著名的红学家出的。那些正襟危坐的参赛青年，对各种问题都能对答如流，不由使我自叹不如。可是，隔了一会儿，竟惴惴不安起来，主持者所念的题目越来越古怪，某人的生日是哪一天？某人的生肖是什么？某人吃的是什么菜？……我在读《红楼梦》时从未打算把这些内容记在大脑中，我也怀疑在座的一些红学家自己能不能一一答出，可是令人钦佩的是，参赛青年却都能迅速作答。

用“滚瓜烂熟”四字来形容参加竞赛的这几位青年，决不会言过其实，真不知道这些青年读了几遍《红楼梦》，就拿那位未能进入决赛的高中生来说，他自称已读过八遍，至于那几个夺魁的佼佼者，自然不止这个数字。可遗憾的是，这些青年中有的能讲出《红楼梦》每个细枝末节，但并不知道俞平伯是何许人！我怀疑这样读《红楼梦》对他们究竟有多少用处。

提倡读书，用知识竞赛的形式来激励人们读书，这本是一件大好事，不过，如果以一些冷僻的、古怪的题目来组织竞赛，无疑会把青年引入死胡同。读一本著作即使是最伟大的名著，对它的枝枝节节记得分毫不差，这并不是我们读书的目的。坐在电视机前，我不禁在想，我们究竟应该如何引导青年读书？

（1987 年 10 月 10 日）

莫把辞书作“摇钱树”

这几年，辞书成了书店中销售量最大的书籍的一种，于是乎，各个出版社纷纷出版各式各样的辞书，一本又一本的辞书问世，真令人欣喜。可是，当我到书店中仔细看看后，不免喜中有忧。

喜的是我国辞书出版事业竟发展得如此之快，就拿语文工具书来说，十年前，一本六十四开的《新华字典》是人们最重要的语文工具书，而今却有几百种语文工具书先后问世，再拿成语辞典来说，也不下三十来种；忧的是已出版的这些辞书，有的质量实在不能令人满意，有的出版社根本不具备辞书的编辑力量，却编印了一本又一本辞典，翻开一看，不少内容都是东抄西摘，就拿市面上见到的一些成语辞典来说，放在桌上一对照，不少条目的释文都雷同，有的甚至连标点符号都一模一样，弄不清究竟是谁抄谁的，将来如果闹起版权纠纷来，恐怕一百个律师也难以分辨清楚。

前几天，听一位书友说起，上海辞书出版社社长、总编辑巢峰曾对人说过这样一句话：莫把辞书作“摇钱树”。我觉得这话是很有道理的，值得各出版社的领导回味回味，如以为多出版几本辞书就可多几株“摇钱树”，其危害并不亚于滥印言情武侠小说。错误百出的辞书是误人子弟的，出版辞书一定要严肃认真。上海辞书出版社自己就身体力行，近见他们编辑出版的《中国成语大辞典》，据说是从一千余种书籍中摘抄了十五万张卡片，经过七年时间编纂而成的，因此这本书显得很扎实。编辑出版辞书就得有这种精神！

（1987年10月31日）

令人欣慰的数字

广大读者瞩目的全国报刊整顿工作，最近已基本结束，据悉，在社科、文艺类中百分之九十以上的期刊已重新登记完毕。

说实话，今年年初听到报刊要进行全面整顿的消息后，我与许多书友一直在耽心一大批报刊会就此被砍掉，特别是听到有些人慷慨激昂地批评这份报纸内容不好，那份刊物质量有问题的发言后，更是惴惴不安。现在看来，这完全是杞人忧天。据了解，这次因政治思想错误比较严重而被停掉的报刊，仅有五家。我国的报刊一九八六年比一九七八年增长了六倍多，区区五家，其比例实在是微乎其微。

由此感到十分欣慰。这数字表明，整顿的结果证实全国绝大多数报刊是好的或比较好的，自然，这并不是说这些报刊已全部成为优秀的精神食粮，但至少说明了一个问题：过去有些同志对我们报刊现状的估计太悲观了些。当然，被批准重新登记，也并不是宣告“太平无事”，要把每份报刊办得尽如人意，任务还是相当艰巨的。

我们正处在社会主义的初级阶段，赵紫阳总书记在党的十三大所作的报告中已有深刻的论述。这几天，我在学习这个报告时，脑中一直在想，我们的报刊，以及我们的整个出版工作如何与这个初级阶段的理论相适应，这当然是一个很大的题目，不是像我这样的人所说得清楚的，但这确是放在广大出版工作者与读者面前的一个值得深思的问题。

（1987 年 11 月 7 日）

也应作些清理

一位书友问我：学习了赵紫阳同志在党的十三大上的报告，你对哪些话感触最深？我毫不犹豫地回答：赵紫阳同志说的“克服僵化是相当长时期的主要任务”这话使我想得最多。

这些年来，我们的进步是在不断地排除僵化和自由化这两种错误思想的干扰中取得的。平心而论，这三十来年，对于排除自由化，确实积累了一整套的经验，有些人不用谁来提示，随手能驾轻就熟地拿出一套又一套的办法。宛如京剧中的成套唱腔，清理、发表批判文章，继而作出组织处理、开除党籍等等，不一而足。相形之下，在排除僵化时，就没有那么熟练了，很少听说哪个出版社或报刊社专门腾出时间和精力，清理本单位僵化和保守的种种表现；也很少听说哪个单位中“左”得出奇的人，在组织上受到了什么处理，看来，在反对僵化和保守方面，似乎还不如排除自由化那么有办法。

赵紫阳同志把克服僵化作为今后相当长时期的主要任务，这就不能不引起我们的深思。我以为在这方面也应摸索出一套行之有效的办法来。就拿出版社来说，在反对自由化时，各单位都曾层层进行过清理，那么，今后能不能也可定期对僵化和保守作一番清理呢！听说，如今一些出版物中，特别是有些教材、党史、回忆录中，“文革”的语言时而有见。各出版社对此也应该随时加以清理，这样才能保证主要任务的完成。

（1987 年 12 月 19 日）

1988年

"内部"有感

有些事情真令人弄不明白。日前在书店中买了一本外国学者写的历史书，带回家一看，封底醒目地印上"内部发行"四字。对着这四个字，想了半天，也想不出一个所以然来。

既是"内部发行"，怎么放在卖一般书籍的柜台上，随意卖给我这样一个普普通通的读者？

既注明"内部发行"，肯定是书的内容涉及到什么机密。但这书是人家外国人写的。外国人都能看，为何对一般的中国人竟保密起来？

想了又想，始终找不到一条能说服自己的理由。还是一位书友向我点出了其中的奥妙：加上"内部发行"四字，无非是增加一个保险系数。如果将来有谁对此书的内容提出异议，出版社也就能一推了之。

由这"内部发行"四字，突然想起前几天在一家很有来头的报纸上看到的一则新闻，其中提到大陆飞行员叛逃台湾的消息。按惯例，这样的事情即使在"内部发行"的报纸上，也是不能刊登的。现在想想，这种惯例也很可笑。你不登，别人就不知道吗？！相反，如今刊登了,也无损于自己的形象,反而使人觉得你很有自信。我想,出版书籍同样如此,对于“内部发行”四个字应该有一番重新认识。除了确实提供给一定范围的读者阅读,且在发行过程中又严格按此规定的书籍外,对一般的书籍不必随意加上“内部发行”四字来吓唬读者,更不要以此四字来作为自己的“保险系数”。

(1988 年 1 月 16 日)

为何买不到《随想录》

前年秋天就听说巴金的《随想录》要出合订本了。到书店一问,营业员告知一九八七年春天此书才能问世。此后,不知去书店问过多少次,但总不见此书上柜。

一个疑窦不免泛上心头。文章是现成的,为何合订出版竟如此难?隔了整整一年,总算是从报上看到确切的消息,这部书正式问世了。可是,这两个月,一次又一次到书店去询问,仍不见书影。又一个疑窦泛上了心头。为什么这本深受读者欢迎的书,在书店迟迟未露面?于是,我想去探个究竟。先是去问一家书店的领导,他支支吾吾地讲了半天,并未说出个所以然。我就不得不去麻烦出版社。一问,原来是书店的订数不多,这不免影响了印数。

读者翘首以待,书店却不积极备货,而出版社欲印又受到了限制。——这也许正是当前许多读者买不到书的一个主要原因。看来问题的症结还在书店方面,我不由再去找这位书店的领导聊聊。

“你知道巴金的《随想录》的价值吗?”

“《随想录》不就是随便想到什么就随便写什么吗?”

“好多读者要买这本书，你们为何不多备些？”

“这本书又没有什么情节，没想到会有那么多的读者要看。”

…………

我无法再谈下去了。只是隐隐感到，更多的好书将都会与《随想录》一样，难以到达读者手中。

（1988年1月30日）

以讹传讹

我真是孤陋寡闻，活了好几十年，才听说有一本叫《查特莱夫人的情人》的长篇小说。

书自然未读过，但不知怎的，对这部小说一直感到讳莫如深。这种感觉大约是从一年多前开始的。当时听到传说：有几家出版社要出这本书，遭到了批评。遭到批评的书，必然不是好书，我的大脑皮层中很快便烙下了这样的烙印。继而，不知从哪儿传来，说这是一本黄色淫秽读物，开始我也是不信，但传说者振振有辞，翻出几份报纸，在几则取缔黄色淫秽读物的报道中，都把此书列入其中，这就使我不敢再有丝毫怀疑了。

最近，有机会求教于几位赫赫有名的研究外国文学的专家，据他们说，劳伦斯是一位二十世纪伟大的英国作家，在世界文坛上也极有影响。《查特莱夫人的情人》是他的一部有影响的作品，至今外国并无人把它看作是淫秽读物，这不由在我头脑中打下了一个问号。

进一步作了一番了解，原来在报道中把它写成淫秽读物，也只是道听途说，一传再传，以讹传讹。并没有哪位领导同志作过如此断论。幸好未被外国人看到，否则真会闹出大笑话。这儿，我并不是想讨论这本书能不能出版。这本是可以研究的，看看这本书是否适合我们的国情，看看研究工作者是否有这方面的需要。我只是想说，对一本书下断论，这是一件很严肃的事，特别是报刊上的报道和书评，如果道听途说、以讹传讹那是要闹笑话的。

（1988 年 2 月 6 日）

海峡对岸的信息

报上看到一则消息：台湾“行政院新闻局出版处”最近决定：对未经核准但已在岛内大量印行的大陆印刷品，将“尽量从宽处理”。据传，台湾出版商已印制大陆出版物达千种以上，总数上百万册。

看了这则消息，好一阵欣喜。曾几何时，台湾当局把大陆的出版物视为洪水猛兽；后来渐渐地变为“眼开眼闭”；如今又听之任之，让其“合法”地走上书柜。这种变化确实令人高兴，深感历史的潮流是不可阻挡的。

与海峡彼岸相比，应该说，大陆方面对于出版台湾书籍的顾忌框框早些年就开始消除了。书店中早有台湾的书籍出售，一些出版社也在竞相印行台湾版的书刊。原以为大陆出版界走在台湾同行前面了，可读了这则消息，不由耽心起来，台湾的同行至今已印行了千种以上，这一数字不可谓不大。现在台湾当局又开了“绿灯”，今后几年印行大陆书刊的数量必不会少，这是对大陆出版界的挑战！

我看，我们有必要认真思考一下这个问题。现在书店卖的和一些出版社印行的台湾书刊，质量高的并不多，还不能把台湾一些学者有价值的著作及时向大陆的同胞作介绍。我们有些出版社感兴趣的还是言情小说之类“票房价值”高的书籍，而对台湾版的有质量的科技、文史、艺术方面的书籍却没有太多的热情。如今，海峡彼岸的同行在挑战，我们出版界的同志应该好好思考一番，如何为统一祖国的大业作出自己应有的贡献。

（1988 年 2 月 20 日）

诱人的“巨”字

最近我发现，再没有比“巨”字更吸引艺术家了！

搞写作的，希望自己能写出“巨著”；拍电影的，冀想能拍出“巨片”……自然，这也是千千万万读者和观众的共同愿望。我们这样一个时代，是该有巨著、巨片问世了！可惜，近些年，热闹的文坛依然是中不溜儿的作品居多，就拿出版的作品来说，数量不可谓少，但能被称之为“巨著”的，实属罕见。

看来，有些作家和艺术家有点着急了，他们纷纷发表“宣言”和预告，声称自己正在创作或即将创作的作品能称为“巨著”或“巨片”。值得注意的是，近来这样的预告和宣言越来越多。

惹得如我之辈的观众和读者好不欣喜，可惜雷声震耳，雨点飘零，渐渐地有些失望了，毕竟我们欣赏的是作品，而不是艺术家的“宣言”。

我不由在想，巨片、巨著究竟是如何诞生的？曹雪芹披阅十载、增删五次写就了《红楼梦》，在此之前，并不曾召开过记者招待会，向海内外预告他的巨著即将问世。莎翁、托翁在留下那些不朽之作之前，也都没有到处宣传自己正在创作巨著，记得我们吃过“人有多大胆，田有多高产”这样的口号的亏，看来，巨片、巨著照样也不是依自己的胆有多大而问世的。

在创作之前，还是少花一些精力宣传自己的作品为好。作品“巨”不“巨”，读者自有公论。有时间为自己到处宣传，还不如多花些精力在作品上，这样或许可以有助于自己朝“巨”字迈进一步。

（1988 年 2 月 27 日）

书展随想

一千多平方米的“文汇书展”大厅，挤得水泄不通。这儿有年已古稀的老人，也有天真烂漫的中学生，自然，更多的是求知欲极强的青年。为了进入这个大厅，大多数人在寒风中排了一两个小时的队。如今在书架前摩肩接踵，心中却感到乐滋滋的。

是什么力量，把大家聚集在一起？是书，是一本本最新出版的书籍。在书展大厅里，你会感到书的力量。

一位外地人对如潮的人流惊叹不已。不是听说上海甲肝流行，街上行人稀少，不办什么展览会了吗？眼前的事实使他终于明白耳闻的是谣传。可是，甲肝仍在威胁着上海，这倒并不假。如今书的力量打破了人们的忌讳，书迷们照旧如潮地涌向书展，涌向一个个书架。由此，再次使人感到书的力量所在！

这次“文汇书展”设在上海机床公司陈列厅。对一般读者来讲，这个厅并不太知名。据说以往这儿办过各种商品的展销会，但从未出现过这样热烈的场面。真没想到，“文汇书展”使这儿成了上海文化生活的一个“热点”。千万读者涌向这儿，排起长长的队伍。套用一句古话，真可说“厅不在有名，有书则灵”。

在书展里，即使你不买书，也会引发许多感想。搞出版发行的同志，如能置身其间想一想，定能为改进发行想出一点门道来。

（1988 年 3 月 12 日）

纸张告急

我想，假如有一天早晨，信箱里见不到当天的报纸，收到的却是一份通知：“因纸张短缺，本报停印一天”，人们一定会感到惊愕不已。然而，这并不是危言耸听，据说，差一步就成为了现实。

最近，纸张生产部门一直告急，以至有些全国有影响的报纸，一度纸张只有三四天的库存，国际市场上的纸张供应也日趋紧张。原来三百美元左右的一吨纸浆，如今售价涨了一倍多。行家们说，这种状况在短期内是不会改变的。

没有纸，就无法印书，无法出报，出版界的繁荣也就成了一纸空文。我们确实应该认真动动脑筋，把有限的纸张用到关键处。可是，现在纸张浪费的现象还是屡见不鲜，诸如：重复出版物还时时可见，粗制滥造的印刷品并没绝迹……看来，节约用纸值得引起人们足够的重视。

这儿，我想到了不少单位大扫除时清理出来的一大叠一大叠的学习材料来。这些大都是公费买的，其中不少翻也未见人翻过。我并没有反对公家买这些材料的意思——这些材料都是一些领导人的文章汇编，或某次会议的文件汇集。如果谁向我大喝一声，你反对发这些材料是什么态度？那实在是担当不起的。我只是觉得，有些材料大家手头已有了，就不必再搞人手一册这样的形式，何必白白浪费纸张呢？但愿今后再也见不到无人翻阅的学习材料原原本本地送到废品回收站这样的现象。

（1988 年 4 月 2 日）

出一本《诤言集》

我郑重地向各位出版社领导建议：能不能把人大代表和政协委员们的发言，汇编成册，出一本《诤言集》。

按过去的惯例，人代会、党代会结束后总要将其文件汇编印行。这自然是一项重要的工作。但是，现在看来，仅出这一本还不够，在这些会议上，代表们的发言也是一笔重要的财富。你看，最近一段时期，刊登人大代表和政协委员发言的报纸，如此受到读者的欢迎，便是一个明证。不把这些发言汇编成册，传之后人，实在可惜。

就拿千家驹先生的发言来说，不少人听后都拍案称赞，我想，他发言的内容诚然精彩，但平心而论，我们日常生活中所能听到的有些议论并不亚于此。千家驹先生所以能得到如此热烈的掌声，一个重要原因是他能在这样庄严的讲坛上把人们心中的话讲出来。读者为之喝彩，除了其内容外，还因为共产党的机关报和政府的通讯社能坦然地加以发表。这正说明我们的民主进程又前进了一步。由此可见，能把这些发言汇编出版，不是很有意义吗？

或许有人会说，这些发言都是针对当前工作的，过段时间就事过境迁，没有出书的必要了。我说，事情并不这样简单，诸如知识分子的待遇、对教育不够重视、社会风气等等问题，也不知叫了多少年，可是至今未能尽如人意。代表们的发言，不少确是老生常谈，但现在看来，还得谈下去，因此，汇编成册，录以备思，是有必要的。

此书如能出版，希望各级干部都能人购一册，置于案头，随时翻阅。这对改进我们的工作，一定大有好处。

（1988 年 4 月 9 日）

等待提案的下文

虽说这些年有关法制的书籍出得并不少，可是，有时遇到一些问题，需要解疑答难时，却往往又无法找到适当的读物，看来，这方面的书籍还有不少缺门。

最近我就遇到这样的事。这次人代会增加了透明度，引起了包括我在内的许多人前所未有的关心。报载不少代表提出了许多提案。对于“提案”两字，过去也一再听到过，但究竟什么叫提案，提案的法律程序如何，它的处理程序应该怎样……却似懂非懂。想找一本有关的书来看看，竟无从觅到。

于是，几个书迷就扯开了。有的说提案就是提意见和建议，有的说提案无非转到有关部门便了事……不管各人看法如何不同，我想，只要这些提案不成为一纸空文，也就上上大吉了。

就拿报上发表的胡绩伟等人呼吁采取有力措施，切实解决新闻出版纸张危机的提案来说，其中列举的材料，令人心惊。目前纸张短缺，国家已三次动用储备纸张救急，如今甚至连教材用纸都难以保证，胡绩伟等六十七位代表为此提出了三条建议，每条都合情合理，我不知这份提案的下文如何，如果仅仅一转了事，把它放在管理新闻出版以及纸张生产的部门、或邮局的领导办公桌上，便以为大功告成，那实在是这些代表和广大读者的不幸。

人代会的帷幕降下了。希望这份、以及其他许许多多提案都能有相应的下文，到时在报上公布一下，哪些做到了，哪些还无法做到——只要把理由讲清楚了，老百姓也会满意的。

（1988 年 4 月 16 日）

救救连环画

常逛书店的人，都会为连环画销售的起落感叹不已！

曾几何时，连环画大大热闹过一阵。不少出版社视之为“摇钱树”，竞相出版；许多书店也把它作为赚钱的重要品种，纷纷辟出专柜。据有心人统计，光一九八五年一年，全国就出版了八亿册连环画。

可是，如今走进书店，想觅几本中眼的连环画，却是一件困难的事。不少书店早就不卖连环画了，即使仍在经营，品种也稀稀落落。据书店同志介绍，去年全国出版的连环画册数，仅为一九八五年的十分之一。

反差如此悬殊，我不禁要大声疾呼：救救连环画！对于我们这样一个青少年占很大比例，文盲和半文盲人数又名列世界前列的国家来说，连环画这种出版物确实有其不可估量的作用。

为什么短短几年，连环画出版的起落会如此之大？这是值得出版界有识之士认真总结一番的。当初“武侠热”、“琼瑶热”掀起，各出版社蜂拥而上，仅《十三妹》一种，就有十三个版本。后来买的人少了，许多出版社又转移兴趣。一冷一热，都有些“一窝蜂”。这些年，我们出版界吃“一窝蜂”的亏还少吗？

读者对连环画还是需要的。出版界的有识之士、画家、作家们，一起来救救连环画吧！当题材重复雷同的弊病克服后，当粗制滥造的作品减少后，连环画仍然会成为一种长销不衰的出版品种的。

（1988 年 6 月 4 日）

明年……

翻了一下日历，离开一九八九年还有一百五十三天，可是，我却已担忧起来。

我敢预言，明年，对于中国出版界来说，将是接受严峻考验的一年。

纸价飞涨印刷工价上升，涨、涨、涨……书刊和报纸的定价再也抵不住这一股汹涌的涨潮。据一些内行人预测，明年一本大型文学期刊要卖到四元至四元半才不至亏本；原先卖四五角钱的一本刊物，可能要卖一两元钱；一份报纸要卖一两角钱，有的甚至要近三角；至于书籍，那就更不容说了，稍有分量的著作，没有五六元钱，你休想带回家去。

然而，读者的承受能力是有限的。他们不可能再随心所欲地同时订好几份报纸，爱书的人也要掂掂口袋的分量，才敢走进书店。

因此，我想，明年报刊的发行量、书籍的印数很可能大大地下跌。出版部门将面临一个十分严峻的现实——一方面商品经济的发展随时对他们进行着冲击；另一方面读者的选择增加了他们精神上的负荷。可以说，出版部门的生存与发展遇到了前所未有的困难。

好在我们还未忘却过去经常挂在嘴边的一句话：沧海横流，方显出英雄本色。应该说，在这样的环境中，在这样的激烈竞争中，确能冒出一批真正的出版家来。离明年还有一百五十三天，我写这篇短文的目的，只是提醒我们出版界的同志早作准备：如何使自己编的报刊更吸引读者？如何使自己出版的书籍更有品质？否则事到临头，会措手不及的。

（1988 年 7 月 30 日）

“关系书”小议

书店订货的萎缩，迫使一些出版社不得不压缩一批选题。日前，遇到一家出版社的领导，见他愁眉苦脸，一问原因，他叹气说：要砍掉有些不受欢迎的选题，真是难上又难。

我不觉奇怪起来，这有何难？这些选题既不受欢迎，为何又不能砍掉？他苦笑一声说：问题并不这样简单！

接着，他对我诉说了一通苦衷。现在有不少书稿，都是有“关系”的。例如，有的作者有一定的头衔，尽管他写的书东抄西拼，明知出版后大都要送进废品回收站，你又不能不出；有的书是某某领导、某某上级部门转来的，往往都有一封热情洋溢的推荐信，谁又能拒之门外？……诸如此类，都是得罪不起的。

原来，出版社还有这样一批“关系书”，这倒是我原先没有料到的。仔细一想，也不足为奇，如今在我们生活中，真可说“关系网”无所不有，出版界自然在劫难逃。想到这里，我不觉体谅起这位领导来，确实，有些人是得罪不起的，否则，他利用手中的权，整治你一下，滋味一定是够受的！可是，继而一想，这些人虽然得罪不起，如果他们那些质量低下的书籍出版后，既浪费了纸张，又影响了真正有质量的书籍，得罪的却是一大批读者啊！看来，放在这位领导面前的选择只有两条：得罪了“关系户”，便可赢得广大的读者；反之，迎合了这些“关系户”，势必得罪广大读者。如果让我选择的话，我想不管怎样，还是应该选择前一种做法。尽管我今后的日子可能不太好过。

（1988 年 9 月 24 日）

有点想不通

《生死在上海》是美国去年最受读者欢迎的十六本畅销书中的一本。真没想到，仅仅几个月的时间，此书就由求知书刊社组织人员翻译，由百家出版社出版了。这样的速度，在我们出版界来说，称得上是第一流的了！

可是，快则快矣，读者想买到一本却并不容易。一般的书店是不卖这本书的，原因是：这本书的末尾印有“内部发行”四字。

听说，发生过这样一件事，一位在中国留学的外国人，很想得到一本此书的中译本，到书店一问，营业员支支吾吾地回答说没有这本书，不料这个外国人是一位“中国通”，他咬定有人从这家书店买过这本书，弄得营业员好不尴尬。这位外国人后来再一打听，才知“内部发行”的书是不卖给外国人的。他为此感到大惑不解。世界上许多国家都已翻译出版《生死在上海》一书，香港、台湾也早已有了中译本，对他来说，要得到这样一本书真是易如反掌，可是，为何偏偏在这本书所反映的地方却不能买到这本书呢？难道大陆的中译本又添上了外国人不能看的“保密”内容吗？

听到这件事，我也实在有些想不通。有些书只能供一定范围的人参考，印上“内部发行”字样，这本是可以理解的。可是，像《生死在上海》这样的书，世界各地都可以买到，而我们却偏偏印上“内部”的字样，使那些原本比我们早看到这本书的外国人也不能再买这本书，难怪外国人会大惑不解。

（1988 年 10 月 15 日）

出本举报电话集

几乎每天都会遇上或听到一些不顺心的事。

就以今天为例，早晨在车站候车，原先三五分钟就会来一辆车，可是如今三刻钟过去了，才见汽车姗姗开来。倒不是车少，只是司机故意把车开得慢吞吞的，真是令人怒气冲天！

在车上，不时听到有人在议论。一位说政府规定不能随意涨价，可菜场里以次充好，这不是变相涨价吗？另一位立即激动起来，于是从议论变为谩骂，从骂营业员变为骂领导，甚至一层层地往上骂。听了心中真不是滋味。自然，这些还是小而言之。在一旁的乘客大声披露了一些新的“材料”，某单位的领导至今还在收取别人馈赠的一个个“红包”；某某党委书记家中的礼品堆成一座小山……说的人气愤，听的人心情也不舒畅。

其实，这些问题并不难解决，只要向有关部门反映，让领导认真查处，歪风邪气是会得到克服的。幸哉，最近中央制定一系列监察不正之风的规章制度，许多单位和部门也纷纷在报上公布举报电话号码。据说，这些电话还真起了相当的作用。有些问题就是靠这些电话得以解决的。

可是，我却有些耽心，怀疑这些电话的使用率究竟高还是不高。试想，自己如遇到了什么问题，想向某一单位举报，谁还会记得起几个月前在报上公布的那个电话号码呢？！因此，我想哪个出版社做件好事，编印一本《举报电话集》，让大家常备身边，群众是会欢迎的！

（1988 年 10 月 22 日）

1989年

新年说书

这是多年的老习惯了，每逢元旦，总要到书店中走走，如能买到一本称心的书，在扉页上题几句，也算是一种纪念，今年自然不能例外。

可是，这次从书店归来，心情却不怎样。倒不是没有见到一本自己特别喜欢的书，只是一路上所见所闻，更使我对书的命运担忧起来。

闹市中的几家书店，越来越不像书店了。面目可憎的变形金刚居然也侵占了书店的一席之地，不少摆书的柜台如今都让位于陶瓷工艺品、电器产品。可见书在书店的地位已不是至高无上了。

市中心在举行书展，进门一看，附带有生活用品展销。不知是因为考虑到买书的人不大逛商店，以此来为他们增加方便呢，还是用吃喝用穿的柜台来吸引买书人呢？在闹哄哄的人群中，我也弄不清此中的因果关系。

一路走着，一路在想，书在人们心目中的地位是不是真的大大下降了一截！有人说书在贬值，看来确确实实有这种趋势。

书的贬值，恐怕与书在某些搞出版和发行的人的眼中贬了值是不无关系的。

书的贬值，将直接影响人的素质的提高，将给一个国家带来极为可悲的后果，此中道理毋庸赘述，许多人都可以说出一大通，可是，嘴上虽都能讲，时下五颜六色的人民币在某些人的眼帘前飘舞，使他们早已看不到这一点了。

新年伊始，说了这一些话，也许是不太合乎时宜的。

（1989 年 1 月 7 日）

多余的担忧

如果要评选一九八九年的第一本畅销书，在上海，我认为当首推《世界人体摄影》，不少人为了买这本书排起了长队，有的还把柜台都挤破了。这种场面似乎已多年未见了。此书的定价为三十三元，这样贵的书竟能一销而空，在书店的历史上恐怕也是不多见的。

其实，这也不足为奇，这类画册过去几乎没有出版过，如今一旦问世，从事与此有关专业的，自然要争相购买；一些好奇者，只要袋中有钱，买一本看看，也并没有什么可非议的，但听说有些人却不以为然，他们感到“惶惶然”，大呼这是一股“歪风”。

我看，这种担忧完全是多余的。“惶惶然”者所以“惶惶然”，无非是耽心这类画册会产生如何如何坏的作用。世界上有些事也真怪，同样一本书，他本人看后，完全能确保自己的肌体不受丝毫的侵蚀，而旁人若要看，他就会指责这些书会腐蚀人们的灵魂，并立即搬出一堆数据：多少犯罪的人就是因为看了这样的书而造成的。对此我没有作过专门研究，但我想即使如此，现在有关部门也没有提供有人看了这样的画册走上了犯罪道路的数据，因此如果有人提出出版这些画册是“一股歪风”，就实在没有道理了。不过，对争购的人，我倒要奉劝一句：你不妨有所选择。既然有几家出版社出版类似的画册，听说有的即将面世，你应该选择一本更加完美的，何必这样着急呢？钱，毕竟是来之不易的！

（1989 年 1 月 14 日）

出钱买“名”

如今要当“名人”，并不是一件难事，既不需要什么丰功伟绩，也不必在事业上有什么了不起的成就。只要口袋中有钱，要一举成“名”是轻而易举的。

此话怎说？

古往今来，有许多记载名人的书，从司马迁的《史记》的列传起，几乎每个朝代都要编撰几本，凡能登于斯，传之百世，自然就成了名人，所以哪些人的名字能载于书，历来是颇费斟酌的。前几年编撰修订《辞海》，就曾为什么人能进入条目，煞费了一番苦心，然而，时来运转，现在情况大不相同了，最近看到几份材料，某县连续收到几封信函，某个单位要出版《中国各县概况》《中国县城文化经济年鉴》《名人录》等书，并提出哪个县的县委书记和县长只要付五百元至五千元，就均可把大名登在其上。另有一家出版社要出版一本《优秀企业家名录》，条件也是要付多少多少元人民币……

这就使人纳闷起来，凡是能付钱的，名字就可载入“名人录”，凡是不能交款的，即使你是一个有相当社会影响的名人，也只能被挤出门外。如此说来，这本“名人录”即使编成了，究竟有多大的价值，也可想而知了。

听说，近来正在编撰的这类“名录”数量相当可观，如今纸张这样紧张，出这些书又何必呢?！一位出版界的行家说：这种书是不会有人买的，无非是肥了那几位编印的人的腰包。我为这些想出名的人感到可悲——想当“名”人,付了钱,不仅出不了名,却肥了别人。

（1989 年 2 月 11 日）

请对历史负责

我历来主张作家应该把反映“文革”作为一个重大的题材，为了不使我们民族再次沦入这样的劫难，留下一些作品，启人深思，这是十分必要的。

看来，读者有此同感，一些描写“文革”的作品，在书店中往往特别走俏，这就是一个证明。

但是,近来我的想法有了些变化。看了些描写“文革”的作品,不免有些担忧,有些作家近几年热衷于为“四人帮”几个头目立传,什么“外传”、“野史”不一而足，写了一本又一本，尽管这些作家宣称自己如何如何查看了大量第一手档案资料，可是，读过这些书的人，都会觉得太粗制滥造了。许多情节都是自己任意发挥想象，有的明显与历史事实大相径庭；更有甚者，还有人为一些当年叱咤风云的人物涂脂抹粉，这样的传记传之后世，谁还弄得明白“文革”究竟是怎么回事。

历史是一件十分严肃的事，而今却被人看作是赚钱的工具，我想，这些作者如此粗制滥造地炮制出一本本传记，对事实不作进一步的核实，把自己掌握的一点点材料，东拼西凑，一会儿搞成一本书，一会儿搞成一篇纪实文学……一次次发表，从而变成一笔笔稿酬，这种做法，实在有失体统。

为了对历史负责，以“文革”为题材的作品，理应格外的认真，这样才对得起子孙后代，才对得起历史！

（1989 年 3 月 11 日）

建议送这两本书

也不知从什么时候形成的规矩，每个单位都有一个管宣传的部门，而管宣传的，又把免费发送“学习材料”作为自己一项重要任务。只要到各单位看看，大凡堆在案头的某某领导人的文选，或各种学习辅导材料的汇编，很少是自己掏钱买的。它们往往都是各单位的宣传部门发送的。

不用掏钱，又可以得到一本本书，这自然不必加以阻拦，可惜的是，这些书的阅读率都十分低，有的甚至连翻也不曾翻过一页，就被当作废纸处理掉了。

我并不反对宣传部门给大家发书，我只是想，这些负责宣传工作的同志能不能把思路打开一些，发给人家学习的书，不一定拘泥于一些领导同志的文集，能不能挑选一些切实对大家有所启发，又能引起兴趣的书籍，这样岂不发挥更大的效应。

最近我就看到两本书，如果哪个单位能给每个干部人手发一册的话，我敢断言：其产生的作用决不亚于一般的学习辅导材料。这两本书都是三联书店出版的，一本是新编的《官僚主义——最坏的内部敌人》，一本是重印的《官场病》。前者是苏联报刊上有关对官僚主义抨击的文章选译；后者是剖析官场的种种弊病。我们不少干部一定可以从这两本书中找到自己的影子，这样的书对我们当前进一步搞好改革和开放是大有益处的。

各单位宣传部门的经费本来就有限得很，还是把有限的钱用在刀刃上吧！何必拐一个弯送到废品回收站去呢？

（1989 年 4 月 1 日）

难以相见的密友

早就听人说起，江西少年儿童出版社出了一套“密友丛书”，从内容到形式都别具一格，颇受读者青睐。可是，跑了几次书店，都未见到这套书。

前儿天，又听说该社到上海来搞“密友丛书”的发行仪式，满以为仪式一举行，上海的各家书店就能见到这套书了，然而，这次又以失望告终。连走了几家书店，仍然未见书影。一了解，原来上海各家书店仅向出版社订购了二十来套这套丛书，偌大个上海，到哪儿去寻觅？幸好江西少儿出版社自己带来了一批书，总算满足了一部分读者的需要。

耳闻是虚，眼见为实。这套丛书捧在手中，确实使人眼睛一亮，且不说丛书的装帧设计别具一格，就拿每册的内容来说，也都很有吸引力，很能引起中学生的阅读兴趣，编者还画龙点睛般地在封面上写上一句话，例如，在《三毛悄悄对你说》的封面上，写上：“掩上本书最后一页，你会发现以前并没有真正读懂三毛。”对三毛有兴趣的中学生，看了这句话，一定会情不自禁地读起这本书来。

明明是中学生的“密友”，可是现在却难以相见，这就不能不使人对当前的发行渠道又感叹起来。许多好书，就是因为发行不畅通，无法得以及时地与读者见面。看来，要“密友”真正能找到知己，还得靠书店同志的帮助，否则再好的书，都会因为书店订数过少，而使它奄奄一息。

江西少儿社的同志不远千里到上海来举行“密友丛书”的发行，终于使这套丛书能与更多的中学生见面！

（1989 年 4 月 15 日）

书迷悼耀邦

听到胡耀邦同志不幸逝世的噩耗，不觉一惊！他不应该这样早就离开我们！

书迷们对胡耀邦同志是有着一种特殊的感情的。近些年来，已不大听到有谁向大家发出认真看书学习的号召。回想起来，胡耀邦同志曾经是最热心的倡导者之一。他不仅再三呼吁，还提出过看两亿字的指标。并这样具体说过：“要读马、恩、列、斯的全集，要读四书五经，要读完古今的文学名著，要读完二十四史。这些书一共有五千万字，即使一个人一天能读一万字，要读完这些书，至少也得十四年。二十多岁的干部按照这个方向去努力，到了四十岁左右，可以成为一个学者了。”多么具体！听说胡耀邦本人身体力行，一生读了很多书。

人往往到了离开人间后，旁人才会更清晰地看清他的价值。胡耀邦同志的这一番话，过去听了也就听了，现在仔细咀嚼一下，才觉意义是非凡的。可惜现在提倡读书的人不多，真正认真看书学习的人也日渐稀少。大家都为干部队伍素质的下降而感叹不已，应该说不读书是造成素质下降的一个重要原因。在悼念胡耀邦同志之际，他的那些中肯而有见解的意见，是很值得人们回味的。

胡耀邦同志是一位杰出的政治家。千百年来，政坛沉浮，有的即使声名显赫，一旦过世，别人也就渐渐忘却了他；而有的尽管遭到种种坎坷，后人依然会永远记着他。胡耀邦同志应该是属于后一种政治家的。

（1989 年 4 月 22 日）

与代表委员对话

这些年，每逢“处处闻啼鸟”的季节，我们的政治生活就会热闹起来，北京，上海等地相继召开人代会和政协大会。新闻媒介总要以大量的篇幅报道代表或委员们如何举手表决，如何即席慷慨陈词，如何提出议案，真可谓忙得不亦乐乎！

前几天，见一家报纸披露，有一份议案提出“要求取缔个体书摊”。报上仅此一句，却引起我一阵震动。自然，普通人是无法看到议案全文的，想来这位代表或委员一定是听到旁人议论，如今书摊上充斥着凶杀、色情……这类读物有感而发的，动机不可谓不好，但我要斗胆与他说，这样的议案是有片面性的，至少说明他对当前的发行体制不甚了了。个体书摊作为“第二渠道”，实在是对大书店的有力补充，读者还是很需要的。现在有不少人对他们卖的书有意见，其实也不能单纯怪书摊，因为他们卖的，绝大部分都是国家出版社正式的出版物。源不纯，流何清？因此关键还在于出版社如何把关，如果仅仅怪罪于个体书摊，那就欠公允了。

我敢断言，提出这样议案的代表或委员，一定是对下情并不了解。这也不能怪他们，有些人本来就不是群众选举产生的。时下不是提倡“对话”吗，在人大或政协会议上，不少政府官员如约赴会去接受提问，使上下得到了沟通。我想，今后能不能形成这样的制度，在会议召开之前，让代表与委员们也能与普通老百姓对对话，听听群众究竟有什么要求与建议，这样也就能真正把群众的意思带到庄严的大会上去，或许可以更好些。

（1989年4月29日）

想起了鲁迅

读了上期报载的一位法国教师的来信《别忘了鲁迅》[1]，心潮难平。在我们的书店里，一本外国畅销小说可以同时见到五六种版本，而鲁迅的著作却难以寻觅。其实，岂止鲁迅，我国古代一些名著，

① 读者来信《别忘了鲁迅》的作者是E·G。来信刊于1989年4月29日《文汇读书周报》头版右上角《读者呼声》栏。来信前有这样一段编者的话：“这是一封法国读者的来信，读后令人感慨万千！我们经常责怪外国人对中国文化不了解，有人不是说，诺贝尔文学奖轮不到中国，主要是由于中国人向世界介绍自己的作家太少，如今外国人来到中国，居然也买不到一本鲁迅的著作，再这样下去，可能我们的子孙后代也弄不清鲁迅是何许人了！这难道不值得出版界人士深思吗？”

现当代一些大家的作品，在如今书店中都是很难见到的。据说，在苏联和外国的一些书店里，本国及世界上一些作家的经典作品总是常备在那儿的，只有我们这个“出版大国”与众不同！

书店中没有鲁迅的书，于是乎，人们对鲁迅渐渐陌生起来了。今年正逢“五四”运动七十周年，作为“五四”运动先锋的鲁迅正在被人忘却，能叫人不感慨万千！其实，鲁迅的作品只要你认真地读一读，就会有一股巨大的魅力把你吸引住。我有一位在大学念书的书友，原本对鲁迅的作品也很为陌生，但一读便入了迷，每逢见到我，就赞不绝口，可以滔滔不绝地讲出一大通感想，例如，他读了《记念刘和珍君》,就淌下了眼泪,激动地说,鲁迅是最理解青年的。

是的，鲁迅一直是对青年寄予厚望的。在“五四”时期，他就说过：“时势既有改变，生活也必须进化；所以后起的人物，一定优异于前……”他对青年爱护备至，许多默默无闻的青年，都是经过他的大力提携，才步入文坛的。青年遇到什么困难，他总是帮他们分忧解愁。因为他清楚：“希望正在这一面”。

在纪念“五四”运动七十周年之际，我要大声疾呼：别忘了鲁迅！特别是千千万万青年，别忘了鲁迅！

（1989 年 5 月 6 日）

可贵的向往

这些天，心情特别沉重，连续几个晚上都未好好安睡。一闭上眼，就会想到好多，好多……

这也许是因为读了《山坳上的中国》《球籍——一个世纪性的

选择》这几本书而引起的。

这几本书，通过大量的数据和材料，把我们现代化建设面临的各种问题和危机，坦陈在读者面前，使人不免为之一震！正如《山坳上的中国》的作者在题记中所写的："中国的未来，取决于我们现在的认识和行动！"过去，我总把前途想得十分美好，仿佛到处繁花如锦，"四化"搞了没几年，我们已经翻了一番，想必再过若干年，又会不知不觉地再翻上一番，似乎用不了多久，自己就能以世界强国一员的身份，站在地球上，好不荣耀！现在看来，实在还渺茫得很。殊不知，道路还非常曲折，诸如人口问题、能源问题等等都十分严峻地横路拦在我们的面前，而要解决这些问题的难度又是非常之大，如果有疏忽，非但一切美好的愿望都会成为泡影，我们还有被开除"球籍"的危险！

这些书的作者都是带着"强国梦"的忧患意识来入笔的，这种忧患意识又每每使读者很快地受到感染！要建立一个民主的、富强的、社会主义的中国谈何容易啊！可是，这又是人心所向，是十一亿中国人民朝思暮想的。民意岂可违，我相信历史总是要前进的！正是从这点来说，这些书的出版是很有意义的。

写到这，我的脑中又回响起作者的题记：中国的未来……

（1989 年 5 月 27 日）

由谁写历史

刚收到一封来信，是一位在某校任党史教员的书友写来的。信中道：如今有些党史的教材颇为混乱，让人看了莫衷一是。日前在图书馆借了些参考书，以供备课之需。不料，仔细一读，有些段落，居然与“文革”期间的出版物一字不差，令人震惊万分，按这些教材来教书，岂不误人子弟？！

类似的意见过去也曾听到过一些。只是我对党史无甚研究，也没有时间把别人提及的那几本书拿来仔细推敲。听了也就听了，现在接到这封信再仔细一想，方觉得这是一个十分严肃的问题。

从念书到现在，也记不起学过几遍党史了，我们党的历史确实也够复杂的，不同历史时期编写的教材都不尽相同。一会儿彭德怀是反党集团的头目，一会儿又恢复他铮铮铁汉的形象……其实这也不奇怪，我们的党是最讲究实事求是的，随着历史的推进，对一些人与事逐步有了正确的认识，或者说历史终究恢复了它本来的面目，这应该是值得欣喜的。问题在于今天必须以极端严肃认真的态度来撰写党史，其他的书籍，东抄西拼，如今在出版界并不少见。可是，作为党史，千万不能用这样的态度来编写。更不允许把“文革”期间的一些材料改头换面地抄进今天的教材，因此，由谁来编写党史，这是应该引起大家重视的。我想不能让那些沽名钓誉、对历史不负责任的人来进行这一工作，而应该由作风正派具有强烈历史责任感的同志来编写这方面的教材，这样才对得起历史！

（1989 年 6 月 3 日）

不要盲从

这个星期天，淫雨霏霏，约了一位书友来家里谈书。不巧突然断电，原已很昏暗的斗室，更显得黑洞洞的。好在谈书也不用眼睛，两人就在黑暗中聊了起来。

我不无抱歉地说，在这儿住了近四十年，白天屋中这样暗还是第一次碰上。书友答道：算是给我碰上了。

相对而坐，彼此也看不清对方的脸。书友便由此展开了话题。他说，看来还是这句老话对：耳闻为虚，眼见为实。世界上有好多事，讲的人都会说得头头是道，可是一旦见到了，你就会觉得大不以为然。

我说：老兄，怎么会想到这些？

这位书友接着说，最近他上了不少当，看到报上刊登的一些书刊广告，写得都十分吸引人，可是把钱汇去，收到书后仔细一看，却大失所望。谈到这儿，书友愤愤地说：过去我总以为报上的东西都是可信的……我听后连忙打断他的话，说：老兄此论失之偏颇，信还是不信，得看究竟写了些什么。

确实，究竟如何看待报刊上发的那些图书广告，是值得研究的。这些广告，往往是一些出版社的领导拟的，他们总想把自己的书讲得花好桃好，有的还特地标上“世界畅销书”几个字。诚实的读者如果盲从了，很可能轻信，甚而至于上当。因此，我觉得，对这些广告，千万不应盲从，最好还是让书的事实来讲话，真与假，好与不好，读者自己完全能够来判断的，这样才不至于上当！

（1989 年 6 月 10 日）

可怕的想象

那几天交通不便，每天上下班都要跋涉几个小时，真有点精疲力尽。但这也给了我一个前所未有的机会，能沿途浏览一个又一个书摊，粗粗算一下，一路上不下有二十来个书摊。

这些书摊所售的书大同小异，没有必要在此多加议论。有一个现象倒很值得注意，在这些书摊旁，往往都张贴着一张又一张的广告，有彩色精印的，也有摊主手抄的。其中大抵都是关于“性”、“男女之情”的一些富有刺激性的文字，有些被介绍的书我也看过，内容并没有什么出格之处，可是，一经这些广告撰写者的渲染，仿佛都成了一本本实实足足的淫秽读物。

我真佩服这些广告的撰写者，他们为了推销这些书籍，竟然可以使自己的笔端流出这么多不堪入目的文字。据说，有不少还是出版社的编辑自己撰写的。

自然，这与这些撰写者的想象力是分不开的，面对这些污人耳目的广告，我不由感到想象力是一件可怕的东西。这些撰写者，他们可以从一本书的书名，从一段普通的情节，想象出这么些肮脏的文字。明明不存在的东西，他们可以想象得天花乱坠；明明作者的原意并非如此，他们可以气势汹汹地把一些莫须有的东西硬栽到你的头上。一本本原属健康的书籍，无缘无故就这样被玷污了！

这些具有可怕的想象力的人，其用意如何，那也是不言自明的，无非是为了几个钱，悲乎！几个钱竟能使他们做出这样恶劣的事！这实在是出版界的不幸。

（1989 年 6 月 17 日）

开一份禁书书目

这些天，不少读者来问我，这本书能否读？那本书能否买？我无言以答。

最初，我是根据报上刊登的有关资料回答他们的，后来却有些失灵了。例如，某报一则消息中透露《男虎女豹》已列入查禁之列，于是，当人问起这本书时，我便告诉他们不能再看了。不料，几天后便遭到书友的质问。他们说：你讲不能看，书摊不是照样在卖？开始我还不信，到几个书摊一看，果然如此！我开始纳闷了，报上明明写道此书已在查禁之列，有关部门再三表示正在采取严厉措施，怎么没隔几天，这些书又露面了？不知是解禁了，还是其他什么缘故？我再也不敢擅自向人转达哪些书不能看这类信息了。

几天前，又听到一位从深圳来的书友说起，他们那儿贴出了一份布告，说奉上级指示有十个人的著作不能出售，我听了名单，不禁又纳闷起来，有些人报纸上已开始批判，而名字又不在十人之列，他们的书是否还可照样出售呢？

据了解，像我这样纳闷的人还不少，一些学校、工厂、企业的图书馆管理员最近都感到很为难，究竟哪些书可以供人借阅，哪些书不能，心中没有一个谱。

我想，如果让各地、各单位自撰一份名单，那是很不科学的。同一本书，在这儿属于禁书，到那里又可以公开阅读，岂不笑话！因此，我建议中央有关部门能不能公布一份准确的书目，明确地告诉人们哪些人的作品、哪些书都在查禁之列，今后卖书的地方不应卖，借书的地方不能借。这样就免得读者受害了。

（1989 年 7 月 29 日）

由禁书书目想起

一个偶然的机会，看到国家主管出版的部门开列的一份查禁书目。列在其上的共有六十三本，据说这还仅是十六开本的出版物，其余的今后将陆续公布，不看不了解，一看吃一惊！随手抄录几本如下：《雾夜裸女》《肉体交易》《色欲横流》《野性婚配》《淫窟浪女》《乱世烟女》……

试问：让这些书充斥书市，该是如何一番景象？四十年前，十里洋场的小书摊上，恐怕也不过如此而已；到过西方国家的人也认为，这些书完全可以与一些外国的淫秽读物媲美。社会主义中国的图书市场竟有相当一部分被这些书占领，这不能不引起每个关心出版工作的人的反思。

如今，中央已下决心对这类书刊进行“围剿”。这实在是一件非常及时的事。在看到这份书目的同时，油然而生几点想法：

首先，由中央主管部门制定出一份统一的查禁书目，这是十分必要的。如果各地各自为政，那就往往会产生不必要的偏差。有的书，在这个城市可以出售，到了那个城市竟成了禁书，这岂不造成地方之间的矛盾，弄得读者也无所适从？！

其次，制定禁书书目是一项很严肃的工作，正如在法庭上宣判死刑一样，弄得不好就会草菅人命。由此，应该组织一个专家班子，认真审读，切莫仅仅从书名和封面来定性。须知，一些有问题的书籍，并非从书名上能察觉的。这样，禁令一下，才能使被禁的书永无翻身之日。

（1989 年 8 月 26 日）

为《辞海》编辑请功

重新修订的《辞海》与读者见面了！

面对这三厚册大型工具书，真令人感慨万千，此中凝聚了多少知识分子的心血。为了使这部辞书的条目和释文与飞速发展的时代吻合，上海与外地许许多多专家、学者，按照国际上大型辞书每十年修订一次的惯例，苦战了四五个春秋，终于使这部我国最大的百科型语文工具书的质量更上一层楼。

编写辞书是一项十分艰巨的工作，需要有一种锲而不舍、默默无闻的精神，因此，辞书的作者是非常值得称赞的。

然而，我觉得，辞书的编辑更值得敬佩，为了一部工具书的诞生，他们不知要花费多少精力，像《辞海》这样的大型工具书，更是需要有一批埋头苦干、一丝不苟的编辑常年累月地为之奉献自己大量的宝贵精力。

当前，“扫黄”正在进行，社会上不少人对编辑这一行当颇有微词。确实，编辑队伍中固然有一些为了几张人民币，可以不惜玷污自己笔头和灵魂的人，但这毕竟是极少数极少数。应该看到，绝大部分编辑都是在认认真真地为人们提供上乘的精神食粮，特别像编辑《辞海》的那些编辑，更是多少年如一日，辛辛苦苦、勤勤奋奋地为读者服务，这是十分可嘉的。

最近，有关部门正在整顿报刊和出版社，我觉得与此同时，如果对那些作出重大贡献的编辑加以表彰，这样才有利于扶持正气。

正由于此，我建议为《辞海》的编辑请功！

（1989年9月16日）

帮一帮许杰先生

几天前，参加了上海新华书店等单位主办的《谢晋谈艺录》一书的首发式，颇受感动。仪式开始前，读者并不踊跃，只见新华书店几位经理奔上跑下，亲自忙于张罗，在他们的操心下，发行仪式终于取得了成功，一下子卖掉了百来本书。

谢晋这位大导演遇到的“出版难”这个大难题，在上海新华书店通力协助下，终于迎刃而解。书店不仅代为包销，而且又举行了由书店领导亲莅的首发式，此后又借助于新闻媒介，做了广泛宣传，见诸报端的参加首发式的人数从几百人上升到近万人，直至几万人。声势造得不可谓不大。在此，我觉得实在应该好好感激上海新华书店，没有他们的帮忙，谢晋这本书恐怕至今还躺在印刷厂。

正当我为谢晋感到庆幸时，听到有人转告的另一条消息。九十高龄的文坛前辈许杰先生最近也出了一本书，同样也印了两千册。可是其中一千册要作者背回家中，由自己去推销，这却苦煞了老人，个中遭遇足以写出一篇令人感慨不已的文章。

我想，论许杰先生在文坛的地位是众所周知的；论他这本《许杰散文选》的价值，也是毋庸讳言的。可惜，许杰先生是一介书生，只会埋首书桌和课堂，为他举办新书首发式，其轰动效应是远远不及光彩四射的名演员和名导演的。不过，新华书店如果也能帮这位九旬老人的忙，那么许多作者和读者对他们的感激，绝不会在为谢晋包销两千册书这件事之下的。

（1989 年 10 月 28 日）

假如……

有机会登高，一睹上海的全景。

嗨！每天忙忙碌碌，埋头书桌，至多在书店、出版社这些单位之间走来走去，平时只觉得自己生活的城市是这样拥挤、嘈杂，没想到登高一看，原来上海有这样美！一幢幢新建的高楼大厦，数量之多，大大出乎我的意料，这些年上海确实在变。

我朝一幢幢高楼看去，其中不少是高层住宅。上海千千万万住房困难户如能在此眺望，一定都会激动万分的。尽管“粥少僧多”，但毕竟一幢幢的高楼建了起来。在这许多高层建筑中，宾馆饭店占了不少。据介绍，有的是中国人造的，有的是中外合建的……数量不可谓不多。方圆百步之间，同时会有几幢宾馆高耸入云，我不禁失声而道：“能有那么多人来住吗？”

看着，看着，突然想起几天前一位友人告诉我的一些情况，市图书馆库房告急，每天有大量的书刊不知放到哪儿去保存。上海解放已四十年了，可至今没建过一幢像样的图书馆大楼。据说前几年有关部门已在规划设计，可至今依然是在“纸上谈兵”，我想照此速度，三五年，甚至十年之内读者是无法进入现代化的新的图书馆大楼的。想到这里，心中不免泛起一阵寒意。

上海应该有幢现代化的图书馆大楼，其他各个城市也都应该有这样的大楼。望着眼前的一幢幢大楼，心里不觉在想，为何这些大楼能以如此速度拔地而起，唯独新建图书馆那样艰难。假如主管建设这些大楼的人中间有几个是书迷，能体会到读书人的迫切需要；假如有关领导能真正领会列宁所说的图书馆是一个国家文明的标志这样的教导；假如有谁能决定从这些大楼中拨出一幢来办图书馆……这该多好啊！可是这一切都仅仅是假如！

（1989 年 12 月 16 日）

1990 年

冷清的报刊门市部

元旦以后，去过几次报刊门市部，可每次都是空手而归。不知是我去得正是时候，还是被我碰巧遇上，所到的几家报刊门市部都显得冷冷清清。

柜台上的杂志寥寥无几，少则只有几十种，多则也不过上百样。营业员不像过去那样忙忙碌碌。有的闲着无事，有的则在三三两两聊天。

一位书迷在我耳边悄悄说："如今不少报刊都被整顿掉了，难怪卖报刊的地方冷清了起来。"

此话当真?！我很想去探个究竟。于是抽空到几家主要的卖报刊的地方走了一圈，并找几位熟人谈了一谈。从听到的介绍看，确实有不少人把报刊门市部的冷清看成是报刊整顿带来的影响。一位营业员直截了当地说：过去我们卖的好些刊物都被停掉了，现在柜台上自然要空荡荡了。我不同意她这样的看法，告诉她，如今我国每年出版的报刊有几千种，可卖的刊物有好多啊，诸如《收获》《读书》……都很有人看，为什么好些报刊门市部都看不到这些刊物呢?那位营业员朝我笑笑，并没有接下去说。

这或许也是一个老生常谈的问题了。近些年来，我们的报刊事业发展很快，可是，报刊的发行工作却并不通畅。大都卖报刊的地方，有的热衷于其他东西，有的却偏爱那些通俗、格调并不太高的报刊，而对学术性较强的报刊，往往持冷淡的态度。这样，报刊整顿自然会给他们带来不小的冲击。其实，如果把眼界放开些，报刊门市部可卖的品种应丰富得多，这是读者的期望，又可使他们得到更好的经济效益，这有何不好呢？

（1990 年 1 月 27 日）

由书展想起

大家都在说出版工作进入了“低谷”，买书的人也越来越少了，这就不能不令人耽心这一届“文汇书展”是否会出现门可罗雀的局面。

事实证明，这一耽心是多余的，这届“文汇书展”盛况空前，展出的第一天，门口排队的人有整整一条马路之长，几百几千人的队伍持续了几个小时。展厅里，人挤人、人拥人，书架前筑起了一道道人墙，年愈古稀的老学者，提着一大套书，面露喜色，一批批大学生，手捧厚厚一叠书，眉开眼笑，这真是爱书者的盛大的节日。

我建议出版社和书店的领导以及各出版社的编辑能到那儿去看看，他们一定会大受启发的。

在那种热气腾腾的场面里，任何对出版工作持悲观的情绪都会一扫而空。确实，前一时期由于种种原因，某些地方的出版工作确实有点不景气，图书的订数锐减，不少品种——特别是一批有质量的学术著作都无法开印，书店库存增加，惹得一些书店的领导伤透脑筋，然而，从文汇书展的盛况可见，买书还是大有人在的，我们的出版和图书发行工作者，只要对这一点有充分的信心，那么就不难使出版工作进一步发展起来。

书是给人看的，只要编书的人能想到读者的需要，卖书的人能千方百计地把书送到读者的手中，那么整个出版工作就不愁发展不起来，今年的文汇书展，再次受到读者的欢迎，这说明如今买书的人还是不少的，只要我们把工作做好，出更多的好书，并把发行渠道畅通起来，出版工作走出“低谷”是指日可待的。

（1990 年 3 月 31 日）

学术书的甄别

“出书难，出书难……”这种呼声至今仍不绝于耳。

前几年，当我国每年仅出版二三万种图书时，听到这呼声，确令人十分同情。如今，我国每年已出版七万五千余种图书，这种呼声仍频频传来，我不禁要问：要等到我国每年出书多少万种，才听不到这样的呼声呢？

平心而论，以我国的财力物力和读者的需要，每年出版七万五千种图书，已不算少了。一年出版这么多种书，仍然有人不断地在叫“出书难”，那就应对这一问题认真作一番调查了。

先看一看，这七万余种书中，学术著作所占的比例，一些该出版的学术书是否都得到了出版？前几天，遇到上海新闻出版局的一位领导，他原先是研究数学的，对这方面的书籍堪称内行了。据他说，近些年，数学理论方面的出版物与世界前沿的距离越来越大。由此一斑，就提醒我们，尽管现在书出得不少，但确实还有相当一批有质量的学术著作得不到出版的机会。

而问题的另一面，近年来，我们看到一大批“滥竽充数”的“学术著作”面世。有的是东拼西凑，有的是“明日黄花”，有的本无多大学术价值，或依靠本人的地位，或依靠领导的一个批示，或依靠出版界的诸亲好友，或依靠略施一些不便公诸于众的手法……照样能付梓问世。

可见，对学术著作的出版难与不难，还得作一番具体的分析。我建议各出版社能对已出的或未出的学术著作进行一番甄别，让那些真正有价值的学术著作早些面世，而把那些没有学术价值的“学术著作”从选题计划中请下来。

（1990 年 4 月 28 日）

用牛刀杀鸡

杀鸡焉用牛刀？可这次上海译文出版社偏偏操起“牛刀”来杀“鸡”。他们组织了九位有经验的译者，花了几年时间，认认真真地把《乱世佳人》重新翻译了一遍，并专此与《文汇读书周报》一起组织了一次研讨会。对一本外国通俗文学作品如此重视，这是前所未有的。

我很赞赏他们这种态度。

这些年来，“外国通俗文学”的名声被搞坏了。以至不少人头脑中，这类文学作品与凶杀、色情、庸俗、下流画起了等号。而翻译出版外国通俗文学作品又成了一件粗制滥造的工作。稍懂几个外文字，便可边译边编，有的甚至随意为原著添油加醋，以求“票房价值”。于是乎，其中不少书籍自然成了“扫黄”的锋芒所向。

上海译文出版社的领导决心要为一批有价值的外国通俗文学作品正名。他们像对待严肃文学一样，认认真真地翻译出版外国通俗文学作品，并郑重其事地推向读者。这确实是十分及时的。我想，在许多人还不会“杀鸡”,或一时还找不到恰当的刀具来“宰鸡”时，如能操起“牛刀”，这也未尝不是一个好办法，这决不是大材小用，而恰恰可保证万无一失。《乱世佳人》的出版便是一个证明，相信读者会从充分体现原著风格的译文中，以及优美的装帧中，喜欢上这部名著。

上海译文出版社严肃认真地对待外国通俗文学作品的出版，为我们树立了表率。从事出版工作，无论是出版高质量的理论学术著作，还是面向读者的通俗文学作品，都应该具备一丝不苟、精益求精的精神，这样才能为读者提供上乘的精神食粮。这正是上海译文出版社所以会博得读者信任的原因所在，愿各出版社都能如此。

（1990 年 6 月 23 日）

公费公废

某单位搬家，一大堆一大堆的旧书刊被清理出来，捆捆扎扎送到废品回收站。出于好奇，想看看究竟是些什么书，原来其中不少是学习材料，恕我不一一把书名列出，否则实在有些不恭。

这些送废品回收站的学习材料，其实都不是自己掏钱买的，而是单位用公费购的。也不知什么时候开始，许多单位都形成这样一种风气，每当领导同志有什么讲话发表，每当有什么重大政治活动，就赶紧到书店去买一批文件汇编或辅导材料，人手一份，似乎发到各人手中，大家便能深刻领会精神，这个单位抓政治思想工作也就大功告成。殊不知，这些材料搁在抽斗里，堆在书架上，几乎很少有人翻阅，这实在是极大的浪费。

有一些出版社也深知其奥妙。于是，一旦有什么讲话或政治活动，就立即赶印“辅导材料”，反正这类书都是由公费购买，印数是不成问题的，粗制滥造也无关系，出版社总可以乘机赚一笔。一年之中，不知有多少纸张花在这上面。

我并不反对出版这类学习材料。问题是不要造成浪费，辛辛苦苦编印了，被弃之一旁，最终送到废品回收站，这实在太可惜了。能不能以后不再用公费统一购买呢？应该相信大家还是有学习的自觉性的。自己从口袋中掏钱买，也就不会轻易弃之一旁，相反倒会认认真真读它几遍。这样出版社的印数自然可能下跌些，但正由于印数无法固定，出版社或许会更认真地编印这类读物，此类辅导材料的质量也就能进一步提高。这样，既不浪费，又有利于读者，岂不美哉！

（1990 年 7 月 28 日）

书卖便宜些行吗！

书太贵了！

只要与书友相聚，随时可听到这样的议论。议论归议论，书价始终未见下跌。不仅不下跌，我还在耽心书价会进一步上涨，邮资提价了，稿酬上涨了……怎能不影响书价呢？

书价上涨，必然影响图书的销售。近年来，图书市场不景气。书价上涨不能不说是一个重要的原因。君不见，爱书的人还是有的，只要哪儿有特价书出售，不管路途多么遥远，不管天气何等炎热，总会有一大批书迷闻风而至，可见，只要书卖得便宜些，买书的人还是有的。

由此，我想出了一个点子。卖商品如今有“跳蚤市场”，价格可以随行而走。书店是否也可由此得到一些启示，把书价也放开来呢？印在书本后面的定价作为最高价格，任何书店、书摊都不允许随意超过。然而，各书店可以根据各自的情况和读者的需要，将原书九折、八折，甚至更低的折扣供应，由此在各个书店和书摊间造成一种竞争机制，以吸引更多的读者前来购书。而书店和书摊的销售情况顷刻之间也会发生很大变化。“薄利多销”必然会给许多卖书的人带来新的生机。

我曾把这个点子与书店的一些同志商量过，有的赞同，有的反对。反对者的理由是，有关部门不允许书店随意打折。这也奇怪了，书价上涨，倒没有听到有什么严厉的措施来加以限制，书价下跌，却会有种种干预。我看，这种限制是大可不必的。书店书摊只要能把图书生意做活，就应该放手让他们去干，这对读者和书店都是有好处的。

（1990 年 8 月 18 日）

想起“电视之桥”

这次全国书市所以能吸引如此多的读者，不能不归功于新闻单位大造舆论。许许多多读者都是听了广播、看了电视、读了报纸，从四面八方汇集到书展展厅中来的。由此可见，舆论工具对推动人们读书、买书是大有作用的。

可惜，如今我们的报纸、电台、电视台对书的宣传还是很不够的。平日假如有一位歌星光临——特别是外国或海峡彼岸的，立即会有许多人趋之若鹜，用很多篇幅和时间加以宣传报道。可是如有一本很有分量的新书面世，相形之下，宣传媒介就会吝啬得多。我觉得这是极不正常的。如有一天，我们的报纸、电台、电视台的书卷气能再浓一些，那对提高人们的文化素养一定是大有裨益的。

写到这儿，我不禁想到上海电视台“电视之桥”这个节目。虽然这个节目并非专门报道读书界的事，可是近年来，他们播放的有关“地摊文化”的分析，有关畅销书的专题，有关如何繁荣出版工作的讨论……都曾吸引了不少读者和出版界的人士。以往的电视节目中对书的宣传，往往局限于新闻报道式的，广告味颇重。而这档节目却有一定的深度，它能抓住读书界的热点，通过多方面的剖析，启人深思。应该说这样的节目是很难得的，对引导广大读者读好书，促进出版事业的繁荣都是非常有意义的。

遗憾的是，这篇文章刚写就，听人说，这个节目已被取消。个中原因，我自然无法知晓。但我仍想要呼吁一下，希望这类节目依然能保存，因为广大读者需要这样的节目。

（1990 年 9 月 15 日）

想起“读书节”

在如今这个世界，我愈来愈觉得自己孤陋寡闻。自然，有些东西不知道也无多大干系，诸如，前几天见报载，说有个“豆腐节”，今天，打开收音机，说当天是“聋哑人节”，这个节，那个节，节日真是何其多也！我不知道这些“节日”是何人制定的，也不知道应该进行何种纪念或庆祝活动，好在制定这样一个“节日”，总可引起人们对某一问题的注目。

遗憾的是，这个节，那个节，唯独没有“读书节”、“出版节”、“图书发行节”——也可能，世界上有过这样的节日，可是，我们这儿的宣传媒介未作过什么宣传，以至我这样的书迷也茫然无知。

书籍在当今生活中的重要性，这不用我多加赘言，谁也不会否定这一点。即使那些从不读书，忙忙碌碌的人，也会在案头和书架上放上几本书，以示好学。可为什么不确定一个“读书节”、“出版节”和“图书发行节”呢？据说，一些有识之士早就提过这样的建议，可是，这些建议如石沉大海，没有引起有关方面的重视。

我期望有朝一日能在我们国家确定这样几个“节日”。自然，要振奋民族精神、提高民族素质，有许多工作可做，但不能否定，提倡读书应该是一个很重要的环节。读书的人多了，读书的空气浓了，我们的社会风气、民族素质一定会有大幅度的提高。假如设立一个“读书节”，那无疑可以为增强我们国家的读书气氛起推波助澜的作用，无疑可以推动我国的出版事业。这又花不了多少钱，何乐不为呢？

（1990 年 9 月 29 日）

由“广告味”想起

不久前，一位新闻出版界的前辈说起，如今报刊上的书评和书讯广告味太重。对此，我颇有同感。

一些书评，并没有对此书作中肯的分析，而是如同推销商品一般地大加宣传；书讯，也不介绍此书有何特点，只是告诉别人哪个门市有售……读者对这样的书评和书讯显然是不会满意的。然而，据我所知，刊发这样的书评和书讯的编辑们是有不少苦衷的。

现在要出一本书，并不是一件太难的事。书出版了，手中有权的人可以调动新闻媒介的力量，为自己开一个新闻发布会或首发式，自我推荐一番；办法少一些的人，只能通过诸亲好友，想方设法在报刊上发上一则评论或消息。此中自然有许多好书，但也有不少泛泛之作，于是乎粗制滥造的、广告味很重的书评和书讯便源源而来。编辑对此能抵挡得住吗？平心而论，确是有一定困难的。转而一想，那些求登心切的人，也是情有可原的。书出版了，总希望有人买，要求发一则书评或书讯，实也不算过分。问题是我们书刊宣传的阵地实在太少了。全国每年要出七万五千余种图书，每本书轮得上几个字啊！

我不由想出了一个点子。能不能办一份这样的报纸：谁要推荐介绍自己的著作，各类稿件都可原文照登，只是如同登广告一样，收取一定的费用，报纸的名称干脆称之为《书刊广告报》，这样既可以满足许多要求宣传自己著作的作者的要求，又可为如今宣传书刊的报刊解一解围，把篇幅腾出来，发一些货真价实的书评文章。

（1990 年 10 月 6 日）

特色的诱惑力

山清水秀的西子湖畔，有一家小小的书店，面积不过十来平方米，却办得非常有特色。这家书店专售文史类图书，这儿可以看到许多省市的文史资料专辑，也可以买到中国大百科全书的各个分卷……爱好文史的读者，确实可以大饱眼福。

山不在高，有仙则名；水不在深，有龙则灵。看来，书店也不在大，只要办得有特色，就一定能吸引人。我到了这家书店后，不禁把它与上海的一些书店作起比较来。这儿的不少品种，即使在上海最大的新华书店，也无法见到。再拿中国大百科全书的各个分卷来说，如今上海恐怕也很少有哪家书店备齐。由此看来，这家小小的书店确实有不少值得学习之处。

谈到图书发行工作，有些同志首先抱怨没有资金建立巍然屹立的、有气魄的发行大楼，似乎有了这样一幢大书店，问题就可以解决了。自然，如果有钱的话，我并不反对建立更多、更高、更大的书店，这三四十年来，我们一些城市在书店的建设方面，实在太落后了。可是，看看目前国家的处境，恐怕一时也无法拿出更多的钱来建设书店，在这样的情况下坐而等之，不如在现有的条件下多动动脑筋。杭州的这家文史书店倒可以给我们不少启示。

把现有的一家家书店，都搞出自己的特色来，同时，又尽可能地增加图书的品种，这样，图书发行工作就会活起来。就拿这家文史书店来说，我相信，只要持之以恒，其他地方的读者也会闻讯邮购别处买不到的书。他们的生意一定会越来越兴隆的。

（1990 年 10 月 13 日）

书的价值

假如书有灵性的话，我一定能听到他们之间许许多多愤愤不平的对话。

同样是书，有的一问世，就可得到无尚的殊荣。油墨未干，隆重的首发式就已举行，各界知名人士济济一堂，其中不乏党政要人，一起为其诞生而热烈欢呼，真是何等光彩！如今首发式的规格也越来越高，大概除了天安门城楼还无哪家出版社想到去举办图书首发式外，其他各个一般市民难以涉足的地方，诸如人民大会堂、中外合资的高级宾馆等等，都召开过各种各样的新书首发式。

而有些图书出版后，却被寒碜地堆在一边，有的连书店的门也进不去。

两相对照，待遇如此悬殊，你说书与书之间能无怨气吗？！

我要为这些书抱不平，倒并不是希望每本书都要为他们举办首发式，这是不可能也不必要的。我只是看到有些书虽然受到如此抬举，可是隆重的仪式刚结束，当他们走回书店，就受到了读者的冷落，不免有些感慨。

书的价值并不是看他诞生时举行过何等仪式，巴金的《随想录》、钱锺书的《管锥编》出版时，并没有举行过什么首发式，更没有机会登上人民大会堂，可是这些书却一印再印，深受读者的喜爱，相信这些书是能传之后代的。如今，我们有些出版单位，不断地相互攀比，把有些出版物的首发式的规模越搞越高，以为这样就可以提高这本书的价值，这实在是极大的误会。与其如此，还不如扎扎实实地为他们作些宣传！

（1990 年 10 月 20 日）

巴金的书

明天，一九九〇年十一月二十五日，中国当代最伟大的作家巴金将度过他的八十六岁寿辰。我想，千千万万读者一定都会像我一样，在这一日子里祝愿巴老健康长寿！

风风雨雨中，巴金度过了八十六个春秋，他给中国、给世界各国的读者留下一片赤诚之心。每当读他的作品，人们的心中就会燃起熊熊的烈火。如今，巴金已年届耄耋，可是老人依然没有放下手中的笔，依然在工作，他觉得留给自己的时间不多了，总想为读者多做些什么……

老人近年来花费精力颇多的一件事，便是整理自己的藏书，将这些书分门别类地赠送给有关单位和图书馆保存。这对一位年迈体衰、行动不便的老人来讲，不能不说是一项十分艰巨的工作。为什么不一古脑儿地让图书馆把这些书拿走，而非要一本本地清理？原来，老人对这些书怀有深厚的感情，他说，这些书都是我一本本收集起来的，他要让这些书能找到一个好的归宿，有朝一日能让它们继续发挥作用。正因如此，巴老不顾身体不支，非要自己进行清理……

只有最爱书的人，才可能有这样的考虑和行动。巴老的藏书，应该是我国文化宝库中的一个重要的组成部分，我恳切地希望接受巴金赠书的有关单位一定要非常认真地对待这些书，他们除了妥善地保护好这批图书，目前至少还可以做这样几件事：认真编制一份巴老的藏书目录，选择若干种有特殊价值的书籍供有关出版社翻印，在一定范围内向读者开放这批图书……只有让这批书充分发挥作用，才不至于辜负老人一片赤心。

（1990 年 11 月 24 日）

1991年

从年初抓起

去年全国共出版了多少种图书？有关部门虽未公布最后统计数字，可据我估计，与登峰造极的一九八九年的七万五千种比，可能不相上下。尽管从去年年中开始，主管出版工作的领导一再呼吁，要提高出版物的质量，压缩出书品种，现在看来，似乎收效甚微。

我这样估计不是没有理由的。新年伊始，遇到一些出版界的熟人，打听去年的出书情况，各社几乎都没有减少多少。再到书店中去看看，这几个月来上市的新书中，可出可不出，或根本不必出的书实在为数不少。

有的人写了几篇作品，一会儿把这几篇编成一集，在这儿出版，一会儿重新排列一遍，又在那儿付梓。如果作品写得好，重复就重复罢，遗憾的是，实在写得马虎。这些书如何会在各地出版社通行无阻的，我自然无权过问，可是，这样的书出得多了，想想实在没有意思。

如今，题材雷同的书也太多。当然，同一题材，各有不同的见解，多出几种也无妨，可其中不少是抄抄拼拼，这样的书对读者有多少益处，谁也说不清楚。

我是赞成压缩出书品种、提高图书质量这一主张的。不把品种压缩在一定的范围中，就难以杜绝各种粗制滥造、各种靠“人情”出版的书籍，这样也难以使我国的出版物保持一定的水准。当然，这光靠号召是不行的，还得辅以一些具体而严厉的措施。例如对各地出版社的出书品种应有一个大致的规定，等等。

（1991 年 1 月 12 日）

公　平？

分配不公，这是人们议论已久的一个话题。从中央最高领导到许许多多凡人百姓，都对此极为不满，发表过不少要尽快解决这一问题的意见，以及愤愤不平的议论。

可是，议论归议论，分配不公依然分配不公，在中外合资宾馆门口拉大门的服务员的收入，远远超过摇了一辈子笔杆的老教授。谁能解决他们之间的分配不公呢？看来，暂时还没有办法。中国的事情本来就是复杂的，跨了行业，特别是与“外”字挂了钩，要一下子使各行各业的分配不公得以解决，显然不是容易的。

于是，不少人长叹一声，分配不公看来短时期是难以解决的！可是，我觉得分配不公这一问题确受到各种因素的牵制，要妥善解决不是指日可待的，但是，在一个局部的单位，有些还是自己造成的。

日前遇到一家出版社的两位编辑，他们刚拿到年终奖金。一个手捧一沓人民币，喜上眉梢，这位编辑去年编了一本某领导的讲话辅导材料，说实话，这是一项剪刀加浆糊就能胜任的工作，可是由于此书得到很大的经济效益，于是他便得到了一笔高额奖金；而另一位编辑，这一年虽然编了好几本颇有学术价值的书籍，但其中有些书的经济效益不太高，他的奖金也就较之前者少了几倍，两者之不公，显而易见。这样的分配不公，并非是外来无法解决的因素所限制，而完全是本单位自己造成的。

看来，我们一再高呼要解决分配不公的问题，如果都能从本单位做起，或许称得上“千里之行，始于足下”。

（1991 年 1 月 19 日）

新春送书

春节前夕，不少同志在报上呼吁，改一改给孩子送“压岁钱”的陋习，变一张张“大团结”为书或玩具。他们认为这样更有意义些。如今春节已临，我不知有多少家长采纳了这个意见。

其实，送书、送玩具也并不省钱。如今十元、二十元能买什么样的玩具？说到书，成套的礼品书，没几十元钱也是无法捧到家里的。提出这些呼吁的同志，其用意也并非完全是为了省钱，他们只是觉得书和玩具似乎更有意义些，对此，我是完全赞同的，我只是觉得，送书送玩具也大有文章，切莫草率从事，否则花了钱，未必一定有好的效果。

我以为，最好是能带孩子到书店中去走走，让他们自由地选择自己所需的图书，家长在一旁加以指点或介绍，这样一定会更好些。既可使孩子扩大视野，知道除了卖吃、卖穿的商店外，还有这样一种汇集各种知识的“商店”，又能使送孩子的书更切合他们的需要。真可谓一举几得。

如今溺爱子女的人比比皆是，以为只要在自己的子女身上多花钱，让他们吃好、穿好，将来就能“成龙”。孩子想玩，他们宁可自己不添新衣，也舍得花几百元钱买一架电子游戏机放置家中，孩子想吃，就会毫不犹豫地带他上高级馆子，其实，用金钱是培养不出人才的，这些家长到头来大都可能以失望告终。你如真舍得在孩子身上花钱，还不如从小培养他们逛书店的兴趣。经常带他们到书店中去走走，为他们创造必要的条件，果能如此，久而久之，你一定能发现自己的子女会有很大长进的。

（1991年2月10日）

眼　力

出书难，出诗集更是难上加难。

这些年中国的诗坛颇不景气，有些自以为应该传之后代的诗歌，却得不到读者的青睐，有些被看作创新的作品，偏偏又令人觉得诘屈聱牙……这自然影响了诗集的出版。听说一些出版社规定每年仅能出版一两本诗集，编辑桌上稿件排起了长队，有些作者大概真要到胡子一大把才能轮得上出版自己的“处女作”。

汪国真算是幸运的，他的第一本诗集的出版，既非排了好几年队始而轮上，也非通过“开后门”“通路子”达到目的。事情说起来颇有些戏剧性。学苑出版社编辑室主任的爱人在一所中学任教，一天，她看到学生在传抄一首首诗歌，一问，原来是江国真的作品。她回家与自己的爱人说起了此事，这位当编辑的爱人立即敏感到了些什么，于是让自己的爱人把这些诗歌找来看一看，一看，就被吸引着了，立即向出版社领导推荐这些作品，于是汪国真的第一本诗集就这样面世了！此书出版后，立即成了一本畅销书，个把月就销售一空，很快又重版了。

我说这位编辑是有眼力的。青少年学生在传抄一些诗歌，这本与他无干，而他非要找来读一读，一读也就读出了名堂，从中发现了当今一些青少年文学欣赏的趣味所在，于是促使了一本受青少年欢迎的诗集提早诞生。

看来，眼力对于一个编辑来说是十分重要的。如今平平庸庸的书籍为数不少，这与不少编辑缺乏眼力是有关系的。人云亦云，良莠不辨，这就难以保证有高质量的书籍源源问世。对读者来说，多么希望编辑们都有一副好眼力！

（1991 年 3 月 9 日）

排队买《围城》

看到“文汇书展”长长的队伍；

看到从几十里外远郊赶来，挤在人群中一面啃面包，一面在挑选书籍的读者；

看到排了三四个小时的队，依然未能买到《围城》的书友，双眼露出失望的眼神……

我的心激动了起来，尽管不少人在议论如今知识在贬值；尽管脑体倒挂、分配不公的现象似乎一时还很难改变，知识分子的口袋还是那样羞涩。但是，书展中出现的这些镜头告诉我们，书还是有人买的，爱读书的还大有人在。

记得在十年浩劫刚结束时，有关部门批准重印一批文学名著，从文化沙漠中挣扎过来的千千万万读者，如饥似渴地在书店门口排起了长队。此后几年，出版工作走上了正轨，好书源源问世，我以为再也不会见到为一本文学名著而排起长长队伍的镜头了。不料，这次在“文汇书展”的展厅中又出现了这样的场面。为了钱锺书的《围城》，读者排起了长长的队伍。

当今的读者买不到《围城》，再也不是文化禁锢政策所造成的了。几千本《围城》在“文汇书展”展厅中一销而空，这倒很值得出版人士深思一番。

这些年来，许多人都在耽心图书市场疲软，以致不少出版社缩手缩脚，该印的书不印，该出的书不出。其实，读者还是需要书的。问题是出版部门有些同志对读者的需求不甚了解。《围城》此书便是一例。我想，如果出版社的领导能多懂得些读者的心理，能多有些魄力，那么图书市场的繁荣也不是件很困难的事。

（1991 年 3 月 23 日）

事在人为

听说北京正在海淀区建造一座书城，中西结合的建筑，加之富有民族气息的步行街，这对爱书者来说，无疑有着巨大的吸引力。在此之前，天津的文化街早已落成，每天都吸引着成千上万的读者……

听了这些消息，不禁想到上海。上海并不需要大兴土木，平地建造一条文化街。早在半个多世纪前，已有了一条闻名遐迩的文化街——福州路。可惜，随着时间的推移，这条街的文化气息日渐消退，只见这条街上的饭店、旅馆一次又一次地在装修、扩建，只见原来的书店变成了卖汉堡包的场所……唯独不见书店有多大的发展。

这几天总算得到了一条令书迷欣慰的消息，被撤销近二十年的美术书店，最近在福州路上重新开张。这家书店装饰一新，店堂内的布置别具一格，与众不同的是，许多图书甚至连一些珍贵的画册都开架陈列，这在国内恐怕是绝无仅有的。参观了这家书店，不由深深感谢书店的主办者，他们总算为上海福州路文化街增添了绚丽的一笔。

这家书店是由上海外文图书公司经营的。听说，为了使美术书店重新复业，上海外文图书公司做了大量的工作，经过多年的努力，终于使福州路上有了一家崭新的书店。

不知有多少人为福州路文化街呼吁过。可是一声声呼声，并没有激起什么反响，也没有听到有哪个部门就此关心起这件事来。上海外文图书公司让美术书店重新开业，这件事告诉我们：事在人为，如果多一些有心人，福州路的文化气息一定会日渐浓厚起来的。

（1991 年 5 月 4 日）

出版社的潜力

上海新华书店等单位举办的庆祝中国共产党成立七十周年书展，我特地去参观了两次。往常的书展，人头攒动，摩肩接踵。而这次书展的展厅安排得十分宽敞，场内显得颇为宁静，一排排书籍整齐地陈列在书架上，任你悠然翻阅。书展组织者确为买书的人创造了一个很好的购书环境。

对于爱书者来说，这真是再好不过了，你能如入无人之境，随意选购。由于这次是纪念党的生日的书展，有关部门一再强调要提高服务质量，书店的营业员确也很努力，因此你大可尽情地一本本翻阅，不用再耽心听到往常在书店中经常听到的营业员的呵斥声。

看着，看着，我为出版界能在这样短的时间内，奉献出这么一大批纪念党的生日读物感到钦佩。特别是上海人民出版社，仅几个月时间，就出版了五十余种这类图书，几乎超过全国为党的生日献礼的图书的六分之一。该社领导和有关编辑所费心血，可见一斑。这些书放在书架上都显得很精神，自然，书的内容我还来不及看，无法评述，就其装帧设计，应该说都是一流的。看了这批书，我深深感到我们的出版社确实还是大有潜力的。

过去一再埋怨出书周期长，这次下决心抓一抓，不是在短短几个月时间里就抓出一大批书来了吗?

看来，事在人为，只要认真地抓，锲而不舍地抓，我们不少出版社还大有潜力可挖。很希望这些出版社能把抓献礼图书的这种精神传承下去，并发扬光大。这样一定会使好书新书源源不断。

（1991 年 6 月 22 日）

想到就写

溽暑当空，彻夜长眠，辗转反复，顺手从置于床头的一叠书中抽出一本翻翻，想聊以驱散心头的闷热。

这是一本印刷装潢都堪称一流的三十二开本连环画——《中国

古代传奇话本》，是由上海人民美术出版社黄若谷、王亦秋等同志负责编辑的。编者从中国古代浩如烟海的文言小说和白话小说中选取了十则故事，以连环画的形式加以表现。虽然十五贯、玉堂春、苏小妹之类的故事早已为人熟悉，但如今一面看图画，一面读文字，确实别有一番滋味。

这些年来，我对连环画这一形式的看法有了不少变化。过去一直把它视为专供孩子或文化层次较低的读者阅读的一种图书形式，现在看来并非如此，这种图文结合的书籍，即使对文化层次较高的读者来说，也是会有相当数量的读者群的。如今生活节奏在加快，信息量不断激增，每个人需要阅读的东西难以计数，不可能要求他们一厚本一厚本地去啃。如果有些知识，能用连环画的形式来授之予人，岂不方便？

我想，或许将来连环画会朝两方面发展：一部分的连环画仍旧主要为孩子和文化层次较低的读者服务，以通俗简洁为特色，可惜现在一些出版社不太重视这类连环画的出版。另一部分的连环画主要以高层次的读者为对象，一些理论著作，一些学术专论，都可以尝试用连环画的形式来表现。这对增进知识，提高一些领导干部的素质也大有好处。可惜，目前这方面尝试的人还不多。有志者不妨也可一试。

（1991 年 8 月 3 日）

管一管这一类书

几天前，走进一家大书店，见到书架上赫然放着《奇门遁甲新迷》《周易与预测学》《住宅风水勘凶吉》《中国生命预测——相与命运》……不觉一惊！

这类活跃于街头书摊的占卜、算命热门书，如今居然在堂堂大书店占了一席之地，不能不令人感到有点意外。

其实，仔细想想，我的意外实在有点少见多怪。这些书都是由正规的出版社出版，每本都由国家的统一书号护身，大书店为什么不能卖呢？！

有关算命、相面、看风水一类的书，在我国已绝迹多年，不知从何时何日起，这些书居然打着"民俗研究"、"周易研究"的旗帜，纷纷出笼。我曾出于好奇，读过几本这样的书，真是越读越玄。用几张扑克牌，或几枚硬币，按书中的提示，摆弄几次，便可知道来日之凶吉。更令人称奇的是，世上任何人，只要出生年月日一致，他的命运、性格、前途便是同一模式。稍有知识的人，都不可能相信这一套，如此这般，大千世界还可能这样纷繁复杂吗？！这些书不少是打着研究《周易》的旗帜，《周易》研究被引入这样的死胡同，实在是《周易》的不幸。

我们的老祖宗就曾说过，"善为《易》者不占"。如今他的子孙反倒将其作为占筮的经典。《周易》真正之精华恐怕会丧失殆尽。

这些年我们一直在抓书刊整顿，对黄色淫秽读物，对"自由化"的内容，无疑要保持足够的警惕。与此同时，对这类宣传伪科学的书，也要采取切实的措施。

（1991年8月17日）

忘了出版的畅销书

假如有一本书，能印几十万册，或是更多，出版社的社长总编一定会额手称快，欣喜若狂。

我愿意向出版社提供这样一个选题，此书如蒙出版，不仅可印几十万册，甚至有可能印几百万册、上千万册。

切莫以为我在说大话。我这样讲是有根据的。

最近看到一组数字，心情久久不能平静下来。没想到如今我国的文盲绝对数仅次于印度,达一亿八千万,居“世界第二”。这一“世界第二”的称号，对我们这样一个文明古国的每个成员来说，不能不是一种耻辱。据统计，在十五至四十这一年龄段中，有百分之九点三的人为文盲,总数在五千万以上。须知这批青壮年生在红旗下,长在红旗下，都是社会主义建设的骨干力量，居然有这么多人目不识丁,实在令人吃惊。为什么会有这么多文盲,原因自然复杂得很,也并非我所讲得清楚。但不管如何，我只希望这些同胞能早日把文盲帽子摘去。没有文化的人，怎么能把“四化”的重担挑起来呢?

有这么多文盲，如能编一本简明、扼要、实用的扫盲读本，其印数很可能达到几十万、几百万，甚至上千万。可惜，我们的出版部门似乎至今未注意到这部分读者的需要。这是一本被人遗忘的畅销书。当然，这种扫盲读物能否印这么多，还得看有关部门能不能把“扫盲”作为一件大事来抓。否则印得再多，也是没有人买的。听说国家有关部门已提出二〇〇〇年基本扫除青壮年文盲的要求。因此，如果能如此，这本扫盲读物成为畅销书就大有可能了。

（1991 年 9 月 21 日）

不要忘了鲁迅

中国人对逢五、逢十总是特别重视的。每当一个名人诞辰或逝世逢五周年、十周年，每当国家或某个组织成立逢五周年、十周年，总要格外隆重地纪念一番。

今年是鲁迅诞辰一百一十周年，逝世五十五周年。鲁迅是本世纪的一个伟人，在二〇〇〇年来到之前，恐怕今年是纪念这位文化巨人的最重要的日子。

中央专门召开了大会，总书记特意发表了讲话，各地也纷纷举办各类纪念活动……但作为一个书迷，感到遗憾的是，鲁迅的这一纪念日，并没有引起出版界、文艺界的足够重视——

在这值得纪念的日子里，读者依然很难购得一套完整的《鲁迅全集》。有关出版社事先并没有想到在这期间把《鲁迅全集》赶印出来；

很少有出版社想到安排一些重点选题来纪念这一日子，这与为了纪念某些节日，一些出版社废寝忘食地出版了一本又一本的“专著”、“纪念文集”相比，真有些厚此薄彼；

在银幕、荧屏和舞台上也没有看到鲁迅的形象出现……

看来，有些人是忘却了鲁迅。确实，鲁迅并不是一个会使人人都感到亲近、喜欢的人物。其人其文都有棱有角。从他手握如椽大笔走上文坛的那一天起，就有人恨他、怕他、咒骂他；但是有更多的人爱他、尊敬他、信任他。鲁迅是中国的骄傲。别以为鲁迅只是一个在黑暗中勇于奋斗的猛士，今天我们处于歌舞升平的时代，他的精神仍是不朽的。

我们世世代代都不应该忘却鲁迅！

（1991 年 10 月 5 日）

读懂鲁迅

阿 Q 是怎样一个人？自从他从鲁迅的笔下来到人世间后，引起了多少人的关注和议论。至今，有关阿 Q 的典型性，有关这个人物体现的中国固有的国民性等等问题，还有许许多多人在喋喋不休地争论着。

于是，不少人感叹道：鲁迅的作品真难读懂！对鲁迅的小说是如此，对他那些宛如匕首的杂文更是这样。这些杂文都是写在风雨如磐的黑暗社会。在当局的法西斯专政之下，鲁迅不得不以独有的曲笔来抒发自己的感情，来表达自己的见解，并以此达到改造社会的目的。半个多世纪过去了，光阴流转，以今天的读者来说，要理解鲁迅作品的真谛确非易事。有的读者遇难而退，渐渐地与鲁迅生疏起来；有的却掐头去尾，看到鲁迅对一些人与事批判的字句，自作多情地“对号入座”，害怕别人读鲁迅的作品。自然，更多的读者读了鲁迅的作品后，从中汲取了力量。

写到这儿，我不禁想起鲁迅的挚友宋庆龄的一段话。十年前，担任鲁迅诞辰百周年纪念委员会主任委员的宋庆龄亲自撰写了一篇文章，她说：“道路并不是平坦的，正像大江大河一样，有险滩也有暗礁。今天我们的航船虽然已经绕过了它们而驶入宽阔的江面，可是，谁也不能说不会遇到惊涛骇浪。此刻，人们会很自然地更加怀念鲁迅先生——这位不顾任何牺牲去捍卫人民利益，敢于向一切陈腐的旧事物挑战，顽强地追求进步，追求人类解放的‘真的猛士’。”

毋需赘言，为什么要读一点鲁迅，如何真正读懂鲁迅的道理，不言自喻了！

（1991年10月12日）

并非笑话

别以为我在杜撰笑话，这是我最近亲耳听到的一件事。

某单位打算向青年们推荐一批图书，一位负责政治思想工作的同志颇费斟酌，动了好几天脑筋，却不知从何起。最后他摇摇头，感叹地说：这实在是一件难事。

中央领导同志的文集以及种种重要讲话和文件，早就人手一册，自然不用再专门推荐。其他可让青年们看些什么呢？

首先想到的是文学作品。可是，挑来捡去找不到几本“理想”的。不是在内容上都有那么一些“不堪入目”的、“不利于青年成长”的男女之间谈情说爱的描写，便是写这些作品的作者似乎都不能算得上是响当当的；挑些社会科学读物吧，这个论，那个论，特别是那些西方的译著，谁能担保其中没有资产阶级的流毒？！

名人的传记或回忆录呢？传主是否可靠，所回忆的一些历史事件今天应该如何看，这些都不能不认真考虑。万一推荐错了，该谁负责？

考虑了好几天，始终无法列出一份书目。他说：此事还是作罢吧！那份带着苦恼的笑容，隐匿着一句未说出的话：读书也真危险。

这种见解，听来有些可笑，可在生活中并非绝无仅有。其实，这些同志所以会有此等误解，一则是他们平日不读书所致；另则也说明我们的书评工作实在还很不够。如果能加强舆论引导，如果能有更多有分量的书评伴随新书一并诞生，也就可放心让读者从各种书籍中吸取养料了。

（1991 年 12 月 21 日）

1992年

两个“第二”

这些天，有两个数字老是在我脑中盘旋着。

据联合国最新统计，全世界每年出书八十万余种，中国占其十分之一，数量仅次于前苏联，在出版大国中名列第二；

另一个数字，去年我曾在此披露过，也是由联合国统计得出，中国的文盲数在全世界也是名列第二。

两个“第二”，前者或许可以给我们脸上增添些许光彩，而后者实在难以启齿。其实正如世界上没有凝固不变的事物一般，这两个数字也许会变化的。前一个“第二”，也许很快或已经变成了“第一”。苏联如今已分成十来个国家，是不是其中某个国家出版的图书数量会超过中国，我们还不得而知。因此，在新的一年，我们也许不用花多大力气，便可雄踞“第一”的宝座。但得了“第一”又如何呢？我觉得这并不是一件值得太高兴的事。数量第一，并非就等于图书质量的第一。这些书有多少人看，精神力量如何转化为物质力量，这应该是我们更关心的。假如有一天，中国被人称为世界第一读书大国，这才真正令人欣慰。

最令人耽心的是后一个“第二”。至今似乎没看到哪个部门理直气壮地把“扫盲”作为一项重要工作来抓。久而久之，我们不是没有可能变为“第一”的，这才真是民族的悲哀。我这么说并非危言耸听。学生辍学从商从工之事时有所闻，还有那些虽说识得几个字，可是被“赚钱”二字熏得晕头转向，不读书，不看报，其实很快便与“文盲”如出一辙。自然，要把这“第二”的帽子摘掉，靠几个人空喊几声是无济于事的，我们还应该做些什么呢？我苦苦地思索着。

（1992 年 1 月 18 日）

由《红太阳》想起的

近来，上海的街头巷尾时时能听到一阵阵久违的旋律——一批六七十年代歌颂毛泽东的歌曲又回响了起来。一盒题为《红太阳》的音带，居然成为当前最抢手的音带。

去年十二月二十六日，《红太阳》在上海音乐书店上市，不到一周便销售了一千盒，这盒音带初版七万盒，很快便销售一空。各地不断传来要货的数字，湖南一家个体摊贩要求进货五千盒，北京王府井新华书店要再加四千盒……据粗略统计，再版数可达七八十万盒。出现这样的盛况，是谁也没料到的。

据说这是“毛泽东热”的一种表现。是什么原因造成的呢？这只能由政治家、社会学家们去潜心研究，我不想在此赘言。不过，这些曾经是家喻户晓的歌曲，一度无人去哼一句，如今却热潮重现，这不能不引起我们的思考。读者、听众的选择是耐人寻味的，总是包含着一定社会历史的原因。这些曲词在耳边回响时，会带来种种回忆，有愉快的，有的却是痛苦的。当然这种感觉对许多青年来说完全是多余的，因为他们毕竟是第一次听到这些歌声。

《红太阳》这盒音带取得了轰动效应，可想而知，出版界的不少人一定也会仿而效之。“一窝蜂”，这在这些年的出版界可说是屡见不鲜的。这一次我觉得还是慎重一些的好。将那个时代的歌曲、书籍重新出版，应该是一件严肃的工作，如果为了追求商业效果，草草上市，特别是将原来的音调与内容都歪曲了，这只是有弊无益。但愿我这一顾虑是多余的。

（1992年2月1日）

旧书的收购

这些年旧书业越来越不景气。想当年，仅北京一地，古旧书店就达四百家之多。而如今掐指算来，全国属全民或集体所有制的古旧书店统统加起来，也不足四十家。

旧书店与旧货店完全是两码事，通过旧书店这个环节，可以让书籍发挥更大的作用。一些有价值的古籍，往往也是通过古旧书店得以收集保存下来的。由此可以说，古旧书店是文化交流的一个重要环节。

报上为旧书店呼吁的文章已见过不少，可惜只闻雷声，未见雨点。自然，愿从事微利的旧书业，确也得有些魄力。但我想，在古旧书业尚不景气的状况下，可不可把古旧书的收购先认真抓一下呢？有些古旧书店所以难以维持，关键还在货源，如把收购这个环节好好抓一抓，既解决了有多余书籍的读者的燃眉之急，也可促进古旧书业的发展。

应该说，现在古旧书店的收购工作是很不理想的。且不说，过去常见的下基层单位收购已久违了，即使读者送书上门，往往也是以吃闭门羹居多，究其原因，除了一些古旧书店怕麻烦外，与一些营业员的业务素质不高也不无关系。古旧书不同于新书，品种繁多，涉及面相当广，如无相当的文化修养是难以掂出轻重的。经常听读者说，送书上旧书店，收购处的同志不愿收，其实并非是这些书质量不高，只是收购的同志不知其价值，如果能让其辗转到其他读者手中，必定能发挥更大的作用。我们期望旧书业能进一步发展起来，这也是文化建设的题中之义。

（1992 年 2 月 22 日）

由个体书店参展想起

昨天揭幕的第七届“文汇书展”爆出了一条新闻：福州的个体书店——树人书店应邀参加了这届书展。

既然是新闻，伴之而来的便有种种不同的议论。有人说：国营、集体、个体书店都应一视同仁，请树人书店参加，这是一种很好的尝试；有人却暗暗嘀咕：个体书店行吗？

我的看法很简单，无论国营、集体、个体书店，只要能卖好书，只要能想方设法以最快的速度把书送到所需者手中，只要能奉公守法，都应该肯定，都应该支持！

走进“文汇书展”的展厅，由树人书店协助提供的一部分书确实令人刮目相见。这些书不仅品种多，格调高，其中不少在上海的书店尚未露过面，在书展的展厅中率先与上海的读者相见了。

听说，树人书店为了让更多的北京各出版社的新品种进入“文汇书展”的展厅，从去年年底起就忙开了。他们到处奔波，连春节也顾不上休息，终于感动了北京几家出版社，把刚印出的一批新书由他们转送到“文汇书展”来。树人书店经理的眼力也颇值得称赞，就拿《毛泽东读史》这本书来说，上海的大书店仅进了五六十本，没想到一两天就销售一空，而树人书店却一下子进了五百本，使四处寻觅此书而不得的读者，在“文汇书展”上得到了满足。

大家不是都在说，改革开放的胆子要大一些，步子要快一些，发行工作自然也不能例外。如今出版社和读者对发行工作怨言连连，许多书无法及时与读者见面，需者不能见其书，看来是到了大胆改革的时候了。

（1992 年 3 月 21 日）

评奖大全

时下书店中形形色色的《大全》令人目不暇接。从《古尼斯世界纪录大全》到《男性性功能障碍防治大全》，真可谓无奇不有。但细细查来，唯独《评奖大全》至今还没有人想到要编辑出版，这不能不说是一件憾事。

这些年，评奖活动真是兴旺。名目之繁多，确称得上史无前例。有全国性的，有一个单位主办的，奖金愈提愈高，行当愈分愈细，没有一本《评奖大全》，读者是难以分辨的。

不过，假如真要编辑出版这部《大全》，也真有些难处，车载斗量的评奖活动，并不是都能详细介绍的，如果真的要把每次评奖活动的宗旨、对象、评选的过程，以及获奖者的实际情况逐一介绍，想必会得罪人。有些奖的“含金量”，与得奖者的实际水平相距实在太远。奖金高得令人咋舌，可是获奖的作品却不过如此而已，用不了几天，人们除了只记得高额的奖金数外，早把得奖的人与作品忘却了，这样的评奖还有什么意义？更有甚者，有些得奖者却是某些人“钦定”的，谁也看不出他有什么特别成就，可是大名却赫然列入获奖的大红榜上，至于是如何获此殊荣，幕后是有一段精彩故事的，写出来的话，倒可以成为一本畅销书，但谁又敢写呢？

我并不反对评奖，但应该树立真正的权威，不评则已，一评则众人皆服，能真正起到榜样的作用，这样才不失评奖的意义。出版界能否先带个头呢？评好书，评优秀读物之类的活动，真正做到出自公心，从严掌握，这才能对繁荣出版事业带来真正的好处。

（1992 年 4 月 18 日）

听谣有感

第七届“文汇书展”早已降下帷幕，人们却还在津津乐道书展的盛况，特别是福州路树人书店带来这许多精彩的京版书所引起的轰动，使许多书迷至今都感到十分留恋。

我想，卖书的同志如能从中悟出些道理，取人之长，这对改进我们的发行工作一定很有益处。遗憾的是有人却不屑一顾，不仅不屑一顾，还传出（是否该用“制造”二字，待查）谣言：“树人书店这次给上海记者五千元钱的书，记者们便为它大造舆论，所以才造成这样的轰动。”

这个谣言编得也太拙劣。稍有头脑的人，想一想便明白，这未免太小看了上海的记者和读者。送一些书就可以买倒记者们吗？被舆论一鼓动，千万个读者就每天到展厅中去排队了吗？到过书展现场的人，都会对此嗤之以鼻。

不知这谣言从何而来。据我了解，此人所言纯属子虚乌有！树人书店不仅没有送给上海记者五千元钱的书，就拿邀请它来上海展出的《文汇读书周报》编辑部来说，也没有分占它一分钱的利润，没有向它索取过一本书。好在这些都有案可查。我倒有些为这位造谣的先生耽心，假如上海的记者联合起来，到法院告他一状，到时就不知如何下台！

编造这样的谣言，出自什么心态，我不得而知。假如是个好事之徒，不妨一笑了之，假如是书店的人员，甚至是书店的领导，那就实在可悲得很。面对树人书店取得的成功，还是认真地作些分析为好，吸取别人成功的经验，找找自己的差距，这于己于读者都有益处。

（1992 年 5 月 2 日）

由一份“必读书目”想起

不久前，美国国家人文基金会对全美三百二十五位学者、专家和政界要人进行了调查，根据这些人提供的书目，向美国中学生开列了一份有三十余本书组成的“必读书目”。其中有马克思、恩格斯的《共产党宣言》、莎士比亚的《哈姆雷特》、亚里士多德的《政治学》等等。

我是不太主张向读者开列"必读书目"这种做法的。书海茫茫，谁能准确无误地指定哪些书是"必读"的呢？古往今来，哪个人是根据先贤的"必读书目"然后攀登书山，拾级而上的呢？读书，对每个人来说，总是择其需而阅之，大可不必限定哪些书是"必读书目"。不过，开列一些书目，给读者提供各种信息，作为他们选择书籍时的参考，这也未尝不可。但应该注意，在确定书目时一定要尽可能做到有代表性、有权威性，这样的书目才有益于读者。

正是在这一点上，我觉得美国国家人文基金会的做法是很可取的，他们不是关起门，由几个人贸然圈定，而是向全社会三百余位有代表性的人物征询意见，然后经过筛选、比较，得出这份有三十余本书的"书目"。这样的书目应该说是较有参考价值的。如今我们有些单位也经常喜欢开列"必读书目"，我看，应该学学这些美国人的做法。

其实，除了开列"必读书目"之外，能不能定期请人开列一份"不必读书目"。书海无边，现在平平庸庸、粗制滥造的书实在太多，读有些书，实在是费人时间，误人青春，不如把这些书亮亮相，免得叫人上当。这样做可能会得罪一些人，但对广大读者来说无疑是做了一件大好事。

（1992 年 6 月 27 日）

名人与错字

滑稽演员王汝刚在报上开了个"戏话连篇"的专栏，每则一两百字，配上漫画家的一幅漫画，娓娓道来，幽默风趣。编者对这个栏目的安排也颇具匠心，特地请大名鼎鼎的程十发题了字。

遗憾的是把“戏话连篇”写成了“西戈（编注：此为一个字，左“西”右“戈”，下同。）话连篇”。每当看到这几个字，心里总有些纳闷。我对名人还是有几分迷信的。开始以为自己才疏学浅，不了解“戏”“西戈”通用，于是查《辞海》，翻《康熙字典》，终未查到根据。继而向对文字素有研究的专家讨教，方知“西戈”字是不规范的简化字，也属错别字之列。

偌大个错别字与程先生的大名挂在一起，几乎每周见报一次，不免有些刺眼，我想，能识得这个错别字的，我肯定不是第一位，为什么竟没有人提醒一下程先生呢?

中国历来有为尊者讳的传统。名人出了差错，往往不能说，甚至还有人会为其圆其说。“文革”中轰动一时的毛泽东批《水浒》的批示，其中有“摒晁盖于一〇八人之外”一句。“〇”的如此用法是前所未有的，好心者立即写文章，称赞这是对中国文字改革的一大贡献。后来才知道，这“〇”并非出于伟大导师之手，而是笔录者信手写来的，于是，“〇”也就没有原先想象的这样伟大的功能了。名人有差错，这也是在所难免的，世界上谁能十全十美呢?如果为尊者讳，旁人不敢说，不愿说，那对其本人也是没有好处的。错字是如此，其他工作上的问题也是如此，如能多一些坦诚相告，直抒己见，我们的事业或许就会发展得更快一些。

（1992 年 7 月 11 日）

名人与错词

刚写了一篇《名人与错字》，又想起了“名人与错词”，还想说上几句。

这是古城南阳那桩牵动千万读者心的官司的原告李谷一的大名引起的。说来惭愧，我是个音盲，平日又很少看电视。李谷一的大名还是很迟才知晓的。几年前的一天，偶尔站在电视机前，记得当时正在进行一场歌唱的评选，有人逐一介绍正襟危坐的评委，当介绍人用热情洋溢的赞美词向观众介绍一位胖墩墩的女歌唱家时，那人嫣然一笑，说了声：“谢谢你的恭维！”一语惊人，我忙打听此人是谁，方知她就是名扬四海的李谷一。

当着千千万万观众的面，把别人对自己的赞扬说成是“恭维”，这是闻所未闻的。恭维者，奉承也。我想那位当面被人说成奉承人的人，一定很尴尬。幸好电视镜头一晃而过，事后也没有听到那人提出抗议，或要打官司和要求索赔之类的事发生。

这是小事一桩。我想，这或许是李谷一的幽默，说说笑话而已。但仔细一想，也不像，明明她是很认真地说出这两个字的，很明显，一定是即席遣词欠妥造成的。用错一个词并不会影响歌唱家的形象，我总觉得对名人不应该苛求。因为名人有各种各样，有唱歌的，有跳舞的，有叱咤政坛的，有埋头书斋的，绝不能要求每个名人都上知天文，下知地理。但作为名人，最好不要被自己的“名”压得喘不过气来，能清醒地看到自己确还有许多不足之处。为此，出版界能不能为名人编一些提高他们各方面修养的书呢？这样至少可以避免在电视机前再用错词了。

（1992 年 7 月 18 日）

三千余人一个座位

你可知晓，我国图书馆的每个座位要为多少人服务？据最新统计：一个座位将由三千四百零七个人轮着坐。这样的比例，在我们这个星球上，恐怕也算是名列前茅的。

人们常说，图书馆是衡量一个国家精神文明的标志。我们这样一个泱泱大国，图书馆设施还比不上许多文化传统、经济实力与我们相差殊远的国家，说来也令人惭愧。

这些年，各项建设蒸蒸日上，改造旧街区，建设新大厦，这类报道不断见诸报端。遗憾的是，唯独图书馆之类的文化设施发展并不快，虽有种种打算，可是，谈的、想的要比做的多得多。国家经济力量有限，不可能花多少财力来发展这方面的事业，这本情有可原。而海外人士把一块块土地批租而去，更不必期望他们在这些土地上会建造一幢幢图书馆。有时我想，如果手中有权有钱的人，能对文化事业多些兴趣，多些重视，情况或许会好些，每念及此，不免有几分悲哀。

转而一想，我这样的呼吁可能也是多余的。三千四百余人才有一个图书馆的座位，但现实的状况，仅有这些座位，并没有人争着去坐，而经常是空席待人。“四人帮”刚砸烂时，排队进图书馆的状况已一去不复返了，有些图书馆非但不觉阅览室拥挤，相反，还打算划出些地盘用以搞“三产”。因为“三产”产生的经济效益看得见，摸得着。

看来，不必大声疾呼发展图书馆事业，还是先提倡多读点书。

一个民族如果读书的人日渐减少，这才是真正的悲哀。

（1992 年 8 月 1 日）

也说奖金

时下，翻开报纸，几乎每天都有颁发奖金的新闻。是耶？非耶？惹得许多没拿到奖金的人议论纷纷。对奖金此事，尽管各有各的看法，但我想有人愿意拿钱出来，这总是一件好事。

不过，如今颁发奖金也真有些一窝蜂。出钱的人往往都只愿锦上添花，很少人想到雪中送炭。正是从这点说，我很佩服上海人民出版社领导的魄力。他们最近拿出两万元钱，奖励《政治经济学教材》的作者。对社会科学著作的作者颁以重奖，这似乎还是第一次听到。如此重奖，令此书主编蒋学模教授为之一惊。蒋教授是见过世面的，他的著述也多次获奖，听说最多只拿到过两百元、四百元，从未上过万。可见，这次上海人民出版社开了重奖社会科学著作的先例，这是十分值得称道的。

不过，我还嫌两万元少了些。倒不是与那些运动健儿相比。无休止的攀比是毫无意义的。我只是觉得，这笔奖金与这几位作者创造的经济效益还不太相称。听该社领导介绍，此书如每本赚五角，就已获得七百五十万元利润。相比之下，两万元实在是区区不足道。

当然，颁发奖金不应以利润多寡为衡量标准。说句实话，这本教材还不能算上海人民出版社的最佳出版物。书的印数是由多种因素造成的。有些书，虽然仅印了两三千册，可是有很高的学术价值，为出版社赢得了非凡的声誉，这样的书照样应赋以重奖。唯有如此，才能真正体现对社会科学工作者的尊重。听说上海人民出版社也已有这样的打算，很希望能早些兑现。

（1992 年 9 月 19 日）

期　望

入夜，徜徉在上海南京路上，置身于火树银花般的霓虹灯之中，不免有些恍恍然。见到的是红妆艳服，闻到的是酒香肉味。真是一条名闻遐迩的商业街！近几年，这条街道的变化令人惊叹！

可是，使人不够满足的是，这条街上少了些文化气息。从外滩走到市中心，唯有两处可令文化人驻足，一是上海最大的新华书店——南京东路新华书店；二是专营文房四宝的朵云轩。听说，近来已有人把眼睛瞄准了这两家店铺，表示愿意用高价将其租下，以便经销服装、食品之类高利润的商品。

在这些人眼里，这样的“黄金地段”卖书、卖画、卖文房四宝，岂不是傻瓜。滚滚而来的商业大潮中，首先考虑的是赚钱，这本不必责怪。可是，当我想到，某一天走在这十里长街上，再也看不到一家从事文化事业的商店，不免有些悲哀！

人要吃，要住，要穿，要玩，这是天经地义的，可是能唯独不要文化吗？文化二字，如今与金钱放在一起，在不少人眼中，早就失去了原有的光泽。当然一般的人有这样的想法，也不必责备。问题是某些具有决策力的人作如是想，就不能不令人遗憾。在考虑商业布局、店面安排，在举办这个节、那个节时，很希望他们能够把书、把文化也放在自己的视野之中。尽管现在看来少赚了些钱，然而它对我们整个民族素质的提高，决不是用钱能衡量的。

我深深期望，南京路上这两家有特色的文化商店不要消失。相反，有朝一日还能多出现几家经营文化事业的商店！

（1992 年 10 月 17 日）

关键在于干！

生在上海，长在上海，对上海自然有一种特殊的感情。每逢看到上海的一些项目在全国获奖，总会喜形于色；每当见到上海人干出一些有损于上海形象的事，也会抱憾不迭。

日前，得悉中国书刊发行协会举办的全国优秀畅销书评选揭晓，我立即把得奖的书目找来一阅。如今评奖活动既多又滥，有时只要能出钱，总可以得到一块奖牌。而这次评奖据说是十分慎重的，既不收费，又经过反复筛选，因此，我想获得这一荣誉一定是很不容易的。

共有六十四本书获奖，我把目录从头看到尾看了几遍，一个个出版社的名字在我眼前闪过：人民文学社、浙江文艺社、江苏文艺社、漓江社……唯独没有上海的。心中不免油然而添一缕憾意。上海出版文艺书是有悠久传统的，有的出版社已有四十余年历史了，可是……自然，读者并不会以一次评奖结果来定高低，但在获奖目录中看不到上海版的书，我别有一番滋味在心头，谁叫我是上海人啊！

这些年，许多省市出版社都跨大了步子，浙江、江苏、湖南等省的文艺出版社，相继出了不少好书。在改革开放的春风吹拂下，如今真是出版界发展的大好时机。中央的方针大计定了，地方各级领导也闻风而动，据我所知，上海市委宣传部、新闻出版局就对所属各出版社的改革提出过不少好的设想。群众也都一个个摩拳擦掌，关键是我们如何去干。有句过去常挂嘴边的话：路线决定了干部就是决定因素。现在的情况就是这样，各单位能否在改革开放的大道上阔步前进，就看我们一些领导能否带领大家真刀真枪地去干！

（1992 年 11 月 7 日）

请看《收获》

临近年底，一场报刊征订大战硝烟弥漫，发行人员使出了浑身解数。不过，今年的情况又有所不同，在商业大潮涌动下，不少刊物编辑部似乎悟出了一些新的道理，仅靠请客、送礼恐怕不足以增加订数，于是他们开始动脑筋，对自己的刊物动一番手术。

听说，不少文学刊物都宣布明年要"转向"。所谓"转向"，是指今后不再搞严肃文学了，而把通俗文学、纪实文学作为主要内容。如今书摊上满天飞的十六开本通俗文学小册子，印数动辄几万，把一些编辑的眼睛都映红了。

"转向"与否，旁人本无须干涉。可是，看到一片片文学园地，即将变得刀光剑影、人欲横流，心里总不是滋味。

难道纯文学就无法生存了吗？难道中国的文学刊物都得走这条路吗？对此我有些愤愤不平，不由想到了《收获》。

《收获》是由巴金主编的大型纯文学文学期刊。说也怪，这样一本纯净得连商业广告都不刊登的杂志，她的发行量竟是全国文学期刊的佼佼者。究其原因，说来也很简单，就在“质量”二字。这些年来，无论风云变幻，无论商潮澎湃，她始终亭亭玉立，从而赢得了广大读者的赞赏。

请那些已经或正在考虑“转向”的刊物的编辑同志认真地读一读《收获》，从中真正学到点东西。中国的文学总需要一抔净土去栽培，千万别把自己肩上的重任随意卸掉。

（1992年11月21日）

1993 年

救救图书馆

元旦刚过，走在街头，还不时可见圣诞树、圣诞老人的影踪。这位穿红袍，留着大胡子的外国老头颇为自豪：如今中国人过外国人的新年这样热闹，而中国人在自己的春节，除了放几声爆竹外，不少人，特别是青年人已经没有多少热情了。

一位知情者告诉我，就一个圣诞夜，花在吃、喝、玩上的钱就有几千万、上亿，甚至更多。自然，其中极大多数都是公费报销。开始我还以为这也是从外国带来的风俗，但国外归来的朋友却摇摇头，说在海外从未听到过这样的事。

走着，走着，在一家图书馆前停了步，这儿是那样冷冷落落，走进去一看，里面更是稀稀拉拉。听这儿的工作人员说，公共图书馆如今每况愈下，他给我报了一大串数字，全国县以上的图书馆总共藏书两亿八千万册，按人头计算，全国每四个人才能看一本书；某省级图书馆，每年的资金仅能购九千册书，其中三分之二为小说，难怪一些科技工作者进了图书馆，连连摇头，能出借的科技书大都是十年前的，根本谈不上知识更新……

钱，钱，公共图书馆所以陷入如此窘境，就是因为没有钱，我心里不免有些愤愤不平。一个晚上吃、喝、玩可以花去这么一大笔钱，为什么就不能拿出些许向这些图书馆伸出援助之手呢？有人可能会说，反正现在读书的人不多，何必花大钱去建设图书馆呢？是的，读书的人确实越来越少，但如果连这些人都不能为他们创造一个良好的读书环境，那实在是大大的悲哀，该到了大声疾呼“救救图书馆”的时候了。

（1993 年 1 月 2 日）

报纸走向市场

一九九三年，将在中国报纸发展史上留下灿烂的一笔。

一大批报纸，从这年的元旦开始，扩大了版面。少则八版，多则十二、十六版。对三四十年来看惯四个版面的报纸的大陆读者来说，真有些目不暇接。

素来爱看报的我，这几天处于一种兴奋状态，读报的时间比往常翻了一番。自然，现在就对这些扩大版面的报纸加以评论，似乎为时尚早，但就我所见而言，《解放日报》《羊城晚报》《经济日报》《光明日报》……都比过去精彩了。

报纸扩版，这是历史发展的必然。想当年，报纸的版面千篇一律，报纸的篇幅大同小异，每天见到的都是相似的标题、相似的消息，这实在难说是一种正常的状况。这些年改革开放了，社会前进了，报纸的面貌必定也会随之而变化，这是谁也无法阻挡的。

我们整个国家正在进入社会主义的市场经济，报纸也必然会步入市场。因此，在被扩版搞得眼花缭乱的同时，我预感到报纸之间的竞争必然会更加激烈。如今我们所看的报纸，十之八九都是公费订阅的，一旦哪天公费不能再作此开支，报纸都得靠自费来订阅，这将形成怎样一个局面？不难想象，许多报纸的印数一定会锐跌，有些靠行政力量支撑着的报纸到那时真会惨不忍睹。我想，只要我们坚定地往社会主义市场经济的道路走下去，这一天总会出现的。

要防范这一天的到来，未雨绸缪的最好办法，就是把自己的报纸办出特色来，从内容到形式都能吸引千千万万的读者。

在竞争中，一定会涌现出一批出类拔萃的报纸。

（1993年1月9日）

稿酬提高些

有人说，这些年在银幕上似乎没有看到大名鼎鼎的谢晋展现出多少耀眼的光泽。我不敢苟同此说。平心而论，谢晋在影坛上还是干了不少轰轰烈烈的事的。起而组建以他为核心的巨星公司；接着又迎合商品大潮，跳槽与企业家携手，建立了一个以他的名字命名的影视公司；报刊杂志上人们也不时可见他对发展电影事业的慷慨陈言，这些，即使得过奥斯卡奖提名的张艺谋也是无法比拟的。最近，谢晋又有惊人之举，表示他的公司要付给他的老搭档李準三万元稿酬，以购买这位老作家根据张贤亮的小说改编的一个电影剧本。这又创下了中国电影界的一个新纪录。

三万元买一个剧本，这当然会造成一点轰动效应。李準这个剧本是否值这个价，姑且不论，这要到电影拍就后才能下结论。但这一做法，至少说明可以给作家付高稿酬。可惜，谢晋这家公司一年买得了几个剧本？能享受如此殊荣的作家，实是寥寥无几。作家们呼吁稿酬过低，已很有些时日了，其实与作家相比，翻译家的处境更为艰辛。每翻译一千字，国家规定的最高稿酬为二十来元，据首屈一指的翻译家草婴说，他至今也未享受过此等待遇。连草婴都如此，其他翻译家就可想而知了，难怪在译坛上耕耘几十年的王道乾，撒手西去后，同仁们看到他四壁徒然，不觉流下了眼泪。

企业家能拿些钱来提高文化人的稿酬，这当然是好事，但这毕竟是杯水车薪。如今物价节节上升，文化人的收入实在不相适应。稿酬早已该相应作些提高了。其实，这也不是几元钱的小事，而是与发展我国的文化不无干系的！

（1993年2月6日）

图书馆的危机

文化部图书馆司司长杜克最近向人们披露了几个数字：

大陆公共图书馆的购书费每年以五百万元的速度在增长，而每年所购的新书却以一百万册的速度在递减。如今有的图书馆没有一分钱的购书费，省级图书馆按规定百分之四十的经费需用来购书，可现在大部分只能达到百分之三十……

这是什么原因造成的？这位司长感慨地说：“由于书价暴涨！”

没有能力购买新书，这使一些图书馆的藏书残缺不全，图书馆对读者的吸引力也逐年减弱。许许多多图书馆除了满足一部分读者文化娱乐的需要外，它的社会教育和为科研及经济建设服务的功能已渐渐被人遗忘了。久而久之，其后果真不堪设想！

遗憾的是，这一现象至今并没有引起多少人的重视。国家每年增加五百万购书费，摊到全国每个人头上，连半分钱也不到，而要靠抑低书价来解决图书馆的购书问题，也是不现实的，哪个出版社不想多赚些钱?！看来这一现象会越来越严重。如此发展下去，我国公共图书馆的大门也只能一闭了之，这实在令人可悲。听说一些发达国家都用法律手段来扶植图书馆，例如美国，联邦政府和州、市政府在法律上都规定有支持公共图书馆的义务，政府还鼓励社会各方和私人向图书馆赞助，这些赞助都能免税。为什么我们国家不能制订类似的法律呢? 我想，只要各方面重视，也只有各方面重视，才能使奄奄一息的图书馆重新焕发青春。

（1993 年 3 月 6 日）

书迷与股民

一年一度的“文汇书展”，盛况依旧。展厅内熙熙攘攘的书迷，令不少外地读者为之一惊：上海人买书买“疯”了!

每年的“文汇书展”我都要去好几次，不觉想把今年的书展与往年作些比较。

书展展厅设在上海工人文化宫，底层有一家证券交易所。记得在去年书展期间，工人文化宫前排起长队，有人误以为是在买股票，后来得知这些都是买书的人，不禁赞叹起来，没想到书迷超过了股迷。今年工人文化宫前依然出现了买书人的长队，但引人注目的是，整条马路已被股民占领了，买书的队伍不得不调过头来，向另一个方向延伸。

密密麻麻的股民，长长的购书队伍，两相映照，不由使我感慨万千：一则为依然有如此多的人买书感到欣慰；二则为日益增长的股民人群，有些不知所措。自然，人各有其志，各有所好，谁愿意买书，谁愿意挖空心思去赚钱，本不必去加以褒贬。我只是想，股民的发展如此迅猛，假如有一天，股民的人群把这买书人的队伍吞噬了，那会出现怎样的局面呢？

当然，天下读书看书的人是不会绝迹的，我的耽心只是杞人忧天。但是，这些年，买书读书的人日渐减少，这不能不说是一个严酷的现实。说是“读书无用论”重新抬头也好，说是受“商业大潮”的冲击也罢，这种现状如再发展下去，若干年后，带来的后果是不堪设想的。

正因为如此，我们应为读书人多创造些条件，领导部门要把提倡读书作为一项重要工作来抓，有关单位不妨多办些书展、书市，把读书的空气搞得浓浓的。

（1993 年 3 月 27 日）

刮目相看

没到过广州，也没去过深圳，可时时吹来的南风，使我对这两个改革开放起步较早的城市也有了一鳞半爪的了解。这种了解自然是浮浅的。久而久之，我似乎觉得这两个城市经济发展得很快，可在文化方面或许并不怎样。

最近听到两件事，令我大感意外。一是报载去年广州人均购书达三十八元九角，居全国之首；二是海天出版社社长卢昆先生在上海文化界人士面前宣布，他们社出的书要“力戒平庸”，几年后要做到“消灭平庸”。

这不由得使我对广州、深圳刮目相看。上海是我国经济文化中心，如今广州人购书已超过了上海，难道这不令上海人脸红吗？再拿卢昆先生这番表态来说，恐怕上海还没有一家出版社的社长敢于夸下这样的海口！看来，广州、深圳不光经济在朝前发展，文化事业也在同步前进。

据说，广州、深圳这些地方，在经济刚起步的时候，确实有许许多多人下“海”觅钱，到了今天，居然能有这么多人买书读书，居然敢于高喊力戒和消灭平庸书的口号，这是很值得人们深思的。

如今大家把眼睛盯在经济二字上，这是无可非议，也是千真万确的。没有经济发展，其他一切都是空的。可是，在发展经济的同时，无论如何不应该忽略文化。一个有远见的领导，应该在人们热衷于种种经济活动的同时，为文化事业尽早地作些安排，否则就为时晚矣！

自然，领导的重视，无非是为大家创造一个良好的环境，买不买书，读不读书，关键还在于自己，下“海”也罢，在岸上观“海”也好，还得切记这句话：没有文化是不行的。

（1993 年 4 月 3 日）

十八与两百

在寸金之地的上海南京东路，有一家全市规模最大的新华书店。不少商家，早就把眼睛盯着这块宝地。确实，这儿如果改为百货店，改为酒家，每年的利润是可观的。于是，不断有人找上门，希望把店面包租下来，改行他业。

这家书店设有一个“学术书苑”，专营各类学术专著。这个“书苑”在读书界是颇有名气的，成为许多学者和爱书者的常来常往之地。“书苑”的几位营业员也是够辛苦的，可是操劳一年，这个“书苑”能卖掉近两百万码洋的书籍，屈指算来，利润不过十八万。最近有人看中了这块地盘，愿意每年花两百万把它承包下来，改为卖其他东西的场所。

放在书店面前是这样一种选择，要么辛辛苦苦一年得十八万；要么袖手不劳而获两百万。如何抉择呢？上海新华书店第一把手张金福说，宁要十八万，不要两百万，没有文化的国家，经济不可能真正发展起来，新华书店卖书的宗旨不能变。南京东路新华书店的负责人也表示，学术书苑只能办好，不能转向！这些话铿锵有力，听了真令读书人心里暖暖的。

不知有些书店的领导听了这些话作何感想？近来不时听到上海有些书店转向的消息，有的要改为首饰店，有的在等候买主……书店的网点越来越少，实在令人忧心。如今，我们要新增加一家像模像样的书店，真是难而又难，可是把“祖宗”留下的基业随手卖掉，却易如反掌，其实，这些书店并未到揭不开锅的时候，把那些网点拆除，无非是想多得些钱。

上海新华书店坚持办好学术书苑这种精神，应该给我们许多有益的启示。

（1993 年 5 月 1 日）

别忘了他们

最近看到一组数字，令我心情久久不能平静。

据国家统计局公布的材料，我国十五至二十四岁的青年有两亿四千多万。谁能想到，这些正当念初、高中和大学的青年人口，真正在校念书的仅有三千八百万左右，不到总数的百分之十六。而另外两亿多青年都已开始就业，或待业在家中，在这两亿多青年中，百分之八十五以上仅有小学或初中文化程度。

如今十五至二十四岁的青年，用一句过去我们经常说的话来讲，他们是祖国的未来，我们国家走向二十一世纪，创立四个现代化，主要就得依靠他们。怎能料到，这些人的文化程度竟如此低。当今世界科技发展得如此快，要使我国的经济持续高速发展，靠这一大批仅有小学和初中文化程度的劳动者，能够胜任吗？我不由得担忧起来。

或许这是杞人忧天，但提高我国青年的文化素质，这不能不是一个放在我们面前的十分重要的任务。自然，这一问题要解决，还有待于国家和有关部门的决策和努力，但我们的出版部门能不能尽一份力呢？既然我们国家还有近两亿只有小学和初中文化程度的青年人，出版社就应该多为他们作些考虑。一则，应该出版一些适合他们文化层次阅读的书籍，通过各种读物，提高他们的文化素质；另则，既然有那么一大批文化层次较低的青年读者存在于社会，我们在出书时，就得慎之又慎，否则很可能误人子弟。

努力提高两亿多青年的文化水平，应该是每一个关心祖国未来的人的职责。

（1993 年 5 月 15 日）

有没有鬼？

天下究竟有没有鬼？这是个小学生也能回答的问题，可是，翻阅了王同忆先生主编的《语言大典》，人们开始发生疑惑了。这本“大典”中，在“鬼”这个条目中，赫然写道：鬼是“脱离肉体的灵魂，尤指死人的灵魂，据认为是阴间的居民”。类似这样令人诧异的释文，在这本“大典”中并不鲜见。

《文汇读书周报》已于上期刊登了《〈语言大典〉竟是“谬误大全”》一文，对此书提出了批评。近几天，我又听到了不少书友对此书质问。上面所述有“鬼”的释文，就是一位书友当作笑话告诉我的。

我虽然没使用过这部工具书，可是，在我的印象中，这该是一部具有权威性的辞书。记得当时报刊上就曾刊登过编者的自我介绍，说这部《大典》，“字、词的释义比较准确、周全”，一些新闻媒介又称这部《大典》可以“一典多用”，远远超过《辞海》而“独占鳌头”，是“了不起的创造”……许多读者或许正是看了这些宣传而去买这部书的。我很怀疑这些捧场者事先究竟是否看过这部“大典”，他们也许不会想到自己的妙笔生花贻误了多少读者。

这是一个教训。推荐书的人，必须要有自己的主见，要有准确的判断，自然，要真正做到这点并不容易，一则看自己是否具有足够的水平；另则对通过种种关系托来的推荐稿能不能坚持标准。前者通过自己的不断学习可以有所提高，后者要作出选择却不太容易，因为其中有上级部门送来的，有亲戚好友转交的，有同事同仁交办的……不过，为了不出现乱捧《语言大典》这样的笑话，得罪一些人，还是值得的。

（1993 年 5 月 22 日）

老百姓的思念

真没想到，《人民公仆倪天增》这样一本纪念上海已故副市长的集子，会引起如此轰动。千余个读者自发在书店中排起长队，不少人眼噙泪花，谁看到这场面都会激动不已：人民心中的天平是多么公正啊！

倪天增当了几年副市长，他分管交通、住房等方面的工作。这许多年来，上海人民对交通、住房的牢骚最多，说实话，即使在倪天增分管的那些年，上海的交通和住房也没有什么根本的改观，老百姓依然怨言连连。奇怪的是，大家对分管这方面工作的倪天增却十分敬佩，原因很简单，一千多万上海市民都深切感到，这是一位廉洁奉公、勤勤恳恳为百姓谋利的父母官，交通、住房等方面的问题不能根本改观，实在是几十年来积债太多，怎能怪他呢？

人民心中的天平是公正的，谁为百姓谋福利，谁兢兢业业为人民服务，大家心中是清楚的，是永远不会忘记的。成百上千人从四面八方赶来争购这本书，就是最好的说明。

老百姓竞相购买这本书，是为了寄托一种哀思，是为了表达对这位副市长的怀念，同时，也是对能有更多廉洁奉公的好干部的一种希冀！然而，我觉得更需要读读这本书的，恐怕还是各级领导同志。

遗憾的是，在长长的购书队伍中，几乎没有见到有领导同志。当然，他们公务在身，不可能有时间来排队购书，我建议出版社能不能给各位领导送上一本，他们一定能从这本书中得到很多启迪。从倪天增副市长身上可以看到，什么样的干部才是老百姓真正爱戴的，什么样的干部才是我们事业所需要的。

（1993 年 6 月 12 日）

不必隐匿

这几天，兴之所至，翻阅了一些经济理论读物。对经济类书籍素无研究，无非是想增加些知识。

读了这些书，有一点使我大惑不解。许多有关世界经济的统计表中，如果我国的数字可以名列前茅的，都赫然写上；反之，在人均数以及一些反映我国落后贫困的数据，往往都被隐匿掉，表后附上一句："此表中不包括中国"，以作交待。

其实，这是大可不必的。不知从何年何月起，我们养成了喜欢听好话的习惯，一旦有什么缺点或不如他人之处，能隐匿的便隐匿，能修饰的就修饰，这实在是有百弊而无一利。君不见，有些好话灌入耳中也会使人坐立不定的。

前几天，看到一份材料，称西方传媒近来连续报道说，中国的经济实力排名已成为世界第三，仅次于美日两国。据说这还是国际货币基金组织最新的研究报告。没想到我们转眼之间已赶上了德国、法国、英国、加拿大等经济大国。看到这报道，我不仅没有受宠若惊，反而感到惴惴不安。我们真达到这样的水平了吗？一个大大的问题出现在我的大脑中。

西方统计专家是根据我们的一些数据作出如此分析的，把我们讲得这样好，真有些使人受不了，果真如此，岂不是改革已经成功，同志不须努力了？

问题仍要回到文首所提出的，我们在一些书籍中公布统计材料，还是应该实事求是，不能尽登好的，落后的、差的也应公之于世，这有什么可怕呢？这也许更能激励我们努力工作！

（1993 年 6 月 19 日）

留住好稿

说起今年的长篇小说，竹林的《女巫》该称得上是引人注日的一部。人民文学出版社初版几万册，几乎还未在各地书店露面，便已宣告售罄。我就听到不少读者在书店、书摊前询问何处有卖这部小说，一些有生意头脑的书商，已在考虑向人民文学出版社租借纸型……这种状况是近些年长篇小说出版中罕见的。

真没想到，这部引起评论界和读者欢迎的小说，最初却是上海一家出版社的退稿。自然，编辑退稿，这本无可厚非，稿件质量的高低虽有其客观标准，但毕竟还是仁者见仁、智者见智。好稿与编辑失之交臂的事是时有发生的。令人意外的是，竹林另一部中篇小说在这家出版社又遭到了同样的命运。退稿后，南方一家大型刊物立即决定刊登，发表后，《中篇小说选刊》的编辑又找上门来，要求转载。为什么接二连三发生这样的事呢？一些稿件在上海并未引起重视，而到了外地，却被人如获至宝，据说这样的事例还不少，余秋雨的那本如今红得发紫的《文化苦旅》，当初有的出版社也并不热情，亏得上海知识出版社的编辑和领导有眼力，方始未让这部书稿流出上海。

我并不怀疑这些出版社决策人的水平和能力，特别有些出版社已有四十多年历史了，他们自然能轻易地分辨出文稿的优劣，那么，究竟是什么原因使一些好稿从身边流走呢？这真令人百思而不得其解。

好稿，好选题，对于一家出版社的声誉和发展来说都是至关重要的！出版社的“名”，无非是几百几千种受读者欢迎的好书换来的，牌子再老，如果拿不出更多的好书，读者就会渐渐地把它遗忘的。

（1993 年 7 月 31 日）

炒《废都》

贾平凹的《废都》我还来不及细看，对这部作品如何评价，也就没资格说三道四。不过我已隐隐感觉到，这部长篇小说很可能在中国文坛上引起一番争论。说好的会把它捧上天，说坏的会把它打入地狱。

对小说如何评价，暂且不论，但这部小说的出版和发行，倒很值得议一议。《废都》初版便印了二十万册，一部长篇小说初版能印这许多，这在近些年是创记录的。

《废都》尚未面世，便已沸沸扬扬。有人一言以蔽之，《废都》是“炒”热的。此说也不无道理。今年年初便有人散布消息，说《废都》是“第二部《红楼梦》”，惹得许多出版社竞相争稿；继而，又有传言，说贾平凹拿到了一百万元的稿酬，全国十几家报纸登了这则消息，后来作者出来辟谣，可惜并没有几家报纸刊登这条消息。在种种传说的笼罩下，《废都》平添了几分神秘色彩；再接着，一些“评论家”出来讲话了，有的说“这是《围城》以后最好的一部写知识分子的小说”，有的说“这是贾平凹的巅峰之作”……就这样，一步又一步地把读者的视线都吸引了过来。对这样的作品能不先睹为快吗？《废都》初版印这么多也就不奇怪了！

《废都》炒得这样热，究竟是有心插花，还是无意栽柳，我不得而知，但应该讲，对于从事出版工作的人来说，此中是很可得到些启发的。有许许多多书出版前后，都无声无息，难怪印数寥寥。为什么不动脑筋也“炒”一下呢？想些办法，多作些宣传，以便吸引更多的读者。自然，“炒”还得实事求是，切莫靠谣言之类。否则倒霉的还是作者和出版者自己。

（1993 年 8 月 14 日）

令人心碎的对话

这是一段令人心碎的对话：

去年四月，在一次有北京市领导参加的会议上，中国书店总经理沈望舒呼吁：“给古旧书店以公共厕所的地位！”市委领导或许感到有些不雅，建议他换个说法。可是这位沈经理依然斩钉截铁地说：“我还是说公共厕所，因为它能纳入市政府的规则，有钱有地，甚至还有专人设计建筑式样，而古旧书业呢？”

古旧书业奄奄一息，居然连公共厕所的地位也不如，这实在是文化人的悲哀。

看看，我国历朝历代，古旧书业是何等繁荣。建国初，仅北京一地就有旧书店、旧书摊四百多家；曾几何时，上海福州路两侧，书肆林立，多少文人书迷留连忘返……而今，在一些经济发达的国家，古旧书业依然十分兴旺。据说日本在册的古旧书店有两千多家，仅东京一地就有七百多家；英国有一座历史悠久的旧书城；法国有闻名遐迩的旧书街……想想这一切，再看看我国古旧书业的现状，怎么会落到如此地步，真是令人费解。

原因不必去深究，问题在于如何改变这个现状。这自然得靠政策的扶持、靠领导的关心、靠社会的支持。但，最关键的，我认为还在于从事古旧书业的领导对自己的工作要有高度的责任感。中国书店的总经理所以能有这番慷慨之词，就是因为他热爱古旧书业，他的呼吁，如果再加上领导部门的重视，肯定会给古旧书业带来一丝希望。遗憾的是，并不是所有的古旧书店的领导都有这样的责任心，缺乏责任心的领导，对一个企业带来的危害是最大的，他会把一个好端端的单位，拖垮搞糟！

对古旧书业来说，在祈求外人扶持之前，还是应该自己先振作起来。

（1993 年 11 月 20 日）

由祝寿想起

巴老今年的生日真热闹，满屋的鲜花，川流不息的祝寿者，使往日静谧的客厅充满了欢声笑语，人们衷心地祝愿这位文学巨匠健康长寿。

在祝寿者中，有他的忠实读者，有亲朋好友，有各级领导……巴老安详地坐在那儿，静静地听着，并不时与客人作些交谈。

听说，那天上海的最高领导吴邦国、黄菊前往祝寿，在交谈时，老人提到上海作家协会资料室遇到的困难，吴邦国、黄菊闻后当即表态予以解决，接着，巴老又不无忧虑地诉说他对福州路文化街的关注……

我听了很感动，也很不安。据说，上海作协资料室的困难已反映多次，可始终搁在那儿，非得让巴金出面，才得以解决。巴老已九十高龄了。他的精力毕竟有限，这等事还得让他操心，实在不应该。可是偏偏又非他出面不可，这真令人感慨不已。

有些事确实让人弄不明白。生活中一些不难解决的事，一而再、再而三地找主管部门，都无法解决，但只要想方设法拨通广播电台的电话，或在报端得以披露，立即便可获得满意结果，而有些琐事又非得让那些德高望重的老人出面向高层领导提出，才可有满意的结果。难怪人们要怨声连连。

我想，假如各级领导都能在自己的职权范围，把该管的管起来，把该抓的抓起来，情况就不会这样了。诸如福州路文化街这些事，不必非得让上海最高父母官亲自发号令，如果主管部门以及这条街上的有关单位尽心尽力，情况或许就不会像目前那样，也不用巴老再牵肠挂肚了。

（1993 年 12 月 4 日）

1994年

不是笑话

刚过元旦，一位友人对我说 :《巴金译文集》《管锥编》《普希金抒情诗选》这些书在书亭书摊上不能随意卖了，非要递送样书经有关部门“审读”后才能出售。

闻后,我大笑起来。以为这位友人错把“元旦节”当“愚人节”，竟然乱编笑话起来。他却一本正经地说，我不是在说笑话，确有其事的。

原来，几天前，图书市场管理部门对一家在读者中颇有声誉、专营学术文艺类著作的集体书店进行了查抄,把鲁迅、巴金、周作人、胡适、王蒙等人的作品，以及《静静的顿河》等名著，共计几十种书都收了去。理由是出售这些书之前没有请他们“审读”，并扬言，每种将罚款五百元。

这样的理由是很值得商榷的。自然，对一些来路不明、内容不详或疑为非法出版物的书籍，索取样书，严加审查，这是必需的。可是对巴金、钱锺书的书也要由这些工作人员“审查”，那就令人大惑不解了。其实，只要是新闻出版署批准成立的出版社，他们所出版的图书都有权在我们九百六十万平方公里的大地上流通，如果各地都设一个“关卡”，非得经过自己“审读”后才能在所管辖的地区出售，岂不乱哉？！再说，书摊、书亭本来都小本经营，每种书都得奉送一本样书给主管部门，久而久之，负担也是不轻的，中央三申五令禁止乱收费，这是否也有些乱收费的味道！

如今，图书发行的主渠道还不太通畅，读者买书难的问题远未解决，我们应该对书摊、书亭多加扶植，鼓励他们多卖好书，这才是千千万万读者所欢迎的，这对我们的出版事业才是有利的。

（1994年1月8日）

谁来做？

江苏美术出版社出了一套《老房子》，翻过此书的人都啧啧称赞。该书的编者跋山涉水，风餐露宿，把中华民族祖祖辈辈居住的一幢幢房子拍摄下来。为什么要做这项工作呢？编者说，长期来人们对形态各异的居民建筑熟视无睹，使许多宝贵的文化资源丧失毁弃，希望通过这套书的出版，唤醒更多普通人的麻木心灵！

这几句话，引起我心中一阵震动。

出版《老房子》这样的书是很有意义的。收录在《老房子》中的一幅幅民居的画面确实很美，有的已有上百年的历史，有的可能历时更久。可惜，在现实生活中，这些建筑随时可能遭到厄运。我们国家有的事情真难以思议，一方面对这些货真价实，既有艺术性又可供研究的建筑视如敝屣；另方面又要大兴土木、耗费巨资建造种种假古迹。什么重现清明上河图啊，什么唐城宋城啊，其实，如能把《老房子》中这些建筑稍加保护整理的话，其意义绝不亚于那些假古迹。

当然，随着经济的发展，拆除一些旧民居，这也在所难免。就拿上海来说，几乎每时每日都在拆除旧屋。不知有否人想到，在拆除前，把其中一些典型的建筑拍摄下来。有人称上海是“万国建筑博览会”，我想，这个“博览会”绝不仅仅指外滩那几幢高楼，它应该包括各种各样的民居，甚至棚户区里的那些简陋建筑。有朝一日，上海变得高楼林立，街道宽敞，如果此时从书架上拿下一本《上海老房子》给自己的子孙看看，这实在是太有意义了。

推土机是无情的，真希望上海哪家出版社，能像江苏美术出版社那样，做一做这件有意义的事。

（1994 年 4 月 9 日）

奇妙的数字

数字真是一个奇妙的东西。我曾听到一位同志报过一大串数字，说上海的发行网点增加了多少多少，于是得出结论：近年来上海的图书发行工作达到了空前的繁荣。昨天翻阅《解放日报》，也看到一串有关书店的数字，说上海仅新华书店系统已有或即将有五家区店、十三个门市部和专业书店受到兼并、搬迁等影响，这些书店的营业面积达八千六百平方米，这位同志得出了与前一位同志截然不同的结论。

两串数字，两个结论，这不免引起人们的疑虑。其实，两人都没有说谎，前者是以网点来统计，减少一家书店和增加一个书摊，都是“一”；而后者却实实在在地以营业面积来计算。同样是在统计，前者可使人喜上眉梢，后者却令人忧从心来。

我想，成绩是谁也抹杀不了的，而问题愈掩盖愈会给工作带来损失。去年，有人在报上发表文章，认为图书发行工作在萎缩，这一分析引起了个别人的不满。现在看来，这样的观点并没有言过其实，如果从那时就引起注意，采取些果断的措施，今天书店的面积或许不至于减少这许多。

自然，现有书店面积的减少，一个重要的原因是我们这个城市建设速度在加快，一些负责城市规划的同志无暇顾及或疏忽了对书店的安排。但不能否认，书店失去的许多面积中，有不少是书店的同志主观因素造成的。上海再见不到“上海旧书店”的招牌；文化街上卖书的地盘越来越小，书店图书品种的锐减……这些都只能从书店本身去找原因。

上海城市面貌在日新月异地发生着变化，书店如何与此相应，该引起充分重视了！

（1994 年 6 月 18 日）

一点异议

重建上海福州路文化街，这已呼吁了多少年了，听说最近真有了些面目，有关部门成立了规划办公室，对此作了具体规划，并说再过七八年人们将看到一条崭新的文化街。

七八年，这对“一年一个样”的上海来说，却不是一个短时期，不过，到时如真的能看到一条崭新的文化街，我们也就耐心地等待吧。但是，当我听完宏伟规划的介绍，并没有引起多大欣喜。

规划者认为，把文化街看作是书店街太狭窄了，他们规划的未来的文化街，有种种文化娱乐设施，有青少年的活动中心，有……自然，这些也都是人们所需要的，但他们可知多少年来人们呼吁的文化街最主要的还是书店啊！

余生晚也，未能亲眼目睹福州路文化街当年的一派盛况。多谢学林出版社，他们出版的由朱联保先生编辑的《近现代上海出版业印象记》，为我们详细记录了当年文化街的盛景。据朱老先生统计，在三十年代，仅福州路上就有大小书店三十五家，这一数字尚不包括设在弄堂和大楼内的卖书之处。人们乐道的文化街就是从这些书店而来。

上海是我国出版事业的一个中心，应该有一条书店云集的街道。世界上许多经济文化发达的城市，都有这样的一条街道，纽约、伦敦、巴黎、东京……等大城市中的这些文化街吸引千千万万来自世界各地的读书人。因此，我要对正在规划福州路文化街的有关同志提一点异议，还是把福州路的重点放在书店的建设上吧！如果你们对文娱设施此类的“文化”更有兴趣的话，那就只能请有关部门另觅一条街道，重建书店林立的“文化街”了！

（1994 年 7 月 2 日）

鲁迅和足球

鲁迅研究和踢足球哪个重要？

这是一个无法回答的问题，因为两者不存在什么可比性。不知怎的，明知不可能有答案，几天来，我脑海中老是被这个问题纠缠着。

事情是由中国鲁迅研究会的一则“募捐启事”引起来。这个被评为国家一级的学会入不敷出，几乎无法开展活动了，每年国家给予的七千元经费，还将逐年递减，以至停发。于是，两千名会员苦苦哀求社会各方能给予援助。鲁迅如地下有知的话，真不知会说些什么。

七千元钱，对于如今一些足球队来说，真可谓区区小数。听说现在有的运动员踢进一个球就能拿到几千元。假如某一场球比赛后大家少拿些出场费；假如少请一个洋队员，以此来赞助鲁迅研究事业，那两千位莘莘学子一定都会眉开眼笑了。

这自然是不可能的，一则谁还那么关心鲁迅研究呢，这位曾被尊为中国文化革命旗手的伟大文学家，已越来越令人陌生了，书店中有关他的书寥若晨星，我真耽心我们的下一代或再下一代会把他完全忘记；二则足球已被视为我们生活中的骄子，源源不断的赞助，领导的殷切关怀，都是前所未有的，尽管这些踢足球的人脚下的球老是在原地滚来滚去，谁敢让他们少花费些钱？！

我并不反对企业家为足球事业慷慨解囊。企业有了钱，对社会的福利事业、文化体育事业作些贡献，这是完全应该的，也是值得提倡的。问题是如今需要赞助之处实在太多，有眼光的企业家应该少做些锦上添花的事，而多干些雪中送炭的工作，使手中的钱产生出更大的效应。

（1994 年 8 月 20 日）

多几个蒋勋

台湾东海大学蒋勋教授最近来到上海，作了两次演讲，讲的是中国美术史。听讲的对象有工人、有干部，有青年、有老人，文化层次参差不齐。尽管如此，听众的反应出奇的好。步出会场，几乎每个人都赞不绝口：从未听过这样精彩的报告！

这并不奇怪，在台湾，从事艺术普及工作的蒋勋是很有知名度的。他的那本《写给大家的中国美术史》重印了几万册仍供不应求。每逢假日，许多父母总是手捧此书，领着孩子去参观博物馆的。这是一本写给孩子看的书，但蒋勋所花费的精力，绝不亚于写一部厚厚的给成人看的《美术史》。在这本书中，没有学究式排比资料的自我陶醉，也没有炫耀专业知识的虚荣。作者想到的是要把年轻人带到"美"的面前。初稿写就后，他一句句地念给孩子听，直到改得通俗易懂为止。诗人的语言，加上深入浅出的表述，使此书大受欢迎，难怪他的演讲也会备受赞扬。

我们常常把为孩子写东西看成是一件容易的事，有些人甚至以此为生财之道，拼拼抄抄皆是书，草草率率都能印。而蒋勋却把普及艺术的工作看作是件神圣的、非常艰巨的劳动，这是十分令人肃然起敬的。

《写给大家的中国美术史》是一本令人爱不释手的好书，此书对青少年的审美教育有着不可估量的意义。大陆的作家、艺术家中能否也产生几位"蒋勋"呢？花点精力，为青少年写几本《写给大家的西洋音乐史》《写给大家的电影史》《写给大家的京剧史》《写给大家……》，这该多好啊！

（1994 年 8 月 27 日）

耐得寂寞

人们还记得政府有关部门为《中国大百科全书》《辞海》《汉语大词典》这些巨著举行的庆功会。赞语、掌声、鲜花……真是何等荣耀！

可是，也许有很多人并不知道，为了这些书的出版，一批又一批的知识分子伏案勤奋工作了十几年，甚至几十年。他们夜以继日、孜孜不倦。当然他们并不是为了这荣誉的一刻，因为他们知道这些书的出版对祖国的文化积累是何等重要，他们愿意为此奉献一切！

日前，我有幸参观了《古文字诂林》编纂组的几个工作室。一批知识分子在这几间并不宽敞的房间里已工作了两个多年头，他们从一本本书稿中收集材料，将传世古文字和出土古文字的研究成果荟萃于一书，编一部五千余万字的中国古文字研究的大型资料性工具书。这又是一部造益于子孙后代的巨著！

为编纂这部书，有关人员在今年连绵两个多月的百年未遇的酷暑中，依然伏案工作。窗外商潮澎湃，他们甘于寂寞。若问他们的工资资金，那些手持“大哥大”、腰挂 BP 机的大款们都会嗤之以鼻。是什么力量支撑着他们默默无闻地干这些工作？显然不是金钱，而是为了中华民族的文化！

应该说，我们生活中还有那么一批为了祖国的文化事业，耐得寂寞，认真踏实地在工作着的知识分子。可是，毋庸讳言，这支队伍这几年并没有扩大，而是在渐渐地萎缩。五彩缤纷的金钱世界毕竟有着巨大的诱惑力，我想，对那些耐得寂寞的知识分子应该采取一些特殊的政策，这对发展祖国的文化是有好处的。

（1994 年 9 月 17 日）

由吴三桂想起

看到广岛亚运会的圣火渐渐熄灭，我突然想到，要贯彻中共中央的《爱国主义教育实施纲要》,就出版界来说,任务是十分繁重的。

也许你会感到突兀，还是让我慢慢说来。前几天翻阅报纸，看到一位资深人士写的评论小山智丽（何智丽）战胜邓亚萍这场比赛的文章，作者在文章中竟把何智丽称作“吴三桂”，不免令人倒抽一口冷气。

吴三桂何许人也？他是明末引清兵入关，又为清兵先驱，镇压农民起义的一位官员，很久以来，人们都把吴三桂作为“卖国贼”的代名词。如今将何智丽比作吴三桂，实在使人吃惊。说实话，那场球赛的实况转播我也看了，当时只看到小黄球你来我往，乒乓艺术达到如此炉火纯青的地步实在令人赞叹不已，心中丝毫没有愤慨之情。看了这篇文章后,我心里不觉纳闷起来,问是不是自己的“思想感情”出了问题，否则怎么会连“吴三桂”也恨不起来？！

“斗”了半天，还是百思不得其解。外国籍的中国人，在科学、技术、文艺……等等领域中有了成绩，我们都引以为荣，杨振宁、李政道得了诺贝尔奖，谁也没有责怪他们在为美国争光，为何唯独体坛上会出现这样的议论呢？想来作者不会重开“文革”期间的“帽子工厂”，一定是不了解吴三桂是何许人，因而造成了比拟不当。正因如此，我觉得加强爱国主义教育，出版界应多出版些介绍各种历史人物的书籍，这样也就不会出现比拟不当的问题了。

当然，就这场球赛而言，也不是不可议论，何智丽为何挂拍，她是怎么会去日本的，等等，都是可以深思的。

（1994 年 10 月 22 日）

书的寿命

大型电视连续剧《三国演义》播映了，许多人津津有味地在电视机前，一集又一集地往下看。

《三国演义》电视剧再次激起了人们对这部古典名著的兴趣。听说，近来买《三国演义》这部作品的人也比往日增加不少。就连上海人美社出版的《三国演义》连环画销路也大增，最近还重印了一次。

说起这套连环画，是颇令我感慨的。记得在孩提时代，这套书就给我留下深刻印象，可惜那时家境贫寒，不忍开口要求父母破费把整套书买回家，父母深知我爱书，花钱让我从小人书摊上一本本租回家看。我有关“三国”的一些知识，大概都是由此得到启蒙的。至今那些群雄逐鹿、金戈铁马的画面还依稀留在我的记忆中。

真没想到，如今书店中出售的那套由上海人民美术出版社出版的《三国演义》，仍然是当年的老版本，只是改为十六开，并加以精装。这套连环画的寿命如此之长，这是我所没想到的。

书，是有生命的。有的书，它可以一版一版地印下去，可以让子子孙孙一代一代地看下去；而有的书，问世之日，也许就是寿终正寝之时。就拿这套《三国演义》来说，多少时间过去了，尽管它的画面在如今一些画家的眼中，显得有些古板和陈旧，可是，与现在的一些连环画相比，她有着独特的魅力，使人依然爱不释手。问其原因，就是当年在编辑出版这套书时，确确实实是下了功夫的。

一个编辑所编的书，如能一代代传下去，这对他来讲，就是最好的奖赏；相反，如果自己所编的书，都是短命的，那占着编辑这个位置，还有什么意思？

（1994年11月5日）

靠什么？

每逢临近年底，千百家报刊便掀起了一场声势浩大的“征订大战”。为了扩大自身的发行量，真可谓绞尽脑汁。

如今我们不是常说要与国际接轨吗？那么国外报刊的情况如何呢？是否也是那样硝烟弥漫、你争我夺呢？

一位友人给我看了一份材料，在一些经济发达的国家和地区，老百姓几乎把读报看作是一种习惯。新加坡每天有百分之八十五的人要读日报；我国台湾地区每天也有百分之七十七的人要读日报；香港地区则有百分之七十四的人要读日报；马来西亚有百分之五十七的人读日报。我国呢？材料上没有注明，可想而知，人数必然大大低于这样的百分比。

读报的人不多，而拼命要求增加发行量，这自然是艰难的。因此我想，年底竭尽全力搞发行，这是需要的，我们平时能不能齐心协力，多多在群众中提倡读报？如果阅读报刊的习惯和兴趣养成了，报刊的发行量也必定水涨船高。

当然，报刊的发行量要上去，关键还得靠自己的报纸能吸引人。世界第一大报、日本的《读卖新闻》发行量已达九百八十万份。日本这样一块弹丸之地，一家报纸竟能在那儿发行这么多，真有些不可思议。可是，这家报社的领导仍不满足，最近又给自己订出了突破一千万份的目标。他们靠什么去达到这样的目标呢？靠的是提高报纸的质量，这家报纸的领导说：报纸必须有“知识水准”——知识的、知性的、文化的水准，靠这些才能吸引读者，才能使发行量步步上升。

我们一些报刊的同志在抓发行时，能不能也想想这些问题呢？

（1994 年 11 月 26 日）

几个数据

最近一期《青年报》刊登的一篇《特别调查》，很令人深思。

这一“特别调查”是由上海团市委研究室通过团市委信息调研网络，对上海职业青年的消费状况进行的一次分层随机抽样调查。在“文化消费”方面，调查报告为我们提供了以下数据：

以一个月为限的消费项目开支情况调查中，百分之四十六的人没有一分钱花在书籍杂志上。

光顾南京东路新华书店的大都是中年或老年，青年仅占很小一部分。

有百分之二十以上的青年家中基本没有藏书。

百分之六十六的青年家中藏书不到五十册。

……

读了这些数字，心中很不是滋味。被调查的对象是十八至三十五岁的职业青年。用一句如今时髦的话，他们都是“跨世纪的人才”，二十一世纪，上海这个国际大都市该由这一批年龄层次的人唱主角。谁能想到，他们中间竟有这许多人是不爱买书、不爱看书的。

这不能不引起人们的担忧：不读书的人能挑得起重担吗？在如今这个科学技术高速发展的时代，别说不读书，即使有相当知识的人，如果不随时从书本中吸取营养，也会不进则退。因此我觉得《青年报》提供的这些数据值得广大青年认真想一想，也值得全社会的人都好好思考一番。

该想些办法了，把我们社会的书香氛围搞得浓烈些，把更多的青年吸引到书中来，看来，这些都是迫在眉睫的工作了！

（1994 年 12 月 24 日）

辞　旧

过了今天，二十世纪就剩下最后五年了！

五年，其实也只是弹指一挥间，二十世纪眼看就要离开我们了。

拿什么向二十世纪告别？拿什么去迎接二十一世纪的到来？这是许多人正在认真思考的一个问题。

二十世纪是出版事业空前发展的一个世纪，无以计数的各种书籍，推动了历史车轮的前进。这些书中的不少精华，都已源源被翻译介绍到了中国。可是，应该看到，至今尚有不少好书还未与我们谋面。有责任心的出版社应该下些功夫，组织一些人力，赶在二十一世纪到来之前，对世界各国的文化精华作一次全面的回顾和分析，把一些应该翻译的书赶快翻译出版。

其实，这些年来，我国翻译出版的书籍也不少，可是往往局限于“畅销书”，只追求其“票房价值”，而疏于过问其文化意义。对哲学、经济、政治、社会等类别的书，更是少于问津，其实此中恰恰有不少文化精华，对我们实施现代化大有参考价值。如果再不翻译介绍，到了二十一世纪再来补课，为时晚矣。

于此同时，我们也应认真规划一下为二十一世纪贡献一些什么样的书籍。或许是我寡陋孤闻，近些年很少听到哪些出版社在着手进行诸如《中国大百科全书》《辞海》《汉语大词典》《英汉大词典》这样的重点项目。时不我待，如今再不抓，转眼到了二十一世纪，我们就愧对子孙后代了。

看来，关键还在于规划。在辞别一九九四年，迎接一九九五年之际，衷心期望出版界人士认认真真地作些规划，少为文化事业增加污染，而多出一些经得起时间考验的书籍！

（1994 年 12 月 31 日）

1995年

一个奇迹

如今，除了规定学习的文件和领导人的文集，一本书印上一千万册，恐怕是难而又难的！

广州却出现了这样的一本书。由广东教育出版社出版的《新三字经》，面世伊始，便在南粤大地激起一股抢购热潮，许多书店很快脱销，印数直线上升，现已达一千万册。广东省内十五家印刷厂同时开工加印，不少厂家还实行三班倒，可依然无法满足读者的要求。陕西、江苏、吉林等省都急于租借纸型，要在本地加印，看来此书的印数还会不断上升。

这真是一个奇迹！一本德育启蒙读物如此受到读者的欢迎，倒是一个很值得研究的现象。

我认真读了几遍《新三字经》，感觉确实不错：音韵顿挫，琅琅上口，既有老三字经的口味，又有全新的内容，不仅给人以知识，并使人受到思想道德上的教育，可见，一本书所以能受欢迎，首先在于它的质量。试想，《新三字经》如果编得马马虎虎，把一些标语口号堆砌一起，内容是无可指摘了，可是兴味索然，谁还愿意去买、去看？联想到某些宣传爱国主义和德育的读物，购者寥寥，原因恐怕就在于此。

常常听到周围有人感叹，这些年人的文化素质在逐渐下降。领导部门也一再呼吁，要抓好精神文明建设。可是，有的单位满足于口头号召，不断动员，但收效甚微。广东省主管部门却提出要“虚事实做”，组织编写《新三字经》便是“虚事实做”的一件典范。虚事只有实做才能出效果，《新三字经》之受欢迎，不正生动说明了这一点么！

（1995 年 3 月 11 日）

“以书养书”析

这些年常听人说起“以书养书”，仿佛这已成了发展出版业的妙药良方。

乍听起来，这四个字似乎无可指摘。而今学术著作以及一些高品位的书籍不易出版，原因是这类书往往收不到应有的经济效益，每出一种，出版社就要贴上很多钱。而拒出此类书，出版社又脸上无光，一旦追究起社会效益，就会无言以答。于是，只能靠出版形形色色的畅销书，以其利润来贴补其他高品位的书，这就有了“以书养书”之说。

其实，仔细想想，这些道理还是经不起推敲的。试想，用以养“书”的那些书，自然得追求高利润、高畅销，这样，品位低下、庸俗无聊的读物便打着冠冕堂皇的旗号，源源面世。既然身负重任，在出版社内当然一路绿灯，连总编辑也难以挡驾，这就造成某些出版社的两副面孔：一副高雅，一副低俗。于是书市上各种粗俗读物就屡阻不绝。如果你要干涉,他还振振有词：我这是“以书养书”。殊不知，有些养书的书，尽管盈利可观，却给社会带来了污染源，既污染了书林，更玷污了读者的眼睛和心灵。

听说有的出版社开展多种经营，用一部分资金和人力，建立非出版企业，然后用这些企业赢得的利润来资助出好书，取得了很好的效果，既帮助出版社在经济上摆脱困境，又能提高编辑及有关人员的生活待遇，使他们安下心来编好书、出好书。

看来，“以书养书”并非发展出版业的一条捷径，要改变出版现状，还得广开思路，上述出版社的办法是否也可一试?

（1995 年 3 月 18 日）

到唐朝购书

看了这个题目，读者一定以为我在写荒诞小说，快到二十一世纪了，怎么可能去一千三百余年前的书市买书呢?

其实，我说的唐朝，并非中国历史上鼎盛一时的大唐皇朝，它只不过是上海一家开张不久的私有小书店。书店老板称自己为连锁店，可是目前还仅有两个铺面。

走进店铺，整齐的书架上陈列着尽可能多的品种。一打量，书的品味可不俗，其中不少是国有书店尚未与读者谋面的新品种，这就使我眼睛一亮，兴致勃勃地挑了好几本。不巧，其中一本书脊有些皱，素来看重书品的我，有些举棋不定，买还是不买?站在一旁的营业员似乎看透了我的心思，立即翻箱倒柜帮我找起来，遗憾的是，这本书仅此一本。营业员的热忱感动了我，最后还是把这本不太理想的书买了回家。隔了几天我又来到这家书店，居然又看到了几本好书。在付钱时，摸遍口袋还少三角钱，正有些尴尬时，营业员朝我微微一笑说："不要紧，以后来买书时再补吧！"我不觉反问："你怎么知道我今后还会来呢？"他说："你已来过几次了，是这里的老顾客了，区区三角钱，请不必介意。"我不觉心头一热。

在唐朝购书的这些感受，是多年未曾有过的。就凭这样的购书环境，就凭营业员的热忱的态度，这家书店对我的吸引力就非同一般。我想，今后我还会一次，二次，三次……不断前去光顾。不由地想起一些国有大书店，进得门去，为什么很少使我感受到这样的气氛、这样的热忱呢？

（1995 年 4 月 8 日）

又见书展

"文汇书展"迎来了第十个春天。昨天，当我再次踏进展厅，真是心潮起伏，感慨万千。

十度暑寒，十届书展。回忆历届书展出现的盛况，确有许多话想说。年复一年，"文汇书展"能坚持办下来，说明书还是有人爱的，说明不管商潮如何汹涌，读书人的队伍终究是冲不垮的。

自然，令人遗憾之处还是有的。很多人建议，今次"文汇书展"规模应更大些，活动应更丰富些。原以为恰是逢十大庆，能换一个更有气派的、更现代化的展厅，并不为过。上海之大，何患没有这样的展馆，宽敞雄伟的上海展览馆，设施现代化的上海商城……无奈书展难以登堂入室。据说，光上海展览馆借个展厅，就需四五十万元的场租费，如果办书展的话，卖书所得，倾囊而出，也难抵这笔开支。

我不觉有些困惑。这些场馆能不能对书展这类文化活动采取一些特别优惠的政策呢？社会上一些有钱的单位，可不可以对书展这样有广泛群众性的活动多加扶持呢？如今，生活中形形色色的“节”并不少见，一个个搞得轰轰烈烈，丰富多彩，据说，有时一个开幕式，就得花上几百万。我并不反对举办这些活动，但如果能从中省些钱，搞些书展之类的活动，把我们城市的书卷气搞得更浓些，岂不更好！

或许，这些想法是多余的。只有当我挤在书展的人流之中，才会产生另一种感觉：只要有好书，其他又何必去计较呢？

（1995 年 4 月 29 日）

抗战题材

世界反法西斯战争胜利五十年了，中国人民抗日战争胜利也已半个世纪了。这是一段永远不能忘却的历史。千千万万无辜百姓葬身于法西斯的屠刀和炮火之中，他们的鲜血和生命为人类留下了深刻的教训。

然而，时间总会磨损人们的记忆。如今上了年纪的人对这段历史还记忆犹新，可是在摇滚乐和流行歌曲声中长大的一代，对这场战争已渐渐淡忘。希特勒、墨索里尼、东条英机是何许人，他们似乎没多大兴趣。

要警钟长鸣！看来作家、艺术家、出版家的责任是重大的。有关这段历史的文艺作品和历史读物，是使人温故知新所必不可少的。

最近出版有关“二战”和“抗战”题材的作品，成了一个热点。可是，我总感到不甚满意。

“二次大战”结束以来，在西方，包括在前苏联，以这场战争为题材的文艺作品、历史研究专著真令人眼花缭乱。其内容之丰富，形式之多样，数量之浩瀚，可用叹为观止四字来形容。相比之下，我们实在显得有些寒酸。反映八年抗战，提起电影，最有影响的，说来说去就是《地道战》《地雷战》《平原游击队》这么几部，提起小说，也寥寥无几。

我们常责怪西方人说起“二次大战”，总忽略中国人在东方战场的奋战。撇开西方人固有的偏见不说，我们不主动宣传，不能不说也是一个原因。我并不小视《地道战》这些作品，可是，如果期望通过这几部作品让世界各国人民来全面了解中国的抗日战争，也确是勉为其难。

在纪念抗日战争胜利五十周年之际，我们的作家和出版家应该感到肩上的重任。

（1995年8月5日）

一点希望

近年来，不少出版社都把纪念世界反法西斯战争胜利五十周年和中国抗日战争胜利五十周年视为一个“热点”，纷纷组织人力，调动物力，出版有关读物。据统计，已有一百余家出版社出版了两百五十余种（套）此类书籍，发行量达三百多万册，堪称洋洋大观。

稍作分析，在这两百五十余种（套）图书中，文艺类占了相当大的比例，约有一百余种。就拿有关部门向全国推荐的十八种反映“抗战”和“二战”的重点图书看，文艺类也占了十种。文艺类图书占多数，这本无可非议，用文艺形式来反映历史，教育人民，这是常用的手段。在此外的一些图书中，资料汇编类的占了不少比例，诸如《日本帝国主义侵华档案资料选编》《侵华日军暴行总录》《南京大屠杀的图证》等等，都是非常有价值的，也是读者所需要的。令人感到不足的是，有关“二战”和“抗战”的研究专著却寥寥无几，能给人留下深刻印象的，也就是上海人民出版社出版的《法西斯体制研究》等几种。

“二次大战”已过去五十年了，抗日战争也过了半个世纪。人类历史上这场空前的灾难，留给中国人民的创伤是十分深重的。为了使历史不再重演，从逝去的岁月中总结出深刻的教训，是一项不可忽视的工作。半个世纪来，我们的理论家、史学家，在这方面的耕作似乎不尽如人意。目前还没有一部以中国人的视角撰写的有分量的第二次世界大战史，还没有一本对日本军国主义的历史作深入剖析的理论专著。

为了真正吸取历史教训，为了教育下一代，建议有关的学者能否在这方面作些开掘?！这是我的一点希望。

（1995 年 8 月 12 日）

微妙的变化

图书市场正在发生微妙的变化。这是我近日翻阅北京报纸，看到几则有关图书的消息而想到的。

报称：高雅图书上书摊，人民出版社刚出版的近五百元一套的十卷本《中国通史》，出现在甘家口、三里河等地的许多书摊上。此外，钱锺书的《管锥编》，李泽厚的几大册“十年文集”，以及以高雅著称的三联版的许多书，都成了书摊上最显眼的品种，而其中不少在书店里反而难见影踪。

图书市场的这一变化耐人寻味。很长一段时间以来，我们习惯于把销售庸俗、低级读物视为个体书摊的一大特征。每每提到净化图书市场，首先便想到个体书摊，而很少追究策划、制作这些书籍的人。诚然，个体书摊的格调决定于这个书摊的经营者，决定于他的欣赏趣味和利欲。而货源却来自于各地的出版单位。随着读者需求的变化，一些摊主的趣味也在变化。反之有些国有书店经营者的趣味也在变，不少庸俗、低格调的书随之涌入国有书店，只是，由于大书店品种多，几十、几百种这类书籍夹杂其间，不易引起人们注意而已。

引起这些微妙变化是有多种原因的。个体书摊确实出现了一批文化气息较浓、文化素质较高的经营者是其一。然而，从商业角度看，也不能一概否定牟利。无论哪个经营者都要追求“利”。消息中提到，记者问摊主：“这些书有人买吗？”摊主回答：“没人买的书我们不进。”正是因为有人买，有利可图，高雅图书才会进书摊。

可惜，这一点似乎还没有成为某些国有书店经营者的共识。图书市场的变化告诉我们：把图书的品位提高，不会影响出版者、发行者赢利的目的。而对于制造书源的出版社来说，这一变化给人的启迪还应是更多的。

（1995年8月19日）

如何用纸

当我们还在为“希望工程”操着心，为千万个贫困地区适龄少年无法上学而忧心忡忡之时，万万没想到，许许多多已能走进课堂的中小学生，在开学时竟会拿不到课本。

就贵州省而言，开学那天，全省有十多个品种、两百万册教材尚未印绪。这就意味着，有十万名中小学生在开学时无法拿着新课本听课。而这并非贵州一省如此，据说今年秋季开学，不少地区都有类似情况。

原因何在？据说这是全国性的纸张短缺造成的。贵州省有关部门为了使今年秋季开学的教材能及时印出，作了很大的努力。可是，他们向省外订的纸张，到位的仅四分之一。巧妇难为无米之炊，最终也只能让学生空着手走进教室。

人们不禁要问：我们国家的纸张是否已短缺到连印教材都困难的地步了？事实并非如此。你只要到书摊去看看，那些近似文化垃圾的书刊，重重叠叠，全都是用纸印就。可见出版部门只要动动脑筋，办法还是有的。就拿贾平凹的新著《白夜》来说，出版社好大气派，一开口便印四十万册，在极短时间内，就已印制完毕，如今几乎每个书摊都能见到这本书，而销售情况却并不尽如人意。看来纸张还是有的，问题是用在什么地方。

纸张短缺，确是当今出版界面临的一个棘手问题，从发展趋势看，短期内似乎还不可能缓和。正因为如此，出版领导部门如何分清轻重缓急，让有限的纸张用在刀刃上，似为当务之急。诸如学生课本用纸之类，无论如何要首先保证。对一些可印可不印的书刊，则严加限制。至于那些近似文化垃圾的书刊，我以为不应也不必再提供纸张了。

（1995年9月9日）

大手笔写小文章

前不久，听到新闻出版署图书司司长杨牧之的一席谈话，很有启发。他说，我们除了要抓成套的有文化积累价值的大型丛书外，还应该花大力气，抓出一批有质量的普及读物，他举艾思奇的《大众哲学》、吕叔湘和朱德熙的《语法修辞讲话》为例，说这些书曾使几代人受到教益。

确实如此！如今上了年纪的人，很少有人不知道这些书的，他们从中得到知识，获取营养。这说明，一本真正有质量的普及读物，是有巨大生命力的，其社会作用也是无可估量的。

这些年来，我们许多出版社热衷于搞大工程，动辄就搞几十、几百册一套的大丛书，似乎非此不能体现本社的水平和质量。相反，对普及读物却不屑一顾。这类书虽也时有面世，但大都是为配合某一文件或新的精神的学习，匆匆编就，能给人留下深刻印象者其数寥寥。根本无法与当年《大众哲学》《语法修辞讲话》的影响相比拟。

一家出版社精心出几部高质量的大丛书，在出版史上留下辉煌的一笔，本也无可非议。只是从提高全民的文化素质，适应改革开放的形势着眼，当前似更需要有一批高质量的普及读物。而保证这类出版物质量的有效措施之一，就是要像当年一样，请些大手笔撰写。也就是说应该鼓励大手笔写小文章，由某一专业的顶尖的专家，撰写介绍某一专业的普及读物，这对提高全民的文化素质是大有好处的。

应该说这类书的选题并不少，诸如《大众经济学》《大众政治学》《怎样使用汉字》《艺术修养讲座》《如何进入二十一世纪》……都是读者所需要的。问题是出版社能不能将它们提到议事日程上来。

（1995 年 9 月 16 日）

不能糊涂

说实话，我不太喜欢读刘绍棠的作品。但，我对这位作家还是十分尊敬的，特别是前几年看到他在《中流》等刊物发表的那些义正词严的文章，令人肃然起敬。不过，近来我却对他有点意见。

前几天看到报载一则消息，说刘绍棠与书商“握手”签订了出书合同,此举被称为“文学界很有象征意义的一步”。这则消息又说：与此同时，国内不少已颇有名气的作家也纷纷“转嫁”“二渠道”，放弃了走出版社这条虽很正规但又慢吞吞的出版路子。写这则消息的人，把刘绍棠这一举动视为是一大“改革”，而刘绍棠似乎也成了把其他作家引到“二渠道”的“领头羊”。

不知这则消息是真是假。假如确有其事，那我怀疑刘绍棠是不是有点糊涂了。这并不是改革！众所周知，我国出版书籍必须通过正规出版社，每本公开出版物，必定要有一个“书号”。怎么可以把自己的书稿随便交给“二渠道”，交给书商出版呢？由他们出的书岂不成了非法出版物！

诚然，我们的出版和发行部门并不尽如人意，出书周期长，发行渠道不通畅，但不能因此而违背国家有关出版工作的规定，把自己的书稿交给书商。确实，这些年书商私自印制书刊的事并不鲜见。他们这样做，或是非法盗印，或是“买书号”，都是极端错误的。这些行为如果得到某些出版社的默许，那这些出版社也是应该受到批评的。君不见，不准“卖书号”，新闻出版署早就三令五申了么！

但愿报上刊登的刘绍棠与书商“握手”的消息，是失实的。

（1995 年 10 月 7 日）

不要粗制滥造

几个月前，在《党的文献》上读到杨奎松同志撰写的《〈历史选择了毛泽东〉一书若干史实辨正》一文。文章第一句就写道：“叶永烈先生所著《历史选择了毛泽东》一书中，有相当多的史实错误。”杨奎松同志在文章中所指属实吗？不然可能又要对簿公堂了。

几个月过去了，一切风平浪静，叶永烈并没有提出任何申辩。看来，杨奎松同志在文章中所指的许多史实错误都证据凿凿，言之有理。

一本著作被人公开批评“有相当多的史实错误”，这是十分罕见的。而写本书的作者叶永烈以往一直宣称自己作品最大的特点就在于“实”。看来，这话说得过早了一些。作为读者，我们对作品的判断，似乎也不能贸然听作者自己的介绍，还得让实践来检验。

写作是一件十分严肃的事。特别是撰写历史、人物传记类著作，更容不得半点虚假，否则将会贻误子孙后代。这些年，有关现当代历史事件和人物的书籍出得很多，这固然是当前读者的一个阅读热点，人们想了解一些众所周知事件的背景，更想知道自己崇拜或厌恶的一些人物的内情，正是适应读者的这种要求，这类出版物也就应运而生。应该说，其中不乏严肃的佳作。然而，鱼龙混杂的情况不容忽视。有些作者把撰写此类作品看作是“摇钱树”，或粗制滥造，或掌握了一些素材，一本本重复炮制，更可笑的是，同一本书，改头换面，变个标题，又可在其他出版社出版，态度极不严肃。说到底，还是“钱”在作怪。

看来，对历史、人物传记类著作也该整顿一番。对那些粗制滥造的作品。应该让他们多曝曝光。

（1995 年 10 月 14 日）

想起孩子

《中国青年报》的一位记者说起过这样一件事：几年前，他到贵州深山去采访“希望工程”，接触到不少极端穷困的家庭。在一户全部家当只有一口锅、一条破棉絮的人家，看到一本残破的没头没尾的儿童读物。他问这家的孩子：书是不是借来的？孩子答道：不是，是我自己的，我妈妈赶集时给我买的。

听了这一介绍，我的心情非常沉重。对孩子的母亲我心怀敬意：家境如此穷困，连锅盖都难以揭开，这位母亲居然还舍得花钱为孩子买一本儿童读物，真是一位好母亲！

我真想把这件事讲给所有从事儿童读物出版工作的人听，因为它引发了一些值得深思的问题。

首先，我不知这位孩子的母亲买的是一本什么书，假如她是一个文盲，假如她买的是一本内容并不健康的书，对孩子非但没有教育意义，反而起副作用，我们怎么对得起这位克勤克俭的母亲？！从事儿童读物出版工作的同志，务必要把最好的精神食粮献给孩子。

同时，我还想到了儿童读物的定价问题。这位记者见到的这个穷困家庭，在我国自然为数不多。可是，尚未达到小康，生活仍较拮据的人家，恐怕不是少数。富得冒油的大款毕竟是极个别的。如今，我们有些出版社喜欢把眼睛盯着有钱人，书价越提越高，一套儿童读物竟然可高达千余元，而定价三五百元、一两百元的已并不鲜见。相反，几角钱、一两元钱的儿童读物反而成了难觅的“珍品”。这一现象颇值得注意。因为，我们国家还有千千万万并不富裕的孩子，他们正渴望着知识，他们更应是儿童读物真正的对象！

（1995 年 10 月 28 日）

出版社的眼力

我怀疑再过几十年，人们是否还会知道刘晓庆这个名字，尽管她如今的知名度不小，但我可肯定地说，五十年、一百年之后，人们仍会知道朱生豪这个翻译家。

把朱生豪的名字和刘晓庆放在一起，似乎有点不伦不类。我之所以这样想，是因为我觉得从事文化艺术工作的人，他们的名字能否在历史上留下一笔，总是与自己的作品连在一起的。朱生豪翻译的《莎士比亚全集》，以其准确的译文，优雅的文字，博得了读者的广泛认可，想必会一代代传下去。其他演员、作家、画家……也是如此，他们的知名度应该，也只能与他们的作品连在一起。靠制造新闻是无用的。

发一通感慨，并非要把朱生豪与刘晓庆比一个短长，只是对两人在出书过程中的遭遇有些愤愤不平。刘晓庆一字未著，报了一个题目，便有人抛给她一百多万元钱。而朱生豪英年早逝，他仅剩的一些书信——对研究朱生豪来说无疑是极重要的文字资料，经过半个世纪的天灾人祸，好不容易保存下来，他的九十高龄的夫人，含辛茹苦，一字字整理抄录，因为拿不出万把元钱，无人愿意出版。嘉兴市的一些有识之士，有的捐款，有的呼吁奔走，都没有结果。幸而报上发了一则消息，引起了出版界的重视，这本书才得以出版。

东方出版社以及其他几家愿意出版此书的出版社是有眼力的，他们懂得出版社应该如何为文化积累多做些工作。出版社领导的眼力，并不在于能看到"名人"，看到钱，而在于能看到什么样的书是真正有价值的。

（1995 年 11 月 4 日）

令人不解

几个月前，《中华工商时报》书评专刊被取消的消息传出后，许许多多读者摇头表示惋惜。

没想到，类似的消息接踵而来。最近听说，一家报纸办了四百余期的读书专版，明年将改换旗号，书评文章不允许再登其堂了；又听说，北京另一家大报纸的书评专刊，也可能被迫压缩版面……

书评的地盘愈来愈小，这确是令人不解而又十分矛盾的文化现象：一方面，我国已跻身世界出版大国的前列，每年出书达十万种之多；另方面，推荐评论图书的园地却日见减少，本已凤毛麟角的报刊书评园地，一个个地在消失，二者的反差竟然如此之强烈。

究竟是什么原因呢？或许有的同志认为，书评版读者寥寥，不如多出些娱乐类版面更能吸引人们。其实这是一种误解。美国第一大报《纽约时报》，每星期日出一份书评附刊，名为《纽约时报书评》，这份周报的发行量竟然超过《纽约时报》，周刊不仅为《纽约时报》增添了声誉，而且由于其在读者中的地位，还被美国文化人称为“美国文化中不可缺少的学术资产”。可见书评版有其独特的存在价值，还是受读者欢迎的。须知凡识字者生活中都离不开书，增加书评园地，多提供一些新书的信息，这是符合千千万万读者利益的。

自然，这些道理，如果去对那些不爱读书的人说，可能是耳边风。他不喜欢书，当然不希望有更多的宣传书的园地。我只期望在吸引更多的人读书方面，书评园地能起更大的作用。

（1995 年 12 月 23 日）

1996年

一个数据

数字常常是最能激动人心的。每逢与人谈起出版界的成绩，我可以报出一大堆数字，这几年增加了多少家出版社，图书的品种增加了多少，图书的销售额翻了几番……

是啊！随着近些年经济的发展，我国的出版事业有了长足的进步。然而，前几天在报上读到的另一则数字，却使我一愣，报载：我国一九八五年国内图书发行总量为六十二亿册，一九九四年发行量为六十二点二亿册。过去我只注意图书的销售额，而不留意一年究竟卖掉多少册书。根据这一数据，原来近十年来，我国每人每年所购图书的数量增长甚微，若考虑到人口增长的因素，按人均计算，这些年图书发行量几乎没有增长，甚至是负增长。

这个数字说明什么呢？它告诉我们，近年来图书定价有了较大幅度的增长，而读者购书量却并没有多大变化。换句话说，读者家中的藏书增加并不多。

这个数字颇值得深思。每人每年购书量的增减，与其文化素质的提高，应该是有一定关系的。这些年购书量有减无增，说明我国的出版事业还大有可为。另外，如果探究读者购书数量无增加的原因，我想，书价上涨该是个不容忽视的因素。随着物价的上扬，书价必然水涨船高，这是可以理解的。但如今的书价是否很合理呢？有些书是否有暴利的因素呢？我想还是应该认真查一查的。书价如能低些，读者逛书店时感到能负担得起，这方能吸引更多的人加入读书人的行列。

最令人担忧的是，如果我们满足了这几年的成绩，而忽视了读者购书量并没有增加的现实，那要使出版业取得更大的成绩，就有些困难了。

（1996 年 1 月 13 日）

名著的普及

生有涯，知无涯！这是人所共知的。短短的一生，一个人究竟能读完几本书？这是经常令人感叹的一个话题。

且不说那些杂七杂八的书籍，就拿古今中外那些被公认的名著，一个人的一生又能读得多少？仅就《资本论》一书而言，我想能啃完的可能也寥若晨星。

于是，有人就想出种种办法来介绍名著，有注释本，有白话本，有节选本，有缩写本，甚至还有漫画本……真可谓不一而足。我以为这些用心都是好的。不料，也有人对此不以为然。看到白话翻译本，觉得“读了倒胃口”，看到有人想用“漫画”形式来介绍《资本论》，觉得是“折腾名著”，总之，这一切都是“名著‘遭劫’”。于是感叹地说：出版家们别拍着哄着地把读者往傻子的道儿引了，也请放名著一马。

这位先生的原意也许无可非议，他认为名著被“嚼”过之后，总是失去了原来的醇厚。我虽与他素昧平生，却有些不同的看法。很想知道这位先生是如何把一部部古今中外的名著从头至尾原汁原汤享受完的？如此这般，究竟读完了多少名著？

实际情况是，我们绝大部分同志的时间与精力都不允许读如此多的书籍。就拿漫画这形式来说，在日本和其他一些国家，早就有人用其来介绍社会科学的一些名著。饭后茶余随手翻翻，可对某些哲学、经济学的原著有一个梗概的了解，不失为一件赏心乐事。如果由此激起阅读兴趣，再将原著找来认真细读，岂不更妙！

所以，我以为普及名著是件功德无量的事，大可不必为之耽心，更不应由此而责怪出版单位及有关编者。

（1996年3月9日）

“南东”的故事

哪位作家如果有兴趣，把上海南京东路新华书店这几年的经历写下来，或许可成为一部颇为吸引人并深有内涵的作品。

记得一九九三年夏，南京东路新华书店——这家曾被誉为远东第一书店的大书店，能不能继续在被称为中华第一街的南京路口占一席之地，引起了一场争论。令人宽慰的是，在上海市最高领导的关心下，书店终于在南京路站稳了脚跟。时隔三年，今天人们看到这家书店显露出新的风采。

近日装修一新的南京东路新华书店三楼营业厅，其购书环境可说是目前上海最好的。现代化的电脑管理，给读者购书带来了许多方便。众多的书籍品种，全部开架陈列，读者来到书店，仿佛在书海中遨游，好不乐哉！置身其间的读者不无自豪地说，我们终于有了与国际大都市相称的书店！

可是，令人不解的是，这么多年了，书店仅仅完成了三楼的装修。底层、二楼面目依旧，书店的门面也残破不全。几年来，南京路的面貌日新月异，巍巍的新世界商厦拔地而起，不少商店修了拆，拆了修，旧貌不时更新，为什么唯独这家书店的装修进度如此之慢？

一打听，原来责任不在书店。据说，这家书店的领导为了早日完成装修，不知写了多少信，跑了多少路，可是公文如同皮球般被踢来踢去，至今没有一个明确的结果。原先希望整个书店一并装修，如今三楼已装葺一新，但底层、二楼何时装修，还遥遥无期。人们不禁要问：这家书店的改建为何如此之难？

行文至此，想提个建议：有关部门的同志能否去这家书店的三楼看看，能否下决心尽快促成这家书店的改建？

（1996 年 4 月 6 日）

两种热情

出版社的热情投向何方，往往会产生截然不同的结果。

有些搞出版的人对“明星”情有独钟，对出版与“明星”有关的书，真可谓满腔热忱。一嗅到有什么“明星”的书可出版，不管是大陆的、台湾的、香港的，便会使出浑身解数，以最快的速度、最佳的印制质量，甚至还会绞尽脑汁想出种种促销手段，他们有呼风唤雨的本领，一时间，可使全国城乡许许多多书摊上都能见到这些“明星”的身影，实在令人叹为观止。

而复旦大学出版社却把热情倾注在高质量的学术著作上。由章培恒、骆玉明教授主编的《中国文学史》尚未面世，便得到了不少学者的赞许，于是，这家出版社立即对此书表示出极大的热情，为了确保质量，他们把已排版的部分书稿推倒重排，并重新设计封面，严加校对，以求最好的质量将此书奉献给读者。此书第一版开印，上海市新华书店便包销五万册，一部学术著作有如此印数，实在罕见。

两种热情，产生两种不同的结果。前者的热情，我并不想加以批评，对“明星”的崇拜，在我们当今的社会生活中已是屡见不鲜了。既然社会上有那么多的“追星族”，一些出版界人士加入其间，推波助澜，也不必加以指责。况且，他们还有经济上的考虑，无非是想在这些“明星”身上榨出些钱来。

对后一种热情，我却认为要大大加以赞扬。这才是有社会责任感的出版工作者应该做的。须知，书店、书摊的面貌与出版社的热情息息相关的。这样的出版社愈多，我们的出版事业才愈有希望。

（1996 年 4 月 27 日）

为了孩子

不知多少人用这个标题写过文章，今天，我还想再沿袭一下。引起写这篇文章的冲动，是听了著名学者王元化先生的一席话。王元化先生最近在一位朋友家住了几天，朋友家两个孩子使他感慨万千。孩子放学回家后，几乎没有一点休息的时间，一头埋在课本堆中，做不完的作业，无休止的复习，消耗了他们所有的业余时间。王元化先生说，现在的教育方法真值得好好思考，让孩子们花如此多的精力在课本中，而换得的却是很狭小的知识面，这样是培养不出人才来的，这会贻误子孙后代的！

事实正是如此。尽管很多人呼吁过要减轻学生负担，可是，沉重的作业，诱人的“重点”学校的招牌，使许许多多孩子埋首课本，失却了欢乐，失却了童年，自然也失却了课外阅读的机会。有人到学校作过调查，现在学生课外阅读的数量越来越少，内容也愈来愈狭窄，不少学校的老师已不再把指导学生课外阅读作为一项工作，对他们来说，似乎除了课本，就没有什么可让孩子们阅读的了。

事实上，要扩大孩子的知识面，引导他们读各种各样有益的书籍，是不可忽视的手段。现在我们有些孩子，离开课本就一问三不知，知识面十分狭窄，也许他们每门功课都可考上个九十多分，然而，这样的孩子将来很难说会有大的作为。

王元化先生的这一席话颇值得老师和家长们咀嚼一番。为了使孩子们开阔视野，汲取更多的知识，应该让他们多一点自由活动的时间，使他们知道，除了课本之外，还有更广阔的阅读天地呢！

（1996 年 5 月 4 日）

文化开店

新书源源问世，而读者却天天抱怨难以买到好书——图书发行工作的这一矛盾，虽早已引起出版社、书店和读者的关注，可是至今仍未找到一个解决的良方。出版单位总是责怪书店，嫌它们渠道不畅通，而书店又对出版社表示不满，认为所出的书不对胃口……于是不断地争论，不断地探讨，成了一道不亚于“歌德巴赫猜想”的难题。

发行工作究竟应如何办？我没有资格来解答这道难题。不过，听人介绍北京的“风入松书店”、“万圣书园”等一批近年新开的书店的情况后，我觉得不妨换一个角度来考虑考虑图书发行工作如何办这个命题。

北京这些新开设的书店，其图书品种之齐全、服务态度之优良，令人一踏进店堂就有一种豁然开朗的感觉。书迷们会情不自禁地说：“这就是我们心目中的书店！”这些书店所以能如此吸引读者，自然各有各的招式，但有一点恐怕是相同的，即这些书店的主持人的文化层次都很高，有的是博士研究生，有的是硕士研究生，甚至有从海外深造回来的。一批大学以上的文化人从事书店业务，这是近年在北京等地图书发行界出现的一个引人注目的现象。

看来，让一批具有相当文化水平，并热爱书籍的人来从事书店工作，这是改变书店面貌、推动并改进发行工作的一个有效措施。遗憾的是，这样的情况并不普遍，在上海，我就没听说有哪几位博士生、硕士生愿意下海办书店的。因此，在鼓励文化人开店的同时，不妨先把提高现有图书发行人员文化素质这个问题提到日程上来。如果能把书店负责人的文化层次提上一个等级，发行工作的面貌也许会有大的改观。

（1996 年 5 月 18 日）

喜见《石语》

万万没想到，钱锺书先生的《石语》，我是在一家小书摊上买到的。

最初见到此书，是在两个月前的“文汇书展”上。中国社科出版社的同志把刚面世的这本书带到书展来销售，一下便被抢购一空。我有幸买到一本，但很快就被朋友借去看了。此后不少书友托我代购此书，可是，上海的书店一直未卖过此书，我只能一一表示歉意。

这是一本用文言文写成的书，是六十多年前钱先生与人的谈话记录，颇有史料价值。这样一本读者面不会太广的书，竟然会在书摊上露面，真令人感到有些惊奇。

一本高质量的学术书，过了两个多月还未能进入上海的大书店，而街头小书摊却得风气之先，这不能不引起人们的深思。

原来，有些个体书商在“文汇书展”上获得《石语》受人欢迎的信息，于是特地驾车到北京去组织货源，这样，他便比大书店抢前了几步。遗憾的是，我们有些书店却无动于衷。一则，他们并不留意读者的信息；二则，即使得知了这类信息，也觉得与已无关。一家书店，上上下下，几十几百人，大家都按部就班地在一口锅子中吃饭，多卖一本书，少卖一本书，有何相干？！我想，如今有些书店不尽如人意，症结恐怕就在于此。

其实，不光书店如此，其他各行各业也是这样。不能调动每个人的积极性，就不可能使事业有所发展。而要把人们的积极性调动起来，关键还在于赏罚是否分明。假如多干少干一个样，在有的单位中混日子的人甚至比干工作的人还吃香，那么这个单位就不会有太大的希望了。

（1996 年 6 月 1 日）

"厚黑"何其多

李宗吾先生八十余年前写的《厚黑学》一书，几年前被人重印后，可谓风靡一时。不仅一印再印，接踵而来的是许多仿冒品，去书店看看，近年出现的此类书籍蔚为大观。例如《文坛厚黑学》《发财厚黑学》《现代厚黑学》《绝妙厚黑学》《反厚黑学——阴谋阳计经典》……李宗吾先生如地下有知，对九十年代出现如此多的徒子徒孙，一定会感叹不已。

遗憾的是，这些徒子徒孙虽然扯起"厚黑"大旗，却并没有得其师的真谛。李宗吾先生是在清末民初这一特定的社会环境中，愤世嫉俗，出于"揭恶世习"的目的，撰写这本"奇书"的。他想以此书"劝善众生"，其书的效果究竟如何，自可研究。然而，今天炮制"厚黑"著作的人，究竟怀着什么目的，实在令人不明白。请看，有的书在封面封底上醒目地印上这样的文字："牺牲别人成全自己"、"利用上司编植党羽"、"踩在别人头上往上爬"、"利用女色是永远的战术"……真不知写这样的书是"导人为善"，还是"诱人从恶"。

扯起"厚黑"大旗，无非是想借李宗吾先生的光，制作几本"畅销书"。可是如此这般的内容，很难说对读者有多少帮助。

当然，我并非阻止人们对社会中"厚黑"现象进行揭露和研究，李宗吾先生当年提出的"面厚心黑"一类的人，今天并没有绝迹。

他们即使退出历史舞台，一有机会仍会惹是生非，造谣惑众。问题是对他们的伎俩津津乐道，还是加以分析批判，这就是涉及写书人的立场观点问题了。须知，书还是应该“导人为善”的！

（1996 年 6 月 22 日）

防伪何其难

赵忠祥出了一本《岁月随想》，一下子印了五六十万册，没想到书摊上很快便出现了盗印本，就在他的眼皮子底下——中央电视台的附近，便能见到盗版的踪迹。一些不知底细的人买了请赵忠祥签名留念，面对这些印制粗糙、错漏百出的盗印书，赵忠祥真有些哭笑不得！

盗印本使许许多多作者恼怒不已，出版单位自然更是不满，因为盗印直接影响其经济利益和声誉。于是，一些出版社便绞尽脑汁，想出种种办法来防伪。可是，无论是用激光防伪标记也好，用各种特殊的纸张也罢……似乎都是收效甚微。盗印本依然通行无阻。

最近，作家出版社出版的翻译小说《马语者》正风行书市，该社为了防伪，又想出了高招，用特殊的印钞票的油墨来印制防伪标记，在验钞机的灯光下，真伪立即可辨。此举是否有效？我尚不敢轻信。尽管《马语者》的盗印本尚未面世，一旦有人印制了盗印本，你又能奈何他什么？

我不觉长叹：防伪何其难矣！

在这世界上，真真伪伪，有些确实使人难以分辨。最令人愤慨的是那些作伪的人，道貌岸然，招摇过市，法律竟然不能对其制裁。

你要防伪，他却我行我素，任你想出种种办法，作伪者依然可以横行天下，盗印本照样层出不穷。看来，仅仅想方设法防伪还是一种消极的态度，只有严厉惩罚作伪者，并绳之以法，才有可能真正杜绝盗印本。

防伪之外，还得严打——严厉地打伪，这才有可能杜绝盗印本。我想，有关方面能否在这方面想出一些高招？

（1996 年 7 月 6 日）

呼唤大书店

首届上海图书节，又一次把成千上万的读者吸引到书架前。如潮的人流涌向书展，生动地向世人宣告：上海人是爱书的，上海读者是舍得花钱买书的！

图书节期间，有幸听到香港联合出版集团副董事长赵斌先生的一次演讲。赵先生介绍了当今世界上某些发达国家的发行情况，颇受启迪。据说，近几年，美国大型连锁书店发展很快，仅纽约的一个地区，相隔不几条街，就接连开设了三家大型书店，每家的面积都在六千平方米以上，书店的服务设施都是一流的。听后令我惊叹不已。

六千平方米，这是一个什么样的规模呢？这次上海图书节的书展，十六个展馆面积共为六千四百平方米，据说，这已是上海开埠以来最大的一次书市，而纽约一家书店的规模就与其不相上下，这真有些令人不可思议。

上海图书节出现人如潮涌的场面，反映了上海人读书热情的高涨，同时也从另一个侧面提醒我们：目前我们书店的设施尚不尽如人意。如果我们这个城市能有那么几家颇具规模、设施规模一流的大型书店，读者随时可在五万、十万种图书中徜徉，那就不用冒着盛暑、排着长队去轧“闹猛”——而今要隔很长时间才能遇到这样一次淘书的机会，爱书人怎会轻易放过呢？这一点，不知能否给有关部门的领导一点启示。

开设几家与上海这个大城市相称的大书店，并不是可望不可及的举措。只是现在一提此事，有人就会提出经济效益啊、是否能赚钱啊等等问题。其实只要回顾一下上海历次书展的收益，结论便不言自明。说穿了，美国老板开大书店无非着眼于有利可图，能赚钱，利之所在促使他们如此这般下定决心的。想来我们总该比他们更有远见卓识吧！

所以我想，上海应该有几家大型的书店！

（1996 年 8 月 17 日）

如此“忠告”

如果有人对你进行“人生忠告”，说了以下一番话。不知你会作何感想？

“出卖他人，主要是为了保护自己。”

“一个喜欢说假话的人，是一个善于保护自己的人。”

“配偶只能有一个，性伙伴可以有很多个的。”

“‘自力更生’、‘艰苦奋斗’诸类名词，往往会使你联想起‘守旧’、‘保守’等词汇。”

“假如，你不知道怎样做人，那么，做一个自私的人吧。”

…………

够了，够了。如果这些话是私下里对你说的，也许你会皱皱眉头，不屑一顾。然而，这些话却是白纸黑字印在书本上的。你读了能不大吃一惊吗？你会以为这本书是几十年前出版的，或者你猜想这是哪个资本主义国家的出版物（其实，在资本主义国家也很少出版这类赤裸裸宣传利己主义腐朽思想的书），我可以告诉你，你的估计大大不足了，这本书是我最近在书市上看到的。

这是一本题为《人生忠告》的书，封面上还印着“珍藏版”的字样，里面用四号字印着一条条“格言”，作者自称是“把自己多年的生活经验说给年轻人听”，真不知道这位有“多年的生活经验”的作者要把年轻人带到哪儿去？

引了上述这许多话（此类“格言”在书中比比皆是），就不用我对此书再作什么评论分析了。最后要告诉大家的是，此书是由广西民族出版社在一九九六年六月出版的。

（1996 年 9 月 14 日）

“一元书”

每当人们对书价涨得过高发出怨言时，总会听到有人这样解释：“我们的书价比国外要低得多。”此话也许不假，因为如此说的人，大都见多识广，有的还专门远涉重洋，到国外的书展、书店考察过多次，他们的话应该是有相当的权威性。而那些埋怨书价太高者呢，无非是囊中羞涩，想看书而又买不起的那些人。怨言又有何用呢？

外国的书价是否都比我们的书价高呢？其实未必。只是我们某些考察的同志没有发现而已。听说在世界上颇有名望的、已有六十年历史的英国老牌出版社——企鹅出版社，去年为了庆祝建社六十周年，推出一套丛书，共有六十册，每本近百页，仅卖六十便士——相当于九十五美分，人们称之为“一元书”。这套书收录了古今一些优秀作家的名作，就其内容来说，是十分值得称道的。出版社认为，这些古今名作是年轻人在念高中、大学时应该读的，只是由于种种原因而错过了，现在出版是给他们补课。果然，这套书受到了极大的欢迎，在美国就卖出了六百万册，全世界估计卖出了一千四百万册。出版社得到的经济效益可想而知。可见外国的书并非一定都是贵的，而出版价格便宜的书也并非一定不能赚钱。

这件事应该给我们一点启迪。我们去国外考察时，不妨看得更仔细些，更全面些，在调查与国外接轨时，只有对别人有更深切的了解，才有可能把“轨”接好。再则，就书价而言，企鹅出版社的这种做法颇值得我们借鉴。须知，当前我们极大部分读者的购买力还不是太高啊！

（1996 年 10 月 12 日）

读一本书

万人瞩目的一九九六年甲 A 足球联赛已降下帷幕，硝烟散尽，却给人留下了许多话题。出人意料的是，有一条竟是与书有关。

八一足球队今年取得了令人可喜的成绩，这支一无外援、二无高额奖金的球队，居然一跃而成季军，大大出乎人们的意外。在分析原因时，听说其中一条是该队有“四个一”。何谓“四个一”？原来该队订了这样四条规矩：运动员每月要看一本书，每月写一篇读书笔记，每周写一篇周记，写得好的，每月奖励一百元购书费供其购书，但买回来的书必须由领队、教练员过目认可……这些规定出之于一支足球队，人们是没有想到的。

当然，八一队在绿茵上踢进了一个又一个球，其直接原因也许并非因为运动员每月多读了一本书。但是，我觉得，球队作出这样的规定却是具有远见卓识的。我们的足球至今冲不出亚洲，甚至离这个目标越来越远，这与运动员的文化素质不能说没有关系。可惜，如今似乎还很少有人注意到这一点。而八一队是意识到这一点了。我相信，如果该队持之以恒，坚持下去，那么前景是非常乐观的。

读一本书，这看似很简单的一件事，真正要做到，却也并不容易。如果在周围作一次调查：究竟有多少人每月能读完一本书——一本有意义的书？恐怕其数寥寥。即使是一些领导部门，能坚持每月读完了一本书者，恐怕为数也不多吧！由此想到，向八一队学习的意义。如果各单位都能作出每人每月必须读一本书的规定，相信我们的社会风气必定会有改观。

（1996 年 11 月 23 日）

这是一本什么书

一位书友气呼呼地把一本书扔在我的眼前说，“你看，这是一本什么样的书！”

此书名为《我如何一夜成名》，封面上醒目地印着作者的名字：

宫雪花，足有纽扣般大。宫雪花何许人也？据编者介绍，她“以四十七岁高龄竞选‘亚洲小姐’创造了一个‘香港神话’，轰动全世界，并受到美国总统克林顿的接见。”遗憾的是，这个“轰动全世界”的人，人们知之不多，再一了解，似乎克林顿也从未有过专门接见“香港小姐”的安排。编者如此介绍，也不怕美国人看了见笑。

为了弄清此书的究竟，我打开书看下去。翻过一页页浓妆艳抹的照片，是张贤亮写的序言。要了解这本书，自然不能不读读序言。可以看出张贤亮这篇序言是用心写的，颇有感情。可是，看着、看着，我便看不下去了。张贤亮在文中对宫雪花说：“你真是个‘妙人儿’，如果我是个亿万富翁，一定包你下来做我香港的‘二奶’！”这位大名鼎鼎的作家，虽然在这段话前用了“开玩笑说”这几个字，可是说者泰然，读者倒不免脸红起来，至少我还从未听到过有哪位作家当着万千读者面开过这样的玩笑。

再往下看，宫雪花大谈自己的经历，她是怎样以“四十七岁高龄”参加“选美”的。且看她是如何写的：“我偷情，那有什么关系”，“我想养个男人”……除此之外，这本书几乎没有什么内容。

我想，这大概是海外哪个出版社出版的吧，因此劝那位书友不必大惊小怪，可这位书友朝书的封面一指说：“瞧，出版者明明是中国工商联合出版社嘛！”我只能哑口无言。

（1996 年 12 月 7 日）

呼吁一流书店

对我来说，上星期是颇值得回味的。在这一周里有机会接连参观了两座心仪已久的新建筑——新落成的上海图书馆和上海博物馆。走进宽敞、明亮、设施一流的新馆厅，心里油然而生一种自豪感：我们上海终于有了第一流的图书馆和博物馆！此时此刻，我不禁又想到了书店。

规模宏大的上海书城正在加强建设，据说明年即可落成。这是上海千万书迷翘首以待的好事。但是我想，书城与博物馆、图书馆毕竟有所不同。一个城市有了一所大型的图书馆和博物馆，也就基本满足了市民这方面的需要。然而就书店来说，并不是一家大型的书店就能使一千三百万市民感到满意的。因为书店是人们经常光顾的地方，上海应该有更多的大型、中型以及小型的书店。

增加图书网点，这已成了近年上海图书发行界人士的共识。听说，中国科技图书公司已开了好几家新的门市部，上海图书公司在不声不响中，也已在全市增设了十家新的网点。这自然都是好事。但据说开设这些新网点，每每遇到很多困难，主要是找不到合适的场所，不少书店设到了别人的商厦之中，这样自然难以得到很好的发展。看来要扩大书店的网点，还得有关部门的关注。

明年，新的书城就要落成了，上海多了一家标志性的文化设施。可是，对于上海的读者来说，书店的建设并非就此大功告成，人们期待着出现更多的大型书店。回首上海这座书城从立项到今天，花了如此多的精力和时间，看来，该从现在起就开始考虑第二、第三……座书城的建设事宜了。

（1996 年 12 月 28 日）

1997年

遗　憾

九十四岁高龄的巴金，这些年虽病痛缠身，行动不便，可仍以惊人的毅力，锲而不舍地工作着。他编完了自己的二十六卷本文集和十卷本译文集。

巴金并没有因年迈体弱而敷衍塞责，他一篇一篇文章仔细校正，还认真撰写了序言后记，这是他老人家给予读者的又一笔丰硕的精神财富。如今二十六卷本的文集已出版，十卷本的译文集听说也已付梓。

然而，令人遗憾的是，尽管读者想买这套文集，但走遍全国所有书店，都无法买到完整的一套。原来，这套文集是一本一本出版的，每本印数并不相同，许多读者买了这本，却遗漏了那本，要想配全，可真不容易。至于想整套一起买，那更是难而又难。因为每本书出版后都很快售罄，至今尚没有哪家书店能备有完整的一套。

其实，这是一个老问题了！整套的文集，零零落落地出版，给读者带来很大的不便。如果说当初一本一本地出版是不得已而为之，那么，如今书已出齐，又备受读者欢迎，为何不尽快地重印呢？时下，某些武侠大师的全集可以一次次不厌其烦地重印；某个香港畅销书作家的作品也可以一版版地推出，为何唯独文学巨匠的文集却难以整套出版呢？这实在是个令人费解的问题。如果说仅仅是为了钱，那巴金作品如此受读者欢迎，重印后会给出版社带来经济效益，这又何乐而不为呢？

我想，读者既然需要巴金的作品，有关出版单位何不尽快地把文集整套重印一次。此外，十卷本的译文集虽早已定稿，据说要到下半年才能分批出版。对这类有价值的书，建议有关单位安排力量，使之早日与读者见面。

（1997 年 2 月 15 日）

最好的纪念

对于漫长的历史长河来说，人生犹如来去匆匆的过客，须臾而逝。然而，总有若干杰出者留下深深的履痕，长存不朽，给世世代代带来思念和回忆！

我想，邓小平同志是一位。我们会永远纪念他，因为他以自己的智慧和魄力，在十年内乱造成的严重局势面前，为中国的发展开辟了新的道路，从而改变了亿万人的命运，给中国历史写上了辉煌的一章。

小平同志走了！这些天，人们沉浸在巨大的悲痛之中。汩汩的泪水、不尽的哀思……在阵阵哀乐中，我不由自主地走到书架前，抽出有关小平同志的著作读了起来。小平同志关于文化、出版工作有过许多精辟的指示，今天重温，感受更深了些。

作品的思想成就和艺术成就，应当由人民来评定。

无论如何，思想理论问题的研究和讨论，一定要坚决执行百花齐放、百家争鸣的方针，一定要坚决执行不抓辫子、不戴帽子、不打棍子的“三不主义”方针，一定要坚决执行解放思想、破除迷信、一切从实际出发的方针。

…………

这些话虽都耳熟能详，但真正要做到却并非易事。重读小平同志的著作，我要求于自己的，首先是在工作中切切实实地把他老人家的话付之实践。同时，通过与出版界同仁的共同努力，在推动出好书、读好书的宣传工作中，起点微薄的作用。我想，这才是对小平同志的最好的缅怀。

（1997 年 3 月 1 日）

如何解决

我国至今还有近两亿文盲，这已不是什么新闻。想到二十世纪即将过去，我们仍有如此庞大的一支文盲队伍，总觉得不是滋味。一方面现代化的步伐在加快，一方面目不识丁者还这么多，能不影响国家的发展吗？

有关方面一再强调要抓好扫盲工作，一些出版单位也为此作出了努力。听说，科学普及出版社投资十七万，成立了一个四人编纂小组，历时五年，出版了一本《扫盲图解字典》。可是，此书首印一万五千册，至今仅卖出一千册。近两亿文盲，只有一千人买了这本书，实在使此书的出版者、编辑伤心不已。书不受欢迎，是文盲们不想摘掉头上的“帽子”吗？经过粗略了解，原因并非如此。

原来问题出在发行部门。据说这本书出版后，向二十多个省市征订，反馈数寥寥无几，比起那些歌星、明星的书，征订数何止差了几百几千倍。其实，即使从经济角度出发，此书也是值得认真发行的。因为面对一个两亿人的市场，其经济效益可想而知。可是，再一想，发行部门所以如此，似也情有可原。尽管报刊传媒上不时看到有关部门发出多少年内要把文盲扫尽的号召，但较之五十年代那种处处办扫盲班，人人关心扫盲的气氛，毕竟差了一大截。即使现在办起什么扫盲班，参加者估计也不会太多。原因是如今什么都讲钱，多少人愿意为摘一顶“文盲”帽子去付如许的学费呢？

加快建设步伐，提高人的素质至关重要，而掌握文化又是提高素质的首要前提。在即将跨进二十一世纪的年代里，怎样才能尽快地把两亿顶“文盲”帽子摘掉呢？我想，这是值得认真想一想的。

（1997 年 3 月 15 日）

一代出版家

赵家璧先生走了。他在中国现代出版事业发展的道路上留下了一长串深深的脚印，而今匆匆地走了！

赵家璧先生堪称我国一代出版家。记得赵先生家中有一个书橱，他一生编辑出版的书都陈列其间。尽管历史的风风雨雨给书的封面带来斑驳陈迹，更有一些赵先生钟爱的书，已不见影踪。但仅存的这些，就足以反映赵先生对现代中国出版事业的贡献。我想，一个出版工作者，一生能给人民留下如许的精神财富，是足以自慰的了。

《中国新文学大系》《良友画报》《一角丛书》……这些与赵家

璧名字联系在一起的书系，曾给出版业带来过辉煌，给读者带来过喜悦，至今仍被出版界引为骄傲，以至人们在讨论新书的规划时，还不时想到这些书，从中得到启迪和借鉴。然而，赵先生设想出版“大系”，并开始向鲁迅、郑振铎、茅盾、朱自清、胡适等组稿时，只不过是一个二十来岁的青年，其成就却是为中国文学和出版事业树起一座丰碑。

赵先生的编辑、写作生涯长达六十多年。综观他的一生，最闪光的还是中青年时代的那几年。此后，尽管他有过不少好的设想，新的点子，由于不得不应付接连不断的“运动”，不能不受到这样那样的牵制，大都未能成为现实。

赵先生走了。他留给我们的除了那许多由他亲手策划并出版的珍贵图书外，更可宝贵的还是他那忠诚于出版事业的孜孜以求的精神。当前，我们处在一个可以在出版领域大显身手的时代，发扬赵先生的这种精神，就显得格外的重要了。

（1997 年 3 月 22 日）

重赏之下

“重赏之下，必有勇夫”，这是中国一句古语。在兵刃相接的沙场上，多少人抛头颅、洒热血，为赢得一笔重赏，杀得你死我活。后来，人们渐渐将此用于各项工作。然而我发觉并非处处有效。

就拿足球来说，这些年对球员不可谓不重赏，动辄一万两万，奖金、红包在运动员头上晃来晃去，但就是难以踢出国门。近年文坛上令人满意的佳作不多，于是，也有人想到了“重赏之下，必有勇夫”，纷纷设立奖项，一万、两万，五万、十万，数字愈来愈大。

重奖对文艺创作是否有用，我是持怀疑态度的。记得几年前，有家出版社看到长篇小说不景气，提出要重奖作者，可惜并未带来什么有轰动效应的作品。还是一句老话：没钱不行，有了钱也不见得样样行。

最近听说，某杂志社设立了一奖项，金额高达三十万元，颇引人注目。据说现在有些单位的奖金是向某些企业“打秋风”得来的。而有些企业本身经济效益并不怎么好，职工的医药费还不知着落。如此状况，作家们能安心拿奖金吗？再说，如果这些钱是出版社或编辑部自己赚的，我看，与其奖给一个人，还不如把稿费提高些，这样或许更能“刺激”更多好作品的诞生。

有点文学知识的人都知道，古往今来的好作品大都不是靠重奖赏出来的，如果钱能“赏”出好作品，那么，我们现在就不只拥有《红楼梦》《三国演义》等等几部古典名著了，鲁迅、巴金等人的名字在现代文学史上也就不稀罕了。我想，如果忘掉厚积薄发、尊重生活的创作原则，再多的奖金恐怕也难以产生无愧于我们时代的作品。

（1997 年 3 月 29 日）

热　情

日子过得真快，“五一”乍过，就迎来了一年一度的“文汇书展”。

书展年年举办，甘苦不尽相同。每年筹备期间，许多同志总要忙乎整整几个月，才算一切就绪。想起来，倒有不少值得回味之处。

书展展出的是书，理应是各出版社展示风采的最佳场所：既可以让读者了解本社的成果，又能销售本社的图书，何乐而不为?！主办单位从去年年底起，就接到不少出版社来电、来信、来访，要求参加本届“文汇书展”。

九洲图书出版社是其中的一家。他们出版了一套《译人视界》丛书，托人联系要求参加书展，主办单位因没见到书，未立即表态。出版社有关领导并不就此罢休，他们不远千里专程把书带到上海。有关同志一看，这套丛书装帧精美，构思奇巧，实令人爱不释手，赞叹不已！于是，不仅同意参加书展，而且打算重点推出。九洲图书出版社的同志自然也喜上眉梢。

出版社的这种热情是十分值得肯定的。相比之下，有的出版社似乎缺少了这样一分热情。书展的主办单位找上门去，要义务为其作宣传，为之搭桥架梁，请有关书店销售他们的出版物。不知是由于缺乏像样的新书，还是别有什么原因，他们的态度冷漠得出人意料。对推销自家出版物如此缺乏热情，实在难以理解。

我以为，热情是能不能做好工作的一个前提。热情来自对所担负工作的高度责任心。干哪一行都得热情洋溢。出书、卖书当然也不例外。希望这个简单的道理能成为我们的共识。

（1997年5月10日）

谈“著名”

我一直以为中国的文字最为丰富多彩、最富于表现力了。可是近来却有些疑惑。某些人在表达对他人尊重、赞扬时，似乎愈来愈词穷字尽，使人误以为中国字越来越不够用了。“著名”二字的泛滥便是一例。

不久前，新闻中提到一位书画家时，称他为“中国著名书画大师”，隔几天，同一张报纸又称之为“中国书画大师”。一向十分重视“提法”的我的同胞们，不觉议论纷纷，少了“著名”二字，是不是对这位书画家的评价有所变化？其实，既称“大师”，何必再加“著名”二字？如果这位“大师”并不著名，其大名不为人知，那又算什么“大师”呢？如果再进一步推敲，日后一旦他人的成就超过这位大师，又该怎么称呼呢？是不是得用“中国著名的著名书画大师”呢？

“著名”二字是指在某一领域有杰出贡献并享有盛誉的人物。可如今有些座谈会的报道，几乎在每位参加者的名字前均加“著名”二字，其中有些名字连编者也不知其为何许人，更遑论读者了。尽管写者是为了表达自己的一份敬意（但愿是出于真诚），可如此这般的抬举，连被写者也可能心感不安。

其实，在读者、观众心目中有影响力、有相当知名度的人物，即便不用“著名”二字，人们也会向往之、敬佩之，这在中外古今文化史上屡见不鲜；否则，如果名不副实，即使加上“著名”二字，也不能激起人们的敬佩之情，甚至反而引起异议。可见干什么都得实事求是。知名度绝不是炒出来的，即便一时被冠之“著名”二字，也往往经不起时间的检验的。建议“著名”二字还是慎用为好。

（1997 年 6 月 14 日）

"利"与"干"

近年来有几本明星写的书，销路颇佳，出版社由此赚了大钱，明星的腰包也更鼓了起来，可谓皆大喜欢。此类书为何如此热销？个中原因倒颇值得探究一番。

统观这些书，不论出自哪家出版社，所以能销上五位数，甚至六位数，有一点可以肯定，即有关出版社的领导和编辑是付出了心血，功不可没的。他们不仅抢时间，保进度，让其他书为之让路，可说是全力以赴，不辞辛劳。大腕"明星"并不都是随和可亲易于打交道的，有的组稿、审稿难度颇大，书出版后，天南地北安排签名售书活动，更是费心费力。然而，正是由于这些努力，扩大了书在读者中的影响，才使销路节节上升。

由此有人作了总结，说出书要"大利大干、小利小干、无利不干"。我想，是耶，非耶，自有读者评论。但有一点似不可否定，即书的畅销，与"大干"是分不开的。确实，从最近的图书市场来看，凡是畅销的书，都离不开出版社领导和有关编辑的努力。特别引人注目的是，北京等外地的一些编辑同志，他们为自己出版的书投入了很大的热情，这当然应该提倡。可是，对一些"小利"甚至"无利"而却有益于社会的书，应抱什么态度呢？据了解，有些出版社采取听之任之、近乎冷漠的态度。对某些颇有学术价值的书，既不花力气宣传，也不动脑筋促销，这就显得有些不公平了！

众所周知，图书作为一种文化载体，其影响力并不亚于其他文化形式。不论其作者是否有名，不论其能不能牟取大利，只要是好书，都应倾注热情千方百计地做好宣传工作，争取更多的读者，这样才能更好地发挥其社会效应。否则任其自流，书积压在仓库不见天日，那样，既对不起作者读者，也对不起出版社自己。

（1997 年 6 月 21 日）

说“编著”

细心的读者一定会发现，时下出版的不少书，作者名字后往往有“编著”二字。这是以往少见的。

“编著”而成的书，确也有些精品，但如细究起来，此二字却也大有文章可做。“著”者，表明这本书道道地地是本人所写；“编”者，则用旁人的材料，抄抄拼拼、剪剪贴贴加工而成。二者放在一起，有时你弄不清此书究竟是作者自写，还是根据旁人的材料编的；既可理解成创作，也可作为抄袭别人的藉口。假如有人提出书中材料与他书有雷同之处，那么，“编”字挡在前面，别人也就哑口无言了。这对炮制某些名人传记、企业家发迹史、海外畅销书，似乎特别适用。如果稍懂一点外文，那么，更可以连译带想，尽情发挥，把外国刊物和书籍上的内容随手应用，既不用承担译文不准确的责任，又可避免“抄袭”的责难，岂不妙哉！

或许正是由于这类“编著”的作品太多，书市中重复、雷同的书比比皆是。据新闻出版署图书管理司的一位负责人说，如今我国每年重复出版的图书至少有五千种。就是说，我们见到的每二十种新书中，至少有一本是重复的。这是多大的浪费啊！这意味着每年至少有五千个编辑在重复别人的劳动，大量的纸张、物力就在重复中消耗掉了。而蒙受损失的还是读者。买了重复出版物，使他们既浪费金钱，又浪费精力，及至发现上当，损失已无法补回。

看来，出版社的领导对“编著”一类的书应该特别谨慎。要提高图书质量，要减少重复出版物，似应首先把好“编著”这一关。

（1997年7月19日）

王同忆们，戒！

近年来，出版界最引人注目的一场官司总算有了结果。法院判“著作等身”的王同忆败诉，并赔偿有关出版社四十二万元人民币。

对王同忆，我不想多说什么，王同忆不过是在辞书编纂过程中进行抄袭的一个代表而已。他辞书编得多，社会活动能量大，因此他的抄袭就格外引人注意。其实，水平比他低，能量比他小的“王同忆”们还大有人在。

其他书不说，还是拿辞书的出版来讲，抄袭之风是相当严重的。有人对成语词典的出版作过一个统计，从一九七八年到一九九五年，我国共出版了二百四十余种汉语成语词典，仅一九九五年一年，就出版了二十一种汉语成语词典。我国的成语的确非常丰富多彩，但是否需要出版这么多的词典呢？我看实在没有这个必要。据辞书出版方面的资深人士说，在这些成语词典中，相互抄袭的现象十分严重。听说如今的一些大学生中，就有人专门从事编写辞典的工作，几个大学生和研究生关起门来，凭借几本工具书，在短时间里就可编出一本又一本的词典，其粗制滥造可想而知。而其内容，则大量是抄袭或变相抄袭。

如今王同忆被法院判为败诉，名誉扫地，还得赔上这么多的钱。我想，这应该引起“王同忆”们的警觉，不能再这样干下去了。如果哪家出版社认真起来，把你们编的词典从头到尾查一下，再送一张状纸到法院，那就“吃不了，兜着走”了。这又何苦呢?

自然，关键还在出版社。这类辞书能走进书店，全凭他们开了绿灯，其结果必然是坑害了读者。如果出版社能认真把好关，那么“王同忆”们就不会在法庭上出丑了。

（1997 年 8 月 2 日）

还是要讲质量

自从刘晓庆《我的自白录》为她本人与出版社赚了一大笔钱后，“名人”为自己立传，出版社抢出“名人”传记，已成为当今出版界的一大热点。

继刘晓庆之后，赵忠祥、姜昆、杨澜、唐杰忠、倪萍、王铁成等人的书相继问世，听说，宋世雄、姜文、葛优、黄宏、宋丹丹、王刚、程前等演员和节目主持人的书，有的已杀青，有的已付梓，即将面世，再听说，还有不少演员和节目主持人，有的在收集材料，有的在物色捉刀者，有的已开始动笔，看来用不了多久，图书市场有相当一部分书架就会被“名人”们占据。

写书不免需要时间，需要精力。“名人”们忙于写书，难免心挂两头。一段时间以来，人们埋怨银幕和荧屏上精彩作品不多，一些演员和主持人的风采光泽也有所消退。当然，原因并不完全是因为写书。

我不反对“名人”写书，既然有读者，有市场，出些这样的书也无可非议。何况写书对出版事业来说，毕竟是一种贡献。问题是写书得讲究质量。就我所知，有的书在读者中颇多微词。书印了不少，可是读者买了读后并未增加对她（他）们的了解和敬意，反而添了几分不满，这就值得细究了。与其让人翻了翻就摇头，或扔在一边，还不如花工夫写得认真些，使自己作品的生命更久远些。岂不更好！

所以，我建议“名人”们且慢匆匆提笔。如真要写书，不妨写得扎实些，有质量些，出版社也不要把“名人”视为摇钱树，限时限刻要交稿。须知提高书的质量，对“名人”，对读者，都是有好处的。

（1997年8月9日）

书价浮动

我主张书价可以浮动！

吃的、穿的、用的，不同商店往往有不同价格，为何书籍在不同地点、不同时间必须卖一个价格呢？

价格浮动的目的是为了推销商品。卖书人不妨也用一用此法。其实，已经有人这样做了。北京前门中国书店近年贴出了一张“超原价收旧书”的布告，对有些八十年代前出版的书籍，以原定价二到三倍的价格加以收购。果然，不少人就此把家中闲着的一些好书卖给了旧书店，而书店稍作提价后，再卖给读者，也很受读者的欢迎。读者认为，这些旧版书编得比较严谨，与时下的新版书相比，价格便宜不少，因此很乐于购买。这一招不仅给读者带来了好处，书店也受惠不浅，原来不景气的旧书行业搞活了。真是好事一件。

前门中国书店的这一做法，对于图书业同仁来说，应该是很有启发的。图书是一种特殊的商品，为加速其流通，不妨按商品运转的规律，开拓点思路，允许其涨价，也允许其降价，是其一。有些书，与其放在书架上无人过问，不如趁早打些折扣，让需要者买去。书店与书店之间，也可以通过书价的高低展开竞争。照此类推，如果哪家书店新书上架，一星期内一律九折优待；三个月后一般的图书均打折扣销售；一次购书满百元，即可得到一张全年享受九折优待的购书卡……我想，类此措施一一出台，必定会形成书店之间的竞争，吸引诸多的读者登门，最终是推动图书的销售。这不是一件好事吗？

如果书价真能浮动起来，图书市场一定能搞得更活。

（1997 年 8 月 16 日）

功德无量

前几天，在报上读到一则消息：上海宝山区政协编了一本题为“罗泾祭”的书，把当年日本侵略者在上海罗泾地区屠杀中国人的罪行一笔笔记录在案。据介绍，一九三七年日寇在这儿残酷杀害了我们两千四百余位同胞。

这则消息使我久久难以入眠。多年前，我曾在罗泾生活过半个多月，江南农村那特有的韵味和淳朴的民风，给我留下了深深的印象，至今我还常想起那儿的农民朋友。然而，那期间，竟没有人向我提起日本侵略者曾在这片土地上犯下的滔天罪行。这方圆几里路的土地上，我没见到一件记载这段悲惨历史的纪念物。我不明白，是我们中国人太宽容了，还是我的同胞过于健忘？过去的一切似乎在记忆中淡忘了，可是，那些屠杀过我们同胞的人的子孙中，有的至今还拒不承认当年的罪行，有的还重弹当年侵略者的老调，虎视眈眈地觊觎我们的领土。想想这些，我岂能安然入眠？

宝山区政协做了一件大好事。听说，当地知道这段历史的人已愈来愈少了，编纂者费了九牛二虎之力，也仅收集到一千六百余位受害者的资料。不少见证人早已过世，幸存者也已是风烛残年，再不及时从他们口中把资料抢救出来，那就遗憾万世了。若干年后，当某些人蓄意美化他们的侵略者先祖，把自己的罪行推得干干净净，我们就无法拿出确凿的证据给予有力的反驳了。正是这一点，我觉得宝山区政协此举是功德无量的。

唯感不足的是，这本书还不是正式出版物。为什么我们出版社不把这本书正式付梓呢？出这样的书，让子孙后代不忘国耻，即使是贴钱，我觉得也是值得的。

（1997 年 8 月 30 日）

记忆的缺陷

最近在《出版参考》上读到辛广伟先生的一篇文章，其中提及这样一件事：有位熟悉日本出版业情况的朋友告诉辛先生，七十年代末，中国出版界开始组团访日时，曾向日本同行请教怎么搞发行；八十年代，又有若干团访日，问的还是怎么搞发行；九十年代访日，提问依然如此。日本同行好生奇怪，一个问题问了二十年，竟还不明白，中国出版人是不是记忆有缺陷？

乍读这段文字，我真有点怀疑是我们的同行健忘，还是领会能力太差，竟惹得日本人提出这样的疑问。继而冷静一想，觉得这并不奇怪，或许再过五年、十年，到了二十一世纪，出访日本的我国出版界同仁，也许还会提这样的问题。

我的这一想法不是没有根据的。自从改革开放、打开国门后，出版界不知有多少次组团赴国外访同，这对开阔眼界、促进出版事业的发展，自然大有裨益。但出访的同志是不是都是志在取经学习呢？恐怕未必。据一些朋友告知，在有些出版单位，出国似乎是一种待遇，必须论资排辈，出去前从不规定任务，回来后也不必汇报交待，休闲，旅游，轻松愉快。

我并不反对出版单位的领导同志出访，出外增长见识，提高领导素养，本也无可厚非。我想提的是，有关方面在安排出国名单时，能不能给一些业务骨干提供一点机会，让他们能有针对性地去学一点东西，回国后又能给他们创造实践的条件。果能如此，那么，日本人也许就不会抱怨我们中国人记忆有缺陷了。

（1997 年 10 月 11 日）

1998年

奖的褒贬

第四届“茅盾文学奖”揭晓了。这一奖项，被有关的文学出版社，以及许多作家和文学爱好者视为文学创作的最高大奖。可是没想到，尽管一两年前人们对哪些小说可荣登榜首就在翘首以待，但真的公布于世后，却反响平淡，不少媒体还对此议论纷纷，即使榜上有名的出版社，也有的认为自家的作品没资格入围获奖。原因何在？

说实话，这次入选的有些作品我并没有读过，有的名字也是第一次听到，真可谓孤陋寡闻，完全没有资格说三道四。不过此中现象所引发的问题倒使我对如今的评奖有点想法。

当今各种各样的评奖活动，真可谓多如牛毛，每种奖的含金量，也是与日俱增。五十年代，一纸奖状可使人激动一辈子；六十年代，几本毛泽东的书也能使人兴奋不已；今天，几百几千元的奖金已被人不屑一顾，奖个几万几十万并不鲜见。含金量虽然高了，荣誉感却大大贬值。奖金高，奖项多，获奖者自然可作为一种荣耀，更重要的是，日后写“自传”、评职称、分房子都可派上用处。因此，奖项面前不谦让，为了争得一项奖，内中的故事不知可写出多少引人入胜的长篇小说。遗憾的是，局外人对此类评奖似乎愈来愈不感兴趣，评奖活动应产生的激励作用与以往相比，也不能同日而言。——这确是当今越来越多的评奖活动的悲哀。

问题出在哪里？我看关键是权威性。权威性并不完全在于有没有“权威”参与，而在于有没有反映出被评者的真实成绩和水平。如果评奖出于“关系”，或者个人的好恶，那永远不可能产生权威的结果，难以赢得人心。

（1998 年 1 月 24 日）

文化含量

在香港、台湾的街头巷尾，到处可见卖杂志的摊贩，真可谓琳琅满目、五花八门，但仔细一看，其内容基本都属于生活、娱乐、通俗一类，很少见到文化学术类刊物。据说，如今其他国家的情况也颇类似：一方面杂志发展得很快——这种出版样式很能迎合生活节奏愈来愈快的市民们的需要；另一方面，杂志的媚俗特征更加突显，这大概是追求利润的市场经济规律在起作用吧！

杂志界的这种状况，引起了不少人的担忧。有一位书友说，如今的刊物文化少了，生活多了。而一些杂志反映的生活，仅仅是女人的生活，占最大篇幅的都是女人的头像、时装以及化妆品，长此以往，真不知会给读者带来什么样的影响。此话尽管说得直率了些，但其所反映的问题还是很值得我们深思的。

一些刊物走通俗化的路，其中有些媚俗的内容，只要不出格，原也无可厚非。他们那种想赚钱的愿望，也还是可以理解的。只是通俗不能单纯理解为“媚俗”甚至“庸俗”。并非只有女人的头像、露脐时装或高级化妆品，方能卖得好价钱。反之，通俗刊物只有增加文化含量，才能持久博得读者的好评。上海译文出版社出版的《ELLE》杂志就是一例。这本时装生活类杂志，近年发展颇快，印数年年增加，一个很重要的原因就是该刊的编者很注意刊物的文化含量，读者在欣赏时装的同时，还能得到文化的熏陶，于是，买了一期还想买下一期。

我想，增加出版物文化含量的问题，不仅应引起杂志编辑的特别注意，似也应该引起出版部门广大编辑的特别注意！

（1998 年 2 月 21 日）

“社”的形象

上海出了一本好书！

手捧葛兆光教授撰写的《中国思想史》第一卷《七世纪前中国的知识、思想与信仰世界》，我的心里油然而生一种多年未有的激动：好些年未看到这样装帧印制精美、内容厚实的学术著作了，难怪几位日本学者看到样书后，赞不绝口，认为此书是中国近年出版物中的一流之作。

我对中国思想史素无研究，无法向读者介绍它的学术价值。但从这部著作的《前言》在《读书》杂志发表后所引起的反应看，它的学术水平和质量恐也不在话下。此外，书的开本、装帧、设计、版式、校对、用纸等各个环节，都称得上是目前我国学术类出版物中的佼佼者。我不由地想到该书的出版者复旦大学出版社，一个大学出版社，能拿出这样一部著作，确实值得赞扬。

当然，这一切不可能是袖手而得。几年来这家出版社的领导和有关编辑为此书付出了巨大心血。为了出好这部书，他们从计划到实施每个步骤都是一丝不苟，全力以赴。据该社总编辑高若海先生说：他们之所以这样做，目的是通过书来树立自家出版社的形象。

说得多好！确实，出版社在读者心目中的形象，是靠出版物树立起来的。读者总是通过书来衡量出版社的水平的。可惜，这一点目前尚未完全成为出版单位领导和编辑的共识。据说有的出版社往往把精力放在书外。这样做或许可以得到一些荣誉，也许能为出版社赢得一时的效益，但他们失去的却是读者的信任。须知，没有读者的信任就不可能有持久的社会和经济效益。

（1998 年 5 月 16 日）

想 一 想

好久不见“洛阳纸贵”的景象了！赵瑜的《马家军调查》在《中国作家》上一刊出，立即引起读者的极大兴趣，人们争相传阅，交口赞誉，许多报刊抢着转载，沉寂的文坛一下子热闹了起来。

自然，不满者也有，对这部作品提出这样那样意见者也有。总之，赵瑜在东北花了几个月时间调查，用三年时间写就的这一长篇报告文学，激起了不小的反响。

我是一口气把这篇长文读完的。开始不过是怀着了解一些“马家军”内幕的心理，读着读着，心情渐渐沉重起来。作者写的是“马家军”，但我总觉得他是在用“解剖刀”剖析中国的现实。正如作者所说：“我没有哪一次写作曾感到如此心头作难如此笔端沉重，我心中明白当作家难免有世俗情感，写作品则需要秉笔直书。”正由于秉笔直书，我们从“马家军”的兴衰引发出许多值得深思的问题。我想，如果三五年前有人这样讲真话，如果这些真话能真正引起重视，或许“马家军”不至于衰落得如此之快。

这篇作品可能还会激起一些风波，或许会有人提出“诉讼”，这不必奇怪。这些年在文坛、体坛嚷嚷自己名誉受到损害，以自标的身价要求索赔一百万、一千万者，不乏其人，但后来大都不了了之。我想只要写的是事实，就不必耽心。其实，我们传媒、我们读者大可不必过多地去关心这些风波，还是多想一想这篇作品所引发的问题。也许这样更有现实意义。

（1998 年 5 月 30 日）

冷静一些

赵瑜撰写的《马家军调查》激起了一阵风波，好奇的记者纷纷追踪报道，一些报刊的有关新闻层出不穷，真是好生热闹！

这是一篇引起争议的作品，争议来自当事人。

马俊仁痛哭流涕说：我比窦娥还冤啊；

王军霞说：这部作品中写我的都是真实的，至于写其他人，那我就没有权利加以评论；

赵瑜说：对文学作品不能断章取义，我写的东西都有录音、笔记为根据。

孰是孰非，本不难弄清。可有的报纸不断制造新闻，不厌其烦地把别人已登过的东西改头换面再登一遍。有的还挖空心思去找“独家新闻”，诸如女运动员的胸罩也可写出长篇文章，真是惟恐风波不够激烈。我觉得不妨冷静一些。

对赵瑜的这部作品，读者的看法大致相同。从一些报纸发表的座谈会发言看，大都认为，这是一篇揭示矛盾比较深刻的作品，有利于我们对当今社会中存在的一些问题引发思考。如今个别当事人火气不小，闹得沸沸扬扬，那些凑热闹的报道只能起到火上浇油的作用。

有争议并不可怕。面对这篇有争议的作品，有人曾想用行政命令阻止它的传播，最后并没得逞。这说明我们的宣传报道确比过去前进了一步。令行禁止不是良法。面对争议，最好的办法还是通过讨论，通过摆事实讲道理，以求取得一致的认识。作为传媒如果能在这方面多做一些工作，就更能发挥应有的作用了。

（1998 年 6 月 6 日）

王宝森的用处

王宝森死了，王宝森还能派何用处？这是我见到新近出版的一本名为《死有余辜——王宝森自杀之谜》的书后的一个想法。

看得出，这是出版社和书店近来拟着力推荐的一本书。书店和书摊边，醒目地张贴着彩色广告，“共和国第一大案”“检察官的写实力作”等字样，使这本书产生了巨大的诱惑力。我对这类书的兴趣原本不大，按我的阅读习惯，对一些小出版社所出的这类书，一概不读，谁知书中的材料是真是假？！可是，此书不同，上面赫然写着：“红旗出版社”。“红旗”二字在人们心目中的地位是不言而喻的，于是我就兴冲冲地买了一本。

翻开一看，其感觉如同在读艳情小说——自然，这个比喻是十分不确的。某些艳情小说在写男女之情时有的还揭示了一些当时社会的矛盾。而此书在揭示王宝森自杀之谜时，却花大量篇幅描写他的淫乱生活，其手法之细致、具体，令人瞠目。人们不禁要问：王宝森是何许人？是一个淫棍？还是一个以权谋私、腐败堕落的党的高级干部？自然，腐化堕落是王宝森的一大罪行。但在揭示其罪恶时，作者笔墨究竟该落在哪里？为什么如此不厌其详地描绘其在密室中的无耻勾当？此中细节是根据王宝森留下的口供，还是作者的想象？顺便提一句，此书的文字也十分低俗。

如此看来，王宝森是死了，但他死后还有用处——其一是，可为某些畅销书的炮制者提供“素材”。但我想，如果换个角度，即通过王宝森堕落的典型材料，认真解剖一个干部腐败的成因和规律，不是更有意义吗？

（1998年10月3日）

值得重视

最近，北京“国林风”、“风入松”、“万圣”等几家闻名全国的民营和非新华书店系统的书店，经过认真讨论，签了一份“图书零售商公约”，此事在中国图书出版发行史上，颇应重重记上一笔。

事情是由开在“国林风”楼上的“风入松”分店售书大打折扣所引起的。此举自然影响“国林风”的销售，“本是同根生，相煎何太急”。可是，“国林风”并没有勃然大怒，以牙还牙，而是与另外一些单位一起，邀请许多同行——包括“风入松”来开会进行研讨，最后七家书店坐下来，签订了这份公约。

这是一份在书业界生态环境和环境保护的概念得到一致认同的基础上，签订的一项自律性公约。签字各方认为，作为现代中国书业的零售业者，不仅担负着现代文化传播的责任，同时也在图书市场的法制与秩序的建立和维护方面，具有义不容辞的责任。他们愿意为培育和规范图书零售市场，关注和保护图书零售商的利益，维护行业的生态环境，促进中国书业的健康发展作出自己的努力。

民营书店，历来被人称之为“二渠道”。每当地方有关部门要开展“扫黄”之类的活动时，首先想到的便是他们。然而，值得注意的是，这几年，我国民营书店的发展十分迅速，确是到了应该刮目相看的时候了。尽管目前这些书店不乏鱼龙混杂的现象，但其中有的书店在业务经营上已发生质的飞跃，这份公约就是明证。不少民营书店的管理意识，走在了新华书店的前面，这是十分令人高兴的事。

可以预料，民营书店的发展还会有种种曲折，但从这份“公约”中我似乎看到了中国图书发行业发展的希望。

（1998 年 10 月 17 日）

岂有此书

中国人是非常尊崇“经”的，把典范的著作和宗教的典籍都视作“经”，荀子在劝学时就曾说过，“始乎诵经，终乎读礼”。说到读经，人们便会如数家珍似的提到《四书五经》《十三经》《道德经》……

谁也不会想到，在本世纪行将结束之际，我们这儿竟然冒出了一本新的“经”——《马屁经》。

我不是在说笑话。前几天我在上海一家书店见到这本书，由延边人民出版社出版，心悟著，今年十月刚刚面市。据作者介绍，他的这本书，“集中国拍马艺术之大成”。作者还说，他所介绍的“马屁经”“是一种实用智慧，招招实用，战无不胜。它使你左右逢源，永立不败之地，是中国人秘而不宣的成功法宝”。所谓实用智慧是什么呢？书中写道：“不说假话办不成大事”，“为上司拉‘皮条’”，“以上司的好恶为好恶”，“女人是最锐利的拍马武器”，等等，等等，真令人“大开眼界”。

不必讳言，在现实生活中，溜须拍马者也许并不少见。这些人尽管能力低下，却往往靠拍马奉承，骗得一顶乌纱帽，或捞到一张高级职称的证书，并由此而获得其他种种好处。可是，这类人的作为有悖于做人的准则，大都是受人唾弃、被人鄙视的。如果以他们为楷模，甚至著书立说宣传其人的“经验”，任其毒化我们的社会，那实在太可悲了。如果任这类出版物泛滥，世风日下也就不足为怪了。

值得注意的是，这类书竟然通过正式渠道出现在我们的书市；特别是竟能在某些善于从字里行间发现问题的同志的眼皮底下畅行无阻，岂不有点不可思议吗？

（1998年10月31日）

这样对吗？

有朋自远方来，说起最近遇到的一件事：当地要举行党代会，宣传部下属的一个部门兴冲冲找到这家出版社，要求该社拿出一笔钱，购买该部门编的、由另家出版社出版的一本有关邓小平理论的书，用来赠与党代会代表。

这本是小事一件，但仔细想想，却颇多耐人寻味之处。

其一，书是该部门所编，内容是介绍邓小平理论，这当然无可厚非。问题是该部门编了书，出版社不推销，要由自己卖，这就有些令人费解了。一般来说，作者和编者是不用参与图书经销活动的，自己写的书，自己编的书，最后得由自己去推销，这样的书，十之八九是有问题的——不是卖书号，便是“拉赞助”。主管部门三令五申禁止非法出版物，对一些被查的人常课以重罚。可是，现在有些部门由于来头大，冠冕堂皇地做此类事，却无人干预。有法不执，非法出版物如何得以根除！

其二，编写有关学习邓小平理论的书，当然是好事。值得注意的是，目前某些人在编写此类书时不讲究质量，其编书目的，或藉以获得种种出版“基金”的资助，或希望得到“五个一工程”之类的荣誉，不花扎实功夫，不认认真真编写，造成质量参差不齐，甚至出现书出版后无人问津的局面。随之而来的，是出现拉赞助，买了书送人的现象。

其三，中央主管部门再三强调党政部门不得经销图书，可是有些部门明知故犯，竟擅自推销图书，这该是一个应引起注意的问题。

看来，这一现象的出现并非偶然，其成因种种，人们不难从中找到答案。

（1998 年 11 月 21 日）

要有精品

二十年的光阴，使东海之滨的上海变了个模样。到过上海的人，都说上海更美了！

最近，一位对美术颇有造诣的外地书友来沪做客，谈起上海的变化，他的话就滔滔不绝，先是从建筑说起：上海大剧院、上海博物馆、上海图书馆……都给他留下深刻的印象。不知不觉话题转到了城市雕塑上，我请他发表些观感，对上海哪些雕塑印象最深。他沉默了半晌，摇了摇头说：想不起来。

我有些纳闷。上海已有五百座城市雕塑，上海又是我国重要的美术创作基地，怎么没有像建筑那样给人留下深刻的印象呢？转而一想，也不能责怪这位外地朋友。确实，在国外，以及我国其他有些城市的雕塑，不少给人留下深刻的印象，有的一看就会与这座城市的性格联系在一起。然而，在上海，却很难找到这样的雕塑。

原因何在？我想，这个问题不是我个人所能解答的，只是由此我想到了出版工作。在出版界，有些情况与此相似，谈到成绩，可以列出许许多多的数据，一年可出多少多少本书，占全国多少多少的比例，成绩之大似乎不容置疑。但是，如果要问读者，这个地区，我这家出版社出版的图书哪些给人印象最深，往往就讲不出来。

看来，数量固然重要，质量更是关键。特别对出版工作来说，出的书再多，如果质量平平，甚至内容有害，对读者来说，非但没有多大好处，相反只会增加一些文化垃圾。只有能作为文化积累的出版物，才会被人们看重并记住，才能为这个地区或这家出版社增添光彩。

（1998 年 12 月 12 日）

1999 年

数　据

数字是很有意思的，它既能令人鼓舞，也能使人沮丧。

最近，不少报刊根据北京一家国情研究室有关中国人读书情况的调查发布消息说，中国人如今平均每天用于读书的时间为两小时，其中一半时间是读娱乐性书籍。每人每月平均读五本书，每月用于购书的费用占个人总消费支出的百分之十二点九。

这一数据自然令人高兴。我不知道发达国家的阅读情况如何，但在如今生活节奏这般快的时代，我国每人每天能有两小时的读书时间，无论怎么说都是非常了不起的，何况读的书也不一般。调查说一半时间读娱乐性的书籍，其他一半读什么，消息没有说明。我想，除了娱乐性书籍以外，那就是理论性、学术性、政治性的书，包括邓小平理论的书。每人每天能花这么多时间读这类严肃读物，这在世界上也属罕见，实在是令人高兴的事情。谁还能说中国人的文化素质不高呢？

高兴之余，继而一想，似乎有点不对头。中国人的读书气氛真有这么浓烈吗？我们自己，包括周围的朋友、亲戚，甚至领导，究竟有多少人一天读书时间有两小时？究竟有多少人一个月读完五本书？我不免产生一点疑惑。

无端怀疑报章的数据似不应该。但是我想，如能进一步看到调查的有关材料，或许可解开疑团。这儿我只想说些题外话：中国人历来看重数据，多少年来，夸大和缩小的数字对我们的事业都带来过很大的危害，这是有史可鉴的。可是，据我所知，这一现象还没有在各行各业中绝迹，这似应引起我们的充分重视。

（1999 年 1 月 23 日）

双重标准

据一位友人介绍，湖南有位书商，这些年“做”了好些书，赚了许多钱。所谓“做”，业外人士可能弄不清楚是怎么回事，圈内人是能心领神会的。“做”就是自己组织书稿，然后花些钱，向出版社买一个书号，由自己组织印刷，自己组织销售，用准确一些的语言来表达，就是“买书号”。

这位由于“做”书而钱袋鼓鼓囊囊的书商得意地对人说，只要有钱，就会有书稿，一位专写“四人帮”题材的作家，他的有些书，就是我帮他“做”的。听了此言，不免令人吃惊！这位作家写的书重复、雷同出版如此之多，原来奥妙就在这里。可是对一个曾经出过好些书的作家来说，应该懂得，不通过出版社正常途径，而是用社外循环的办法出书，就是国家三令五申禁止的“卖书号”。何以明知故犯呢？

问题并不在此。记得当初书市出现这位作家作品的盗印本时，他是何等地慷慨激昂，发表谈话，引经据典写文章，对盗版行为严加痛斥，俨然要以法为据保护自己的著作权。可是在另一个场合，他却与书商合作，参与了“买书号”的勾当。对于非法的出版行为，何以前后会有双重标准，采取两种不同的态度，其行为判若两人呢？实在有点不可思议。

细想起来，原因也简单，因为盗印他的书，是侵犯了他的经济利益；而参与“买书号”，使他可以从中获得经济利益，归根结蒂还是钱在起作用。据说，类此做法的，在作家中并不鲜见。看来，这倒应引起重视。作家被喻为人类灵魂的工程师，如果对非法的出版活动持双重标准，那么读者将如何衡量你的为人及作品呢？

（1999 年 3 月 6 日）

钱与质量

书的质量与金钱有没有关系？提这个问题似乎有点庸俗。学者和作家写的作品怎么会由金钱决定其高下呢？然而，无可否认，对某些著作来说，经济实力是起相当作用的。据了解，确定某个研究课题，从查阅、收集资料，搞调查研究，直至付梓出版，这一切似乎都离不开钱。一个研究课题要具有一定的质量，不花钱是难以办到的。

到书店去看看，封面上印有“国家九五重点科研项目”、“某某基金赞助”等字样的书籍，大都是国家或有关部门出钱资助写成的。为了确保一些研究成果的面世，国家有关部门和一些地方都有专款支持出版工作。可是，仔细读一读这些被赞助的出版物，其质量确实参差不齐。有的书虽由国家和有关部门出了钱，可是质量并不理想。原因何在？应该说，这首先与作者的水平和功力分不开。然而，有关方面赞助的钱没有用在刀刃上，也不容忽视。

听说，在高等院校和一些科研单位，每当确立一个科研项目，有关部门拨出一笔款子后，如何使用这笔钱，往往会引出许多话题。其中最引人注目的，是“雁过拔毛”的现象。有了钱以后，学校要留下一定比例，系里要分一部分，具体联系人也要拿一块……你切一块，他拿一份，待分到具体研究人员和撰写者手中时，已寥寥无几。他们想买资料，想外出调研，资金就显得捉襟见肘。这既影响作者的积极性，也直接关系到书的质量。

有了钱并不是万事大吉。钱必须用在刀刃上，才能发挥它应有的作用。建议对科研专用资金，不妨再作一些审核，书出版后，凡是未用在项目上的统统收回。这样，也许今后“雁”飞过时就不会有人再敢拔“毛”了。

（1999 年 3 月 27 日）

“革命”之风

今日的书市，真可谓“革命”之风滚滚！《学习的革命》一书被炒得沸沸扬扬，一时间，与此书相似的书名、相似的封面，在书肆纷纷登场。什么《思维的革命》《父母的革命》《学生的革命》《教育的革命》《内在的革命》等等，令读者晕头转向。人们不禁要问，我们需要这么多的“革命”吗？

惜乎这些“革命”的书，大都粗制滥造，读后，弄不清究竟要“革”谁的“命”，又是如何“革命”？但有一点似乎清楚得很，出版界盛行一窝蜂，这许多“革命”书，无非是见利一哄而上。看到《学习的革命》发行节节上升，于是也想跟在后面，分一点残羹剩汤。正如过去这类现象一样，据说这批“革命”书卖得并不理想。看来在书市竞争十分激烈的今天，要分得一点残羹剩汤也非易事。遗憾的是，此类教训总易被我们出版界的某些同仁所遗忘。

一段时间以来，图书市场不太景气，原因何在呢？出版社埋怨书店不进书；书店责怪读者不买书；读者则批评出版社面市的好书不多……各执一词，莫衷一是。依我看，关键还是要出好书，若书的品位好，不怕图书市场不兴旺。如今出版界盛行的跟风，不仅不利于提高出版物的质量，反而助长了大批平庸、低质的书籍涌进书市。当然，要制止跟风，靠行政命令是不行的，还得依靠出版社自己。如果一家出版社的领导，在制定选题时，能站得高些，目光看得远些，创出自己的品牌特色，是不愁没有社会效益和经济效益的。

说到底，跟在别人后面，实在是没出息。有作为的出版工作者是应该有点创造性的。

（1999 年 4 月 10 日）

下笔谨慎些

据载，今日一位名人宣布要写自传后，几十家出版社蜂拥而上，通过各种途径与这位名人取得联系，千方百计要得到这部书稿。其实，书稿尚未杀青，谁也不知其内容质量如何，这样拉稿是否有点盲目？

这方面颇有前车之鉴。据统计，一九九八年全国共出版了一千一百多位“名人”的书籍，发行量近五百万册，盗版发行量估计达三千八百万册。遗憾的是，到去年年底，这类书籍大多未能卖出。据透露，库存尚有一亿册。可见，“名人”的书并不全部好卖，也不一定都能给出版社带来经济效益。

借此机会，我倒想对有志于写传的“名人”提点忠告。乐于写“自传”，并非坏事，本无可非议。只是下笔千万要谨慎些，万万不能因为出版社编辑盯着你转，心一软，就匆匆落笔，匆匆交稿，一旦书稿化为白纸黑字，责任就得你自己负了。有的“名人”的书一印再印，给出版社带来可观的经济效益。可是，当别人专门写了一本“点校本”勘误，不管怎么解释，面对病句错字总有点难堪，何况,有些“名人”的书是请别人捉刀代笔的（这已不是什么秘密了），这就格外要保持清醒头脑。代笔者收了钱，字里行间难免要吹捧一番，失实之处未必能给你的形象增添光彩。如果代笔者擅加许多合理想象，那更是后患无穷。

所以我建议“名人”如果要写传，下笔要谨慎些、认真些，使自己的传记能真正传之于后世，在出版文化史上可以书上一笔。

（1999 年 5 月 15 日）

用什么来衡量

在纪念巴尔扎克诞辰两百周年之际，中国的出版工作者为这位文学巨匠献上了一份厚礼：人民文学出版社出版了三十卷本的《巴尔扎克全集》，使占世界人口四分之一的中国人，第一次有机会全面领略这位世界文学史上的文豪的风采。

这套一千三百万字的皇皇巨著的出版，前后花了十五年的时间。提到它，人们会想起已故著名翻译家傅雷，书中有二百二十万字是他的译文；其余一千多万字都是八十年代的新译，我国法文翻译界的佼佼者几乎都参加了翻译和审校工作。然而，人们也许很少想到这套全集的责任编辑、人民文学出版社的夏玟同志。正是这位编辑，在这十五年中，默默无闻地做了大量的组织和编校工作。夏玟的工作精神令人钦佩，也由此使我想到，该怎样来衡量一个编辑的贡献问题。

曾几何时，许多出版社都用能否盈利作为衡量编辑工作优劣的标准。谁赚钱多，谁在出版社的地位就高，年终奖励就可以超过别人几倍、几十倍，甚至更高；反之，尽管所编的书有很高价值，由于赚不了钱，在出版社中仿佛成了靠别人养活的“多余人”。夏玟编的这套书，可能赚不了多少钱。可是，没有这位编辑多年来的孜孜以求，《巴尔扎克全集》就不可能摆到中国读者的书桌上。可见，盈利并不能作为衡量编辑工作水平和贡献的唯一标准。

如果这一点能成为出版社领导的共识，也许那些粗制滥造、格调低下庸俗的书籍，就不会在书市泛滥了。

（1999 年 6 月 19 日）

尊重作者

有人把作者喻为出版社的“衣食父母”。说得虽绝对了些，可细想起来，这一比喻还是有相当道理的。试想，如果没有好的作者，没有作者提供好的书稿，出版社能出版什么好书？没有好的出版物，出版社的社会效益和经济效益又何从谈起？饮水思源，出版社应该尊重作者，这恐怕是最起码的常识。

然而，现在有的出版社在这方面做得是相当不够的。说不够，倒也不是说自始至终对作者冷若冰霜。如果需要作者，特别是某个作者手头有一部好稿时，他们会堆满笑容，一而再、再而三地上门求索，态度之热情，甚至会使一些作者感到受宠若惊。可是，一旦书出版了，这些同志的脸色也开始变了，渐渐地由不太热情，到疏而远之。有的，连作者应享有的利益，也置之不理了。

最近，我就听说有这么一件事：有几位作者曾为一家出版社编过一本普及版的古代诗歌选注，当年很受读者欢迎。多年后出版社仍以此书获得不少经济效益，几番重印，但每次都不与作者打招呼，连样书也不送一本，仿佛此书与原作者已没什么干系。

据了解，几位作者都是当今古典文学研究领域中的佼佼者，他们淡泊名利，对此并不计较，可是，旁观者却为之不平。这家出版社对有名望的作者尚且如此，对普通作者的态度也就可想而知了。

尊重作者，应是出版社工作人员起码的职业道德。而这一种尊重，应体现在：不论处于什么地位的作者，不论什么时候，出版社都能一视同仁地对待。这样，这家出版社才能赢得作者；一旦有了好的书稿，作者也乐于给他们出版。

（1999 年 8 月 28 日）

功劳簿

国庆五十周年到了，各地出版社纷纷推出一批“献礼书”。看着一本本沉甸甸、装帧精美的图书，不由喜上心头。这些图书凝聚了多少人的心血啊！多少人“为伊消得人憔悴”！为了这些书，有的奋斗了十几年，甚至几十年！

在翻阅这些图书时，读者可以看到，书中往往附有一张长长的名单，把为这些书作过贡献的人一一列出。这样做本无可厚非，因为这份名单实际上是一本“功劳簿”，把作过贡献者一一列出，可让读者知道谁为这本书花费了心血。

不过，近来我发现，这份名单越开越长，名目越来越多。例如，主编外，还增设了许多新的名堂，什么责任主编、名誉主编、总主编，等等，等等；在责任编辑之外，还有什么总责任编辑、特约责任编辑……不一而足。

听说，为了这份名单，出版社的领导殚精竭虑，既要照顾此人，又要考虑那人。有些人，尽管并未为书的出版出过力，但由于他的名字有影响力，就千方百计将其拉到名单中来，有的则想方设法把各级领导的名字排列其中，这样既可壮声势，又能取悦上级。于是乎，名目越来越多，名单越来越长。还有的出版社，新调来了一位领导，对这本书毫无贡献，甚至一页也没有看过，也在名单的显要处，挂上他的名字。

对这类做法，读者可能无法提出异议。因为他们无法从密密麻麻的名单中，判断究竟谁为这本书真正出了力。但知情者对此却颇不以为然。为此，我想提醒出版社有关同志注意两个问题。一是，千万别挤掉那些虽然地位较低，又没有什么头衔和职务，却为此书出过力的同志的名字；二是，尽管这些书如今荣耀一时，若干年后万一发现了差错，名字写在前面者都得承担主要责任。届时可不能以“稿件我没有看过”为由一推了之啊。

（1999 年 10 月 2 日）

不忙于"著名"

前几天参观了一个画展，其中一个摊位上展示一位十二岁的女孩画家的作品，有山水、有花鸟、有人物、有篆刻、有书法……十二岁的女孩能画出如此水平，确不容易。

介绍者拿出不少材料，有领导人与小女孩的合影，有各种介绍她的宣传品，大多称她为"著名画家某某某"，看到这几个字，我不觉皱起双眉。

给一个十二岁的女孩戴上"著名"这顶帽子，好不好？回顾一下，这一情况近年来并不少见。自从深圳一位女中学生写出《花季雨季》后，一些出版社竞相出版中学生、高中生的作品。自然，青少年能写出好作品，是一件令人高兴的事，值得鼓励。可是，如果宣传过了头，一顶顶"著名"的帽子纷纷抛向这些涉世不深的孩子，以致他们过早溺于名利，并不利于他们的成长，他们的才能甚至会过早"夭折"。

此类教训并非没有。就以这位小画家来说吧，尽管作为一个十二岁的女孩子能有如此成绩，确实难能可贵，但仔细看看，她的作品毕竟模仿痕迹很重，离自己的创意还有相当一段距离，过早戴上"著名"的桂冠，很可能妨碍她的深造。想起五六十年代，画坛曾出现过好几位"神童"，他们成年后并没有变成画坛"巨擘"，有的改从他业，有的平平庸庸，其中原因颇值得思考。

看来，对孩子画家还是不忙于戴上"著名"的帽子为好。无论是画画的，还是写文章的，这些孩子都还处于成长时期，如果能实事求是地帮助他们学好基本功，从各方面提高文化修养，懂得艰苦奋斗才能成才的道理，或许明天真能造就几位画坛文坛的大家。

（1999 年 10 月 16 日）

数　字

数字实在是一种很微妙的东西，它可以使人振奋，也可以使人失望。

每当谈成绩时，人们总要列举一大堆数字，有些数字确实令人自豪；然而，虚假的数字，往往又会让人付出巨大代价。曾记否，几千斤、万余斤的数据，给我国社会政治生活和生产带来多大的灾难！久而久之，人们渐渐懂得，对数字应该作具体分析，这样才能真正领悟到这些数字的内涵。

近来，大家都在宣传出版界五十年来所取得的成绩。我也看到了不少有关我国出版工作的数据。这些数字引起了我的思考，是不是数字愈大，就说明我们的成绩愈大呢？我以为这种看法有点简单化。就拿出版社的数量来说，有人作了统计，解放初，在一九五〇年，国营出版社仅二十七家，而如今我国已有五百三十家出版社，他们便以此证明我国出版事业有了飞速发展。其实，谁都知道，我国的出版社是不能随便申办的，如果放宽一下的话，用不了多久，两千、三千，甚至更多的出版社都会立即涌现。因此，仅仅用数量来说明我国出版事业的发展，并不科学。与此同时，如果用我国每年出版书籍品种的大幅度增加来证明出版事业的发展，也不尽科学。须知，要制造“文化垃圾”是十分容易的，如果不讲质量，每年增加几千种书，真是易如反掌。

那么，出版界的成绩究竟该体现在哪里？我觉得，关键还是看图书的质量，看有多少传世之作，看有多少书能一代代传下去，看能否为我们的民族文化积累作出贡献。只有从这些角度看，才能真正发现，这五十年来，出版界确实是取得了很大的成就的。

数字能说明问题，但我们千万不能单纯追求数字，还是应该讲究质量，应该真正脚踏实地地做一些开拓发展工作，以提高图书的质量。

（1999 年 11 月 6 日）

以书代刊

“以书代刊”，这是一个“禁区”。有关部门早就有文明令禁止出版社以书代刊。

然而，近年来纵观书市，出版社以书代刊的出版物依然不少。期刊是一个诱人的领域，它有固定的读者群；它有特定的发行渠道；较之图书，它有更为广阔的市场。据说，最近几年，在日本及其他一些国家，出版社的利润中，刊物出版占了相当大的比重，有的达到百分之五十以上，有的出版社甚至主要靠刊物来维持。难怪许多出版社愈来愈看重刊物的出版。其实，主管部门对出版社刊物也很重视，目前正在实施的“社刊工程”，就提出了一系列的优惠政策，努力将出版期刊从出版社的企业行为提升到出版产业跨世纪发展的重要位置上。

一方面热切地希望期刊的发展，一方面“以书代刊”的禁令又如同“紧箍咒”，使人望而生畏，许多出版社当前就处于这样一种尴尬境地。好在出版界一些同志很聪明，他们从一个新的角度提出问题：出版社能不能出版杂志性的图书？能不能探索期刊和图书出版相结合的新路？这样就避开了“以书代刊”这四个字，危险性也因而大大减少了。

这大概可称得上是我们中国人的智慧。改革开放这二十年，许多问题就是通过这种方式得以解决的。人们不禁要问，为什么非要如此呢？明明知道期刊的发展对出版社有利，明明知道过去的有些规定应该根据时代的发展作些修订，就是羞于出口。

今天我们离世界贸易组织仅几步之遥，参加之日已指日可待。出版领域如何适应这一形势，如何进一步发展我们的出版事业，现在似乎应该作一些深层次的思考了。

（1999 年 11 月 27 日）

告　别

一九九九年只剩下最后几天了！二十世纪也正在悄悄地离开我们。回首眺望，凝视逝去的历史长河，在向旧的世纪告别时，种种感触会在每个人的心头溢起。

只要你来到世上，都会在历史中留下脚印。有的人尽管步履艰难，但始终朝着一个方向，一步步地迈进；有的看似潇洒，脚印忽深忽浅，忽东忽西，弄不清在走什么路。路是每个人自己走的，对自己的脚印，有的会感到满意，有的会感到遗憾，有的却觉得无所谓，可能会说：来到世上走一圈，只要活得自在，何必管它那么多。

各人有各人的人生观，确实是难以划一的。

对一个从事出版工作的人来说，一本本书就是他的脚印。在辞旧迎新之际，不妨看一看在过往的一年，在即将过去的那个世纪，自己留下了什么脚印？

二十世纪是出版事业空前发展的一个世纪，难以计数的出版物诞生于这个世纪。然而，真正能传至下一个世纪，作为人类文化积累的书籍，所占的比例却并不太多。哪个出版社、哪个编辑如能参与这些书的编辑出版工作，应该是引以自豪的。反之，自己所编的书，很快消失在历史的长河中，更有甚者，瞬间成了文化的垃圾，那该作何感慨呢？

遗憾的是，这些原本如同一年级小学生的数学题一样，很快可以得出结论的问题，如今在生活中模糊起来了。兢兢业业出书的人未必得到赞许；大量炮制文化垃圾的人，可能会得到高额奖励。这或许就是如今书市中不好不坏、亦好亦坏之类的出版物泛滥的一个主要原因。但愿在二〇〇〇年，这样的现象能得到克服，至少能得到很大程度的纠正。——这是我对即将到来的新的一年的祝愿。

（1999 年 12 月 25 日）

2000 年

有话大家说

已记不清这些年来，对某位作家、某部作品有过多少次的讨论、评论，甚至批判，但似乎没有一次比得上去年年底王朔和金庸的那场对仗。

可能有人不同意这一看法，他们也许会说，我们对王朔和金庸本就不在意，对他们的文章也不屑一顾，你何必如此看重这场笔仗？那么，且听我谈些看法。

去年十一月一日王朔在《中国青年报》发表《我看金庸》一文，金庸随即发表了自己的看法。此后，全国的报刊媒体刊登了数百篇不同意见的文章，二十余位有点名望的作家发表了各自的见解。值得注意的是，各种不同身分的人，在因特网上发表了大量的不同看法，仅北京“新浪网”就发表了网友评论上亿字。如果把各种网上有关争论的文字统计一下，其数字相当可观。也许这几十年来没有一场讨论可与此相比。这些评论的内容，与以往报刊上的文章也不同。过去但凡报刊上的“讨论”文字，大都经过编辑部的筛选，按编辑的“导向”展开。而此次可谓“有话大家说”，做到畅所欲言。这是以往任何一次讨论、评论和批评所不能比拟的。

诚然，这些难以计数的评论文章中，有不少是游戏文字，不值一读。但不能否认，还有许许多多的文字，是出自于读者的内心，颇有真知灼见，有的是在正规的“殿堂”所无法读到的。这一现象很值得从事评论研究工作的同志好好琢磨。凡是有争议的问题，让大家把心里的话讲出来，这样才有可能明辨是非，探求真理。当然，这一点说说容易，真要做到却并非易事。这里，既要提供一个让人讲话的场所，而被评论者又得有听人说话的雅量。否则是难以做到这一点的。

（2000 年 1 月 8 日）

争当内行

这些年一直忙忙碌碌，很少有机会踏进剧场大门，更未完完整整看过一出京剧。而今有些空暇，一位友人赠予京剧《龙凤呈祥》票，抽了个晚上欣然前去当了一回忠实观众。

说是京剧，其实演员大多不是真正的京剧演员，而是由一些电视主持人、新闻记者，以及音乐、舞蹈及其他剧种的演员反串演出。在基本上忠于原著的前提下，参演者利用演出空隙，发挥各自的特长，令观众看来饶有兴味，喝彩声不绝。

令我最感兴趣的，是新闻记者翁思再扮演的刘备。刘备是一位重要角色，翁君扮相雍容华贵，唱得有板有眼，字正腔圆，和我日常接触中的形象迥异。此时我忽然悟到，翁君采写戏曲报道总是十分生动切题，近日在《新民晚报》上连载的他的作品《余叔岩传》之所以能吸引诸多读者，与他在京剧艺术方面的深厚造诣是分不开的。

由此想到，如果新闻和出版工作者能对某一行作深入探究，争当内行，对于搞好本职工作可能大有裨益。就以出版工作而言，目前书市中粗制滥造之作泛滥于肆，可能与编辑队伍不懂行有关系。试想，让一个不懂外语的编辑去负责翻译作品的出版，能保证译本的质量吗？而当前类似情况并不鲜见。经济读物的责编没学过《经济学》；对科学知识一窍不通者，却在审读科技读物；古文断句都不会的，在负责古籍的整理工作，如此等等，司空见惯。一些书籍质量之所以提不高，原因也就不言而喻了。

我想，提倡从事新闻和出版工作的同志在某个领域争当内行，尽可能地熟悉自己的工作对象，也许会使他们的工作做得更好一些。

（2000 年 3 月 4 日）

多作宣传

我有这样的体验：看到一本好书，欣赏了一部优秀的艺术作品，总会激动不已，愉悦之情总在心中回荡。可惜，这种体验很久没有出现了！前几天抽暇看了张艺谋导演的电影《我的父亲母亲》，总算又经历了一次这样的体验。

这是一部描写一位农村姑娘和乡村教师在特殊历史背景下产生的爱情故事。优美的背景画面，震撼人心的深刻恋情，通过演员朴素无华的演绎，催人泪下。这样一个故事，如果换一个导演，很可能为了票房价值而加上不少接吻、拥抱等等煽情镜头。而在这部电影中，男女主人公的对话仅十来句，连这对恋人手挽手的镜头都看不到。然而，一位执着于爱情的农村姑娘，一个忠实于农村教育事业的乡村教师的形象，在观众心中烙下了深刻的印象。放映过程中，观众席上的抽泣之声不绝于耳。

遗憾的是，对这样一部动人的作品，媒体似乎并不怎么热情。作品在国际影展获奖，从报刊上可读到例行的报道。此外，就很少看到有深度的评析文章。影院的售票大厅满挂着“外国大片”和香港功夫片的招贴和介绍文章，唯独没有片言只语介绍此片，不知何故？

其实，对某些优秀作品推荐不多，并非电影业的特殊现象。试看一些出版社和书店，热衷于推荐的往往是某些赚钱的畅销书，而对一些有文化积累价值的图书，却缺少应有的热情。当前，在市场经济的大背景下，讲究经济效益似也无可非议。可是，为了繁荣文化事业，作为文化出版部门的领导，光在铜钱眼里打转，毕竟还是不够的。

（2000 年 3 月 18 日）

想些办法

最近去上海书城，见书架前熙熙攘攘，好不热闹。套一句圈内人常说的话，这家书店“人气”愈来愈旺，真是一件值得高兴的事。

徜徉在一个楼面又一个楼面，发现一个奇特的现象：店堂内，到处见到老老小小的读者在看书，有的蹲在楼梯旁，有的坐在栏杆上，有的干脆席地而坐……他们那副专心致志的神态，令人感动。我不禁想道：为什么不给读者多备一些座位呢？真想立即动笔写篇文章，对书店的领导提一点建议。可是转念一想，假如我是这家书店的领导，情况又会如何呢？恐怕也不可能有大的改变。

凭心而论，这家书店为读者准备的座位不算少。有椅子，有沙发。只是座位虽多，依然无法满足读者的要求。再一了解，原来好大一部分人来此并非为了买书。一位老人说，实在没有地方看书，只得抽空来这儿；一个学生对我讲，放学后学校阅览室不开放，只有这里可看书。这么多的人坐着看书，其出发点或是把书店当作了图书馆。要书店为他们一一准备座位，显然是苛求了！

其实，上海书城的这一景象，反映了目前公共图书馆严重供不应求。而今，上海虽然拥有世界上一流的图书馆，每个区都花了不少财力修建了区图书馆，可是，与读者的需要依然差距甚远。据说在先进国家，图书馆事业非常发达，要求每个居民从家中出发，走十分钟的路就有一个阅读书刊的地方。上海早在几年前也曾将这设想作为奋斗目标，不知为何迟迟不能实现？真该想些办法改变现状。

（2000 年 3 月 25 日）

尝试一下

这些年来，复旦大学周围冒出好些书店，其中有规模不算小的国营书店，有几开间门面的集体书店，也有场地局促、读者转身都难的个体书店。日前得一空暇，随友人去这些书店转了一圈。

一家家走下来，感触颇深。国营书店的硬件设施不错，但置身其间，总觉得人气不足，书的品种不太理想，图书分类和陈列也不尽如人意，店堂内仅三两读者，生意自然不够理想。对比之下，有几家个体书店虽很简陋，可人气很足，一些热销的新书陈列在醒目之处，但见读者进进出出，书店老板殷勤接待，看得出生意十分红火。

为何小店反而吸引人？沿书架走一圈就不难找到答案。这儿书的品种颇多，以“鹿鸣书店”为例，店面虽不过一二十平米，读者在这儿却能见到不少别家书店鲜见的新书，例如装帧精美的辽教版《科技史》，我就是在这里首先见到的！

书店之间反差强烈，关键在于书店的经营者。钱锺书先生在《围城》中说：城里的人想走出来，城外的人想走进去。此话用在办书店似也可以。从我接触到的一些书店而言，不少国营书店的领导觉得困难重重，很想“走出去”；而国营书店外的有些人，想办书店的为数并不少，有的羡慕国营书店优越的硬件，颇想接手来办。我想既如此，何不解放思想，对那些读者不太满意的国营书店，聘请一些经营有方的个体书店老板来办，上级领导给其提出经营的指标和要求，我想书店的面貌也许会有所改观。如现在还没有条件这样做，那也可以到社会上公开招聘，吸引一些有志于此的人来负责国营书店的领导工作。这样一来，也许能促使国营书店走出现在的困境！

（2000 年 4 月 8 日）

为什么？

资深编辑谢泉铭先生突然撒手西去，引起了许多人绵绵哀思。当今不少有影响的作家都是谢泉铭携手带上文坛的。几十年来，谢先生勤勤恳恳、默默无闻地为他人作嫁衣裳。他走了，人们写文章，发唁电，表达对他的衷心怀念……可惜，这一切他都听不见了。

我与谢泉铭先生认识多年，见面机会不多。记得几年前在路上偶遇，聊了一会，发现他的心情不太好。他有很多设想，也想多做些事，可是常常不能如愿，他对编辑事业作出了很大的贡献，可是并没有得到应有的尊重，还得应付各种干扰。我好言安慰了几句，自知这些话于事无补，但除此之外，我还能做些什么呢？彼此就这样分了手。

如今噩耗传来，又读了这许多悼念文章，我的心不能平静下来。身后的哀荣，固然是对逝者的肯定。然而，逝者已矣，对他来说，最动听的话也已没有什么实际的意义。有种现象颇耐人寻味，即往往在人逝去后才能发现他的价值。于是告别仪式上好话连篇，还要追认为什么什么的。当然，对逝者的肯定并非没有必要，但如果到人离开了世界，才能发现他存在的价值，那实在是太可悲了。假如能在生前多一分关心，多一分支持，这该有多好呀！

就以谢泉铭先生来说，如果在生前就给他创造一点良好的工作条件，使他心情愉快一些，能充分发挥所长，让他能多做一些工作，就有意义得多了。其实，像谢泉铭先生这样的好编辑，在出版界还有不少，在生活中也大有人在，追忆逝者，着眼来者，对他们多一点支持，这也许是对谢泉铭先生最好的怀念。

（2000 年 4 月 15 日）

由谁负责

北京来了一位朋友，讲起这样一件事，上级部门为一家出版社配备一位新的领导。新官上任，随即带了一位老部下到这家出版社任发行部主任。几年下来，这家出版社的库存竟从一千万元增加到七千万元。不用多加分析,这位发行部主任是否胜任,旁人一目了然。

事情并没到此结束。如今这位领导另有重用，调到了一个新的岗位。旋即，他又把这位发行部主任调到身边。

人们对此言论纷纷。确实，此事可引发我们许多思考，诸如，执行什么样的干部路线啊，不要任人唯亲啊，等等，等等。我想，这些还是留给组织部门去研究吧！我只能从读者的角度提点看法。

这位朋友提到的这家出版社，是北京一家很有声望很有特色的出版社。他们出版的书一向很受读者欢迎。可是在当地书店中却往往难以看到。原来并非是印数少，而是发行工作没有跟上，大量新书躺在仓库中。发行工作中的这些问题，发行部主任自然要承担主要责任。

为什么不在库存节节上升时早些把这位主任调走呢？这样不就可减少一些损失吗？为什么不把能胜任此项工作的人提到这个岗位上来呢？现在这位发行部主任跟着前领导一走了之，用不着对这家出版社承担任何责任。据了解，如今许多单位工作搞不好，原因可能出在这里。探其究竟，或许就是我们常说的“体制”问题吧！

当然，这些问题不是短时间所能解决的。但我想，有一点似可先做起来，即每隔一年半载就把各位干部的实绩向群众公布，让大家看看他们到底做了些什么工作，在现有的岗位上是不是真正胜任？这样至少可给那些不称职的干部一点压力。

（2000 年 5 月 13 日）

很为可贵

读了本报上期《海上书话》专版刊登的叶秀山先生的《徐慕云〈梨园影事〉及其他》一文，心情久久不能平静。文章不算长，建议从事文化工作的人不妨认真读一读。

叶先生在文章中提到，四十年前，囫囵吞枣地读了几本京剧音韵方面的书就写文章，“有时候还少年气盛地指手画脚做点批评”，后来在当年的《文汇报》上读到徐慕云先生的文章，对他严肃批评，指出他文章中几处常识性的笑话。四十年来，叶先生一直保存着这份纸质早已变得脆黄的旧报纸。这次他在文中叙述了事情的前后经过，并打算若干年后有机会还要把此事公开再提一次。

叶先生不讳言自己曾经犯过的“硬伤”，他如此做，目的是提醒自己，今后的治学之道，一定要认真、严肃，让“理路有根有据”，不得乱说。这种精神十分可贵。

步入二十一世纪之际，我发现，人似乎变得愈来愈娇贵，特别是某些文化人，仿佛听不得半点批评意见，你若对其书其文提出一些不同看法，轻则暴跳如雷，重则上法院起诉，控告你侵犯了他的名誉权，甚至索赔多少多少万元。对照叶秀山先生的这篇文章，真不知该作何感想？

人非圣贤，孰能无过。何况做学问有“硬伤”似也难免。你可以拒绝批评，也可以用光环掩饰自己的某些错误，但是这一切都不能抹去历史。而最危险的还是不承认有过错，其后果势必贻误别人，甚至给社会带来祸害。这样的教训实在是太多了。叶秀山先生的可贵之处就在于从善如流，听到批评意见不仅不反感，反而对自己作了检查，从中引出教训。正因为如此，叶先生治学日见严谨，文章也愈写愈扎实。我想，如若都能这样，文化事业一定会更加繁荣。

（2000年6月10日）

体谅体谅

最近，柯灵老人撒手西去；今年六月，又逢蒋孔阳先生逝世周年。在缅怀两位老人时，人们不约而同地说：在他们生命的最后几年，两位老人都有许多工作想做，可是求序者络绎不绝，有好友，有熟人，更有许多是几面之交甚或素不相识的青年人。限于情面，他们往往有求必应，以至晚年很多时间都花费在写序上。蒋先生写了一百多篇序，柯灵老人写序的数量更为可观。人们惋惜地说，如果他们能用这些时间，做自己想做的事，写自己想写的文章，可能留给后人以更多更丰富的精神遗产。

确实，应约写“序”花去老人大量的时间和精力。曾听柯灵先生说过，有位并不熟悉的人上门要求写序，他婉言拒绝了，可是此人就是不依，摆出一副不答应就不离开柯灵家的架势，被纠缠得实在没办法，最后他不得不同意写序。

老人认真写“序言”，其中不乏真知灼见之作，但应酬之文也占去不少篇幅。善良的老人有时碍于情面，来不及读完书稿，就溢美一番。这类情况不仅发生在柯灵先生和蒋孔阳先生身上，学界其他一些有影响的人物也常常遇到。更有甚者，个别求序者甚至捉刀代笔，先写就了一篇，把自己的书吹捧一番，然后上门要求挂上名人的名字。这种先斩后奏的做法，着实令一些文化名人感到头痛。

对求序者我不想多加评论，是非曲直，明眼人一目了然。然而，类此的“序”泛滥后，在读者中颇有微词，甚至有损名人的形象。我想，我们应该体谅体谅这些文化老人，在他们的一生中，被耽误的时间不算少。他们在生命的最后阶段，希望能多做一些自己想做的事，我们实在不应该也不忍再去浪费他们的时间了。

（2000 年 7 月 1 日）

值得警惕

我国已来到了“WTO”的门边，出版界人士自然十分关心。在近期举行的不少研讨会上，许多出版社纷纷研究对策。清华大学出版社社长李家强先生认为，中国参加“WTO”后，对出版界造成的直接冲击，不必太悲观，我们完全有能力应付；但其可能引起的一些“间接”效应，却是真正的危险。

李社长所言颇值得深思。他谈到，在国外考察时曾听说，世界上一家非常有影响的图书公司，已招收四十名在美国攻读博士学位的中国留学生，进行培养，一旦中国进入 WTO，图书市场向世界开放后，就让这些人代表自家的公司进入中国。看来，国外公司的“人才引进”，将对中国出版界造成很大的冲击。其实。这些外国公司不光是培养人才，有的还把目光对准我国出版界的拔尖人物：或放出“气球”试探；或通过“猎头公司”接触，试图用高薪作诱饵来挖人才。对出版界来说，这才是真正的危险！

出版业未来的竞争，说到底就是人才的竞争。如果现在不作准备，或完全丧失警惕，到时就悔之晚矣。放在出版社领导面前有两个很重要的任务：一是培养人才；二是留住人才。前者是理所当然，不用赘言。当然，人才的培养不可能立竿见影，十年树木，百年树人，得有相当一个过程。而从当前来说，更重要的是留住人才。

留住人才关键有两点，首先要给其创造良好的工作环境，尽可能减少干扰，让其心情愉快地贡献才能；其次是在生活等方面给于必要的关心，使其能安心工作。如果人尽其才，各方面都到位，就不怕别人来挖你的“墙脚”了。

（2000 年 7 月 8 日）

“开仓济贫”

看了以下一组数据，心里久久不能平静：

中国大陆目前尚有一百五十九个县没有图书馆，六百二十八个图书馆全年没有一分钱购书费，六百零三个图书馆全年没有购买一册新书……

我国还有这么多的人不能享受在图书馆吸收知识的乐趣；我国一年出版十万种图书，而如此多的图书馆竟不能拥有其中的一种，这确有点难以置信。

图书馆的作用，不用赘述。而今我们有了可与世界上设施最好的图书馆媲美的一流图书馆，我们已经跻身世界出版大国的行列。可是，谁能想到还有这么多的县竟然没有图书馆，还有那么多的人连一本新书都见不到。这实在值得文化部门领导和从事出版工作的人好好想一想。

图书馆事业的不发达，必然影响一个地区的文化发展，而文化的欠缺已成为制约中国大陆许多地区脱贫解困的重要因素，这是有目共睹的事实。如今我们正在忙于西部大开发，发展贫困地区的图书馆，应该是开发工作中不可或缺的部分。当然，这一切有赖于领导部门。一个地区如果决心要省钱办图书馆，大概也是不难的。领导干部少宴请一次，省下的钱就不知可买多少本新书。除领导部门关心外，其他部门自然也可以出些力的！

就以出版社来说，完全可以为各地的图书馆助一臂之力。最近看电视剧《太平天国》，太平军每攻占一城，就开仓济贫，深得百姓的欢迎。据说，如今许多出版社的库存日见增加，有的已创历史最高纪录，何不也来一次“开仓济贫”，把积压的图书送到贫困的县城去。对出版社来说，与其让图书躺在仓库里报废，不如让它们发挥一些积极的作用。对那些缺书的贫困地区来说，这一举措无疑是雪中送炭。这样的好事何乐而不为呢！

（2000 年 7 月 22 日）

太少了

无独有偶，上周看到一组有关我国图书馆的数字，引发了一番感触，写了篇短文。今天又见到有关我国图书销售的几个数据，我的心情再次难以平静。

据权威部门统计，去年我国人均购书不到六册，扣除课本，人均占有图书仅二点五册；年人均消费图书不到三十元，占全国人均消费的百分之一。

太少了！一年中，平均每人买的书不到两本半，如果去掉单位用公费购买的“学习材料”，数字就更少了。我国的图书消费与一些先进国家相比，差距非常大；作为一个正在向现代化迈进的国家，人均占有图书仅这一些，实在不相称。

问题不在于买书的多寡，只是从这些数字看出，读书的风气，在我国还相当淡薄。书买得少，读书当然不会多。我曾有意无意地作过一些调查，当问及每天有多少时间读书，一个月能读多少时，答案常令我失望。很多人几乎从不读书，每天回家，许多时间花在电视机前，即使临睡前翻书，十之八九是街头流行的专供消遣的畅销书。给人以新知识、新观念的书大都被拒之门外。作为一般群众，自然不必多加责怪。可是，若以这些问题询问某些单位的领导——其中有些是处局级干部，他们的回答往往吞吞吐吐。也有人表示很喜欢读书，但问及最近读些什么书时，就语焉不详；有的显得有些不好意思，说最近太忙，实在抽不出时间看书……

如今生活在信息时代，读书是取得知识和信息的一个非常重要的渠道。对于每个人来说，没有新知识充实自己，就会被时代所淘汰。对于领导干部来说，这一点显得更为重要。不读书的领导要带动一班人前进，看来是困难的。

（2000 年 7 月 29 日）

求变求进

这些年，文学刊物可谓步履艰辛，读者愈来愈少，印数如达几千册，已算上上大吉。在经济大潮前，刊物编者的日子也不好过，大都过着清贫的生活。看到他们埋头认真编稿，仿佛要把自己的精力全部贡献给文学事业，不由给人以一种悲壮感。然而，在伏案编稿的同时，是否还得考虑一下怎样扩大刊物的读者群呢？

今年以来，一些文学刊物努力求变，有的耐不住寂寞而向媚俗的道路走去，离开文学越来越远，这似乎颇不足取。有的依然努力在文学的道路上尝试走出新的步伐，半年多过去了，成果如何？就拿《作家》来说，今年的刊物显得雍容华贵，装帧用纸都十分考究，人们原先耽心这样的刊物是否有买家？由于这家杂志把“文学与市场、文学与读者、文学与作家密切相联”作为总体方向，取得了一定的成效，如今的发行量已从四千上升到两万。《湖南文学》也是如此，今年该刊改名为《母语》，在内容和形式上都作了很大改进，以“谈话录”的形式来反映新生活和新文化，受到了读者的欢迎，发行量也增加了几倍。这样的例子还有一些，不一一列举了。

由此可见，求变求新是刊物取得进步的不可忽视的途径。如今有些报刊读者愈来愈少，究其原因是安于现状，多少年来都保持着一成不变的老面孔，刊物上就那么几个老作者，谈的又是那么几个老话题，读者怎不望而生厌呢？如果编者头脑清醒一些，还可能广征意见有所改进；如果妄自尊大，沾沾自喜，过高估计自己的水平，那只会越来越脱离读者。

求变才能求进。编好一份刊物如此，做好其他工作，又何尝不是如此？！

（2000 年 8 月 5 日）

珍　惜

如今，要找一本托尔斯泰、巴尔扎克、茅盾、巴金等人写的作品阅读，真是袖手可得，走进书店触目皆是；在图书馆和周围朋友家中，也随时可借到。可是，在二十余年前的中国，在反文化的那十年“大革命”中，要看这些书，真是难而又难。

不久前，我与几位青年学生聊天，说起在粉碎“四人帮”不久，为了满足读者的要求，有关部门选了《战争与和平》《家》等三十余种中外名著，突击加印，在书店中发行。那天，全国各家书店门前都排起了长队，读者为了能买到其中的几本，甚至冒着风寒通宵排队。听了这番介绍，这几位学生瞪大了眼睛，仿佛在听“天方夜谭”，不相信地说：会有这样的事吗?

在他们眼里，这确是难以置信的。这些如今在书店中比比皆是的中外名著，当年却全部被禁锢起来。二十来年的时间并不算长，可是许多人，特别是年轻一代，很难理解那段历史。我们虽有世界上堪称一流的博物馆，可以从中了解五千多年前祖先的衣食行住，还可以了解到帝国主义的炮火是如何地烧到长城边……可就是对二十多年前的那段历史，没有一家博物馆可以让人重温。其实，只有多想想那段历史，对于今天改革开放带来的成果才会更加珍惜。

就以这些名著为例，当年无法读到的人们如能觅到一本，读来真是如饥似渴。而现在到处可以买得、读得，许多人反而不以为然了。有人专门作过调查，青年人中读这些名著的愈来愈少，托尔斯泰、巴尔扎克在他们心目中的地位远不如香港歌坛上的“四大天王”。改革开放给人们提供了广阔的阅读天地，我们应该珍惜这来之不易的读书权利，从中获得更多的文化营养。

（2000年9月30日）

症结何在

几年前，有关部门看到外国漫画书和动画片——被称作“卡通”的这种艺术形式大举进入中国，把一些青少年弄得晕头转向，不免有些着急。于是，大张旗鼓地号召画家、作家和出版社发展中国特色的“卡通”。有的定指标，有的搞起“某某工程”，有的层层动员，有的办起了杂志……一时可谓轰轰烈烈。

时光飞逝，几年过去了。如今情况如何？我国创作的能传承的动画作品仍屈指可数。近日，更有人写文章批评当红电视剧《少年包青天》大量抄袭日本漫画《少年金田》，又引起了人们的感叹：中国动画作品发展至今，仍得不到作者和读者的认同，实在可悲。

看来，用搞“运动”的方式发展动画事业，收效并不理想。其原因也是众说纷纭，有人认为，这是由于脚本比较落后，故事不吸引人；有人指出，这是因为绘画技法不如人；有的责怪读者不懂得欣赏……说的都有理。可是，我觉得似乎还未找到症结之所在。

不少动画创作者，对自己作品的阅读和观看对象似乎还有点不甚了了。一位行家说：中国当代漫画是“三岁以下看不懂，三岁以上不屑看”，颇一针见血。之所以产生上述现象，可能与一些创作者盲目崇外，作品中存在明显的模仿痕迹分不开。习惯上明明叫作动画，偏要称之为“卡通”，似乎这样方算得上与国际“接轨”。我国传统的漫画和连环画有十分优秀的传统，偏要舍此求彼，盲目照搬外国的一套，以至作品不伦不类。如此等等，说明模仿是没有出息的，只有走自己的路，形成自己的特色，才能真正地吸引读者。

（2000 年 11 月 18 日）

2001

假如……

步入新世纪之时，人们都会在心中默祝，也会频频互贺：希望在新世纪心想事成，身体健康，事业有所发展，收入进一步提高……

祝愿和贺词十分现实，每个人都希望能如愿以偿。然而，说实话，心愿要完全化为现实，并非轻而易举，也许有的永远不会实现，因为现实生活毕竟是充满艰辛曲折的。

就以出版界来说，此时此刻，大家都期望在新世纪能“更上一层楼”。是不是进入二十一世纪，各家出版社工作都能一帆风顺呢？我看未必。世事变幻往往难以预料，新的情况，新的问题随时可能发生。万事预则立，我们不妨多作些设想：

假如在新世纪，国家对所有的书店都一视同仁，不再规定某些书只能在某家店卖；

假如在新世纪，出版社的领导不再由上级任命，而是通过竞争或选举产生；

假如在新世纪，对开办出版社的限制不再如现在这般严格，一些单位和个人均可以自由申办；

假如在新世纪，中国参加了 WTO 后，外国人的资金和智慧渐渐渗入我们的出版发行行业；

…………

这些“假如”在新世纪一旦成为事实，那对现有的出版社和国有书店来说，无疑是很大的冲击。不知各家出版社和书店的领导是不是想到了这一点？祈求保护，希望政策优惠不变，确可使自己生存得好一些，但总不是长远之计。一旦进入了一个公平竞争的环境，八仙过海，各显神通，成败与否，就只能看自家的本事了。

当步入新世纪之际，建议大家不妨想得更多一些。

（2001 年 1 月 6 日）

不必回避

关心出版工作的人都会注意到，最近几年在北京等地冒出了许多“工作室”。这些“工作室”名目不同，规模不一，大凡是几个志同道合的人相聚一起，在政策许可的范围内，用各种变通的办法从事出版业务。短短几年，这些“工作室”已成了出版业中一支不容忽视的力量。

如何看待这些“工作室”？人们大都讳莫如深，几乎没有看到公开媒体上作过任何介绍。究其原因，说穿了，无非是因为这些“工作室”大都属非国有性质，而是私人创办的。在我们国家，出版工作是党和政府十分关注的一个领域，在人们的观念中，是不允许私人染指的。然而，“工作室”在逐步发展，经过惨淡经营，为读者提供了不少好的精神食粮。这提醒我们，如何对待这类“工作室”，已是一个无法回避的问题了。

我们已到了 WTO 的门前。进了 WTO 后，不可能处处按国有的轨迹行事。恕我直言，到那时，这许许多多的“工作室”不仅不会消失，相反，活动的空间会越来越大。一旦外国的出版机构进入了中国，聪明的外国人必定会物色某些“工作室”作为其代言人。到那时，这些“工作室”与国有出版社之间的竞争，就更加激烈了。

既然如此，何不现在就研究研究怎么对待这类“工作室”呢？国有出版社可否合法地加强与民营“工作室”的合作，吸纳、借助他们的资金、策划能力与经营机制，以推动自家出版社的发展。这对我们的出版事业肯定是有益无害的。

当前正处在一个变革的时代，对任何新出现的事物，都不应该避而不见。对待“工作室”似也应如此。

（2001 年 2 月 10 日）

好事好办

近闻，中国少年儿童出版社公开向全国招聘两名局级干部。这是一则令人高兴的消息。

在出版系统，“局级”是很有分量的一级干部。在地方上，局级干部要领导好些出版社，此人水平的高下，会影响多家出版社的发展；而在中央一级出版社的局级领导，其作用更是举足轻重。

出版系统的局级领导历来都由上级任命，从未听说可向社会招聘。中少社这一做法可说是一大创举。由领导来任命，本也无可厚非，关键是看得准、选得对。如果看得不准，那就贻害无穷。如今能通过招聘的方式选拔一部分干部，那就为优秀人才走上领导岗位创造了又一个条件。

我还不知该社招聘的进展如何，但有几句话想说在前面。好事应该努力办好，千万别受各种干扰。首先，在招聘期间，上下左右送来的条子，一概拒之门外。以往在一些单位的招聘过程中，这类现象层出不穷。名为公开向社会招聘，实际上早有“后门”接通。招聘单位碍于情面，不得不把有些不算人才的人当作“人才”招聘进来，对工作没带来半点好处。

其次，一定要把工作实绩作为招聘的首要条件。在出版系统常有这样的现象，所安排的局级干部在政治上无可挑剔，但在业务上完全是外行。有些地方甚至把一些不爱读书，不去书店，不了解出版的干部安排在出版局的领导岗位上，难怪这些同志工作了几年，总也出不了成绩。因此，在这次招聘时，一定要看应聘者在出版这一行当中有无实绩，是不是编过好书，是不是有突出的策划能力。至于文凭的高低、口才的好坏等等，则不必看得太重。

以上也许是饶舌之语，仅供参考而已。

（2001 年 2 月 17 日）

花了多少钱

用公家的钱买书发给本单位职工，这样做是否违背有关规定，我并不知晓，但如要表示看法的话，我不会反对这样做。如今书价不菲，收入不高的大有人在，即使先富起来的那些人，相当多的也从不进书店。如果能送些书给他们，让他们有机会从书本中获取些养料，岂不是件好事！

问题是发给大家的是哪些书？我有意作了番调查。公家所送的书中，相当一部分是领导的讲话和学习文件。对此不必多加置评，只希望这些书发到大家手中，每人能读一读，看一看，莫空置在案头。我想说的是，在送的书中有不少是通过各种关系到本单位来推销的。有的是某一位领导写的书，放在书店无人买，于是单位用公费买了，人手一册发给大家；有的是自己系统按领导要求编写出来的书，编写的时候是作为政治任务来完成的，可是书出版后，外界读者对此毫无兴趣，于是就用公费买了，每人发一本。很难说这类书送给大家后会发挥多大作用。

公家花了钱，所买的书没能起到应有的作用，这不能不说是极大的遗憾。所以会出现这种现象，一个重要的原因还在于出版社。据我了解，这类书的出版，出版社和作者之间往往事先会有默契：我帮你出书，你帮我销书。更有甚者，要出版这类书，作者还得提供相当数量的"赞助"。于是就出现动用公费来推销书的怪现象。其中不少书的命运也够悲惨的：或搁置在办公桌上，长期无人翻阅；或到了大扫除或办公室搬家时就被送到废品收购站。

我仍希望公家能花钱为职工买些书，但买的最好是他们想看的书。

（2001 年 2 月 24 日）

一点疏漏

最近，报上一则消息吸引了我：上海以大手笔开发人文资源，在未来十年，博物馆、纪念馆将从目前五十四所发展到一百所。这真令人兴奋！接着往下看：据这则报道说，其中十所已在积极筹备中，三五年内，邮电、乳品、烟草、交通等博物馆即可建成……报上还罗列了一批打算建设的博物馆和纪念馆的名单，我在字里行间寻觅，看有没有“出版”二字，但最终还是失望了！

上海应该有一家出版博物馆，是写消息的人漏写了，还是决策者根本没有考虑。假如是后者，那不能不说是一个大疏漏。

在二三十年代，直至共和国建国之初，上海一直是我国出版的中心，我国一些举足轻重的出版社都是在上海建立的，出版界的风云人物，没一个不是在上海这片土地上开始写下自己光辉业绩的。近一个世纪来，上海编辑出版了难以计数的可作为中华民族文化积累的书籍，为国民文化素质的提高作出了极大的贡献。正因如此，上海应该建设一座有相当规模的出版博物馆。

遗憾的是，如今上海人对自己这段光辉历史有些淡漠了。“出版中心”自然早已北移，早几年上海的出版工作者还颇自豪地称自己的城市是“中国出版的半壁江山”，而今这种说法也不大听到了。这也难怪，这些年能引发全国影响、有创意的好书，上海出得并不多；就拿图书销售量来说，也落后于好些城市，如果你与外地的一些出版行家交谈，有的已不把上海一些出版社作为自己较量的主要对手；这些年全国出版界风云人物的名单上，上海人的名字是愈来愈少了。

正因为如此，建立一个出版博物馆，或许会使上海的出版工作者再次振奋起来。

（2001年3月3日）

留心你的孩子

当你发现自己还在念中小学的孩子,成天在看《禁果的诱惑》《暖床猛夫》《拦截淑女》这类书，作为家长不知会有何感受?

最近发现，有些街头地摊以及小书铺中出现不少巴掌大的“口袋书”，这些书的封面和印刷都很精美，分为“现代不了情”、“新寻梦园情话”、“亲亲寻梦园”等系列，有四五百种之多。薄薄一本小册子，封面配以少年儿童喜欢的动画，明眼人一看就清楚，这类书是针对中小学生出版的。翻开一看，令人大吃一惊！内容多为男欢女爱、卿卿我我，有些篇章连成人看了也会脸红。据说这类书在一些学校中颇为流行，不少学生用自己的零用钱争相购买，并交换着看。

再仔细看，这类书都不是大陆出版社正式出版的，不少原著在日本，而由香港等地翻译出版。在书摊上卖的，几乎都是盗版书。这就使人想到两个问题：一是这许多盗版书出现在书摊上，是谁为它们开的“绿灯”？二是这么多未成年的中小学生在看这类书，家长和学校为何不加阻止?是不知情，还是觉得无所谓?

这类书的流行，给出版社提供了一点启迪。它们所以能吸引青少年，其形式起了很大作用。开本小巧玲珑，薄薄一册，只有手掌一般大，印制得又很精美，配有学生喜欢而能接受的封面和插图，定价也不高，颇适合学生阅读和流传。反观现在我们一些出版社出的少年读物，往往千篇一律，难以博得学生的欢心。看来，要把青少年从这些书中争夺过来，出版部门真该多动动脑筋。

（2001 年 4 月 14 日）

变　化

听说，北京一家颇有影响的大学出版社，为了答谢销售该社图书最多的书店，排了一张名单，一看，前三十名中，国有书店仅占两个席位，其余二十八位都是非国有书店。

我想，如果在五年、十年前作这样的统计，结论决不会这样。可见，非国有书店这些年取得了长足的发展。了解内情的人都知道，这些发展是来之不易的。且不说，非国有书店的经营者得不到政府给国有书店那么多的政策优惠和保护；就拿效益来说，经营图书，其利润少于饮食、服装等行业，一家非国有书店要发展起来谈何容易。

看到这一数据，不禁要问：国有书店怎么了？凭人力、凭资源、凭条件，国有书店大大超过非国有书店；凭资格，国有书店有五十余年的辉煌历史，谁也不能与其比拟，更何况它有着政府政策的呵护，许多优惠条件是那些非国有书店的业主不敢奢望的。正因为此，我国国有书店庞大的全国连锁销售网络，至今还稳稳坐在图书销售行业的龙头老大位子上。在当前改革的汹涌大潮中，我觉得他们应该对形势和自己的处境有一个清醒的认识。特别是从上面这一数据中得到启示。

在改革的春风中，非国有书店一定会得到进一步的发展。若干时间后，国外的资金也会进入图书零售和批发行业，到那时，对国有书店的冲击将会更大，当政策无法再来保护他们时，那该怎么办？

古人说，防微于未兆，虑难于将来。随着各行各业改革步伐的加大，国有书店该对自己的体制进行大胆的改革了。能不能把其他经济形式引入国有书店中来？能不能打破点旧的框框？这似乎都是应当考虑的。

（2001 年 4 月 21 日）

博导的烦恼

最近遇到几位德高望重的大学教授，他们称得上我国古典文学研究的佼佼者，如今除了自己做学问外，每人还带了一批博士生，故而都称为“博导”——博士生导师。

在与这几位博导聊天时，老先生们显得忧心忡忡，对如今博士生的质量表示担忧。他们说，现在博士生愈来愈多，可是质量却在不断滑坡。据这几位博导介绍，博士生在学期间共三年，第一年主要精力放在第二外语的学习上。第二年，主要精力要放在写论文上，因为有关部门规定，博士生学习期间必须在规定的刊物上发表数篇论文，老师原希望学生能扎扎实实学点基本功，但学生却心不在焉，忙于写论文。老师不得不为他们出题目，修改文章。最令这些老先生不安的，还得厚着脸，利用自己的影响和关系，到各杂志社为学生推荐发表。第三年，学生的心思又都放在找工作上，这些老师又得煞费苦心地为他们寻觅就职单位。谈起这些，博导们叹着气说，这些博士其实也没有跟我们学什么东西，这样怎能培养出高质量的博士生呢?

几位博导的烦恼，使我找到了一个问题的答案。近些年我隐隐感到一些学术杂志的质量在下降，而出版社为许多博士出的书，不少也差强人意。原来个中原因在这儿！博士生们为了达到在学期间发表若干篇论文的要求，不得不千方百计地谋求发表，某些杂志社和出版社碍于博导们的面子，也不得不网开一面。一些粗制滥造的文章和书籍就出现在读者面前了。

这种规定能不能改一改呢?这不仅可使学生们增加些真才实学，也可减少平庸的出版物充斥图书市场。

（2001年5月19日）

可怕的笑声

“六一”前夕听到的一件事，使我的胸口至今还在发闷。《紫日》是一部反映日本侵华的电影，片中有日本兵用刺刀杀害中国农村老大娘的镜头，没想影片放到这儿，许多小学生竟然大笑起来。据说好多城市都发生过这一现象。此片导演冯小宁知道后，沉痛地说：这样的笑声足以用“可怕”两字来形容！

确实可怕！不是一两个小学生笑出声来，而是许许多多小学生发出了这样的笑声。抗日战争结束才五十六年，这场有三千五百多万中国人惨遭杀害的战争竟然已被我们的下一代遗忘。这些小学生的祖辈或曾祖辈，一定也有不少人受到日本侵略者的欺凌和杀害，可是，他们的子孙如今都已漠然了。当年鲁迅在异国看到日本人砍中国人脑袋时，周围中国人也曾发出过笑声，这使鲁迅受到极大的震撼。没想到，隔了近一个世纪，这样的笑声又出现在我们的电影院里。

能怪孩子们吗？当然不能。相比之下，日本有些人要比我们“精明”得多，他们执意篡改教科书，目的就是不让下一代了解这段历史的真相。而我们却忽视了对孩子们进行这段历史的教育。就拿出版物来说，你能说得出几本有质量的反映抗日战争题材的书籍呢？为此我专门到几家书店中走了一圈，除了看到大量日本动画片的书籍外，竟然没找到一本以抗日战争为题材的儿童读物。电影院中的笑声，该使我们的出版工作者震动！

（2001 年 6 月 2 日）

薄些、再薄些

上海文艺出版总社社长何承伟是个爱书的人，一天在书店中看到一本题为《寻找母亲》的书。厚厚两大册，书名和印在封面上的广告语吸引了他，于是掏出六十多元钱，买了一套。他很快把这部书看完，觉得作者抓的题材很不错，书中论述也不乏新意，但他认为这部书实在太厚了，他说：“如果由我当这本书的责任编辑，此书可以删成十万字左右的一本小册子，这样，这本书或许会更受欢迎，成为一本印数达二十万以上的畅销书。”

何社长的这番看法耐人寻味。不知从何时开始，书愈做愈大，愈做愈厚。仿佛没有几百万字，不能称为有分量的著作，没有几十本、上百本一套，就不能谓之重点工程。当然，这些书中有许多佳作，可是仔细看看，其中也存在“注水”的伪劣产品。上百本一套的“大全”之类的丛书，有几个人能买得起？即使想买，家中也无处可放。当初出版社编印这些书的目的，讲穿了很多还是为了参加“评奖”，期望能够以此争取到一个“国家图书奖”、“五一工程奖”之类的奖牌。得奖后，这些书即使成批躺在仓库中他们也心甘情愿。

其实，书的质量和厚薄是没有关系的。薄薄的《小赖子》和厚厚的《堂·吉诃德》，在西班牙文学史上占据同样重要的地位。艾思奇的《大众哲学》也只有薄薄的一本，可是它产生的影响远远超过有些几百万字的专著。今天生活的节奏如此之快，或许薄薄的小册子更能争取到读者。

把书编得薄些再薄些，一方面有赖于作者手下留情，在书中少注些“水”，而更关键的还在于编辑，要不留情面地给作者提出要求，不留情面地删改。果能如此，读者是会感谢他们的。

（2001 年 6 月 16 日）

何谓“腐败”

出版界和作家们非常了解广大群众对腐败现象的深恶痛绝，于是，种种以反腐败为题材的作品源源面世。这类书的销量一般都不错，特别是搬上荧屏后，更令人趋之若鹜。我就是爱读这类作品的一个读者。

读多了，不免感到颇多雷同。特别是对腐败分子的刻画，有些大同小异。被押上法庭的，都是贪污几百万、几千万，甚至上亿元的大蛀虫。这些人出入高级轿车，居住豪华住宅，身上身下都是世界名牌……这样的人自应受到处罚，可我常掩卷而问，是不是到了这个地步，才称得上腐败，才该引起我们的重视?

曾经听到过这样一件事，一位作家在他的作品中写一个官员拿了别人五千元的“红包”，编辑看了连连摇头，说：不行，要改写成五万。在他看来，五千这样的数字是够不上“腐败”这顶帽子的。当然，这位编辑的看法也不是没有道理。生活中这样的事例并不少见。有的领导干部拿了别人三千五千，仍逍遥自在，有的即使多占了三万五万，也可逃避法律的制裁，有的经常出入高级娱乐场，销魂销得忘乎所以，也没有人去查他，有的用各种名目把房子占为己有，依然泰然自若……似乎非要拿了几百几千万，并由上级部门发了话，才能给他们戴上一顶“腐败”的帽子。

或许是大案要案听得多了，对周围的某些现象有点麻木；或许是类似的问题司空见惯，不知从何入手。其实，法律早就为“腐败”作了界定。哪些行为属于违法，哪些举动是党纪国法所不容，大家也都很清楚。防微杜渐的道理人人都懂，只有从一件一件抓起，才能把腐败现象真正消除。

（2001 年 8 月 18 日）

先说几句

最近有两件事，很值得追求热销图书的出版界人士注意：一是香港举行书展时，读者通宵达旦排队买漫画书；二是上海举行的动漫展览，观众人流如潮，十元一张门票，一天卖出两万张。可见动漫出版物还是很受读者欢迎的。

动漫出版物受欢迎，这不是新闻。日本这方面的出版物早就占据了很大一部分图书市场。我国台湾也有许多漫画出版物的专卖店。就我们大陆来说，这些年也有不少出版社注重这类图书的出版，可是始终未成为一个特别的热点。上面所说的两件事，可能会刺激出版界人士再次重视动漫书籍的出版，为此，我想先说上几句话。

看了上海的动漫展览，颇令人担忧。展品中的大部分形象，似乎都来自国外，其中以日本为最多。而青少年自己画的作品，基本上也是模仿这些外国作品。这些国外、特别是从日本进来的漫画人物，在青少年的心目中占据了不可动摇的位置。究其原因，还得归功于电视台和出版社。媒体对人们欣赏趣味的形成会起很大的作用。这些年来电视台连篇累牍地播映日本的动画片，出版社一本又一本地将这些漫画编成书出版，以至青少午沉溺于这些作品中，连一些三五岁的小孩也都熟知这些漫画人物的名字。

这些宣扬暴力、宣扬西方生活方式的作品究竟会给孩子们带来什么影响？这有待于教育界人士去研究。我只觉得让孩子们自幼只知道这些舶来品，而对自己国家的传统一无所知，终究不是一件令人愉快的事。在新一波动漫书籍出版热潮到来之前，借此提醒一下出版社的领导和编辑。

（2001 年 9 月 1 日）

教　训

飞机撞击大楼、汽车翻滚起火、摩天楼瞬间倾倒……这是人们在电影、电视中经常看到的镜头。然而，一旦这些镜头真实地出现在眼前，成千上万人在你眼前丧失了生命，每个有良知的人，都会感到无比的悲哀！

美国世界贸易中心的硝烟尚未散尽，在关注事态进一步发展的同时，我不由想到如何看待“恐怖题材”这一问题。据说，最擅长炮制这类作品的好莱坞已作出决定，暂停这类影视作品的发行。最近，美国的电影院和电视台也已停止这类作品的播映。这些恐怖题材的影视作品，往往是花大本钱制作的，引进到我国，都被称作“大片”，发行部门总会不惜工本，大肆宣传。现在应该反思一下，究竟有没有这样做的必要？

恐怖题材作品无非会起到刺激人们感官的作用，这种刺激或许可以带来一点消闲。但恐怖毕竟不会引起美的享受。对这类作品的制作和宣传应该掌握一定的度。可是这些年来，为了追求经济效益，不光影视部门，就拿出版部门来说，许多人对这类题材也表露了极大的兴趣。令人担忧的是，渲染暴力、凶杀的作品，不仅在成人的作品中蔓延，而且已渗透到儿童题材的作品中。特别是从日本引进的一些动漫作品，恐怖的画面不时可见。这样的作品会给孩子的心灵带来怎样的影响，这是不言自明的。

美国人是被恐怖分子夺去了成千上万条生命后，才开始对恐怖影视作品发生厌恶的。我们何不从现在就对这类题材的作品作些反思呢？那些血淋淋的镜头和画面，带给观众和读者更多的是消极的东西，出版部门是应该加以注意的。

（2001 年 9 月 22 日）

谈谈教训

浙江省新闻出版局原局长罗鉴宇最近被一审判处死刑。

这也许是目前新闻出版界被查处的级别最高的官员。同行们应该从中引出一些教训。

要吸取教训，首先得弄清这位前局长是如何走上腐败道路的。有人是这样分析的，认为主要是由于罗鉴宇“文化基础偏低，政治理论素养缺乏”而造成的。我看，这是言轻了！文化基础偏低、政治理论素养缺乏的人不在少数，有几个人会受贿两百万元？关键还是他手中有权，因此我们首先得弄清他是如何得到这些权的，以及如何用这些权来获得私利的。

从现在披露的材料看，罗鉴宇在担任基层领导伊始，就不是一个好种，似乎没做过什么好事，不能搞好团结，不能做好本职工作，拜金思想严重……人们不禁要问，这样一个干部，怎么会节节上升，逐渐走到重要的岗位上，掌握了一个省的新闻出版大权？罗鉴宇官运亨通，自然是有人提拔，一个素质并不好，对新闻出版业务又没有专门特长的人，能占据这样重要的位子，这也暴露出选拔干部的体制上还存在不少问题。

我想，如果当初把现在披露的材料上报有关部门，那罗鉴宇肯定难以步步高升。他所以能提升，一定是有人看中，一定是有人为他添上许多溢美之词。多少年来我们形成了一种习惯，说一个人坏时，要把所有污水都往他身上泼，讲一个人好时，溢美之词可将他没顶。正因为如此，一些不应提拔的人走上了领导岗位，而确有真才实学的一些人却被弃之门外。什么时候看人时多一些辩证法，那就好了！

搁笔时，不由想起最近播放的电视剧《大法官》中的一句台词：用人腐败是腐败之首！

（2001 年 11 月 24 日）

二谈教训

上星期写了一篇《谈谈教训》，言犹未尽，还想再说几句。

浙江省新闻出版局原局长罗鉴宇被一审判处死刑，确可为同行们提供不少教训。罗鉴宇凭他的才、凭他的德，本该在一个较低岗位上工作，假如这样，手中自然没有那么多的权，肯定也不会如此早送到阎王那儿去。偏偏他官运亨通，占据了高位，为捞钱受贿创造了不少条件。

须知从官阶上一步步往上攀，自然少不得美化自己，戴上高级职称的头衔，便是必不可少的。罗鉴宇手不能提笔，更不用说著书立说，他发表的论文，都有人捉刀代笔，他著的书，实际也是别人写的。就是依靠这些“实绩”，这个从未编过一本书、从未写过一篇像样文章的人，获得了新闻出版业的高级职称。其实，这些事实并非今天揭露出来的，早在给他戴上高级职称头衔的当年，就已尽人皆知。这样水平的人，居然在评委会中获得通过，并能一级级得到批准，现在想想，真是匪夷所思。

当然，这种事并非浙江才有，在各地新闻出版单位也多有发生。似乎到了这样的高位，便一定要戴上高级职称的桂冠。于是，掠人之美，请人代笔，虚报业绩这类事并不鲜见，这般追求虚名，实际上就是一种腐败！

如果不是专业人员，何必一定要为自己添上这样的虚名？你是这个行业的外行，也没有什么可讳言，外行领导内行，这是常有的事。你本可在自己熟悉的领域中多起一些领导作用，如果，还想抓得更多一点，不妨下些苦功，努力走进业务领域。如果仅仅依赖自己的地位，弄上一顶高级职称的帽子，那就自欺欺人了。

（2001 年 12 月 1 日）

2002年

新年祝愿

不知不觉又来到新的一年的大门前，每逢此时此刻总想说上几句。

今年过年似乎比前两年平静些。记得去年、前年，迎新千年、迎新世纪，大家兴高采烈，那股热闹劲至今记忆犹新。当时，对新的千年，人们发出许许多多美好的祝愿，五六百天过去了，这些愿望实现了多少，还有多少尚未变成现实，这很值得回头作一番认真的检点。

新的一年来了，我们改革的事业在不断深入，而世界的形势也在飞速发展。真可谓时不我待！我觉得在新的一年里最值得提倡的是，多踏踏实实干实事，少空空洞洞说空话。中央三令五申要我们克服形式主义，在新的一年能否从小事做起，尽量压缩那些可开可不开的会议，尽量压缩收效不大的“活动”，多腾出时间干些实事？

对出版界来说，尤其应该这样。大家都说这些年我国出版业得到空前的发展，这是事实，但这一发展有没有水分呢？尽管不少出版社的销售额节节攀升，尽管一些出版社钱越赚越多，但只要到他们的仓库去看看，就会使你惊讶万分，如今全国出版社的库存非常惊人。这些积压，原先都是作为成绩填在报表上的，如今只能报废。幸亏他们是国营企业，账面上一抹，也许就不了了之；假如是民营企业，早就破产了。

新的一年来了，作为一个读者，我衷心祝愿出版事业有新的发展。这一发展，不必体现在销售码洋又上新高，不必表现在出书品种又创历史新纪录，而是好书又有新的增加，库存大大下降。

（2002 年 1 月 4 日）

齐头并进

东方出版交易中心在上海浦东开业了，这是一件非常令人高兴的事。

以往每次到浦东，在高耸的楼宇间徜徉，在宽阔的大道边漫步，令人心旷神怡，但也总会有一点小小的遗憾，那就是在这个现代化的城区中，缺少一家与其相称的书店。如今，这分遗憾得到了弥补。

这些年，书店的领导抓硬件建设，确花了不少力气，上海书城的建成，如今东方出版交易中心的开业，都功不可没。然而，有了现代化的设施，对于读者来说，仅仅是满足了一半，只有当书店的现代化管理达到了一定的水准，读者才会真正满意。因此，我觉得该把加强书店的软件——服务质量和服务水平的建设提上日程。

我们都有过这样的体验：这几年，现代化的商厦建了不少，有些商厦刚建成时，气魄不凡，陈列布置都强调与国际接轨。可是久而久之，情况发生了变化，商品东挂一件，西挂一件，整个商厦变成了大杂货铺。原来很讲究仪态的营业员，东一堆、西一堆，叽叽喳喳毫无顾忌在聊天，弄得顾客十分扫兴。在现代化的硬件中，如果没有现代化的软件相匹配，也是称不上现代化的。书店也是如此，走进店门，看到品种非常齐全，各类书陈列得井井有序，而营业员又都很在行，随时可指点你到何处去挑书，那购书的心情一定会非常愉悦。反之，品种欠缺，陈列得又很杂乱，而营业员又一问三不知，弄得不好，还会白眼相见，谁还愿意做这家书店的回头客呢？

书店的发展要齐头并进，而软件的建设又是当今书业竞争中取胜的关键。不知书店的领导有否同感。

（2002 年 1 月 11 日）

学历与能力

我听很多人说起，上海外文书店营业员的服务质量很不错，最近去了几次，果然名不虚传。一些外国人在购书时遇到问题，几位营业员都能用流畅的外语与他们对话。从外国人脸上流露出的满意的笑容，就可看出他们对这家书店的赞叹。

这些营业员是否书店高薪聘来的？上海外文图书公司总经理张瑞芷先生告诉我："这些营业员中不少都是大学生，工资并不高。"在当前的经济环境中，工资不高怎么能留住人呢？我觉得有点不可思议。张总看到我怀疑的神色，侃侃谈了起来。他说，必须让他们先干起来，让每人把自己的才能充分显露出来，然后，再根据每人的才能，把他安置到更合适、更能发挥能力的岗位上去，他的待遇和他的实绩挂起钩来，这样既可凝聚更多的人才，又可使这些人才作出更多的贡献。有不少大学生愿意到他们书店来当营业员，有的干了一段时间走掉了，有的却留下了，久而久之，书店工作人员的素质就不断提高了。

听了这番话，我很受启发。一个单位要搞好，靠的是人才，这个道理人人都懂，但人才从哪里来呢？却不是谁都有办法。有的以为用高价聘用就能网罗人才，其实，这样的做法往往事与愿违。有的迷信于书面材料，有些人自称有什么学位、有什么学历，其实其中也有假的。再说即使有了较高的学历，是否就有很强的能力呢，两者也不能画上等号。

看来还得用张经理的办法，在实际工作中去识别人才，量才而用，量才而奖。这样，才能真正把工作做好。

（2002 年 1 月 25 日）

2003年

买书难

人的情绪很微妙，有时在绝然不同的处境中，竟会得出相类似的感觉。

二十多年前，灭绝文化的“文化大革命”导致书店几乎无书可卖，许许多多爱书者感慨“买书难”；而今，一年有十多万种图书面市，在琳琅满目的书肆中徜徉，心头竟常溢起“买书难”的感叹。

当然，两种“买书难”性质不同。前者是书店中没什么书可售；后者是书店中有数不清的书，可是，从中要选购一本自己想要的书，却并非易事。如今一年出版十多万种图书，可其中相当一部分如同泡沫，看似花里胡哨，实质粗制滥造。书店的经营者多以利润作为选书的主要标杆，那些有文化内涵、值得一读的图书，往往因获利不高而难以进入读者的视野。

要期待所有的书店经营者都以文化含金量取舍图书，恐怕不是一朝一夕能做到的。但希望出版社少出一些泡沫图书，这可能不算是一个苛刻的要求。

泡沫图书有多种多样。最近，中央新的领导班子提出：严禁搞沽名钓誉、劳民伤财的各种“形象工程”、“政绩工程”。我想，出版界如能认真贯彻，那一定可以减少许多泡沫图书。这些年来，有些领导热衷于搞劳民伤财的“形象工程”，与此同时，还要指令出版部门用书的形式宣传这些“工程”。大家心知肚明，出版这些书，无非是为个别领导树碑立传。让他再挂一个“主编”的头衔，既有名，又有利，岂不两全其美。其实，就我所见，这类书放在书店中几乎无人问津。它的出路只有两条，一是送人；二是废品回收站，最终都去了造纸厂回炉。

宁可少些，但要精些；少些泡沫图书，多些文化精品。这正是广大读者的期望。

（载阿昌主编《悦读》第二卷，文汇出版社 2003 年 5 月版。）

“哥哥对不起你们”

如果香港歌星张国荣地下有知，也许会对一些出版社和读者说一声：“哥哥对不起你们！”

这位被称为“哥哥”的歌星跳楼身亡后，在港台演艺界和歌迷中引起了一阵震动。大陆的出版界也不甘落后，不到三五天，就有出版社推出纪念专集，紧接着一本连一本，有十余种同类的书闪电登场，出现在读者面前。就印制质量和装帧设计而言，堪称一流。如此快速出书，实在令人钦佩。遗憾的是，这些书大多销售不佳，有些至今还大叠大叠地堆在书店的书架上。这些出版社原想在张国荣身上赚上一笔，却“赔了夫人又折兵”，空忙一阵。张国荣若有知，看到为自己送行的书大批送进废品回收站，怎不神伤？

销售不佳，有多种原因，一则是出版社对张国荣的追星族了解不够。人一走，茶就凉，这是当今社会常见现象。有多少人愿意再花几十元钱，对逝者表示哀思呢？另则，这些书虽然外表精美，但内容甚为粗糙，剪剪贴贴，把从网站和画报中收集来的文字和照片，凑合在一起，读来味同嚼蜡，真是不看也罢。

出版社快速出书，自然是好事，问题是出哪些书？如今出版业竞争日渐激烈，抢选题，一窝蜂，可谓触目皆是。“抢”并不是坏事，问题是要看得准，要让读者满意。而说到抢选题，就不能不想到那些应景的书。有些出版社领导善抓商机，一个什么节日到了，什么活动开张了，马上抛出“配合”宣传的书，抄抄拼拼，既能博得上级领导的赞赏，又可赚上一大把。尽管这些书乏人问津，但通过摊派和组织发售，钱还是滚滚而来。然而，书的内容质量、生命力如何？似乎不必过问。而这，恰恰是鉴别出版物优劣的准则，似应引起出版界的注意。

（载阿昌主编《悦读》第三卷，文汇出版社 2003 年 8 月版。）

褚钰泉编辑随笔选

书林短笛

《书林短笛》系褚钰泉以笔名“阿昌”为上海《编辑学刊》所写专栏文章辑集，凡十九篇。一九九八年至二〇〇九年，褚钰泉曾断续为《编辑学刊》《编坛三家村》《书林短笛》等专栏撰文。

1998 年

点　子

能不能出点子，是衡量一个编辑算不算得上好编辑的重要标志。

去年书市上，《老照片》是很引人注目的一本书。把那些陈旧的照片，从历史的尘堆中挑选出来，配上文字，想不到能引起如此多的读者的共鸣。一本薄薄的小册子，一版再版，风行了全国。山东摄影画报出版社，这个过去很少为人所知的出版社，一下子名扬四海。我觉得出这个点子的编辑，很值得赞扬。

前几天，在书店中又看到了一本《老照片》，不觉一惊，怎么原先熟悉的《老照片》变了样？再仔细一看，原来是另一家出版社的《老照片》，封面大同小异，只是在“老照片”三字右上角，用小字排上“百年”二字。翻看这本书，心中实在有一种说不出的味道。

毋庸讳言，后者完全是模仿前者所作。倘若前一本书不能走俏书市的话，我想，后一本书肯定不会走上书架。如今我还不知后一本书的销售情况如何，如果也能引起读者欢迎的话，这家出版社的领导和有关编辑，可能会沾沾自喜，为自己的这个“点子”暗自庆幸。

前者所出的“点子”和后者所出的“点子”是很值得我们回味比较的。前者是人无我有，富有原创性；而后者是人有我学，纯粹是借别人的牌子来牟取自己的利益。虽同样是“出点子”，高下是不言而喻的。应该看到，前者的点子是多多益善，这种富有创意的点子，对提高出版质量，满足读者需要是大有好处的。而后者这样的“点子”，势必造成一窝蜂，跟在别人后面模仿，尽管可以得到一定的经济利益，但无论如何是不可能提高自己的出版水平的，也不可能为自己出版社增添多少光彩。

如今在我们的出版界，能出前一种类型点子的编辑太少，而善于出后一类“点子”的却为数很多。有的编辑不是把自己的精力放在富有创意的努力上，而是把眼睛盯着兄弟出版社的成品，亦步亦趋。这样的编辑，尽管可以编上几本印数不小的书，但实在称不上是个好编辑。

模仿是不会有出息的。只有真正能出得出别人意想不到的好点子，才称得上是一个好编辑。

（载《编辑学刊》1998 年第一期）

推销意识

当一个合格的编辑，需具有哪些素质？出版社的领导会扳着手指，一一给您道来，什么政治素质啊，文字能力啊，渊博的知识啊，等等。但现在有些人觉得似乎还得加上一条，在今天我们这样的社会环境里，必须还得有推销意识。

提出这一看法的人也不是没有道理的。以往很少听说编辑直接与书店以及书商打交道。现在却不同了，有些编辑不仅热衷此道，而且还精于此道。自己编的书出版了，他们会千方百计地与书店联络，有的还会寻根追踪，到各地去找“二渠道”，找个体书商，想方设法扩大自己编的书籍的销售量。有的还不辞劳苦，把作者连请带拖，到全国各地去“签名售书”。目的无非也是想把自己编的书多推销出几本。真可谓，为书消得人憔悴，精神十分可嘉。

这样做的原因也很清楚。如今不少出版社对编辑的考核，往往都与他所编的图书销售码洋连在一起。谁编的书卖的钱多，就愈能获得赞许，得到的奖励也愈多。反之，谁编的书尽管有相当的质量，学术水平非常高，可是销售码洋低，有的还得贴钱，他在出版社内常会抬不起头，得到的奖金，与前者相比也是天壤之别。

究竟如何看待这一现象？这是颇值得我们深思的。想方设法多销售一些自己编的书，这当然要加以肯定。钱，对于每一个出版社来说都是至关重要的。应该看到，对编辑来说，多了解一些图书市场的运作规律，为图书销售作一些贡献，这是应该加以肯定的。问题是，一个编辑的水平高低，毕竟不是用“钱”所能衡量得出来的。编辑的能力和水平与他赚钱的本领并不是成正比的。有的编辑社会活动能力很强，很能推销图书，每年能为自己社赚很多钱，可是，假如他的文字能力很低，知识面不广，所编的书差错很多，这样的编辑无论如何算不上是一个好编辑。

由此想到，仅仅以销售利润的高低来拉开编辑间奖励的差距是否合理？为自己的出版社多赚钱的同志，多给一些奖金，这样做我并不反对。问题是我们现在有些出版社还缺乏这样的机制：对那些兢兢业业，编出一本本有学术价值、有文化含量的书籍的编辑，哪怕他编的这些书是亏本的，也要给予重奖，有的奖金甚至不低于那些赚钱多的编辑。道理很简单，这些书尽管没赚钱，可是，它为出版社赢得了声誉。须知，有些声誉是花钱买不到的！

究竟怎样才算一个好编辑？这是一个简单的问题，在当前市场经济不断发展的环境下，又是一个要费些思索才能讲清的问题。

（载《编辑学刊》1998年第二期）

教训在哪里

法庭已宣判王同亿先生败诉，对他主编的《语言大典》等辞书的质量，恐怕无人再会为之辩白，出版界，特别是辞书界热闹了好几年的与王同亿打官司一事，终于平息了下来。王同亿先生的名字人们也渐渐淡忘了。但我觉得，这一事件中，确还有不少值得深思之处。我们不妨再回顾回顾。

王同亿的《语言大典》一问世，就引起许多专家学者的指责。可是，许多人都不敢在报纸上撰文对其进行批评，直到《文汇读书周报》将其曝光后，不少媒体才开始陆续对这本辞书展开批评。原因何在？说来也可笑。据说王同亿先生的一些书出版后，曾在国家最高级的会场——人民大会堂举行过新书发布会，党政要人亲临现场。于是有人琢磨，批评了他的书是否会给我们领导人脸上抹黑？此外，听说这部大典的前言还是后记中，王同亿特地写明：得到了某一位高层领导的肯定。对这部辞典有意见的人，立即哑然，批评了这部辞典，岂不是有损这位领导的形象？我恍然大悟，原来这部质量粗糙的辞书，能在读者中招摇过市，就是因为有了如此的“护身符”。

显然，参加新书发布会的领导同志，不可能认真读了这部厚厚的辞书才莅会的，他们决不会想到，出席一次新书发布会，就会被人当作“护身符”。就拿后记中提到的那位领导同志的肯定来说，也应深究一下，到底是否说过，原句的意思究竟如何？退一步说，即使说过，如今毕竟不是“一句抵一万句”的年代，要用一句话来掩盖一个丑陋的形象，已是万万办不到了。我想，这位领导知道了专家学者对这部辞书的评价，还会固执己见吗？

这里有两点值得我们注意：一是，我们有些好心的领导，很愿意出席新书发布之类的会议，对别人请求题词、作序之类的事也是有求必应。他们不会想到，这些做法竟会成为一些劣质书籍的“护身符”。看来，今后这些领导在做这类事时，该慎之又慎。二是，我们出版界有些同志，不在书的质量上下功夫，而是把功夫用在书外，为了提高书的声誉，千方百计地请名人和领导题词、作序，甚至聘请其作为名誉主编、顾问。为了方便这些名人和领导，一般都采取捉刀代笔的办法，只要本人署上一个名即可。然后送上红包和高额稿酬，殊不知，这是在坑害我们的公仆。

王同亿的官司败诉了，看来，我们大家都应从中吸取一些教训！

（载《编辑学刊》1998年第三期）

关键在书

今年以来，图书市场似乎不太景气，一些书店的营业额纷纷下落，出版社的库存有所上升，编书的和卖书的都连连感叹：如今书的生意愈来愈难做了！

什么原因？可谓众说纷纭。视野开阔、富有国际眼光的人分析：这是亚洲金融风暴带来的影响；一些出版经济学家说，这是出版事业发展的客观规律，有高潮，总会有低潮；一些有政治头脑的人讲，这是由于邓小平理论学得还不深，贯彻得还不力所致；一些懂哲学的认为，事物总是螺旋型上升的，出现目前这样的状况完全是正常的……

道理一大堆，说得都对。有人问我，你觉得原因何在？我既无理论，也没有宏观的眼光，自然说不到点子上。但就我经常逛书店的直觉看，似乎原因很简单：今年以来，好书实在不多。与一些书友聊天，大家的感觉也都雷同。带些钱去逛书店，每每都是乘兴而去失望而归。想买的书实在不多。读者不买书，书店的营业额如何上得去？出版社的效益怎么会好？

出版业与其他的经济行业相比，也有其共同的规律，亚洲金融风暴的旋风是不是已影响到了我们的图书行业，我说不准。听说最近一些商店的销售情况也不甚理想，营业额有所下降。据内行人士分析，所以会出现这样的现象，有的是因为一些顾客没有钱买，但更主要的是，如今顾客的购物没有热点，不少人有了钱而无地方花，不知买什么东西好。我想，图书销售的情况也颇类似，下岗的人多了，对购买图书会带来影响。但，不可否认，这一行当有其一定的特殊性，就广大的爱书者而言，外国货币贬值还不至于影响到他们购买图书的积极性。只要有好书，许多读者就是勒紧裤带也是会买的。如果没有对胃口的书，书店即使大打折扣，也少有人问津的。关键就在于书！一段时间以来，书店中吸引人的好书不多。选题重复、雷同的现象十分严重，原创性的著作愈来愈少，海外引进的著作良莠不齐，同一个名家的作品通过排列组合出版不同的版本弄得读者不胜其烦，凡此种种，读者购书的积极性大受影响。

为什么会出现这样的现象？这实在是一个很大很大的问题。不是我一篇短文所能讲清的，但原因纵然有十条八条，最关键的一条还是我们编辑队伍的素质还不如人意。随着出版事业的飞速发展，随着出书数量的猛增，随着读者要求的提高，我们不少编辑很有些不适应，他们的知识面，他们的活动能力，他们的想象力，还很不适应社会的发展，说得不客气些，有的已是“黔驴技穷”，除了跟在别家出版社后面，拾人牙慧外，很少有新的点子。

看来，要使图书市场繁荣起来，关键还在于书，而书又在于编书的人，这道理应该人人都懂，可惜真正要付之实践，又不是很简单的。

（载《编辑学刊》1998 年第四期）

编辑和泡沫

现在人们清楚了，给亚洲甚至全世界经济带来重大危害的东亚金融风暴，其起因之一，是当地的泡沫经济。

人们都知道，把啤酒或可乐倒进玻璃杯时，上面总会聚积许多泡沫，有时甚至溢出杯子。看上去是满满的一大杯啤酒和可乐，谁知把泡沫抹去后，剩下的不过是半杯或小半杯而已。原来，泡沫在这里给人制造的是一种假象。泡沫经济也是如此。

今年夏天以来，一些出版社的销售情况不尽如人意，图书市场显得有些低迷，出版界的有识之士认为，这与近些年出版界出现的泡沫现象是不无关系的。你看，这些年的图书订货会，为了争得个第一第二，有些出版社的领导和编辑使出了浑身解数，明明没可能销售如此多的书，偏要把数字节节往上升，到头来，虚假的数字骗了人，最终造成许多书躺在仓库中。那些出现在媒体上的“又一次创造了历史的最高纪录”之类的词句，只是又一次给人制造了虚假的繁荣。

再看看图书市场上的一些书，重复、雷同、粗制滥造之作，可说比比皆是。走进一些号称有两万种、三万种品种的书店，挑来拣去，正中下怀的也是寥寥无几。原来书架上五光十色的书，犹如啤酒杯中的泡沫，也是“中看不中吃”的。

出版界诸如此类的泡沫现象，给人们带来的是一种虚假的繁荣，一旦泡沫消尽，就会露出种种困难和问题。那么，这类泡沫现象是如何产生的？我觉得，出版社的编辑们是负有不可推卸的责任的。

不知是谁的发明，这些年有的出版社创造出这样的机制：把编辑编的书与他个人的经济效益挂起钩来，谁编的书赚的钱多，谁的收益就高。这固然能调动积极性，于是有的编辑千方百计地寻觅选题，争分夺秒抢出书时间，想方设法增加印数，果不其然，出书的品种增加了，图书市场也搞得沸沸扬扬。但很快就暴露出一个问题，在一些地方，由于抢时间、争数量，图书的质量出现了下降的趋势。而这些书也正是目前那些滞销的或躺在仓库中的书。

不可否认，出版界的那些泡沫现象是我们的编辑人为造成的。他们在无意中制造这些泡沫时，可能并不会想到对读者、对出版事业带来的危害，一旦这些泡沫造成了书市的低迷，造成了经济效益的下滑，则悔之晚矣！更为严重的，有些质量低下的“泡沫图书”，最终还会变成文化垃圾，那它的祸害就更大了。

泡沫经济会酿成破坏，世界经济发展中的东亚金融风暴证明了这一点，出现在我国出版界的这些泡沫现象，将会如何呢？我想，最好的办法还是防微杜渐！

（载《编辑学刊》1998 年第五期）

来之不易

为了买一部莎士比亚的剧本，为了买一本巴金的《家》，要通宵排十几小时的队——这在今天听来似乎是《天方夜谭》中的故事，确确实实曾发生在我们的现实生活中。

“四人帮”被砸烂不久，从文化荒漠中走出来的中国人，多么希望看到一些古今中外的文学精品。当时有关部门经过严格审查，组织突击印制了三十五种中外文学作品。消息传出，群情激奋，在新华书店供应的那天，为了能买到书，许多人隔天就在书店门口排队。此景此情，令人感慨万分。这是对文化的渴望，是对文化专制主义的控诉！

二十年过去了，回首当年的这一幕，确是感慨万端。为了买一本中外名著，要排上一整夜的队，这样的事恐怕不会再发生，也没有一个中国人愿意它再次发生。把当年的书店与今天的书店相比较，真可谓天壤之别。从中也可以看到改革开放政策使出版界、文化界发生的变化。

如今，我国一年可出版十余万种图书，内容五花八门。其中不少图书，仿佛一扇扇窗子，使我们与世界愈来愈接近了。须知，做到这一点是十分不易的，没有改革开放的政策是万万不行的。众所周知，我们是十分重视意识形态的国家，出版这一行理所当然受到特别的关照。然而，这二十年来，出版界的确发生了很多的变化。

正是这些变化，使许许多多读者想看、应该看的书，得以出版。而正是这些书，对我国这些年来的变化，产生了不可估量的作用。应该说，改革开放使我国出版界出现很大的变化，而出版界的变化又对加快改革开放的步伐起到了很大的作用。许多国外名著的翻译出版；种种思潮的传入；国外政治、经济、文化等领域正反面经验的介绍……这些都扩大了世人的视野，提高了我们的素质，使我们能在改革开放的道路上，一步步坚定地朝前走。作为一个出版工作者应为此而感到骄傲，同时，也应该因此感到责任重大。

可惜，我们有些出版界的同仁并没有意识到这一点。他们没有意识到出版界今天这样的局面是改革开放政策带来的，也不懂得如何通过自己的工作为祖国的改革开放事业作出更大的贡献。如今出书较之二十年前容易了，一些人想多捞些钱，千方百计利用手中的书号，出一些对读者没多大意义的书；而对一些有价值的，对改革我们的观念，解放我们的思想有帮助的书籍，或顾前思后，怕这怕那；或嫌出这样的书盈利不多，不愿投入人力财力，以致不少好书不能及时与读者见面。这是十分令人遗憾的。

出版界今天的局面是来之不易的，我们应为促进这一局面的发展多多添砖加瓦。

（载《编辑学刊》1998 年第六期）

1999年

献礼书

再过几个月，我们共和国的五十华诞即将到来，随即二十一世纪的钟声也要敲响。好些出版社的领导和编辑这些天正在日夜兼程，赶编赶印“献礼书”。

这恐怕是我们中国人的一种习惯，每逢有喜庆佳节，总希望能奉献上些什么，以表自己的心意。出版界献的是书，应该说这是件好事。但即使是好事，似也值得进一步想想。

多少年来，我们已不是第一次“献礼”了。如果把历年、历个佳节的“献礼书目”拿出来看看，今天读者能记得的，或还有不断重印的能有几种？相当数量的“献礼书”，尽管花费了大量的人力物力，可都是一些应景之作，看似“重要”，在当年确也风光一阵，但随着光阴的流逝，这些书的价值很快便消退了。这不由使我想起中国青年出版社社长胡守文最近讲的一番话：“我想到了历史。想到了我们可以引以自豪并载入史册的那些皇皇巨著——《辞海》《中国大百科全书》……五十年来，我们出版界同仁，以自己的心血和汗水砌筑起一道新中国出版事业的亮丽风景线，但是，在激动之余，我总也感到一丝丝不满足：一个世纪将要落幕，又一个新世纪将要启幕，出版业在选题的策划和把握上，有没有一出出让人荡气回肠的‘绝唱’呢？起码从一九九八年秋的西安书市上，还看不出什么眉目。”

胡社长说的是事实。虽然在一两年前就听说，一些出版社已在启动编辑出版庆祝建国五十周年、迎接新世纪的“献礼书”，可是，就我所知,真正称得上“标志性读物”的并不多。这是什么原因呢？

原因之一，长年来，有些同志在考虑“献礼书”的选题时，往往不是从文化含量、文化积累的角度来选择，而是为了配合某一“政治运动”，为了迎合某些领导的需要。尽管如今不再搞“运动”了，但为赶时髦，为表露自己的“政治热情”，类似的情况仍不鲜见。正因为如此，一些赶时间，质量平平的书便应运而生。这些书，其中不乏有获得各种奖项的，但一年半载过后，往往就没多少人看了。这实在是一种很大的浪费。遗憾的是，出版界的有些同仁至今还没有真正吸取教训。

原因之二，有些出版社在考虑制定“献礼书”的选题时，缺乏实事求是之意。有些选题不可谓不好，但就本出版社来说，无论是人力还是物力都是不能胜任的。这样的选题纵然确立了，为了赶时间，匆匆上马，匆匆出书，能成为理想的出版物吗？

看来，为了迎接某一个节日，出版社的领导和编辑要以自已编的书籍作为“献礼”，其用意是无可指责的。但既然是“献礼”，其分量就该与一般的书籍不同，需要我们格外的认真。在当前我觉得特别应该强调这一点。近些年，浮躁之风弥漫在出版界，求大、求全、求快、求钱，成了不少出版社的领导和编辑追求的目标，以至造成许多质量平平的“泡沫书”泛滥于市，给社会造成许多不良后果。能不能从最近正在抓的“献礼书”入手，认真作一番检查，不要为

“献礼”而“献礼”，多从质量上下工夫，这对今后我们提高图书的质量是大有帮助的。

（载《编辑学刊》1999 年第一期）

恼人的电脑书

科学在突飞猛进地发展，在这样的时代，不学电脑行吗？

于是，我也兴冲冲地想加入学习电脑的行列。是不是报名去参加名目繁多的学习班，我有些犹豫。倒不是嫌学费贵。这些年社会上各种学习班很多，其中不乏以教学牟财的，好在大家也习惯了，你要得到一些知识，被人索取些钱财，也只能心甘情愿。可是，我实在抽不出这么多的时间。那怎么办呢？只能靠自学。于是就到书店去，想挑几本入门的书。

如今的书店几乎都有电脑书出售。走进店堂，真可谓琳琅满目。我认认真真地跑了好几家书店，想挑几本可供自学的。从封面上看，有不少是为初入门的人编著的。我挑了几种，回家一看，如果不说是抄袭的，相互之间的雷同实在太多。我向一位电脑专家求教，他笑笑说，电脑书中这样的问题多着呢，不必大惊小怪！作为初学者来说，很希望有一本简捷、实用、方便，能够直截了当教你如何操作的入门书。可是这样的书在书店中很难找到，至少我还没有发现。尽管电脑出版物很多，可对一个初学者来说又难以找到合适的书，这不由激起我对电脑出版物的关心。

这么多的人在学电脑，中国电脑出版物的市场之大是可想而知的。这些年来也确实有那么几家出版社靠出版电脑读物发了大财。

于是乎，热衷于出版电脑读物的出版社愈来愈多。据说，目前全国已有两百多家出版社加入了电脑书籍的出版行列。仅去年全国出版的电脑书籍就有六千多种，这不能不说是一个惊人的数字。这么多的出版社加入出版电脑出版物的行列，情况究竟如何呢？我们不妨作些考察。

事实上，并不是每家出版电脑出版物的出版社都能挣钱，有相当一部分出版社，出版了电脑读物，不仅没赚到钱，反而背上了一个大包袱。有的出版社到去年年底，在仓库中积压的电脑书的码洋就达一千万元人民币。这是什么原因呢？选题大量撞车是一个很重要的因素。一哄而上，不管别的出版社已出版了，或正在付梓，也跟在后面出版。有人作了统计，去年有关 Windows98 的教材重复出版的就达三百种之多。这些大同小异的书，能销售得好吗？电脑的更新换代是十分快的，这些大量重复的书籍，不积压在仓库中才怪哩。此外，粗制滥造、定价过高也是造成电脑读物销售情况不佳的原因。

看看电脑出版物市场，可以给我们的编辑很多启示。电脑读物有广大的读者群，跻身其中，作一番竞争，这原本无可指责。问题是我们如何来竞争。跟在别人后面，一哄而上，是一种竞争；东施效颦，亦步亦趋，也是一种竞争。但这样的竞争都是消极的，真正要有一番作为，就得另辟蹊径，走自己的路。而要做到这一点，就得了解读者的需要。就拿电脑书来说，如果能有实用性很强的供初学者使用的“入门书”，那销路一定不会差的。我想，不管你学不学电脑，对一个从事出版工作的人来说，去看看书店中的电脑书籍是会有所帮助的。

（载《编辑学刊》1999 年第二期）

治一治“平庸”

在生活中，说起平庸之辈，人们往往会流露出不屑一顾的眼神，觉得这样的人对社会太无作为，不值得肯定。可是，这些平庸之辈，却悠哉优哉，不思上进，过得潇洒自如。该得到的好处，一样也少不了他们，该挑的担子，你休想给他添上几斤。

生活中是如此，书界也不例外。近些年，读者对书市中大量涌现的不好不坏、中不溜儿的出版物意见很大，有人统称这些书为“平庸书”。它们看似花哨，拿在手中却给人一种“食之无味，弃之可惜”的感觉，而且重复雷同的现象十分突出，难怪愈来愈多的书友走进书店，常有一种乘兴而至、扫兴而归的感觉。偌大的一家书店，难觅几本称心的图书，总不是一件好事。

平平庸庸的出版物太多，我认为这是当前出版界一个非常值得注意的问题，很值得出版界的领导和编辑们好好深思一番。

造成“平庸书”泛滥的原因多种多样，其中一个很重要的原因是有些出版者“不求有功，但求无过”的思想。就像生活中的许多平庸之辈一样，这八个字是他们重要的生活准则，他们很少想到对社会，对事业作出什么贡献，惟求不要出什么差错。工作没有长进，没有成绩，他们可以心安理得，日夜企盼的是不要挨批评，因为一挨批评，轻则扣奖金，重则影响上级领导对自己的看法，危及自己的地位；如果担任一官半职，还可能影响自己的乌纱帽。这是万万要小心的。当然，对这种心态也不必多加指责。谁也不希望多犯错误，谁也不愿多挨批评。可是，过于谨小慎微，不思进取，该做的工作不做，该说的话不说，这对我们的事业有何帮助呢？作为一般的工作人员，必然是碌碌无为，一事无成；对担负一定领导责任的人来说，将会使自己的单位走下坡路，甚至毁了这个单位。应该看到，与工作中一些难免的失误而受到批评相比，这才是最大的错误。如果人人都是这样的精神状态，我们的事业怎么发展呢？

出版界的情况也类似于此，一些同志在确定选题时，想的不是这个选题有多大的价值，想的不是这个选题对我们民族文化积累有多大的意义，而是首先思考这样的选题会不会有什么风险，自己将来需不需要承担什么责任。于是，愈是不好不坏、中不溜儿的选题，愈是容易通过层层关卡，这也就造成了平庸书泛滥于市。

要使我们的出版业得到健康的发展，当前就得好好地治一下“平庸书”。对此，我有几点建议。要治“平庸书”，先得从社长和总编下手。社长和总编往往决定一家出版社的面貌。今后对他们的考核，应该更注重实绩，着重看在他的领导下，出了多少有社会效益和文化价值的好书。如果仅仅是没有受过批评，而在工作上却无所作为，那无论如何算不上是一个优秀的出版社的领导。同样，对编辑也应该这样要求，衡量一个编辑的优劣，也不能仅仅以发稿量多少，以赢利多少来论断，还得看他编了些什么书，听听读者对这些书的反映如何。与此同时，不妨经常把库存的图书拿出来亮亮相，看看究竟谁编的书躺在仓库中睡大觉。如果所编的书既无社会效益，又躺在仓库中睡大觉，那这位编辑的业绩无论如何也是不理想的。

去掉平庸，出版界一定会更加亮丽。这是千千万万读者的期望。

（载《编辑学刊》1999 年第三期）

提高卖书人的文化素质

最近，去了几次书店，都未买到什么自己想看的书，心有不甘，多走几步路，到文庙书市去逛了一圈。

文庙书市，是上海的一个由政府批准设立的图书批销市场，上海街头许许多多民营书社，几乎都是从这儿进货。在一幢幢仿古建筑中，各地出版社，以及挂了出版社牌子也不知由谁在经营的书商，开设了一个个店铺，摆满了各种各样的书刊。许许多多书摊的摊主，穿梭其间，拎着大包小包，好不热闹。有的店铺前，人头攒动，摊主们为了多得到几本热销书，争得脸红耳赤；有的店铺前，可谓门可罗雀，除了店主无奈的眼神，见不到一个人影……

在书市中走了几圈，面对那些五花八门的图书，我突然想到，这儿仿佛是一个大水池，它将渐渐地流向上海以及上海四周地区的各个书摊。可以说，这儿书的品位和质量，将决定上海街头书摊的面貌。如果这儿是一泓清水，那街头书摊也将明澈清亮；反之，这儿有污泥浊水，那街头书摊就将呈现丑陋的面目。

其实，文庙书市的作用还不仅于此。在全国许多城市都有类似文庙书市这样的图书市场。这儿哪些书卖得多，哪些书卖得少，在一定程度上影响着一个城市的图书销售。而图书市场的起伏也与各出版社未来的出书计划息息相关。一些出版社的编辑和领导，往往都受图书市场销售情况所左右。除了国营书店销售情况对他们起着重要的影响外，从图书批销市场流向街头巷尾的各类书籍，对他们也起着至关重要的作用。他们看到哪些书销得好，就把出书的注意力集中到那个方面。反之，在这些市场上销路不好的书籍，一些编辑和出版社的领导就会对此类选题犹豫不决。这或许也可称得上是市场规律在起作用吧！

既然如此，我们就不应小看类似文庙这样的图书批销市场的作用。从某种意义上说，提高这类市场的品位和格调，不仅有助于纯化一个城市的文化氛围，更可以促进出版质量的提高。可是，说说容易，具体要实施却并不是一件易事。

应该说，书店、书摊，以至图书批销市场的面貌，在很大程度上是由经销者的文化素质决定的。我国一年要出版十余万种书，书铺中卖哪些书，主动权一般都不在出版社手中，你出的书再好，卖书人看不中，就难以与读者见面。反之，书的格调不高，只要能迎合卖书人的口味，他就会竭尽全力进行促销。这些年主管部门为了抓好出版社的导向花了九牛二虎之力，可是一些城市的书摊依然面目可憎，原因盖出于此。

要提高卖书人的文化素质是一项十分艰巨的任务，我觉得三年五年也难有大的改观，这也许是我过于悲观，但当我徜徉在文庙书市中，与这些书商有所交谈后，确是作如是观的。但艰巨归艰巨，我们总得努力去做。除此之外，能不能想些其他办法呢？例如，制定一些政策，让出版社能更方便地进入图书销售市场；加强人才流动，让一些参加过编辑工作而又有经营能力的人，加入到卖书人的行列中去，这可能都是一些行之有效的办法。

看来，提高卖书人的文化素质，已成了我国出版事业发展的一个很重要的因素。

（载《编辑学刊》1999 年第四期）

编辑与科学

这些年，出版业的主管部门对出书的管理不可谓不严，遍及全国的一次又一次“扫黄打非”也不可谓不认真。可是，万万没想到，居然还会有这许多宣扬“法轮功”的书籍，通过我们的出版社流向社会。从电视、报纸披露的材料看，“法轮功”的宣扬者，近几年编印了大量的出版物，而这些出版物大多都具有国家合法的“书号”，所以它们能在社会上横行无阻，毒害那么多人！今天，我们应该冷静地研究一下这些书是如何出笼的。我想，不外乎这两种原因：

一是编辑缺乏科学知识。近些年，书市中出现了不少宣传伪科学的书籍，有的把一些自称有“特异功能”的人，吹得神乎其神，有的把一些江湖郎中视为“神医”。据说，我们有的编辑，就是这些人的忠实信徒，他们对此深信不疑，甚至是怀着十分虔诚的心来编这些书的。正因为如此，这些书往往出得又快又好。

二是金钱在起作用。有的出版社只要能赚钱，几乎什么书都敢出版。管你是宣扬迷信的，还是宣扬伪科学的，只要有人买，他都愿意出版。如果有人上门来买书号，那更是求之不得。这些宣扬“法轮功”的书籍大都是用“卖书号”的办法出版的，就是一例。

在这两种原因中，后者是完全可以避免的。“卖书号”是违法行为，这是每一个出版工作者都懂的，稍有头脑的人是不应该明知故犯的。而前者却是要靠我们下苦功才能解决的。

编辑缺乏科学知识，这并不是个别的现象。改革开放以来，我国的编辑队伍有了很大的发展，一大批人走进了出版社的行列，从这些年的实践来看，不能不说，编辑队伍素质的提高，远远跟不上编辑队伍数量的发展。一些原本文化底子并不怎么扎实的同志，由于种种原因走进了编辑的队伍，此中，有的同志通过自己的不懈努力，渐渐适应了新的岗位，取得了可喜的成绩；但也有不少人，碌碌无为，不思进取，好在现有体制很能包容“南郭先生”，他们在编辑的岗位上依然过得有滋有味。这样的同志自然编不出好书，一些宣扬伪科学的书籍很可能通过他们的手流向社会。看来，在出版界应提倡编辑同志多学习，特别是学习一点科学知识。这不光是出版自然科学读物的编辑的任务，编文艺读物、少儿读物、教育读物及其他各类读物的编辑也都应多学一点科学知识。看似这与自己的专业相距颇远，但实际上对自己的审稿、编稿都大有好处。特别是在如今这样一个科学突飞猛进的时代，二十一世纪的大门离我们仅咫尺之遥，科学知识真可说是日新月异，稍放松学习，就会与时代脱节。小则会在书稿中犯常识性的错误，重则会在组稿和编辑的过程中出现方向性的偏差。

要提倡编辑多学一点科学知识，除了调动各自的主观能动性外，很重要的一条便是出版社的领导要为大家创造良好的条件。能不能经常请人来作些学术报告，介绍各个科学领域发展的情况；能不能多提供一些有价值的书籍给编辑同志学习参考；能不能定期举行一些考核，督促大家自觉的学习……一个出版社有了这样的气氛，编辑们的学习热情自然会逐步提高。

看来，提倡编辑多学习一点科学知识应该提到我们的日程上来了。

（载《编辑学刊》1999 年第五期）

谁当领导

写下这个题目，自己也笑了起来。“谁当领导？”这是该我议论的问题吗？真有些胆大妄为！“谁当领导”本是领导的领导考虑的问题，与旁人并不相干，只是最近接触了一些出版社的编辑，听到了一些议论，突然使我对这个问题产生了一些兴趣。于是想从旁观者的角度谈些看法。

这些年，我越来越觉得，出版社社长、总编辑的人选对一个出版社来讲是何等的重要！我们可以对全国的一些出版社作些分析，出版社发展得快或慢，与由谁来当领导的关系太密切了！有些名不见经传的小出版社，由于配备了一个有见解、有魄力的社长和总编辑，领导者能提出一套适合自己社发展的思路，又能带领大家踏踏实实地奋斗，不用多长时间，这个社便在同行中声誉鹊起；反之，有些名牌出版社，由于领导人选得不当，坐在那个位子上的人，碌碌无为，不仅不能使“名牌”锦上添花，相反，弄得全社怨声载道。可见，一个社的领导对于一个出版社来说何等的重要！

那么，该由什么样的人来当出版社的领导呢？我们国家对选拔干部有种种规定和要求，不必我在此赘言。我只想从读者的角度，对这个特殊的行业，提点想法。

抓出版社和抓工业、农业不同，后者往往当年就能见成效，抓好了，经济指标、经济效益立即能上去。前者却不同。要抓出一本好书，有的需要两三年的时间，有的甚至更久。现在一些地方，出版社的领导都有一定的任期，三年五年不等。其实刚上任的领导，几乎都是站在前人栽的大树下。这段时间的政绩——我主要指的书——往往都是前人留给他们的。而由他抓的选题，通常要到来年，甚至几年后才能收获。如果是一个称职的领导，他在享受前人留给他丰收喜悦的同时，应该用更多的精力考虑播种，考虑新的耕耘，哪怕今后不是由他来收获，也应把主要精力放在这上面。可是，现在有的出版社的领导不是这样，他们在津津有味地收割前人播种的庄稼时，只想到如何把这丰收的果实与自己挂起钩来，而很少为后来者考虑。试想，在这样的人领导下，若干年后，这个出版社将会如何呢？不走下坡路才怪呢！

因此，挑选出版社的领导，首先要选那些不是仅仅把眼光盯在短期效应上的人，而是选那些有远见，能考虑到三五年甚至更长远工作的干部。这样才能使出版事业得到不断的发展。这也要求我们的领导部门，在考察干部时，要多作些分析，不要仅看到短期效应产生的成果，而要看看这个干部对长期发展作了多大的考虑和贡献。就是对那些短期效应也要作分析，看看其中究竟多少是这位新领导的功劳。这样，才能对一个干部作出正确的判断。

自然，这还仅仅是对出版社社长、总编辑们提出的一个要求，对一个称职的出版社社长、总编辑来说要做到的还有很多，我就不一一说了。

（载《编辑学刊》1999 年第六期）

2002年

为何“己所不欲乐施于人”？

孩提时代，在读《伊索寓言》时，有一句话令我百思不得其解——“实际上不想做的事情，人们倒最容易答应下来！”这怎么会呢？随着年岁的增长，渐渐觉得此话很有些道理，值得慢慢咀嚼。

人是复杂的。如果要探讨如何做人，那十之八九都会说要真诚，要表里如一；如果要择友的话，谁都不希望找一些两面三刀的人作为自己的朋友。但在生活中，我们会发现，许多人具有双重、三重，甚至多重人格。要做到英国作家简·奥斯汀在《爱玛》中所写的“表里如一，恪守本分，无欺无诈”，并不是一件易事。

当编辑也是如此。最近书摊上有一本很畅销的书，书名《北京娃娃——十七岁少女的残酷青春自白》。这是北京一个少女的自传体小说，作品回顾自己十四岁以后的感情经历，如何和一个个年长或年轻的男人寻欢作乐，自然离不开一次次“上床”的描述。这样的书有什么价值，不言自明。有意思的是，这本书在出版过程中，辗转了十家出版社，几位不同出版社的女编辑对此书有惊人相似的态度：希望这本书能出版，但都表示坚决不会让自己的女儿看这本书。何以不愿意此书给自己最亲近的人看，却又要让它印行，让社会上更多的人读到这本书，这恰恰是这几位编辑双重人格的一种体现。这样的事并不鲜见。前一阵我还听说，一些热衷于编教辅读物、高考中考辅导材料的编辑，坚决不把自己编的这些书带回家，怕贻误自己的子女。——这些事例也应了文首提到的《伊索寓言》中的这句话："实际上不想做的事情，人们倒最容易答应下来！"

为什么这些编辑会把"己所不欲勿施于人"这样的古训弃之脑后，明明自己不想做，却偏偏要去做呢？为什么会表现出双重人格呢？

其实，出现双重人格，这并不奇怪，人格是个人尊严、价值和道德品质的总和，它会受到自己生存的社会环境的制约。人们不会忘记，在过去的那个时代的政治氛围下，许多人都养成了当面说一套，回家或遇到自己最信任的人才吐出真言的情景。因为那时只有双重人格才能保护自己。如今的情况有了很大改变，如果你不想用双重人格来达到自己的某一个目的，那完全可以坦坦荡荡，表里如一地做人。但是，并非人人都愿意这样。原来，除了政治氛围会扭曲一个人的人格外，还有许多其他因素可以使人的人格发生变化。为了一己之私利，今天可以对你点头哈腰，明天却怒目而视。在许多改变人格的因素中，金钱是威力最大的一种。它能使一个人的人格随时发生多重的变化。那几位编辑之所以要做自己内心所不愿意做的事，所以要编那些自己不愿看的书，就是钱这个怪物在发生着作用。看看如今的图书市场，平平庸庸，乃至格调低下的出版物如此之多，原因盖出于此。

人格的裂变，会使人身不由己。小而言之，编出几本劣质的书，大而言之，会做出有损社会的事来。如果我们每个人都能维护自己统一的人格，那彼此的心情一定会更愉悦，我们这个星球旋转得也会更流畅，那该多好。

（载《编辑学刊》2002 年第四期）

文盲和“新文盲”

近日翻阅报纸，有一条消息使我看了心中很不是滋味。据权威部门调查，我国目前有文盲八千万，被列为仅次于印度的文盲大国。

我真有些担忧，一个文盲充斥的国家怎么能迅速建成四个现代化。使我担忧的还有，旧的文盲消失得很缓慢，而新的“文盲”还会不断增加。这决不是危言耸听。就拿我来说，尽管有大学的文凭，有高级职称的证书，但这些年，在读报看书时，发现自己愈来愈变得糊涂了。

就拿今天来说，翻开报纸，映入眼帘的不少词句，使我百思不得其解。现抄摘一二：“许多人一致认为 3648 现象会贬损他们的财富”、“24H 服务”、“金牌一 SHOW 出来”、“少了我 F1 更枯燥”、“疲惫的身心如同沐浴了一次 SPA”、“蒙扎 WONZA 速度至上”……我仿佛觉得自己变成了“文盲”。其实这种感觉也不是今天才有，近几年来这样的感觉越来越强烈。打开报纸，翻开书本，坐在电视机旁，以及漫步在街头，经常会见到一些莫名其妙的词句，有的是外文的缩写嵌在句子中，令你不知所云，有的是按语音记录下来的地方方言，使对此方言不熟悉的人丈二和尚摸不着头脑。

语言是人与人相互接触所使用的交际工具，是人与人之间传达信息或表达思想的媒介，每当社会生活发生急剧变革时，语言也会发生变化，语言中最活跃的因素——词汇，其变化尤为明显，这是可以理解的。这一二十年来，我国的社会经济发生了翻天覆地的变化，变革的社会生活给我们提供了无比丰富的语言资源，这自然会使我们使用的语言产生变化。然而，真像世界上一切变革一样，在变的同时，总会鱼龙混杂，泥沙俱下。我们周围正在发生的语言的变化，也是如此。因此我们应该采取审慎的态度。语言的变化，主要表现在外来词的渗入、方言词的书面化，以及生活中新词语的采用这几个方面，无论是哪些变化，总该以便于交流、便于传递信息为前提，如果增加的新词语，使人莫名其妙，那还是不增加的好。外来文字的渗入也是如此，别人无法看懂，还有什么意义呢？就拿今天我报上见到的“24H服务”来说，用“H”来代替“小时”，有这样的必要吗？如果这被认可的话，更多的外文缩写进入我们的书面语言，那今后我们的文字不知会变成何样！

社会上有各种各样的说法和写法，这并不可怕，时间和实践会对此大浪淘沙。重要的是掌握出版大权的出版社和报社的编辑，对此要有清醒的头脑。因为经过他们的手，让种种说法和写法白纸黑字留在世界上，广泛流传，其影响就大了。因此编辑们审定稿件时，一定要谨慎。据说，这些现象已引起专业人士的讨论，遗憾的是，有些同志对出现这些语言词汇混乱的现象不以为意，他们的逻辑是，凡是新生的事物都得支持，似乎这就是支持改革。其实新生的东西并非都是正确的东西，这样的教训，这许多年来我们遇得还少吗？！

（载《编辑学刊》2002年第五期）

2003年

法兰克福的感慨

与书打了几十年交道，今年才得到一个参观德国法兰克福书展的机会。过去常听人说，没去过法兰克福书展，就很难了解世界出版业发展到了怎样的水准。此话不虚！法兰克福确可使搞出版的人大开眼界。

我兴冲冲踏进展厅，一切对我来说都是那么新鲜，那么丰富多彩。从这个馆走到那个馆，从这个国家的书翻到那个国家的杂志，令人目不暇接。花了四天时间，居然还未走遍整个展馆。走啊，走，在兴奋之余，不觉油然而生一种失落的感觉。

以往，我一直为自己是出版大国的一员而自豪，掐指算算，每年有那么多新书面世，每年要有那么多印张的图书与读者见面，总觉得我们的出版工作在世界上也是可以算算了。不料，到了法兰克福一看，中国的展位实在不起眼，别说和经济发达的国家相比，就是与非洲、拉美的有些国家的出版社比较，也差了一截。且不说展位布置得不太有特色，就是站在展台边的接待人员，大多显得懒洋洋的，自顾交头接耳聊天，很少主动向参观者介绍情况。作为一个中国人看到这一切，心中很不是滋味。

这些年，我国在经济上有了长足的发展，这是全世界有目共睹的。就出版业而言，应该说发展也不小。可是，当你站在世界的舞台上，你就会觉得我国的出版业，无论是品种，抑或图书印制质量以及创造的利润，离世界的先进水平还有相当的距离。在全民齐力奋战建设小康社会的今天，如何使我们的出版事业与经济发展相适应，得到迅速的发展，这是一个很值得出版界思考的问题。自然，这样的话题非我所能讲得清楚，但从法兰克福回来后，我有这样一个想法，如果让更多的出版工作者到那儿去开开眼界，那对我国的出版事业一定也会有很大的推动。

其实，改革开放以来，出版界去过法兰克福的人数并不少。但据了解，其中绝大部分是出版管理部门和出版社的领导。我并不反对这些同志去法兰克福。社长、总编辑眼界开阔了，对办好一个出版社是至关重要的。有些社长、总编辑确实从书展中获得很大启发，山东画报出版社原社长汪家明，在参观书展期间，日以继夜收集资料，回来后还专门编了一本书。然而听说另有不少同志，来到法兰克福，只是到展厅中点一下卯，主要精力都放在法兰克福的商店和莱茵河边的秀色中去了，这是十分可惜的。

我建议，今后能不能在不影响领导同志出国名额的前提下，尽可能多安排一些业务骨干到法兰克福书展去看看。特别是那些通晓外语的业务骨干，更应该让他们去开开眼界。看看外国的出版社是如何抓选题的；看看外国的编辑是如何精心使图书的内容和形式完美统一的；看看外国的同行是怎样推销自己的成品的？在那数不胜数、精彩纷呈的书的海洋中，一定会得到许多有益的启示。

除了从事文字工作的编辑外，从事装帧设计的人员也应该让他们到法兰克福去看看。这些年，我国的图书装帧设计和制作有了很大的进步，可是，到了法兰克福一看，我们的图书与国外出版社的一些图书相比较，差距仍然很大，无论是设计思想，还是纸张等材料的应用，都显得滞后。图书设计人员如能亲临其境，必定会得到许多借鉴。

（载《编辑学刊》2003 年第一期）

“千虑”之“一失”

几个月前，一家名为“思考乐”的新书店在上海徐家汇开张。这家书店以其店堂布置与众不同，环境优雅而受到读者的瞩目。主办者为书店设计了专门的标志：一个戴了眼镜、脑袋长得像书本模样的头像。真是个善于思考的智者！

这家书店旁有一条名为漕溪路的通衢大道，可说是上海西南方的大门。每天千千万万的人流和车辆从这儿进入上海市区。“思考乐”书店很会动脑筋，在这条路旁的一座高楼顶上做了一个大广告，进入上海市区的人几乎无人不朝它看上一眼。广告画了一个很大的“思考乐”书店的标志，下面写了一行字：“在美罗城四楼即将开业”。

没想到，这块大广告如今起了适得其反的作用。问题出在广告下的一行字上。智者千虑，也有一失！广告是在商店筹备期间矗立那儿的，本意是告诉大家“思考乐”书店就要开业了。没想到，商店开张大半年了，这个广告还在对人说：“即将开业。”试想，对书有兴趣的读者看了这则广告，走到美罗城下，怎么还会上楼呢？商店尚未开业，何必去吃闭门羹。

由此想到书刊广告的效果问题。与早些年相比，出版社对广告的重视程度已大大加强，可是对广告的效果似乎重视得还不够。如今不少书刊广告制作得都比较马虎。有的草草地列出一排书名，读者也弄不清这些书是谁写的，是什么内容；有的在广告中不写明这些书哪儿能买，读者看了广告也不知何处可觅到这些书；有的广告刊登在不太合适的媒体上，读者无法见到，登了如同没有登。

其实，出版界的先辈和文坛巨匠对书刊广告都是十分重视的。巴金、叶圣陶等人都亲自撰写过书刊广告。这些书刊广告言简意赅，文字优美，寥寥数语，把一本书的特色呈现在读者的面前。看了这些广告，你会不由激起阅读这本书的兴趣。这是很值得我们今天的编辑们学习的。从现在一些出版社的情况看，广告往往由总编办公室或负责发行的部门负责，而编辑很少介入和过问，这是不恰当的。对一本书的了解，莫过于此书的责任编辑，从组稿到一遍遍地看稿，对书的内容必然烂熟于胸，他最知道此书的价值在何处，最大的看点在哪儿，如果由他们来写广告词，那一定会比较吸引读者的。

除了广告的设计和撰写外，把它们投放在哪些媒体上发表，这也是一个非常值得重视的问题。如今一些出版社对此考虑得并不多。放在眼前的图书宣传媒体就那么几种，似乎放在哪儿刊登都可以。如果有的媒体能给些“回扣”，那刊登的机率就更大，管它刊登后的效果如何。相比之下，其他行业产品就认真得多了。无论是商品广告，还是房产广告，客户首先要了解刊登广告的媒体的读者对象是哪些人，发行范围如何，发行数量怎样，然后再加以挑选。广告在媒体上刊登后，他们还要进行社会调查，看看这一广告的效果究竟怎样，多少人能看到，对产品的销售起了多大的推动？比较一下究竟在哪家媒体上刊登效果最好，然后决定今后在哪家媒体继续刊登。为什么我们不能学学这样的做法呢？书刊广告也不应局限于宣传图书的媒体上，哪儿可能有这本书的读者，就应该到那儿去刊登广告。

书刊广告是推销书刊的重要一环，出版社领导和编辑们应该认真对待之。

（载《编辑学刊》2003 年第二期）

2009年

“闭口”和“开口”

热闹一时的讨伐“闭口费”事件，渐渐平息了下来。现在回过头看看，是颇值得回味的。

“闭口费”事件是由一家矿厂引起的。山西干河矿难发生后，为了掩盖丑事，堵住舆论的口，某些人向舆论界发放“闭口费”。用意很明确，我给你一笔钱，你不要把我的丑事张扬出去。一时间，几十个真真假假的编辑记者一涌而去，争相领取“保证不宣传报道”的酬金。

这真是一件新鲜事，我也在舆论单位呆过，也不知多少次被要求“封”过口，可是从未听说过要求封口的人会给我发“封口费”。如今的世道真是变了，要你不开口，得拿钱来堵。

这件事激起了轩然大波。一时间网络、报纸、电台、电视台纷纷谴责，也许是群众反映太强烈：领导部门的态度也很不一般，专门从首都派出了调查组。新闻出版总署的领导还特地召开会议宣布：不仅要严查，如发现刑事犯罪的，还将移交司法处置；他们还郑重提出，查实的编辑记者的名字将列上违规违法新闻从业人员的“黑名单”：我没见过这份“黑名单”，如果把这些年本行业“违规违法”(诸如拿“红包”之类）的人都记在上面，恐怕这份名单不是几分钟能看完的。新闻出版界号召反对不正之风，由来已久，但如此雷厉风行，还是很罕见的。

可是，我却有些不以为然。并非觉得对“封口费”的处置过严过重。发生了矿难，还要掩掩遮遮，岂不是拿矿工的生命视为儿戏，理该严肃处理。只是怀疑宣布的种种处置意见，会不会一一兑现？刮一阵风，看着声势很大，事过境迁又不了了之，这些年这样的事也遇到得够多了。对一些不正之风的处理，不能闻风而动。其他类似收取不义之财的事件，有关部门是否也会这样大张旗鼓地处置，我怕他们没有这许多时间和精力。厚此薄彼，就有些不公了。我很耽心“令苛则不听，禁多则不行”。

拿了别人的钱，就乖乖地“闭口”，这是搞新闻出版工作的人的耻辱。我们是否注意到另一种状况：别人用钱来让你“开口”，其实这也是一种耻辱！因此，据我看，“闭口费”和“开口费”有异曲同工之妙。对“闭口费”如此兴师动众，而对“开口费”，多年来，我们似乎熟视无睹。

就拿新闻出版界来说，拿钱来让人“开口”，真可说是比比皆是。翻开报纸杂志，打开电视，在几天里看到对同一本书的反复雷同的宣传，用的语言都相差无几，那十之八九是出版单位发了“开口费”。如果被宣传的书，是一本不错的书，那也罢了。如果是一本不值得宣传的书，岂不是误人子弟？过去还发生过这样的事，一些职位很高的领导，拿了别人的“出场费”（其实也是一种“开口费”）来到某个常人不能出入的会场，去为新书作推荐。后来据揭发此书是一本伪劣产品，甚至是非法出版物，弄得大煞风景。看来“开口费”的危害性并不亚于“闭口费”。

“闭口费”成了众目睽睽下的一种腐败现象，而“开口费”依然我行我素，甚至愈演愈烈，可以堂而皇之放在桌面上。这几乎成了一种“潜规则”。这不能不引起我们的深思。

（载《编辑学刊》2009 年第一期）

社长总编，你们说谎吗？

与几个朋友小酌，或许是酒精起了作用，一位友人突然失去了顾忌，大声说：“现在一些报刊和出版社的领导，说假话、说谎话的不少！”我闻后一惊，忙用手堵着他的嘴说：“不要乱讲，别人要说你诬告，你可吃不了兜着走。”他笑笑说：“我不是随便说说，我有证据。”坐在另一旁的那位凑起热闹：“什么证据？说出来让大家听听。”

友人说了起来：“你去问问那些社长总编，他们报刊的发行量，有几个会说真话的？有几个是不说谎的？”接着他举出一串例子，某某报实际发行一万不到，可是对外宣称近十万；某某报有几十年报龄，实际印数也不多，把赠送别人的算在一起也不足十万，总编在大会上竟毫不脸红地对外宣称有近三十万；有的出版社明明添印了，可是在版权页上不注明，瞒着作者，以少付版税……这些只是个别例证，其他说假话的例子还有的是。”

友人所说的确有其事。其实听到这类谎话已不是一年两年了，听得多了，也就不以为然了。

巴金老人提倡“说真话”，这三个字已成了很时髦的口号。有权无权、台上台下，经常可听到许许多多人宣称自已是说“真话”的。

可是，仔细辨别一下，谎话假话并没有从我们身边绝迹。“说真话”本是一件很简单的事——有什么就讲什么；事物的真相是什么，就说什么。可是在生活中“说真话”并非轻而易举，有些事实真相要从一些人的嘴里吐出，往往困难重重。特别是从事媒体工作的，该怎么说，有时颇费斟酌。

设身处地想一下，那些社长总编们确也有为难之处。如果不在发行数上编一些谎话，他们的政绩如何显示出来呢？如果广告商因为他们报刊发行量低，不愿再发布广告，奖金又如何兑现呢？到手的“回扣”岂不也白白流失？在报刊上发表文章也是如此，由于方方面面的关系、上上下下的各种要求，难免要在版面上说些言不由衷的话，出版书籍也是如此，明明知道有些书是没有读者的，偏偏要用最好的包装隆重推出……这样也都离不开谎话。

最近，听到一位获奖的中央电视台主持人说的一段话，很有启示。他说：“我要对得起人民，今后在屏幕前讲的话，我不能保证都是自己想讲的话，但我会做到不讲自己违心的话。”这句话本身就是一句真话！就如管子所言“择可言而后言，择可行而后行”。既然不能保证自己每句话都是真话，那首先就努力做到不讲违心的话。我想，大家都能如此，那我们的社会就清净得多了！

我们确实是生活在一个真话和谎话交织的世界里。个人如果说几句假话谎话，影响的仅仅是周围的几个人；如果一个掌握舆论大权的人说假话谎话，那就要贻害千千万万人。社长总编们当引以为戒，如果现在还做不到说的句句是真话，那就从不讲违心的话做起吧！

（载《编辑学刊》2009 年第三期）

拷问“动漫”

有些事我百思不得其解。

侄女生了个女儿，周岁未到，话还不能说，路也不能走，可已迷上了外国动画片《天线宝宝》。再吵再闹，只要给她播放《天线宝宝》，给她看《天线宝宝》的画册，马上便会安静下来，叫着片子中四个宝宝的名字，丁丁、拉拉……嚷个不停，非常投入地注视着屏幕或画册。我问侄女，这么小的孩子怎么会迷上一部外国动画片呢？侄女也感到莫名其妙。

莫非我们新的一代的遗传基因发生了变化，对外国的一切发生天然的好感？

那究竟是什么原因会使一个对世事无知的小孩迷上一部外国动画片呢？据说，这现象并不是个别的。这部由英国 BBC 制作的动画片已被翻译成四十五国语言，通过屏幕和出版物走遍了一百一十三个国家。像我侄外孙女那样的小孩，全世界至少有几千万。我不能不惊叹动画片的威力！回顾一下这二三十年来外国动画片对我国孩子的影响，真可用上“触目惊心”四个字。日本、韩国、美国的动画片俘虏了我国一代又一代青少年。在他们的童年记忆中，印象最深刻的恐怕就是变形金刚、奥特曼、樱桃小丸子、蜡笔小新、机器猫、柯南……几乎没有一个是中国自己的动画形象。所以会如此，出版界的推波助澜也是功不可没的，只要能卖钱，管它内容如何，一拥而上，不断地印，不断地推销。动画片、动画书对少年儿童的成长起着不可估量的作用，这几十年来，是这些外国动漫形象陪伴着我国几代青少年在成长，究竟产生了什么影响也就不言自喻了。

批评有关部门不抓，这有些冤枉。一二十年前，有关部门就开始抓动漫画创作和出版了。制定了什么“卡通发展规划”，宣称要建立多少个“卡通创作基地”等等，说也奇怪，明明我们早有动画、漫画的叫法，当事者偏偏要用“卡通”两字，或许也算是一种与时俱进吧？不知怎的，这些年他们又把“卡通”改回“动漫”，制定了新的发展计划，说要在全国建立多少“动漫”基地。真希望这些计划能付之实现，可我总还有些担忧。据最近的一项调查显示，目前青少年最喜欢的动漫作品中，日韩仍占百分之六十、欧美占百分之二十九、中国（包括港台地区）仅占百分之十一。去年评选的全国二十大经典动漫形象，中国入围的仅一个孙悟空，而这也靠了日本动画片的帮助。可见，奋斗了这许多年，中国的动漫市场，还是外国人的天下。

何以会如此？这是一个值得好好想一想的问题。这么多年来，投入的人力物力不可谓不多，为何收效甚微？当然，在其他领域类似情况也不少见，人们常会用“交学费”三个字来解释。好在我们的体制，只要有人拍板，交再多的学费也是无所谓的。很少见人去追究这些钱是不是用在正途上，其实，即使钱没有流到不该去的地方，计划没有达到预期的效果，也该查查是什么原因，该由谁负责。在青少年的影视和读物这一问题上，撒了钱是小事，贻误他们的成长，是谁也担当不起的。我想，如果不把这一二十年这项工作没能抓好的原因找出来，中国的动漫要有大的突破，仍会是困难重重的。

（载《编辑学刊》2009年第五期）

《悦读》卷首语

《〈悦读〉卷首语》收入褚钰泉二〇〇三年主编《悦读》第一至第三辑所写的《编者的话》三篇、二〇〇六年至二〇一六年主编《悦读MOOK》凡四十四卷所撰《卷首语》四十四篇，并附录了其绝笔《〈悦读〉四十四卷》，共计四十八篇。标题均为编者所加。

2003年

书是爱书者的精神天堂

读书乃人生一大乐事。忙忙碌碌的工作之余，风尘仆仆的旅游途中，夜阑人静的床头枕边……一书在手，仿佛面对良师挚友，进行有益的切磋交谈；又如置身古往今来的贤者中间，聆听他们富有睿智的言谈。书既能解颐排忧，愉悦身心；又可广纳知识，开阔视野。书是爱书者的精神天堂。读书翻书，其乐融融！

当前，生活节奏加快，出版物数量成倍翻番，读书时间愈来愈少，要享受读书之乐日见艰难。正由于此，《悦读》应运而生，它让您花最少的时间，获得尽可能多的出版信息，读到近段时期新书的精华。衷心希望它能成为广大读书人的新朋友、好朋友。

（载《悦读》第一辑，2003年1月）

关键就在一个“悦”字

《悦读》第一辑出版后，受到广大爱书者的欢迎，上海“季风书园”第一周便上了畅销书榜；一些新华书店的销售情况也十分可喜，上架不几天便已售罄。消息传来，令人鼓舞。

然而，我们自知《悦读》还很稚嫩，还未形成鲜明的个性，北京一位资深编辑卫建民先生来信鼓励说：“她能脱颖而出，关键就在一个‘悦’字。我们业已习惯了‘苦’读，‘硬’读，好像一提读书就要心系天下，肩挑道义把读书当成了精英的专利。《悦读》倡导愉快的读书，必将开辟一片广阔的天地！”这正是我们的期待与向往。我们愿意与广大读者一起，培土浇水，勤奋耕耘，使《悦读》这株幼苗能茁壮成长，共创新的未来。

（载《悦读》第二辑，2003 年 5 月）

读书是如此的快乐！

SARS 渐行渐远。有人问：它是否会卷土重来？对此，谁也无法作出断论。然而，如果我们能把抗击 SARS 时期全国人民在中共中央新的领导带领下焕发出来的那股民族精神，不断发扬光大，对于 SARS 以及其他任何困难都不必惧怕。确实，这段时期有许多值得回忆并长久保留在我们记忆中的镜头。为此，本期“特别关注”专栏以“SARS 的记忆”为主题，敬请读者注意。

SARS 期间，人们深居简出，读书和看电视成为最大的消遣。此时，许多人发现读书是如此的快乐！希望大家能把这种感觉长留心中。《悦读》将努力成为书海中的一名导游，为大家享受读书之乐助上一臂之力。

（载《悦读》第三辑，2003 年 8 月）

2006年

这是一本与众不同的书

世上之书，数不胜数，每天还以成千上万的数字增长。这浩瀚的书海，谁能穷尽？！

有了这许许多多的书，为何还要添上这一本——《悦读MOOK》呢？你会发现，这是一本与众不同的书，是一本有关书的书，会激起你阅读兴趣的书。

当今，书的数量与日俱增，而人们对书的兴趣却在日渐减退。纷扰的世界、诱人的网络、嘈杂的电视，无休无止的吃喝玩乐……消耗了人们太多的精力和时间。捧着书本认真阅读的人愈来愈少，这是莫大的遗憾！须知，书本能较之网络、电视、玩乐给人更多的享受。

《悦读MOOK》将带你走进茫茫书海，我们将请一些学者和专家帮你指津，请一些书界人士为你剖析书坛风云，使你从中获得大量的图书信息，还能饱览各类书籍的精彩片段，一册在手，尽情享受读书的乐趣。

《悦读MOOK》的对象是每一个爱书者。我们不想预先设立一个年龄界线，希望青年和成年人都可以从《悦读MOOK》中得到自己想要的东西，因为严格地说，阅读是不应该有界线的。现在，年轻人不太愿意接触经典、历史这类书籍；而成年人又不屑去看那些“八〇后”“九〇后”的作品，这是不正常的。爱书的人为何不把自己的视野放宽些，这样，也许更能感到书中其乐融融！这正是我们所期望的。

（载《悦读 MOOK》卷一，2006 年 9 月）

2007年

“书是进入世界的入口”

《悦读 MOOK》第一卷面世后，不少人给我们来信来电，表示热情的肯定。其中最令人感动的是《文汇报》社高级记者钟锡知先生。

当时，他已身染沉疴。但看到《悦读 MOOK》后，立即抱病写了一封热情洋溢的信，并提出了不少有价值的建议。没想到这封信竟成了他的绝笔。几天后，他临近弥留之际，本书编者去医院探望，已经很难开口的他，睁开了眼，讷讷地问：“《悦读 MOOK》第二卷出版了没有？”又断断续续地说：“出版后寄到我家中，我要回家去读……”一个老报人在生命的最后时刻还惦念着《悦读 MOOK》，念及此，不禁令人潸然泪下。

钟锡知先生惦念着《悦读 MOOK》，是因为他看重这一本书。我们知道，正如许许多多热情肯定《悦读 MOOK》的人一样，并非是《悦读 MOOK》已取得了多大的成功，他们表达的是对出版这种形式的书的支持！阅读本应是件赏心悦目的事，可是如今出版界泡沫泛滥，报刊杂志上浮躁的文章比比皆是。人们期望增加些能给爱书者带来阅读欢愉的出版物。

奥地利作家茨威格说过：“书是进入世界的入口。”世界是美丽的，也是混沌的。只有书本才能让你置身其间，克服时间和空间的局限，真正辨别世界的真谛。《悦读 MOOK》只想成为进入世界的入口处的一块铺路小石，如果广大读者能通过《悦读 MOOK》这本“杂志书”，扩大视野，增进见识，享受读书的乐趣，我们就会感到莫大的荣幸！

（载《悦读 MOOK》卷二，2007 年 1 月）

“没有一种苦恼是读书所不能驱散的”

死了两千多年的孔夫子，万万不会想到，尽管儒家提倡的“礼义廉耻”在这片土地上已很少有人理会，可是那本记录他生平言行的《论语》却突然火了起来。但严格地说，火的并不是《论语》本身，而是记录读了《论语》所产生的心得的那本书。几个月来，《于丹〈论语〉心得》风靡大江南北，成为书界一道奇异的风景线。于丹和《论语》成了当今文化界时髦的话题。

本书编者平素最不喜迎潮流、赶浪头。原想在本卷中避开这一趋之若鹜的话题，没想到最后在编排目录时发现，竟然也有数篇文章在谈《论语》，有的是作者自发来稿，有的是受约的作者主动写来的。看来我们也不由自主地加入了谈《论语》的行列[①] 。

有人对《于丹〈论语〉心得》如此畅销大加非议，这完全不必。但作为一种文化现象加以研究，倒是必需的。近些年，一些名声很

① 本卷收入了丁国强的《〈论语〉何以成为心理健康指南——读〈于丹《论语》心得〉》、伊人的《喜闻新人向孔子“宣誓”——谈孔子“出妻”及其他》、蒋凡的《怎样读〈论语〉》等。

大，舆论宣传铺天盖地的出版物，也不见以往读者排队购买的镜头，而买于丹的书，竟出现这么长的队伍，读者志趣的转移，值得回味。

现在有些人热衷于提倡兴国学、穿汉服、行孔礼。仿佛这样才能使我们的社会和谐起来。其实这是一种误解！种种不该发生的事，令我们一些同志心情烦躁，如果我们能多读些书，情况或许会有所改观。孟德斯鸠说过："读书对于我来说是驱散生活中的不愉快的最好手段。没有一种苦恼是读书所不能驱散的。"果能如此，那么《悦读 MOOK》也就应多尽一分力了。

（载《悦读 MOOK》卷三，2007 年 5 月）

举目方知宇宙宽

第四卷《悦读 MOOK》和您见面了！您一定会发现，这一卷在内容和形式上又出现了一些变化。

是的，自创办以来，听到过不少赞许的话语。但我们有自知之明，这本 MOOK 还存在着许多不足之处，还需努力探索，使之更受爱书者的欢迎。感谢宁成春先生为这卷 MOOK 穿上新的外衣。在内容上，我们也作了些新的尝试。设法更"杂"些，更丰富多彩些。为此，我们特地把一组随笔放在首位[①]，意在提倡广开思路，议论风生。

我们打的是"悦读"的旗帜，本书编辑经常冥思苦想：如何使

① 这组随笔刊于《议论风生》栏，有陆谷孙《说真话难》、陈四益《读〈论语〉》、郭启宏《也谈"不须放屁"》、虞非子《书生意气，天壤有别》、伊人《可疑的空白》、徐缉熙《贾宝玉与阮籍》。

读者在阅读中带来愉悦；在如今快节奏、令人浮躁的世界上，应该提倡读者读些什么，怎样来阅读？正巧，最近翻阅旧书时偶尔看到，著名教育家、出版家、胡适的英文教师王云五先生在半个多世纪前说过，阅读可分四种：闲读、精读、略读或速读、摘读。这正是我们想说的。对每个人来说，有的书应该细嚼慢咽，而更多的书是需要囫囵吞下的。前者可以结合自己的需要加以选择；而后者却浩如烟海，漫无止境，只有通过挑选，才能从中得到更多的信息，更多的知识，从而才会获得读书的快感。《悦读 MOOK》就是想为读者闲读、略读或速读、摘读的过程中提供一些帮助。

说到底，编这本书，就是让爱书的人，多读点、多看点。举目方知宇宙宽。记得汉代桓宽在《盐铁论》中说过："多见者博，多闻者智，拒谏者塞，专己者孤。"多读些书，总是有益的！

（载《悦读 MOOK》卷四，2007 年 8 月）

"明者独见，不惑于朱紫……"

在这一卷中，我们向读者介绍一个新的栏目——文坛掠影。说是"掠影"，其实并非一瞥而过，而是力求从各个视角对文坛的某些现象，作些观察。

本卷这个专栏介绍的是曹乃谦先生。此君原来知名度似不高，可是，当瑞典诺贝尔文学奖评委会马悦然先生说"他是中国一流作家之一，都有希望获得诺贝尔文学奖"之后，声名大噪。他的作品原来少人问津，而今洛阳纸贵，被一些出版社抢着出版。国人素有强烈的"诺贝尔情结"，昼思夜想期盼自己的同胞能得到这样一块奖牌，如今这个评奖委员会中唯一懂中文的委员说了这番话，怎能不欣喜？问题是曹乃谦先生的作品究竟如何，究竟好在哪里，该怎样评价？还得通过阅读来认识，为此，我们请了几位专家各抒己见，或许有助于读者的了解[①]。

名人的片言只语，媒体的涂脂抹粉，总会左右着读者选择作品的视线。这并不奇怪，书店门前出现的等待签名售书的长龙，可以为证。然而，如果不是某个作者的“粉丝”，盲目抢购也可能出现这样一幕：回家一打开作品，就会连呼上当。读书这件事，还得取决于自己的眼光和判断。人云亦云，似不太可能获得真正的阅读乐趣。

《后汉书》中有这样一句话：“明者独见，不惑于朱紫；听者独闻，不谬于清浊。”读书也是如此，有自己独立的见解，才能分辨清浊，才能不被某种色彩所迷惑。看些什么书，读些什么文章，一定要有自己的主见，旁人的话，只能提供参考，不应左右自己的选择。这样的阅读，也许才能乐在其中。

（载《悦读 MOOK》卷五，2007 年 11 月）

① 本卷《文坛掠影》总题为“当前文坛最引人注目的作家——曹乃谦”，刊有李云雷《曹乃谦，中国最一流的作家？》、赵晖《由方言成就的小说》、邵燕君《得之于简，失之于单》，并附“相关链接”《曹乃谦其人》《曹乃谦作品选：男人》。

2008年

"忘记过去就意味着……"

一位大学生偶尔从友人处看到《悦读MOOK》，读得兴趣盎然，给编辑部写了一封热情洋溢的信。他说，刚拿到书，觉得书中不少内容离自己很远，可是，读着读着，就被吸引了。书中介绍的古今中外那许多人与事，恍若隔世，但了解后，眼前有豁然开朗之感。他表示要与《悦读MOOK》终身为友！

这位大学生的感受，给编者以很大鼓舞。

如今有个现象值得注意，近二三十年、四五十年发生的事，在不少青年人的脑海中几乎一片空白，什么"文化大革命"啦，"反右运动"啦，"大跃进"啦……一问三不知。前不久与上海一家重点大学的几位老师聊天，据说该校一位文科博士生最近问导师：林彪是何许人？一些青年人，说起LV、iPod，说起"超女"、"快男"，口若悬河，滔滔不绝。也许有感于年轻人历史知识的贫乏，近年来有学者不遗余力地提倡"国学"，把孔老夫子搬了出来，甚至要青年人穿"汉服"顶礼膜拜。孔老夫子不是不可学，可是，对近几十年、近百年的历史一无所知，即便把《论语》背得滚瓜烂熟，又有何补益？

中年以上的人可能会记得，在革文化命的那个年代，有一句电影台词为人们所熟知："忘记过去就意味着背叛革命！"如今不大听人说这话了，是否因为现在"革命"二字不多讲了，就不必记住"过去"了呢？其实，"过去"还是应该了解、应该记住的。《贞观政要》中有这样一句话："以铜为镜，可以正衣冠；以古为镜，可以知兴替；以人为镜，可以明得失。"不了解自己的先辈，特别是自己的父辈是如何走过来的，其中有哪些经验教训可以吸取，也许就不可能坚实地走下去！

《悦读 MOOK》力图在这方面能为读者提供些服务。

（载《悦读 MOOK》卷六，2008 年 2 月）

"从历史中求史识，是治史的品格"

着手编选这一卷的稿件时，发现有好几篇是回顾往事的。有对多年工作的回忆、有对童年的眷恋、有对坎坷岁月的陈述……忆旧之作集纳在一起成了这卷《悦读 MOOK》的一个重点[①]。也许这是对当下图书市场中回忆录、口述史类书籍特别受欢迎的一种呼应。

岁月易逝，光阴难驻。人到了一定年龄，总喜欢回忆过去。而年轻的读者则可以通过这类文章，了解老一辈是如何走过来的，熟悉许多已经或正在消逝的风土人情，也可从中得到启迪。

人事有代谢，往来成古今。遗憾的是，现在太多的人对半个多世纪来，特别是近几十年的历史不甚了了。一位外国学者说过："国

① 本卷《往事》栏刊有资中筠《上世纪五十年代初识印度》、陈四益《"照猫画虎"之类》、郭启宏《少小忆趣》、古今《非常岁月的生存实录》。

家的命运依赖于该国人民的教育程度。”历史知识的教育，应该是颇为重要的一环。改革开放这三十年拓宽了人们的视野，读者发现某些按既定概念编写的“史书”，距历史的真实颇远，已不能满足求知的要求。正因为如此，提倡过来人写回忆文章，让人们从历史的细节中探求真相，从某种意义上说，也许是对历史的一种抢救！

陈寅恪先生曾说：“从历史中求史识，是治史的品格。”写回忆类文章，同样要尊重史实，不能见风使舵，欺世盗名。从已面世的回忆录、口述史一类的作品看，既有优秀的秉笔直书之作，也有鱼龙混杂，借回忆之名隐恶扬善、美化自己的状况。更有甚者，有的还伪造历史，明明当年是造“走资派”、迫害老干部的急先锋，如今却把自己描写成嘘寒问暖的保护者、关怀者。这样的昧心之作，不仅把水搅混，而且以讹传讹，以虚假当真实，抹杀历史真相，贻害后代。由此想到，媒体和出版单位应该严格把关，对这类作品要从严审读。

（载《悦读 MOOK》卷七，2008 年 5 月）

元化先生走了……

含着泪水，编完了这一卷的《悦读 MOOK》。

五月九日，敬爱的王元化先生撒手西归，令我们沉浸在悲痛之中。不到三天，川西又天崩地裂，一九四九年后，我国最大的一次自然灾害降临，千百万百姓遭殃，伤亡人数逾数十万……噩耗传来，举国哀恸！

原定的编辑计划被打乱，我们忙于调整稿件。

元化先生走了，正如著名经济学家吴敬琏所说："元化先生对中国思想界的巨大贡献，在当代无人可比，也无人可取代。"元化先生的逝世是中国思想界、学术界的重大损失。对《悦读 MOOK》来说，其影响也是无可估计的。

近些时日，元化先生的形象不时浮现眼前。屈指算来，与先生相识已有二三十年了。编者曾参与创办并主持《文汇读书周报》十五六年，元化先生十分关爱这份报纸，当年，他常对人说：我的重要文章都是放在《文汇读书周报》上发表的。后来，由于种种原因，编者离开了《文汇读书周报》。元化先生一直为此愤愤不平。他一再鼓励我们再办一份读书类报刊，于是就有了这本《悦读 MOOK》。

翻开已出版的七卷《悦读 MOOK》，几乎每卷都倾注了元化先生的关怀。他常给这本杂志书出点子，提供稿件，介绍作者，并经常对版面、装帧设计等提出精当而富有建设性的意见。在他生命的最后几个月，尽管体力不支，每次见面总要问起《悦读 MOOK》的出版发行情况。上卷刊出韦卓民先生给元化先生的信时，编者写了个按语，请他看一下，他已经无力过目，嘱编者念给他听。之后点头表示同意，还特地关照：前次的按语中错了一个字，此次不要把"世兄"写成"师兄"①。可见他的思维依然清晰。

元化先生走了，此卷刊出几篇文章，作为一瓣心香表达对先生

---

① 即卷七《清园飞鸿》栏所刊《韦卓民先生致王元化先生书简》，"书简"后附有一则篇幅不短的"编者按"："与王元化先生交谈中，常听他提到'韦卓民'这个名字，说少年时代，他父亲总以韦卓民先生手不释卷的好学精神，勉励他勤奋读书，韦卓民先生的学术性格对他一生的影响甚大。""编者按"最后写道："元化先生说：'在那个时代，这种纯学术性的通信探讨，促使我坚定地走一条追求真实与智慧之路。卓民先生在复信中还谈到我国思想史研究领域的贫乏，常用"世兄与我努力共勉之"的话语鼓励我勤奋学习……'"

的敬意和哀思[①]。我们知道，只有更努力地办好《悦读 MOOK》才是对先生的最好的纪念，才能告慰他老人家的在天之灵！

（载《悦读 MOOK》卷八，2008 年 7 月）

“十步之泽，必有芳草”

这一卷的《悦读 MOOK》，采用了多篇读者的自发来稿，另有一些文章的选题也出自读者的建议。

例如：陈虹的《“五七干校”——并不遥远的历史》，记录了一段差不多已被人遗忘的历史，其中关于知名剧作家陈白尘先生的遭际，唤起了我们对那个时代的反思。再如，今年五月十二日川西突然天崩地裂，温家宝总理在这场巨大灾难来临之际的所行所言，感动了千千万万国人，正是根据读者的建议，我们请作者将有关材料汇总成《温总理的五日五夜》一文，从中可以读到更多的感人细节……

采用读者的自发来稿和吸纳他们的意见及建议，这是《悦读 MOOK》成长的一个标志。我们知道，要办好一份刊物或编好一本书，关键在于作者和读者的支持。创刊以来，许多知名的专家、学者、文化人拨冗惠稿，使这本杂志书蓬荜增辉，质量扶摇直上，令编者深感欣慰，今后我们仍期待得到他们更多的支持和关爱。然而，《悦读 MOOK》以知识性、可读性、信息量为追求目标，如果没有广大

① 本卷《悼念王元化先生》栏，除刊发《王元化先生未刊文稿辑录》，还刊有汪丁丁的《与王元化先生的最后交谈》《简论王元化先生在〈财经〉发表的一组文章》，以及林韵的《姐姐眼里的王元化》。

读者的关心和支持，要做到雅俗共赏、绚丽多姿，恐有一定难度。

所谓“十步之泽，必有芳草”，读者中不少有识之士，他们的建议和意见，自有许多编者想不到的好选题、好点子。既可以开拓我们的视野，也可以促进我们思索，使这本杂志书更具生气。唐代刘知几说过：“时无远近，事无巨细，必藉多闻，以成博识”。《悦读MOOK》当努力为之，我们期待在广大作者和读者的悉心指点和帮助下，其内容将更为丰富多彩，这样也许可给读书人、爱书人带来更多的阅读乐趣。

（载《悦读MOOK》卷九，2008年10月）

2009 年

懂点经济学是十分必要的

突如其来的寒潮，冻得地球直打哆嗦。几个月前还是一派歌舞升平，金融危机说来就来。美国三大投行一夜之间全部倒闭，股市处于飘摇之中，企业纷纷裁员……开始，我们还以为这是大洋彼岸的事，国内一些“经济学家”纷纷发表看法，有的说：“这场危机对中国不会有什么影响”；有的说：“这次要靠我们中国去救美国”。确实令人兴奋不已！半个多世纪前，我们提出“只有社会主义能够救中国”的口号，青年时代曾以“解放全世界三分之二受苦受难的老百姓”作为自己崇高的目标。如今是不是可以高喊“社会主义救资本主义”了？

且慢，兴奋之情未已，一股寒峭的气流已涌来。金融危机并没有对我们特别宽厚，中国的经济同样遭受到严重的冲击。在金融危机的寒流中，那几位“经济学家”的豪言壮语，仿佛是一种黑色幽默。当然，也没有必要去责怪他们，这些年“经济学家”南辕北辙的言论听得够多了，如果自己多增加一些经济学的知识，也许就不会随风起舞。

对于普通老百姓来说，懂点经济学看来是十分必要的。经济学家保罗·萨缪尔森说过："在当今社会，谁不学习经济学，谁就不懂得怎样生活。"经济学是一门研究人类经济行为和经济现象的社会科学。在生活中，处处可见经济学原理的影子。增加一些这方面的知识，可帮助我们"见微以知萌，见端以知末"，不至于身临寒潮，还不知冷暖。

本卷特地组织了几篇有关经济方面的文章。梁捷的《全面衰退的长周期刚刚开始》一文，对世界的经济形势作了深入浅出的分析，并提出了自己的见解，也许有助于我们了解当前经济形势的走向。在经济大潮汹涌澎湃、起伏不定的时刻，如何尽量减少国家和个人的损失，多关注一些经济类的书籍和文章，可能不无裨益。

（载《悦读 MOOK》卷十，2009 年 1 月）

关键在于冲破有形或无形的禁锢

编完这一卷的目录，发现关于美术方面的文章有好几篇：有老画家的访问记，有中外画家交往的介绍，有对插图的研究……[①]真可谓"无心插柳柳成荫"。

《悦读 MOOK》创办不久，就有读者提议，能否不定期地出一些专辑。这是个好点子，既可增加内容的深度，又能吸引更为广泛的读者。可惜这一愿望至今未能实现。一是确定不了合适的主题，二是难以找到恰当的作者。这一卷虽有多篇美术题材的文章，但还

① 本卷《人物志》刊有李兆忠的《以笔墨斗牛的艺术家——张仃与毕加索》、林东海的《画坛怪杰——黄永厚其人其画试说》，《书与插图》栏刊有汪家明的《历险者肯特》。

算不上是一个专辑。

其实，题目还是有的。前不久遇到几位博士生，他们诉苦说：现行制度规定，若要毕业，必须在“核心期刊”上发表一定数量的文章。可是,某些“核心期刊”黑幕重重。有的公开列出“价目表”，规定发表多少文字得付多少钱，如要快发，还得交“加急费”。他们不得不四处托人,八方筹钱。博士生们还谈到,如今到处可见“大师”，而某些“大师”的著作中，抄袭、剽窃现象屡见不鲜。有的还把学生的研究成果占为己有。——对学术腐败现象加以抨击，这可是一个很好的主题！我们想请他们写成文章，可是，他们都面露难色。原来“核心期刊”、“大师”上面都有“保护伞”，岂能得罪？这确是一个难题。尽管出台了种种反腐防腐措施，尽管反腐口号喊得震天响，可一些腐败行径的受益者依然逍遥自在，形形色色的腐败现象并不见减少。一个重要的原因是，他们的“保护伞”至今安然无恙。

看来，题目并不少，关键在于冲破有形或无形的禁锢。反腐倡廉在思想文化界同样任重道远。我们愿与广大作者、读者共勉之：为促进健康风气的形成，尽一点绵薄之力。

（载《悦读 MOOK》卷十一，2009 年 3 月）

“知今不知古，谓之盲瞽”

逢五、逢十，中国人都是要隆重纪念一番的。凑巧得很，今年有多个逢五、逢十的纪念日。我们的共和国度过了六十周年；伟大的“五四”运动也经历了九十个春秋……这使许多人忙碌起来。报载，解放军战士已在炎炎烈日下加紧操练，准备十月一日在天安门前接受检阅；文人学者也纷纷提起笔来，写书、著文……

想来，今年或许会有不少好书、好文章面世。事实也是如此！在编辑这一卷《悦读 MOOK》时，我们欣喜地发现，原先准备的组稿计划与许多作者正在从事的写作不谋而合。

通读这一卷稿件，看到涉及某几位重要的历史人物的文章比较集中，有回忆的细节，有分析的论文[①]。仔细一想，这并不意外。历史离不开创造历史的人物，撰文著书，必然离不开这许多年来对中国历史最具影响力的人物。

王充在《论衡》中说："知今不知古，谓之盲瞽。"了解"古"的目的，就是为了使我们对过去心明眼亮。而"知古"并不是一件易事，别看仅仅过去一个甲子，就是这一二十年的近事，不少人也已不太清楚了。最令人遗憾的是某些关于历史的真实记载，由于种种原因，未能好好保存，已经或正在流失。因此，我们觉得当今的文化界、学术界以及媒体等有关方面似有责任认真地做一些细致的工作，把真实的历史留下来。通过仔细地分析研究，去芜存精，从中引出历史的教训，鉴古思今，以鼓励人们更好地创造未来。

若能这样，也许是对历史的最好纪念。

（载《悦读 MOOK》卷十二，2009 年 6 月）

---

① 本卷刊有骆玉明的《〈枯树赋〉的解读及其他》、钱伯城的《关于大字本诸话题》、李建军的《为了凭吊的重读》、胡平的《"湖南农民运动"考》、钟桂松的《一九四九：茅盾与张元济的一段新缘》、李兆忠的《泪水浸泡的世界》等。

使“阅读”真正成为“悦读”

我们一直在琢磨，如何使“阅读”真正成为“悦读”。在阅读过程中，带给人们身心的健康与愉悦。

其实，读书不是一件轻松的事，它得花费时间和精力。特别在当今，诱惑人的东西实在太多，真能沉下心来读点书，不是件易事！然而，摒弃浮躁，便会发现茫茫书海，可以怡情，可以长智，可以帮助我们洞察世界，了解未来，可说是“求天下奇闻壮观，以知天地之广大”。这是何等的赏心乐事！阅读确能帮我们体味生命的意义，人生的多彩，在充实和快乐的心态中振奋起来，这又是何等崇高的境界。扩大视野是使“阅读”成为“悦读”的重要一环。为此，在本卷中，我们试图把文章的触角从书与人，扩展到电影、戏剧、美术……[①] 以求更多地增加读者的阅读乐趣，在知识和艺术的海洋中“心旷神怡，宠辱皆忘”。

其实，刊登有关电影、戏剧、美术、音乐之类的文章，本应是“悦读”的题中之义。古人不是早把欣赏美术作品称之为“读画”吗？时代发展至今，各门类艺术之间的界限愈来愈模糊了，“读”的内涵也愈来愈扩大。为读者提供一些多方面的信息和文章，应该是我们努力的方向。

记得一位学者曾作过一个统计：二〇〇六年，以色列每年人均读书六十四本，我国却不到五本。面对这两个数字，这位在大学任教的学者真切感到自己的职责。作为一本读书类杂志书的编者，

① 本卷刊有郭启宏的《历史剧宣言》、陈四益的《闲话寄托——读李苦禅先生“文革”时期写意小品》、张海虹的《生命的永恒与希望：电影〈十诫〉》等。

我们也深感肩上的责任。但愿不辜负读者的期望，努力把《悦读MOOK》办得更加喜闻乐见，为推进读书风气的形成添砖加瓦。

（载《悦读 MOOK》卷十三，2009 年 9 月）

不妨先做些史料抢救工作

人物传记类图书，历来是颇受读者欢迎的一个品种，这是因为人们对历史人物和现代人物的经历和命运总是倾注着一份特别的关注。在本卷中，我们集中选刊了几篇有关人物的文章。其中有对名人的回忆，也有普通人的自述；有的曾风云一时，至今令人缅怀；有的却寂寂无闻，几近湮没[①]。他们的特殊经历和坎坷遭际，读来令人唏嘘，发人深思……

历史长河滚滚向前，每个人都会在其中留下踪迹。煌煌“二十四史”，尽管不尽如人意，但毕竟记载了炎黄子孙几千年来的活动轨迹。令人遗憾的是，近二十年、四十年，以至建国以来六十年的历史，书店中几乎找不到几本像样的史著。难道还得等几十年、几百年后，让我们的子孙后代就像“修清史”那样，斥巨资来回顾这段历史吗？翔实的人物传记类作品，实际上是修史的必需。随着岁月的流逝，不少当事人一个个已驾鹤西去。据说，有关的文字档案资料缺失得也相当严重，还原历史的真实已是困难重重。

由此，我们建议，在撰写高质量的史著之前，不妨先做些抢救

---

① 本卷《人物春秋》栏刊有蓝英年的《话说张东荪》、傅国涌的《胡氏三兄弟的科学报国梦——兼说“中国科学社”》、钟桂松的《琐忆徐肖冰》、吴中杰的《萧军与王实味事件》、杨苡的《半个世纪之前的奇遇》、蔡登山的《〈夜上海〉的词作者范烟桥》等。

工作，尽可能把一些关键的当事人的回忆记录下来，留些第一手的资料。上世纪八十年代第一个打破禁区，给予国民革命军滇西抗战以正面肯定的陈祖樑先生曾说：“最重要的还是把一些真实的东西告诉后人，我们走了，这段历史也就走了。”是啊，再不抓紧，悔之晚矣！

人物传记类作品贵在真实，而今，此类传记和口述材料，可谓鱼龙混杂。真如晋人傅玄所说：“知人之难，莫难于别真伪。”读史也是如此。这也许是读者和撰史者应格外提防的。

（载《悦读 MOOK》卷十四，2009 年 12 月）

2010年

别人的言行不必苛求“舆论一律”

着手编辑这一卷稿件时，脑海中时时闪现两个字：“沟通！”

生活中太需要沟通了。人与人、领导与群众间种种矛盾和纠葛往往是剪不断、理还乱……究其原因，其中相当一部分是缺乏沟通造成的。

唐代诗人张九龄写道：“相知无远近，万里尚为邻。”有了沟通，就可以缩短彼此间的距离。沟通，有种种方法和手段，阅读书报和各种媒体应当是一个重要的环节。许多历史的真相，事物的是非曲直，大都是通过文章和著作留下的。阅读是一种享受，阅读可增添人与人、人与社会的沟通。古人说过：“惟有道者能以往知来。”这也许是不少专家、学者认真研究探索，努力把历史的真相记录下来的一个重要因素。

沟通，除了信息的交流外，还需要通过探索和理解来增添彼此的信任和认同，缩小甚至弥合相互间的沟壑。对历史和往事可以有不同的看法，对别人的言行也不必苛求“舆论一律”。只要目标一致，大部分可以通过真诚讨论、换位思考，消除隔阂或偏见，达成共识。

本卷介绍了一些有关韩寒的材料[①]。对于这位“八〇后”的代表人物，社会各方见仁见智，评价不一。这不奇怪，十年前，有人不承认他是位作家，可是到了今天，文坛一些知名人士甚至称他是“当代的鲁迅”。他的博客点击率高达近三亿，为世界之首。你可以不喜欢他，但不应该不了解他。这就需要沟通。

作为编辑，有责任把更多的信息，传递给读者。《悦读 MOOK》愿意为人与人的沟通，尽一份力！

此外，本卷是二〇一〇年的第一本，我们在某些方面作了些改进，希望能听到广大作者和读者的意见和建议——这应该是办好《悦读 MOOK》的最重要的前提。

（载《悦读 MOOK》卷十五，2010 年 2 月）

“生逢盛世”“一派繁荣”，抑或……

《悦读》创办之初，我们就有一个心愿：经常向读者推荐一些值得一读的文学作品。人们大都有这样的体验，一部优秀的文学作品，会影响自己的成长，甚至一生。可是，近些年来，虽四处征询，却难以找到众口称誉的好作品。

原因何在？是不是如今写小说的人少了？不！据了解，如今每年新创作的长篇小说超过三千部，加上网络小说，真可谓数不胜数。那么，许是作家们生活条件不理想，影响创作的激情？也不是，我

① 本卷刊发的“有关韩寒的材料”包括陈平的《韩寒的写作之路》，以及“相关链接”《韩寒的话》《韩寒被评为年度人物》。

国作家的待遇是其他国家所无法比拟的，独一无二的“作家协会”保障着他们的创作权益，其中有的还享受着“部级”“局级”待遇，有的常年得到国家的津贴。那为什么受读者欢迎的作品不多见呢？

这个现象颇令人费解。其实，不光是文学创作，其他艺术领域也有类此情况。而对这一现象的评估，存在着分歧。有的不以为然，他们认为自己“生逢盛世”，面前的文学艺术创作“一派繁荣”。此话也许不虚。且看文学出版、文艺演出市场，广告做得轰轰烈烈，某些豪华奢侈的场面，令世界上一些发达国家也相形见绌。可是一睹之余，又有几多能留在人们印象之中，可以传之于世呢？也有人认为，如今感人的影视、优美的旋律、难忘的画面已很少见到，似乎离开现实生活愈来愈远，与时下飞速发展的经济很不相称。这些现象颇可引起深思。

本卷刊发了一组议论和介绍当代文学创作的文章，目的就是为了活跃思想，激发思考。我们要特别向读者推荐李建军先生的《当代文学：基本评价与五个面影》一文[①]。欢迎广大读者就文化艺术、出版等领域的种种现象，各抒己见，展开讨论。在这样一个充满变化、飞速发展的时代，新的、旧的种种问题不时在我们的文化生活中涌现，如果能认真思考、真诚交流，也许会促使我们透过现象发现某些问题的实质所在。

（载《悦读 MOOK》卷十六，2010 年 4 月）

① 本卷在“当代文学怎么了？”题下，除刊出李建军的长文外，还同时刊有邵燕君的《文学的危机与文坛的分制》、丛治辰的《“八〇后”写作观察》。

世事沧桑，变化万千

悦读，最重要的自然是读书。一本好书，读后能拓宽视野，启人智慧，给人带来愉悦之情。在经济大潮的冲击下，看书的人越来越少，做书的人越来越多，一年居然可以制造出二十多万种新书。品种之杂，重复之多，质量之泛，恐怕又创造了一个“世界之最”。面对茫茫书海，选哪些书读呢？不少读者寄希望于媒体的推荐。然而，但凡同一时间，各个媒体同时推荐的“好书”，读来往往并不尽如所言。于是，有些读者连呼“上当”，不免心生疑窦：宣传这类书，是否有“红包”填底，抑或奉上级之“命”？媒体的可信度由此打了折扣。

书当然需要推荐的。我们也想在这方面作些努力。本卷刊出了几篇书评①，所荐之书，或许在书店中并不显眼，有的根本进不了国营大书店，但它们都有一些可取之处，似值得一读。刊发书评，尽量实事求是，言之有物。我们这一尝试，是否能得到读者的认可，还得靠大家来鉴定。

在这一卷的《人物春秋》专栏中，有两篇介绍与音乐有关的人士的文章②，有兴趣的读者不妨关注一下。这两位创作的歌曲作品，至今仍在千千万万民众中传唱。而他们的命运却迥异。一九四九年

---

① 本卷《悦读一得》栏刊有维舟的《评刘浦江著〈松漠之间〉》、梁捷的《粮食越多越饥饿？》（读［美］斯蒂尔著《食物越多越饥饿》）、周鸣之的《永远活在青春里》（读［智利］波拉尼奥著《荒野侦探》）、刘温克的《语谶虽真终是梦——梁启超〈新中国未来记〉漫笔》、张定浩的《见之于纸牍——〈清末民初人物丛谈〉小议》、田方萌的《走出气候变化的囚徒困境》（评［英］吉登斯著《气候变化的政治》）等。

② 本卷《人物春秋》栏刊有朱鸿召的《冼星海，延安文艺创作的异数现象》、蔡登山的《沪上才子·歌词大佬陈蝶衣》。

前，他们红遍各自生活的地区；而新中国成立以后，其中一位的旋律依然被传唱，响遍祖国大地，而另一位所作的歌词却被认为是“靡靡之音”，几近绝迹。上世纪八十年代以来，前一位音乐家的作品，渐被遗忘，电台、电视台难得播放他的歌曲，而后一位，却成各种媒体的常客，和他有关的歌曲，大街小巷到处可闻。真是世事沧桑，变化万千。读者或许可从中回味起一些东西。

本卷刊出的《烨·一九七九·耀眼的火光》[①] 一文也可一读，杨宪益、戴乃迭夫妇的名字人们并不陌生，可是对他们的儿子并不一定了解，这篇文章可以帮助我们对这一段挥之不去的历史，加深认识。对杨宪益、戴乃迭这对可视为中国知识分子代表的夫妇，有更全面的理解。

（载《悦读 MOOK》卷十七，2010 年 6 月）

濯去泥沙，留下珍宝

上一卷《悦读》刊出的《烨·一九七九·耀眼的火光》一文，被好儿家报刊转载，引起了许多读者的关注。可见，有关人物命运遭际的文章，反映了人物所处的特定时代，较易唤起读者对那一时期历史的回顾，产生同情，甚至共鸣。为此，本卷特地再刊出一批介绍人物的文章[②]。其中有名闻遐迩的作家、艺术家，也有名不见

① 作者为范玮丽，本文后收入作者著《金丝小巷忘年交》（北方文艺出版社 2015 年版）。

② 本卷《人物春秋》栏刊有郭启宏的《重读曹禺》、陈四益的《不算昭雪——丁聪生前未结的一桩公案》、张慧卿的《我所知道的李正文》、李建军的《蒋子龙的风度》、陈虹的《一本残缺的日记》、章小东的《寻美之路》、陶恒生的《南洋的“京派文人”连士升》等。

经传的平凡常人；有几近被遗忘的逝者，也有蒙尘几十年的革命者……他们经历不同，遭遇也各异，读后可能会启发我们更好地认识身处的历史时代，珍惜现在，瞻望未来。

历史长河滚滚向前，其中既有泥沙，也有珍宝，所谓大浪淘沙者也，即在纷繁复杂的每一历史河段，尽量濯去泥沙，留下珍宝，还其真实面貌。就拿六十年前发生的朝鲜战争为例，真相究竟如何，至今莫衷一是。本卷收录的中国、美国、朝鲜、韩国、俄罗斯等国的历史教科书，对这一战争的经过就各执一词[①]。这一现象不足为怪，所谓“历史是胜利者的历史”，其实并不尽然。如果谁能掌握话语权，照样可以随心所欲地按一己的利益粉饰或歪曲历史。真正受骗的还是被剥夺对过去、对祖国、对世界知情权的芸芸众生。

不了解历史的民族是没有希望的民族。此语不假，鉴古所以知今。弄不清历史真相，不知道何去何从，又怎能阔步向前，创造未来呢？一个无视自己历史的民族，不可能对未来有理性的追求。要准确地洞察历史、辨别真伪，并非易事。这需要严谨的史学家们的不懈努力，需要勇于说真话的过来人、知情者提供种种史实。当事人能如实地把经历付诸文字，积少成多，去粗取精，人们便能从这些点点滴滴的材料中，找到一些历史发展的轨迹。我们注重发表一些关于人物和事件的稿件，目的就在此。

（载《悦读 MOOK》卷十八，2010 年 8 月）

---

① 即本卷《历史往事》栏中的《历史教科书中的朝鲜战争》。

“思虑者智之道”

厨师希望烹饪的菜肴被人品尝；裁缝期待缝制的衣服人们爱穿；编书、编报刊者自然盼望所编的书刊拥有更多的读者。这些都是人之常情。因此，每当新一卷《悦读》问世，引起人们的议论，我们会感到由衷高兴，因为这说明读者的关注。本卷刊发的王学泰先生撰写的《读〈悦读〉随感》，是他读了近期《悦读》的一些想法。“思虑者智之道”，我们深受启迪。

阅读，是一件很有趣的事儿。有些文章的蕴意，并不是一目了然的，读者会根据自己的阅历和经验，去理解作者的原意；更有甚者，有的读者还能从文章的字里行间领悟到某些作者自己都未能意识到的亮点。这才是真正的阅读！当然，要做到这一点，并不容易。似需具备两个条件，一是作者和编者能为读者提供值得阅读的佳作；二是读者在阅读的过程中勤于思考善于想象。前者得靠作者、编者的共同努力，而后者则有待于读者自身的积累和修炼。如此，阅读之乐尽在不言之中。

提供什么给广大读者？这实在是一个很现实的问题。读者的水平和需求参差不齐，是迎合还是引导？！电视、报刊、书籍每天都在影响着人们。是培养人们积极向上的审美情趣；抑或是让某些不甚健康甚至流于低俗的东西牵着鼻子走，其间大有讲究。前者有助于提高人的素质，后者助长社会的不良风气。一部优秀的作品，一篇内容扎实言之有物的文章，对读者也许会产生振聋发聩甚至起一次灵魂洗涤的作用。反之，某些低俗氛围的长期熏陶，会潜移默化地侵蚀人们的灵魂。精神产品在社会生活中之重要性可见一斑。因此，我们建议，从事媒体工作的人们（包括我们自己），不妨认真思考并审视一下，自己提供的精神食粮是否合格？！

（载《悦读MOOK》卷十九，2010年10月）

2011年

很不平凡的一年

读者看到这一卷《悦读》，就快到二〇一〇年的年底了。在筹划这一卷稿件时，我们原设想请一些作者对本年度出版的新书进行一番梳理。可是，联系了好些作者，最后都未能如愿。一致的看法是，今年的出版物缺少令人注目的亮点，平平庸庸的书籍太多了，以至懒以提笔介绍。我们的策划也就付之东流。

其实，二〇一〇年是很不平凡的一年。这一年有太多让人捉摸不定的事。从初春起，天气就像脱缰的野马，一会儿冷，一会儿热，暴风雨、强震、严寒、酷暑接踵而至，常使人弄不明白究竟生活在哪个季节。怪异的气候也振荡了经济，弄得地球村的居民都忐忑不安。过去我们好些同胞一直无忧无虑，仿佛自己是生活在"一枝独秀"的土地上，打开电视机，看到的是歌舞升平；走在街头上，到处是洋店名、品牌的广告；欣赏文艺节目，剧中人似乎都不食人间烟火；一个又一个盛会，没有哪个国家可比拟的豪华奢侈场面，令人如痴如醉……然而，到了二〇一〇年的年底，人们不觉惊醒，我们的现实生活中还有着许许多多令人忧虑的问题啊！突袭而来的全国性的"涨风"，使大家坐立不安；上海的那场大火，人们从吞噬亲人生命的浓烟后，渐渐看到了一些不愿看到的东西。连绵数十里自发悼念的人流，一面行进，一面在思索……对现实的关注，会使人们更踏实地一步一步朝前走。

凑巧得很，编完这一卷稿件，发现有多篇与现实有关的文章。有对经济的分析，有对食品、气候、环境等问题的介绍……这些文章，或许没有那些写风花雪月的耐读，也不如奇人逸事吸引人，但它们却以确凿的数据和材料，告诉我们自己周围发生了什么，我们应该采取何种态度？作为一个读者，应该不断拓展自己的阅读面，除了阅读自己感兴趣的书籍和文章外，也应多留意平时自己很少涉猎的领域，这才能使自己在这纷扰的世界上，保持清醒的头脑。

（载《悦读 MOOK》卷二十，2011 年 1 月）

去芜存菁，历史才能存真

编完这一卷稿件，一个个人物在我的眼前挥之不去：其中有一介平民，也有身居高位的领导人；有在延安窑洞中成长的“八路军公主”，也有年已古稀仍执意一吐真言的科学家；有近百年前被刺杀的民国政府高官，也有身陷囹圄的学者；有几枚邮票改变了人生的燕京大学毕业生，也有冒死偷渡去香港后成为富翁的“逃港者”……[1] 他们彼此原来并不相干，可是，他

① 本卷《人物》栏刊有朱鸿召的《灰娃，“八路军公主”的故事》、钟桂松的《茅盾曾劝阻姚雪垠上书毛泽东》、范家材的《郑介初：方寸之间，百年沧桑——燕京传奇之一》、范泓的《汤化龙何至于要被刺杀？》等。

们的故事细细读来，竟联成一串，仿佛在诉说着什么。对！这不就是历史吗？从这些命运遭际各不相同的人物身上，我们感受到了历史的轨迹。

是的，历史的长河就是由一个个人的经历汇集而成的。有些人，有些事，历经几十年、几百年，甚至上千年的大浪淘沙，依然熠熠发光。而另一些人，另一些事，尽管离开我们仅几年、几十年，却早已不为人们知晓。所以如此，原因多多。一些作者和史学工作者是有责任的。有的被故意隐瞒，有的被披上了假象。从而使人们的认知与历史真实大相径庭。掩盖或歪曲历史，也许能蒙蔽人们于一时，而最终都无法阻挡历史长河奔流向前。

值得注意的是，最近出版的《中国共产党历史》第二卷以及中央报刊发表的一些纪念历史人物的文章，纠正了过去某些以讹传讹的虚假内容，还历史以本来面目。这是很鼓舞人心的好事，只有不断去芜存菁，历史才能存真。才有信史可言。

本卷发表的《逆批龙鳞的司马迁》① 可以给我们一点启迪。司马迁治史敢说真话，敢批逆鳞，不为尊、亲、贤讳，保持自己的人格尊严，不畏权势，秉笔直书，才为后人留下了那部历经岁月洗礼依然闪烁光芒的《史记》。近人陈寅恪先生治史，要求在历史中求史识，其核心即尊重历史的真实，摒弃任何虚假，这似应看作传记作者或历史治学者的基本品格吧！

（载《悦读 MOOK》卷二十一，2011 年 3 月）

---

① 作者为李建军。

书评是提高阅读兴趣的重要推手

几年前，朋友们聚在一起闲聊，一位对时尚特有兴趣者，摆弄着手中一部上市不久的电子书，兴奋地说：电子媒体真了不起，再过三年，纸质媒体——书籍和报刊都会消亡。此话一出，立即引起一阵激辩。三年过去了，纸质媒体并没有消亡！其实，再过三年、三十年，甚至三百年，纸质的书本依然会存在。这是因为书本有其特殊的魅力，它的装帧设计，它被人捧在手中时特有的感受，是其他媒体所无法取代的。

然而，纸质媒体确实也在走下坡路。尽管出版的数量反增不减，我国一年就有二三十万种新书问世，但许多出版单位步履蹒跚，阅读者愈来愈少。这是电子媒体的冲击造成的吗？并不全然！纸质媒体自身质量的滑坡，不能不说是一个重要的原因。粗制滥造的书籍比比皆是，套话空话连篇的报刊举目可见。读者不喜欢读，怎么能让纸质媒体繁荣起来呢？！

搞笑的是，不时见一些媒体发布“民调”说，我国全民的阅读率在逐年上升，图书销售网点在不断增加……可是环顾左右，谁都会觉察到读书的氛围在日渐淡漠。金钱的诱惑，充斥于屏幕和舞台的一些庸俗节目，改变着许许多多人阅读的兴趣。这是我们民族的悲剧！在这个世界上，任凭 GDP 有多高，不爱读书的民族，是不会有其地位的。

在编辑这一卷时，不由想到书评[①]，书评是提高阅读兴趣的重要推手。我们反对刊登“广告式”的书评——这是近几十年来一种流行的文体，或是受人所托，或是拿了别人的红包，文章中堆砌着种种溢美之词。这样的书评倒尽了读者的胃口。我们期望能发表一些有好说好，有坏说坏的书评，通过独具慧眼的作者从书籍中给我们传递出一些值得注意的观点和信息。这样或许能激起读者更多的阅读欲望。当然，这并不容易做到，让我们努力吧！

（载《悦读 MOOK》卷二十二，2011 年 6 月）

新的问题不断出现在人们面前

打开这一卷的《悦读》，建议先读一读资中筠先生的《关于中国社会转型的历史思考》一文。

三十多年来，遵照“摸着石头过河”的教诲，我们蹚河涉水，走出了一条举世瞩目的路。然而，毋庸讳言，纷乱如麻的大千世界，向人们提出了一个又一个意想不到的新问题。资中筠先生凭着丰厚的学识和对国际问题的深刻研究，对一些问题发表了自己的见解，

① 本卷《书友圆桌》栏以“现代风险带来的思考”为题，刊有维舟的《救灾政治学》，推荐曹树基著《田祖有神：明清以来的自然灾害及其社会应对机制》、［美］凯斯·R·桑斯坦著《最差的情形》；贾敏的《公民如何应对风险》，推荐［德］乌尔里希·贝克著《风险社会》、［法］让－诺埃尔·卡普费雷著《谣言》、［美］罗洛·梅著《焦虑的意义》和［美］罗伯特·帕特南著《独自打保龄》；鸣之的《比邻若天涯》，推荐［日］大江健三郎著《广岛札记》、张承志著《敬重与惜别》。同时在《悦读一得》栏刊发王晓渔的文章《历史并非往事——近期历史类书籍回顾》，介绍了高华的《革命年代》、王奇生的《革命与反革命：社会文化视野下的民国政治》、勒佩尼斯的《德国历史中的文化诱惑》、伯林的《苏联的心灵：共产主义时代的俄国文化》、野夫的《尘世·挽歌》、赵越胜的《燃灯者》、齐邦媛的《巨流河》，以及《许倬云谈话录》和江平口述《沉浮与枯荣：八十自述》等。

尽管是一家之言，但颇能启人深思。

新的问题不断出现在人们面前。诸如，严重的腐败现象屡禁不止，传统道德日渐沦丧……有的学者引经据典轻描淡写地解释说，这是社会转型时期必然会发生的，仿佛一切正常。其实，中国的国情不同，有些问题的背后，有着复杂的社会因素，别国的经验未必都对得上号。就拿文化发展来说，据说国际上的经验是：在“社会转型”期间，一个国家人均 GDP 超过三千美元，文化消费就会倍增，甚至会“井喷”。可是中国的情况并非如此。去年我国的人均 GDP 超过四千五百美元，但是文化消费却显露不断下降的趋势。症结何在？可见要弄明白中国的问题并非简单的类比所能解决的。认真地进行独立思考，才有可能透过现象，窥其本质。资先生的这篇文章提供给我们的正是这样的启示。

在编辑这一卷时，惊闻我国著名的文史研究大家章培恒先生神归道山，令人不胜悲痛。《悦读》创办伊始，就得到章先生的热忱关怀和支持。先生的挚友说，近年先生沉疴缠身，无法多看书时，还常把《悦读》放在枕边，这是他最后翻阅的一本书。这使我们十分感动。先生的关爱，将激励我们尽心尽力地办好《悦读》，以寄托对章培恒先生的深深缅怀和哀思[①]。

（载《悦读 MOOK》卷二十三，2011 年 9 月）

① 本卷《怀人集》刊有陈四益的《章培恒先生》、章培恒的《〈日本汉学史〉序》和李庆的《〈日本汉学史〉后记》。

辛亥革命百年了

这一卷《悦读》问世之时，正是一百年前起义新军在武昌城打响第一枪的纪念日。

一九一一年十月十日爆发的辛亥革命，一举起义成功，推翻了近三百年的清王朝，结束了近三千年压在中国人民头上的封建帝制，开启了中华民族走向现代化的新纪元。

这是中国历史的大转折。遗憾的是，我们不少同胞或是遗忘了这场革命，或是知之甚少。在组织本卷稿件时，我们曾征求了一些读者的意见。其中有青年学生，也有已步入不惑或知命之年的中年人。当问及是不是知道辛亥革命？得到的回答多半是“不太清楚”，或者漠然摇头。一百年并不算遥远，可是这场攸关中国命运的革命在一部分人的记忆中逐渐消失了。其实，说来也不奇怪，这些年，类似的事并不罕见。别说一百年前发生的事，就是二十、三十年前的近事，也被淡忘了。细究起来，而今社会营造的气氛，使不少人从孩提时代开始，关心的就是明星、时尚、品牌和八卦新闻。有的在 KTV 中，能准确背唱出几十上百首流行歌曲，但就是不清楚孙中山、袁世凯、宋教仁、张謇、黎元洪……是何许人，有的甚至连名字都不知道，这不能不说是我们民族的悲哀。

当然，社会特别是教育难辞其咎，而史学研究工作者也是有责任的。辛亥革命发生一百年了，翻阅近几十年有关的出版物，对于这场革命及其历史人物的研究不能尽如人意。有的历史人物的评价，近些年才注意还其真面目；对一些事件的看法也逐渐回归真相；可是有关的教科书离历史的真实还有相当距离……这些都有待进一步的努力。须知辛亥革命是一场改变中国三千年命运的大革命，带给中华民族的震荡，至今尚未结束。

在这一卷中,我们刊发了几篇有关辛亥革命的文章[①] ,作者从不同的视角发表了自己的看法，供读者们参阅。

（载《悦读 MOOK》卷二十四，2011 年 10 月）

① 本卷《特稿》栏刊有傅国涌的《辛亥百年变局》，林东海、宋红关于南社的《血钟英响 志士悲歌》，周帅探讨王国维、罗振玉、沈曾植、郑孝胥等精神世界的《清遗老与辛亥革命》。

2012 年

不可思议的“命运”

有位作者来访，随手翻阅即将付梓的这卷清样，脱口而出：这一卷可谓是人物专辑。说的也是，尽管组稿时并非有意为之，但最后选定的稿件，有关人物的内容竟占了很大一部分[①]。

细读起来，所涉及的人物遭遇各不相同，既有对改变人类生活产生过重大影响的科学家，也有兢兢业业执教几十年的老教授；有含冤而死的革命者，也有因说了一两句“错话”就身陷囹圄的青年……五花八门，命运各异。其中，有些人的经历，今天看来颇有点不可思议。例如，鲁迅逝世时，曾参与抬棺的青年作家周文，解放后，在一场政治运动中，从革命的领导者一下子成了革命的对象，最终含冤而死，一个人的生死存亡可由“组织”随意摆布。大量的第一手材料摆在面前，令人感慨系之。刊登这类文章，并不仅仅是介绍故事，而是希望引起人们的一点思考：这些现象是如何产生的？温故而知新，也许能防止此类悲剧的重演。特别对于青年人，

① 本卷《人物》栏刊有朱鸿召关于周文的《政治运动中的事理与人脉——一个领导干部在“运动”中的生死浮沉》、王水照的《“福寿绵长”——记吴小如先生》、邹霆的《无限的怀念、无尽的哀思——写在杨宪益逝世两周年之际》等。

了解自己的父辈是从怎样的政治和生活环境中走过来的，不无益处，能帮助他们理解生命的价值。

其实，对于刊发有关介绍人物的稿件，我们内心不无顾虑。因为而今无论是专访、口述、自传，或是根据史料写就的作品，编造搀假成分实在太多。有的作者并没掌握多少材料，却以一支“生花妙笔”，为人涂脂抹粉，吹捧上天；有的通过介绍有关人物，抬高自己，在作品中不惜笔墨描述与某“名人”某“大师”的亲密关系，借以宣扬自己，不少人物早已驾鹤西去，这就叫“死无对证”。而白纸黑字上的宣扬，可为自己今后登上“名家”、“大师”的宝座增添资本。如此作为，既腐蚀文坛，也败坏了社会风气，似应揭而穿之，予以杜绝。

（载《悦读 MOOK》卷二十五，2012 年 1 月）

鲁迅生前活得颇累……

这一卷作者的来稿中，有多篇谈及鲁迅[①]。编稿之际，鲁迅的身影不时映现眼前。今天的青年也许较少读鲁迅的作品，不甚了解鲁迅究竟为何许人？可是鲁迅的名字仍将永远镌刻在中国的历史上。鲁迅一生可谓命运多舛，身后也不寂寞，忽而被捧上了天，被奉为“中国的第一等圣人”；忽而又遭种种非议，甚至原来被收录在教科书中长达半个多世纪的作品，也被逐出门外。

① 本卷《特稿》栏刊有王得后的《听“鲁迅精神与当代文化建设”研讨会有感》、骆玉明的《鲁迅与魏晋》等。

其实，鲁迅生前活得颇累，无由的诽谤、中伤、诬陷、造谣……冷枪暗箭时有袭来。有的来自他的敌人，有的则来自某些心怀叵测者。他们不间断地向鲁迅泼污水，甚至揭发他的作品是“抄袭”的……可谓无所不用其极。然而，鲁迅毕竟是鲁迅，他犹如一棵顶天立地的大树，在邪风恶浪中岿然不动。他从不急于表白，也不会无端地把手稿摊在地上，以示清白。鲁迅的应对原则是：一是鄙视，不理不睬；二是适时反击，揭穿谰言。清者自清，浊者自浊。鲁迅说：“上海之文坛消息家，好造谣言，倘使一一注意，正中其计，我是向来不睬的。”“与此辈讲理，乃反而上当耳。”

此招高明。大千世界，无奇不有。一旦受人诽谤中伤，急于自清，枉费精力，岂不耽误了正事？！如果当年的鲁迅，一听到诬陷，马上反击，到处申诉，怎么还有时间和精力去关心民族和国家的大事，怎有可能写下如许可影响中国几代人的时代檄文。

鲁迅说过：“造谣说谎诬陷中伤也都是中国的大宗国粹。”真乃一言中的。虽时隔大半个世纪，依然是掷地有声的至理名言。而今，随着网络的普及，人们的交流和信息的传播方便多了，个人的话语权也增加了。可是，随之而来的是一些好事者趁虚而入，鱼龙混杂，某些无聊的文章和争论充斥其间。如果一概认真应对，不仅浪费精力，搞得身心疲惫，而且影响正事。不妨学学鲁迅，增强辨别能力，珍惜自己的话语权，让有限的时间和精力多做些有益于民族和国家的大事。

（载《悦读 MOOK》卷二十六，2012 年 3 月）

多看些书，多作些思考

一位素昧平生的读者日前给编辑部来信，说他在一次旅途中偶然发现一本《悦读》，翻阅之下，大有相见恨晚之感，他自小喜欢读书，爱逛书肆，却从未见过这本杂志书，媒体上也未见有关的介绍。何故？

这位读者语重心长，点到了《悦读》创办以来一直未解决好的一个问题——宣传和发行工作尚不理想。尽管连年来通过口口相传、邮购等途径，读者和作者队伍都在不断扩大，但距办刊的要求仍有相当距离。借此机会，说上几句。

《悦读》已办了二十七卷，我们一直在寻找自己的读者。这是一本有关书的书，杂志的特点是“杂”，应尽量想读者之所想，供读者之所需。在内容上努力做到丰富多彩，触角广泛，信息量大，以助读者在愉快的阅读中增长智慧，开阔视野，加深对人生和社会的理解。

举一个例来说，近来常听到人们感叹，现实生活太离奇了，较之文艺作品更显诡谲多变，出人意料，难以想象。其实，多看些书，多作些思考，还是能知其脉络的。最近，温家宝总理在十一届全国人大五次会议记者会上说：“‘文革’的错误和封建的影响，并没有完全消除！”此话振聋发聩！这也许是当今发生的许多问题的渊源，也是影响当今社会前进的不可忽视的两个原因。然而，什么是“‘文革’的错误”，什么是“封建的影响”，人们未必都了然于心，也决不是听几个报告，发若干议论，就能知其所以然的。只有通过大量的事实，当事者真实的回忆，才有可能痛定思痛，提高认识，肃清流毒，吸取教训，在实践中不再重蹈覆辙。

在这方面，媒体应尽自己的责任。不妨多留下些真实、可靠的文字资料，以供人思考。我们也应该为此而作出努力！

（载《悦读 MOOK》卷二十七，2012 年 5 月）

打破禁锢思想的固有框框

二十年前，提起“蒋介石”这个名字，人们立即联想到“人民公敌”这四字，把他看作怙恶不悛的“反动头目”。其实，不少人连他的照片都未见过。脑海中的印象多半来自某些教科书的描述，以及漫画中那个额头上贴着膏药手中握着匕首的形象。然而，时代在进步，改革开放打破了许多禁锢思想的固有框框。蒋介石日记、书信、档案等相继解密，研究人员得以从大量的第一手资料中作实事求是的分析研究，逐步还其以本来面目。本卷刊登的陈铁健先生的《得失成败之间》，就是一篇这样的文章，颇可一读。

由此得到一点启示：很长一段时期来，对待错综复杂的历史事件、历史人物，我们总习惯于作简单的判断：非黑即白，非白即黑；好人一切都好，坏人万事皆恶。推而广之形成这样一种思维逻辑：敌人反对的，我们必须支持；敌人支持的，我们都要反对，否则就有“立场”问题。历史现象及社会矛盾纷繁复杂，只有通过对大量事实的综合分析，才有可能理出头绪，透过现象认识其本质。“爱而不知其恶，憎而遂忘其善”此类绝对化思维方式，是难以得出公正而符合历史真实的评价的，其后果贻害无穷。本卷介绍的傅鹰教授的遭遇[①]，也说明这一点。这位怀着报国热情的海归科学家，因所

① 即本卷《人物》栏所刊陈徒手的《傅鹰：“中右标兵”的悲情》。

在单位基层领导的绝对化思维方式，一直被视为“批判对象”，使之心力交瘁，痛苦不堪，许多精力被白白浪费。类此教训，令人痛心。

而今我们的经济要不断发展，政治体制的改革要进一步深入，人的思维如果不跳出旧的窠臼，是难以适应的。温家宝总理多次说过：“独立之精神，自由之思想”是他一生崇尚的格言。他鼓励大家发扬崇尚理性、追求真理的科学精神。对人对事如能做到这点，才有可能真正摒弃绝对化的思维方式，让思想赶上形势的发展。

（载《悦读 MOOK》卷二十八，2012 年 8 月）

北京人艺的甘苦艰辛

北京人艺创立至今已整整一个甲子，本卷刊登郭启宏先生的文章《于是之与北京人艺“小作协”》，以示祝贺。

在中国当代文化史上，北京人艺书写了灿烂的一章。这是一个颇有特色的文艺团体，说其是“前无古人，后无来者”，或许有些武断。但纵观北京人艺六十年的历史，无论刮什么风，其办院宗旨最终都没变，始终能一以贯之地坚持自己的艺术主张和风格，为观众留下了如许久演不衰的剧目，拥有如许享有盛誉的第一流演员，这样的评价绝非妄言。

近年来，一直在呼唤文化的大繁荣，有关部门也是煞费苦心，口号喊得震天价响，资助的钱哗哗而流，仿佛有了豪言壮语，有了钱，就会出现好作品，就能培养出类拔萃的人才。然而事与愿违，且看舞台和荧屏上，灯光布景无比炫丽奢侈，演出排场日益庞大豪华，可是观众却过目即忘，未能留下什么印象。

衡量文化是否繁荣，关键在于能不能创作出经久耐看的传世之作，有没有为之矢志终身的一流的创作人才。郭启宏先生文中介绍于是之先生抓创作的经验，似颇值得文化部门的领导借鉴。六十年来北京人艺经受时代风雨的洗礼，积累了一批经得起历史检验的优秀剧目，几十年前演出时盛况空前，而今依然一票难求，新创作的剧目常常赢得满堂彩。何以如此？其中的甘苦艰辛，颇值得细细琢磨推敲。相比近年某些作品，赶时髦，奔“钱”途，甚至不惜媚俗，有的可以热闹一时，但随着风向的变化，顿时黯然失色。由这些作品堆积起来的文化，难言繁荣。

文化艺术有其自身的发展规律，认定目标，全力以赴，耐得寂寞，不计名利，不慕“钱”途。北京人艺的经验似可说明这一点。演戏如此，出版、办刊物、创作、歌唱、跳舞……又何尝不是如此？！

（载《悦读 MOOK》卷二十九，2012 年 10 月）

“志行万里者，不中道而辍足”

常言道：三十而立。人到了三十岁，就会自立于世，如鲁迅先生所说的，“人立而后凡事举”！那么，对于一本杂志书来讲，出版了三十卷，可否也算迈进“而立”之年？！

的确，《悦读》创刊至今，已经出版了三十卷。回顾步过的脚印，不免有点诚惶诚恐。一本杂志书和人一样，都在经历生命的成长。从蹒跚学步，到昂首迈进，并非易事。我们自觉还像个未成年的孩子，还在不断摸索，不断调整。创刊伊始，曾立下一个目标：希望在这纷繁的社会中，能为读者提供一份清新的精神食粮。而今三十卷相继问世了，仔细盘点一下，离开这个目标还有相当距离，还有许多不足之处。

首先是读者面不够广阔，很多书店至今还未见《悦读》的影踪。创办以来，全国不少报刊的专刊、专栏都陆续采用“悦读”作为刊名，但许多读者却未见过率先使用这一刊名的这一本杂志书。这不能不说是我们工作上的失职。

其次，作者队伍还有待进一步拓广。目前许多全国第一流的作者出于关爱，经常主动提供佳作，使《悦读》得以保持一定的品位和质量，但要更上一层楼，还需吸纳更多的、各个年龄层次的作者。这方面还有大量的工作要做。

在内容上，更需不断充实提高，丰富内涵。编者在二十余年前曾编发过一篇题为《把历史的真相告诉人民》的稿件，这个标题至今记忆犹新。这应该是媒体人义不容辞的基本责任。了解真相，人们才不至于迷茫，才不会信谣，才会对历史的发展充满信心。可是，要做到这一点，并非轻而易举，我们还得继续努力。

借出版第三十卷的机会，作了如此粗浅的盘点，无非是希望把第三十卷，作为一个新的起点，继续迈步向前。所谓“志行万里者，不中道而辍足”，也许只有借此自励，才有可能逐步实现办刊的目标。

（载《悦读 MOOK》卷三十，2012 年 12 月）

2013年

把真实的历史留给后人

读者一定会发现，本卷长篇文章较集中。然而，文章虽长，都有可读之处。

资中筠先生的《人性·文化·制度》是一篇值得细读的文章。作者以丰厚的中西学养，经过深邃的思考，对近些年人们在议论、争论和思索的一系列问题，提出了自己的见解，颇有参考价值。旅居美国的巫宁坤先生，在翻译和英美文学的研究上，成就卓著。多年前他用英文撰写了一篇自传，近日嘱儿子巫一丁先生翻译后，交我们发表[①]。巫宁坤先生的经历，在今天的年轻人看来仿佛是天方夜谭，但老一辈知识分子，或多或少对此类遭遇深有体会。了解那段历史，就是为了我们国家不再出现那样的历史。郃浴日先生的《布拉格访一家博物馆》，介绍了位于东欧的捷克半个多世纪以来的风风雨雨。过去我们国门紧锁，对域外的了解，往往局限于媒体宣传的单一观点，对捷克也是如此。如今，随着时代的进步，许多材料逐渐公之于众。原来捷克走过的是这样一条路！

---

① 此文题为《从半步桥到剑桥》。

值得一提的是虞非子先生的《卢新华的“泥牛”及其“变型”》。短篇小说《伤痕》的发表是改革开放以来的一朵小浪花。然而，仅过了三十年，对这篇小说发表的经过冒出了各种各样的说法。当事人叙述前后不一，真正的“伯乐”几乎被淹没。虞非子先生从大量资料中，爬梳剔抉，叙述事情的来龙去脉。刊发此文并不单是为了弄清事实的真相，而是想借此提醒大家：如今的传记、自述有不少是随意编造，错漏百出。即便是党史、国史上涉及的某些事件注水掺假现象也并不鲜见。试想，当代人都弄不清当代的事，后人又怎能获知历史的原貌呢？一个没有记忆的民族是没有希望的民族，一个没有历史的民族是没有未来的民族。希望更多的有心者能做些拨乱反正的细致工作，把真实的历史留给后人。

（载《悦读MOOK》卷三十一，2013年2月）

开拓视野，寻求真谛

首都北京，是全国人文精华荟萃之地。阳春三月，在《悦读》出版三十卷之际，由二十一世纪出版社张秋林社长促成，在北京举行了一次座谈会。

是日，京城风轻云淡，艳阳高照，一派春回大地景象，来自人文社科不同领域的学者专家，欢聚一堂，畅抒己见。既给予这本杂志书以热情肯定和鼓励，又提出了不少改进的意见和建议，气氛热烈融洽，令编者得益匪浅，本卷摘编若干发言，以飨读者。

开拓视野，寻求真谛，是学者专家们对《悦读》办刊宗旨的建设性定位。说真话，写真事，持真理，将《悦读》办成一份具有高品位、富有思想性的人文杂志书，是大家的殷切期待，也正是编者梦寐以求的境界。内容兼容并蓄，历史性、现实性、知识性、趣味性兼顾，形成大中小结合，雅俗共赏的风格，表达了作者、读者与编者的共识。

事在人为，办好刊物的前提是良好的人脉。要拥有一批优秀的作者（包括老中青各年龄层次），团结作者越多，涉及知识面越广，刊物就办得越多姿多彩。对此，与会者献计献策，语重心长，令编者深受感动。

《悦读》创办至今，一路摸索前进，积累了一些经验，但要坚持办刊宗旨，满足作者和读者多方面的需求，还存在不少差距。俗称“三十而立”。进入而立之年，如何使这本杂志书更上层楼？专家学者们诚挚而热情的话语，使我们如沐春风，如饮甘泉，不仅帮我们清醒地认识今天，更激励我们勇敢地迎接未来。我们愿将这次聚会作为起点，进一步确立为实现“梦想”而奋斗的信心，努力缩小差距，以答谢大家的厚爱。

（载《悦读 MOOK》卷三十二，2013 年 4 月）

这就是我们时代的“成功”的标志吗？

近日，报刊、屏幕上高频率地出现郭敬明的名字和身影。一些刊物的封面一改只登靓女帅哥的惯例，也让他频频“亮相”。不由想起，《悦读》出了三十余卷，还从未提及过其人，这不免有悖于这本杂志书兼容并蓄的方针，于是，本卷中补充了一些有关的资料，这并非为了凑热闹，而是为素不了解他的读者提供一些感性的材料[①]。

几年前人们还习惯称郭敬明为小四、四崽、四姑娘，近来却尊称他为郭导、郭总、郭老师。他曾待过一年多的某大学，把他迎了回去，党委宣传部长恭敬地称他为“先生”。真是时过境迁，身价大变！何以如此？该所大学在他身后打出一幅大字幕：“这是他的时代！”答案也许正在这里。

听人们介绍说，郭敬明取得了“成功”。确实，他写的作品，他编的刊物有千千万万粉丝，他成为了作家中的首富，他很有钱，也很会花钱，甚至把自己的全身都挂在“名牌”上。令人纳闷的是，难道这就是我们时代的“成功”的标志吗？而今真到了以金钱多寡衡量一个人成功与否的时代了吗？

成年人很少读郭敬明的作品，他的粉丝主要是十八岁以下的少女少男，在他的作品和出版物中，宣扬名牌、宣扬享乐、宣扬奢侈是永恒的主题。今天不少青少年自小就懂得追求名牌，羡慕享乐的生活，而漠视精神陶冶、道德上的教养和追求。郭敬明之功似莫大焉！

有人总结郭敬明成功的秘诀：“顺从、借势、勤奋而聪明”。也许不无道理。这应该引起我们的深思。郭敬明不说不顺耳的话，就有人给他创造种种条件，推荐其加入中国作协，提供各种发展的平台。即便是一再抄袭，也被一再容忍。至于他的作品会产生什么影响似乎无关紧要。而对另些人，由于说了几句真话，就感到不顺耳，恨不能将其贬入冷宫。须知，“顺从”，未必对社会有益；“逆耳”，可能会更有利于肌体。我们是最讲究社会效益的国家，有时却常常

① 本卷《人物志》栏“从近期媒体上摘录”了一组“材料”，题为《郭敬明其人》。

忽略这一点。

（载《悦读 MOOK》卷三十三，2013 年 8 月）

“奉法者强则国强，奉法者弱则国弱”

读者可能会诧异，这卷《悦读》为何刊登了一篇有关会计专业的文章[①]，而且放在首篇？！确实，收到这篇稿件时，最初我们也以为作者投错了地方，但认真读后，觉得这是一篇启人深思的文章，值得向读者推荐。

作者是一位原在国内从事经济研究，后又定居海外的美籍华人，对国内和美国的情况都十分了解。他把两地的会计工作作了对比，没想到会计这项技术性十分强的业务，由于各自制定的规章制度不同，执行的力度差异，竟会导致完全不同的结果：既可保证经济活动正常开展，也可让不少腐败现象由此滋生。

如今全国上下都在思考改革怎样向纵深推进。到处乱窜的“苍蝇”、潜伏深山的“老虎”正在不断侵蚀着我们的“肌体”，人们气愤填膺，却常又无可奈何。这篇文章给我们启示，如有好的规章制度，并能严格执行，腐败是能遏止的。凭心而论，改革开放以来，各级领导反腐败的决心不可谓不大，制定的各种各样制度、规定，在各种场合的讲话、指示真是数不胜数。可是至今腐败现象仍触目惊心，愈演愈烈，关键就在于没有不折不扣地执行，缺少严格的监督。就

① 即陈申申的《中美会计经验谈》。

拿不久前揭露出来的，在世界上也罕见的上海法官集体嫖娼的丑闻来说，几十年前公布的党员准则就规定，接受异性按摩要受党纪处分，如果这些规定不形同虚设，能严格执行，这批法官也不会堕落到这一步了。

韩非子曾云："奉法者强则国强，奉法者弱则国弱。"制定出好的制度，必须严格监督执行，改革开放和反腐败这些工作才能顺利推进，否则规定再多也枉然。

阅读无禁区！但凡有益读者、发人深思的文章，都是我们组稿和选稿的范围。感谢并竭诚欢迎广大作者、读者热忱支持。

（载《悦读 MOOK》卷三十四，2013 年 10 月）

不少问题须重新思考

这一卷内容较"杂"。众口难调，这是令厨师最为头痛的问题。编书编刊何尝不是如此。面对不同层次、不同年龄、不同爱好的读者，如何把《悦读》编得杂而不乱，内容丰富，雅俗共赏，使之各得其所，确实颇费斟酌。但愿大家在这一卷中都能找到自己喜欢的篇章。

作为编者，我们建议不妨再关注一下其中两篇：一篇是资深外交家柯华的《我对英国社会的思考》；一篇是王俊年的《零距离看美国》。柯华年轻时便投身革命，一辈子执著追求着理想；王俊年也曾是满腔热血，憧憬未来。他们有机会较长时间生活在海外，此前，对世界的看法与教科书上所说的并无二致。可是，在海外生活久了，有条件作深入地了解，发现不少问题须重新思考。柯华文章中提到的王震将军，颇有代表性。粉碎"四人帮"后，邓小平要一些老同志出国看看，外国到底是什么样的。观点素来激进的王震，访问了英国的失业工人和农民，见到他们住别墅、有沙发、有冰箱、有电视，感叹地说："如果都换成共产党的领导，那不就是社会主义吗？是共产主义了。"这位戎马一生的将军，在这儿发现了"社会主义"。

改革开放以来，涌出国门者何止千万，借"考察"为名公费出国的不计其数，但回国后能认真思考，认真写出启人深思的"调查报告"者寥若晨星。资本主义发展到今天，究竟哪些是他们的弊端，哪些是值得我们借鉴的，好些人至今心中无底。今天，我们社会中出现不少腐败的现象，有些人一言以蔽之，这是海外敌对势力带来的！其实，有些社会的阴暗面，人家早已有措施加以防范和克服，我们这儿却无拘无束地滋生着。对人家一些好的制度、好的措施、好的管理方法置若罔闻。看来真正把人家好的东西学到手，把坏的东西拒之门外，还真不容易啊……

似乎还有很多话想说，纸短话长，就此打住，想必读者一定会有更多思考的。

（载《悦读 MOOK》卷三十五，2013 年 12 月）

2014年

真实的“个人史”同样具有历史价值

近些年，一批讲述“个人史”的出版物成为读者关注的热点。我们也来凑个热闹，刊出几篇叙述个人往事的文章。其中有著名学者的童年回忆，也有名作家后代对往事的缅怀，还有当年在延安窑洞向毛泽东提出历史周期率的黄炎培先生的一张合家欢的故事……①

这些文章所述的内容似较琐碎，有的纯属个人的家事，可是，它却能让我们感受到历史的脉搏。多年来，我们习惯于从教科书中获得历史知识，遗憾的是，教科书不断地在变化，使我们对人，对世事的看法常会出现朝三暮四的情况。对自身的经历都不能正确认识，遑论向未来迈进？！探索历史规律，是历史研究者的职责，我们期待史家能提供实事求是、真实的历史教材。然而，历史离不开人的经历，千千万万人创造了历史，如果人们通过各种形式叙述往事旧梦、人生经历，将帮助我们更具体而感性地了解历史。对历史上的某些事件和人物，存在异见，并不奇怪。你可以说大饥荒没有

① 本卷《特稿》栏刊出的“个人史”有黄鲁淳的《从一张黄炎培全家合影谈起》、王学泰的《小学纪事》、陈虹的《童年啊，童年》、述弢的《刻骨铭心的饥饿记忆》。

饿死多少人；你可以对“文革”仍怀温情；也可以为给中华民族带来灾难的某些人物作辩解。但是当读了有关的、活生生的“个人史”之后，看到许许多多普通人经历过的灾难，他们是怎样在生死线上挣扎着活过来的，也许就不会被某些表面的口号和现象所迷惑了。

真实的“个人史”同样具有历史价值。把自己的经历记录下来，集腋成裘，某种程度上可以反映中国历史的侧面。一位外国的思想家曾说过：“个人性即社会性，最具个人性的也就是最非个人性的。”通过各种媒体，把那些个人性的真实的回忆保存下来，可说是对人的尊重，对历史的尊重，也是对历史的负责。

（载《悦读 MOOK》卷三十六，2014 年 2 月）

这二十四个字似应让每一个人铭记在心

二月的一天，正当筹划这一卷的稿件时，忽然见到全国大多数报纸在报眼位置套红刊登了二十四个字：富强、民主、文明……“文革”以后还很少见到如此的宣传阵势。接着，听到种种议论：人们称赞这二十四个字好，如能认真付诸实践，国民的素质不会下滑了；也有人感到意外，而今怎么宣传起这二十四个字？！有的甚至纳闷：“民主”、“自由”、“平等”、“公正”、“法治”……这些概念，前不久不是还有人在写文章批判是“某某价值”吗？……

其实，声势虽大却并不意外。这二十四个字，作为“社会主义的核心价值观”，在党的“十八大”上早已提出，今年年初，中共中央办公厅还专门发过文件。遗憾的是当时并没有引起媒体的足够重视，有的报纸连消息也懒得刊发。也许正因如此，才有了那天的“统一行动”。按经验，没有主管部门的指令，是无法如此步调一致的。

如今某些媒体的兴趣令人捉摸不定。某名导多生几个孩子，记者蜂拥而上打听细节；某演员婚外恋，记者不厌其烦一再做文章……而对有关提高全民素质的重要内容，却视而不见。直至“统一行动”后，才有所重视。可是宣传内容上对“友善”、“诚信”、“敬业”这些着墨较多，而对“民主”、“自由”、“平等”、“公正”、“法治”……似乎尚心存忌讳，不那么直白。这也难怪，当年，周扬作了一次关于“人道主义”的报告，就遭到了胡乔木的批判，就此一蹶不振，在病床上了却此生。直到后来胡耀邦肯定了这个报告，人们这才理直气壮提起“人道主义”。对这二十四个字宣传上的不平衡，是否心有余悸之故？

其实，这二十四个字是一个整体，缺一不可，似应让每一个人铭记在心。对这二十四个字的宣传仅仅是开始，作为媒体，应该将这些内容融入自己的报刊、屏幕、书籍之中，努力使读者从中汲取精神的力量。想到这一点，我们对本卷该发哪些文章又冥思苦想起来……

（载《悦读MOOK》卷三十七，2014年4月）

没有文化的民族，是没有希望的民族

感谢资中筠先生，把最近撰写的一篇长文提供给《悦读》刊登[①]。文章娓娓道来，详细地介绍了自己学习中文的经历。此文很值得大家、特别是中青年读者认真读一读。

① 资中筠长文题为《中文是一种文化底蕴》，系“根据2014年4月13日在南京‘亲近母语’论坛讲话增订和补充”。

读过资中筠先生著作，听过她演讲，与她有过接触的人，都会为她敏锐的思想，丰富的学识，温文尔雅的谈吐所倾倒。从这篇文章可知，这一切并非由生而来，而是和她儿时所受的中文教育，有着密不可分的关系。诚如资先生所说：作为中国人打一点中文基础是一种文化底蕴，一种熏陶，有这个熏陶和没这个熏陶，跟人的思想深度，人的审美的品味是不一样的。

确实，一个中国人，能不能学好中文，与他的素养有着极大的关系。现在人们都在感叹整个社会的人的素质在下降，恐怕一个重要的原因就在于我们忽视了中文教育。资先生自叹和老一辈的学者有很大差距，而如今的中青年，与资先生相比也是望尘莫及的。确实，我们不可能再有资先生及老一代人那样学习中文的环境和条件，但至少应该少一些干扰和破坏，不能让中华文化传统就这样在我们手中一点点地消逝。

要真正传承中华文化，并不是靠高举“国学”的旗帜，让少年儿童背诵《三字经》《弟子规》这些古文，身着汉服，在孔老夫子像前三拜九叩，就能达到的。不时看到报刊上刊登这方面的新闻和照片，真令人忍俊不禁。这其实是一种误导。真正要学好中国文化，靠这些形式上的功夫是没有用的。还得像资先生那样，从书本中点点滴滴地学起。应该看到，我们现在还缺乏良好的学习中文的社会氛围。丧失责任感、缺少文化素养的一些媒体人，使屏幕上不时充斥着俗不可耐的节目，书店中码放着粗制滥造的书籍，这自然影响了更多的人，我们的中文水平愈来愈下降也就不奇怪了。

没有文化的民族，是没有希望的民族。尽管中华民族有着灿烂而悠久的传统，但这些都是先辈们积累和创造出来的。今天如果我们不能好好地加以珍惜与传承，也将成为一个没有希望的民族。当然，谁也不愿意看到这一局面在我们这一代出现。

（载《悦读 MOOK》卷三十八，2014 年 6 月）

“人若不知自己民族的历史，将在劫难逃”

着手编辑这一卷时，传来了党中央决定立案审查周永康的消息。大虎被擒，群情激奋。如今不用再奔走相告，手指轻轻一点，“微信”就可把想说的话告诉想告诉的人。喜极不待语，泪尽方一哂。据说，那晚千千万万的人在网上欢呼。人们如此兴奋，是因为看到了中央反腐败的决心。特别是党中央的喉舌随之告诉人们，这并非是反腐败斗争的“句号”，更让人们见到了希望。许多媒体闻风而动，发文章、揭老底、做分析……好不热闹！

《悦读》不属时政类出版物，否则也会重新安排版面，为当前的反腐斗争摇旗呐喊。此刻，确有很多选题在脑际萦回：腐败之风是如何滋长的；“苍蝇”怎样变成“老虎”的；自古就有“王子犯法与庶民同罪”之说，历朝历代，是否做到？有待考证。而今党中央提出对腐败“零容忍”，看来此说就不会是一句空话了……

《悦读》的定位虽不适宜刊发时政类文章，但这并不妨碍我们与大家一起思考。习近平同志最近说：“历史是最好的教科书。”我们可以与读者一起翻开历史，提供素材，从中得到启迪。正如本卷刊发的朱正先生文[①]引范亦豪先生自传中的一段话：“西哲有云：人若不知自己民族的历史，将在劫难逃。不愿再遭劫的中国人尤其

---

① 即本卷《往事》栏所刊朱正的《把自己的经历写下来》。

需要知道自己民族的历史——真实的历史。然而，即使是不作伪的信史大约也只能是个骨架，个人史才是使它丰满起来的骨肉，有血有肉的历史，它就活了。”为此，我们有志于为读者提供这方面的稿件。就拿本卷来说，迎面走来的吴江、黄万里、张钦礼、卞之琳、王瑶、庄则栋……[①] 他们的经历、他们的遭遇、他们的沉浮，颇发人深思，有助于对我们的体制、我们所走过的道路，以及未来，作出回顾与期望。

（载《悦读MOOK》卷三十九，2014年9月）

① 本卷《人物》栏刊有陈侃章的《吴江先生二三事》、黄鲁淳的《从黄万里的一首五言律诗谈起》、朱鸿召的《卞之琳，求证无中生有的爱情》、王得后的《王瑶：鲁迅学术的传人》，并在《人物志》栏，以“兰考另一个不该被遗忘的领导”为题，选摘了陈健的《张钦礼一案的前前后后》（原载《炎黄春秋》），以“庄则栋自杀未遂和婚姻的破裂”为题，选摘了鲁光的《沉浮庄则栋》。

2015年

真相终会大白于天下

这一卷“书海巡游”专栏中，刊登了赵瑜的报告文学《马家军调查》十六年前发表时被删去的一章[①]。这部报告文学当年曾引起轰动，可惜这一章的内容无缘与读者见面。如今读后，令人震惊，也发人深思。

这一章写的是兴奋剂使“马家军”这支被亿万中国人引以为豪的运动队，顷刻间如沙城倒塌的经过。当年被禁止出版，而今能公开发表，这从一个侧面反映了我们社会在进步！试想，当年如果谁公开说我们引以为荣的体育健儿是服用兴奋剂的，那些彪炳世界体坛的纪录是用兴奋剂换来的，轻则，会被说成是“传播谣言”，重则或许还会受到惩罚。如今，事实的真相可以重现天日，一切都可以公开说。

历史的真相，有时被蒙上一层面纱，人们往往很难窥其真面貌。其原因或因当事人的离去及有关证据的丢失；或出于某些权势者的

① 本卷所刊赵瑜文题为“现在可以说了——兴奋剂重创‘马家军’”，选自陕西人民出版社出版的《独立调查启示录》。

故意编造；或拘泥于某种行政命令和压力……但是，事实总归是事实，随着时间的推移，真相终会大白于天下的！

习近平同志很重视学习历史，曾多次提出："历史是最好的教科书，也是最好的清醒剂。"要落实这一指示，首先就得让人们了解历史的真实面貌。一部历史就是一面镜子。以人为镜，可明得失；以史为镜，可知兴替。虚假、作伪，只能是对历史的亵渎！揭开面纱，还历史于本来面目，从中吸取经验教训，才能真正做到以史鉴今，以史资政，以史励人。

巴金生前一再呼吁说真话，其意义主要是两个方面：一是对不正确、不合理的人与事敢于直言；二是对历史的真相不掩饰，不作伪。如果有更多的人能做到这一点，那就可使历史的真相愈来愈清晰。正由于此，我们期待更多作者拿起笔，把自己亲见、亲闻和亲历写下来，因为这些都是真实的历史。

（载《悦读 MOOK》卷四十，2015 年 1 月）

叩拜是继承不了文化传统的

《悦读》至今已出版了四十余卷，从未刊登过有关这本杂志书的出版社的信息，本卷却例外，刊出了一篇介绍出版社的文章。其原因有二：一则是今年三月恰逢二十一世纪出版社建社三十周年，以示庆贺；另则，虽然关注少儿读物的读者，几乎无人不知这家出版社，可是对《悦读》的读者群来说，还是较为陌生的。经常有读者询问，这是一家什么样的出版社？前不久，台湾和香港的一些文化界人士读到了《悦读》，表示对这家出版社的钦佩，他们说，如今在台湾都已难见到这样精心，文化含量高，没有商业味的刊物了。在弥漫金钱味的当下出版界，一家出版社能不惜工本，支持出版这类读物，是难能可贵的。他们希望了解有关这家出版社的情况。有鉴于此，本卷刊登《走向丰润与雄阔》[①] 一文作些介绍。二十一世纪出版社原是以出版青少年读物为主，近年，有志于社科人文类书籍的出版，相信会愈来愈多地引起读者的注意。

本卷辑有多篇文章，可能会引发读者的兴趣，相信《孔子遭殃》[②] 就是其中的一篇。孔子可谓是命运多舛，两千多年来未安稳过，一忽儿被捧为至高无上的“圣人”，一忽儿又被掘地三尺，穷追猛打。“文革”中，孔庙、孔墓、孔林都遭到毁灭性的破坏。如今举国上下都在强调传承文化传统，孔子作为偶像，顿时身价百倍，一些地方甚至要青少年身着“汉服”，对孔子像三叩九拜。想当年挖孔子墓的，不少就是同样年龄的青少年。青少年是长知识的时期，容易被误导，与其让他们盲目跪拜，不如让他们了解这段历史，懂得不了解历史、不独立思考、不了解文化传统就会作出有悖于历史文化的荒唐事。叩拜是继承不了文化传统的，谁能担保若干年后那些曾穿过“汉服”的青少年，不再去孔庙、孔林、孔墓大闹一番呢。

（载《悦读 MOOK》卷四十一，2015 年 4 月）

① 即本卷《特稿》栏所刊胡平的《走向丰润与雄阔——“二十一世纪”三十年风云录》。

② 《孔子遭殃》摘自张顺清撰写的《谭厚兰曲阜“讨孔”纪实》（原载《炎黄春秋》）。

理论是发展的

彭小莲最近写了篇《面对历史》，文中所述颇令人感动，我们当即决定在本卷刊出。

彭小莲是彭柏山的女儿。彭柏山在上世纪三十年代参加中国共产党，受到鲁迅的关照，长期担任党在思想战线的领导工作，可是一九五五年受“胡风问题”的株连，在“文革”中含冤而死。文中作者诉说了如何面对历史的感悟，相信读者会从中受到启迪。

在发来文稿时，作者说起，最近因搬家清理旧书，没地方安放父亲留下的全部精装本《列宁全集》《斯大林全集》和《联共布党史》《毛泽东选集》以及马克思和恩格斯的著作，计划捐赠给市图书馆，没想到被拒绝。又联系了一所重点大学，同样遭到回绝，辗转找到一家区级图书馆，问讯也没人答复。由于不甘心以每斤一角五分的价作废纸处理，于是煞费苦心寻找这些书的需要者，一包包不辞辛劳邮寄赠送，期望书有所值发挥作用。

此事令人感慨万千。我们一直崇尚马列主义、提倡学习马列著作。为何这些著作如今连赠送都找不到对象呢？马克思主义的一些书还是值得认真读的，特别是领导和从事相关理论研究的人。如今有些人，常以“马列主义者”自居，在他们眼中，这也“右”了，那也“偏”了。明明是一些还原历史，阐明真理的文章，他们可以嗅出异样的味道。其实这些人的“马列主义”只是过去教科书和语录本中的几句条条，须知，马克思、恩格斯一贯认为，理论是发展的，不是靠背得烂熟并机械地加以重复的教条。就拿对社会主义的看法来说，马克思、恩格斯从早期到晚年的论述就有不小的变化。如果今天再以自己背得出的几句“马列”的话，来看待当今生活，来指责别人，那一定会闹笑话的。从这个意义上说，真应该把马克思主义的一些著作仔细地读一读。

（载《悦读MOOK》卷四十二，2015年8月）

孩子的教育确实该引起足够重视了

“明鉴所以照形，往古所以知今”，《悦读》是一本以文史见长的杂志书，我们较为侧重刊登一些回忆、纪实、传记类文章。在编辑本卷的过程中，想起《贞观政要》所言：“后之视今，亦犹今之视古”，那么，从今天社会的一些状况，能否推断若干年后国家状况的一二呢？

本卷“特别关注”栏目中，刊登了几篇有关留守儿童的材料，颇发人思索。孩子是国家的未来，不用多久，他们就将是社会的主体。他们的素质、文化修养、为人风范，将决定社会未来的走向和发展。不妨看看当今青少年的现状吧：在我国农村，如今有六千一百万留守儿童，父母外出打工，他们或靠老人看护，或独自生活，不少人仍在贫困线上挣扎。现实生活难以培养他们良好的道德品质和生活习惯，学习成绩一般较差，不良的生活环境，极易形成孤独、冷漠、焦虑，甚至抑郁的人格特质。据调查，其中百分之七十的孩子存在心理健康问题。心理专家又说，孩提时代形成的这些问题将影响他们未来的成长，甚至一生。而另一部分孩子，正在接受最优越、最昂贵的教育。家长花大量的金钱，让他们从小就接受优于母语的英语教育，课余还不辞辛劳陪伴他们学钢琴、习书法、练舞蹈……每逢假期还带他们远赴国外旅游。与这些孩子相处，你会感到他们大都非常自我，“金钱万能”的观念已烙上他们的大脑，很多人不知感恩惜福。诚然，个别家长本不希望他们将来成为“中国人”，但毕竟其中许多人仍将继续留在中国。

试想，若干年后，这两类人长大了，成为我们社会的主体，他们之间难以弥补的文化差距、贫富悬殊将对我们社会产生怎样的影响？或许这是杞人忧天，但孩子的教育确实该引起足够重视了，不要等到若干年后再慨叹当年对这一“问题”重视不够，那就悔之晚矣！这些年这样的感叹我们听得还少吗？！

（载《悦读 MOOK》卷四十三，2015 年 10 月）

2016年

好文章要经受得起时间的考验

什么样的文章称得上好文章？有人认为，获过奖、受到领导表扬的就是好文章。其实这看法并不完全。如今评奖名目繁多，日后检点一下，能有多少获奖的作品和获奖者，使人经久难忘？有些应景之作，时过境迁，没人再记得了。更有甚者，那些随波逐流、趋炎附势的文字，多年后再读，还会被人当作笑谈。真正的好文章、好著作，是要经受得起时间的考验。刚发表时，或许还有争议，还得承受种种压力，可是，岁月让它发出熠熠的光芒，读者的口碑使之长久留在我们的记忆中。

陈铁健先生的一些文章和著作就属于这样一类作品。本卷刊登的陈铁健先生学术素描[①]，介绍他对瞿秋白等现代史上的人物和事件的研究，读者可从中体察到一位勇于探究、敢于还历史以本来面目的学者是如何艰辛和不易；没有对历史负责的精神，不敢于担当，怎能拨开迷雾见到云天！

人类的发展史告诉我们：任何失忆的民族都是没有希望的民

① 即本卷《特稿》栏所刊石钟扬的《寻真无悔仗铁肩——陈铁健先生学术素描》。

族。忘掉自己的历史、对自己的历史充满误解，这于一个民族、国家是很可悲的。历史学家不能为读者讲述真实的历史，帮助他们了解自己的过去，这是最大的失职。改革开放以来，随着一些禁锢的破除，人们对一些历史事件和人物的认识，愈来愈接近历史的本真。读者不由惊呼：原来历史上的一些人物和事件，与我们从上世纪五六十年代教科书上了解到的大相径庭。这是包括陈铁健先生在内的许许多多历史学者努力的成果，也是我们时代在进步的一个标记。

然而，这方面的任务还很艰巨，对历史采取虚无主义态度的人，他们还会掩盖真相，随意诠释，动辄给一些讲真话的文章和著作扣上帽子、贴上标签。其实这些人很愚蠢，历史的潮流滚滚向前，谁又能阻挡得住呢？

（载《悦读 MOOK》卷四十四，2016 年 1 月）

附：《悦读》四十四卷

桌上放着四十多卷《悦读》，我轻轻地舒了口气：时间过得真快，不知不觉近十年过去了。

我和秋林社长相识快三十年了，当年他的血气方刚曾引起我的共鸣，很快便成了知交。但无论如何没想到后来我会成为他们出版社的“一员”，成为他的“部下”。

还得从我离开《文汇读书周报》说起。我参与创办并主持这份报纸十六年，后来，因为有新的政策——不是中共党员不能主持媒体，就离开了这份报纸，按领导的要求“好好休息”。文汇出版社的社长，觉得我闲在那儿有点浪费，就鼓励我编一本杂志，于是就有了《悦读》。出了三卷，颇得好评。那位要我“好好休息”的领导听到反映后，大为不爽。怎么不“休息”又干起别的事来呢？立即要出版社查一下《悦读》在政治上有否问题，查了半天，没查出什么，但仍不甘心，就以技术上的一些问题，勒令停刊。这位领导的指示自然没人敢违抗。《悦读》就此夭折。

秋林社长闻讯后，特地赶到上海，鼓励我继续办下去，对我说，凭他的嗅觉，这是一本很有前途的杂志，希望我能拿到江西南昌他们出版社去出版。我知道这是对我的支持，我也了解秋林社长有很深的人文情结，他读过不少社科人文书籍，一直希望能在这个领域有所作为。他又说，希望以《悦读》这本杂志书为契机，为二十一世纪出版社将来在人文图书出版方面的发展创造条件。

秋林社长是个雷厉风行的人，立即在上海为我安排办公室，帮我进行筹划。在我的印象中，南昌好远好远，要到南昌去出版，有些“恐惧”。秋林社长笑了，他说其实南昌到上海还是挺方便的。说服我先在南昌排印三卷，待版式和流程定型后，再到上海排版印刷。这样，我第一次来到南昌孺子桥边的二十一世纪出版社。

由于工作的关系，我到过很多出版社，可是一踏进二十一世纪出版社，就有一种特别的感觉。这儿的职工都很朴实，在工作上尽心尽力，整个团队上下协调齐心。为我拼版的小章，无论我对版面有什么要求，她都能设法满足，有时我希望推倒重拼，她也从无怨言。加班加点对她来说是家常便饭。到哪儿去找这样好的职工？第一卷出版后，我就决定今后继续拿到南昌来出版，这样既保证质量，工作也顺畅。从此每逢付印前我都会来一次南昌，就这样，至今《悦读》编了四十四卷，我就从上海至南昌来回四十四次。累计差不多在南昌住了一年时间。南昌真成为我的第二故乡。

在秋林社长的领导下，心情是很舒畅的。时间久了，我才体会到，为什么这个社有这样高的凝聚力。秋林社长处处为下面的人着想，第一卷出版时，他要把我的名字署在封面上，开始我不同意。我从不喜欢亮自己的名字，在主持《文汇读书周报》十几年，我的名字在这份报纸上亮得最少，还不及编辑部的一位管杂事的干事。我对他说：还是写你的名字吧！但秋林执意要写我的名字。他说："这样，如果以后出了什么事，我可以帮你顶！"一个"顶"字，使我十分感动。我在传媒干了几十年，从未听到一位领导说出了问题愿意为下面"顶"。在《文汇报》工作时，只记得报社的最高领导对我说过："千万不能出问题啊，出了问题不仅你自己倒霉，还会连累报社，连累我们。"听得我脊骨都起了凉意。有一个愿意为部下"顶"的领导，下面怎么会不拼命干呢？难怪在这家出版社许多人都有一种"士为知己者死"的情结。与一些编辑和职工接触，我感受到秋林社长在群众中的威望。第一卷出版时，我提出了一个要求：制作一张带丝带的书签。后来制作部门来找我，说这书签要一张张手工做，很麻烦，时间这么仓促，要制作两万张，有困难。我撒了一个谎，对他说，这是社长的要求。那人听后说："社长的要求，我们再困难也要完成！"转身就走。这张书签后来成了《悦读》的一道风景，由于美术编辑徐泓的精心设计，很受读者欢迎。文化老人杨苡多次到编辑部来索取。

秋林社长很善于组织各种营销活动，《悦读》创办后，他便提出要在北京、上海等地举办作者、读者座谈会。我讷于言辞，不善交际，对这类活动热情不高。一拖再拖，到出版第三十卷时，秋林社长说不能再拖了，一定要在北京开一个。没想到，开会的那天，北京一些著名的学者和出版人济济一堂，资中筠、陈铁健、蓝英年、王学泰、王得后、陈四益、董秀玉、汪家明……都作了热情洋溢的发言，表示“非常敬佩《悦读》这本杂志书的文化坚守”，并对秋林社长表示致敬，他们说，张社长的出版眼光和经营智慧都非常突出，如今能把一部分精力放在《悦读》上，是很难能可贵的。这些专家学者过去对二十一世纪出版社并不了解，如今通过《悦读》，他们知道有这样一个优秀的出版社。——这也是秋林社长出版《悦读》的一个初衷，他希望通过《悦读》使二十一世纪出版社在文化界发挥更大影响，为今后让二十一世纪出版社的触角伸向更广领域创造条件。事实确也如此，后来一些著名的学者慕名而来，把自己的书稿送交二十一世纪出版社出版。

寒往暑来，《悦读》一卷卷地出版，不知不觉出版了四十余卷。

编完了第四十四卷《悦读》，在离开南昌的前一个晚上，我来到了秋林社长的办公室。这儿来过无数次了，这是我见过的最忙碌的办公室，只要秋林社长不外出，从早到晚，总是川流不息，或开会、或研究工作、或会客、或走进走出要求签署文件，即使在假期，也总能在这儿见到秋林社长的身影。从我第一次进这办公室，至今已有近十年了，外观没什么大变化，只是增添了不少奖杯、奖牌，以及中央首长视察的一些照片。那天晚上，我俩静静地坐着。窗外滕王阁斑斓的灯火，倒映在抚河中，显得变幻莫测，勾引起许多往事的回忆。我们曾在这儿商讨工作、促膝谈心、广议天下事，秋林社长甚至还给我谈起自己的隐私……想到再过半个月，他就要搬离这间办公室，我不免一丝怅意掠过心头。今后在这个办公室，再也没有这样谈话的机会了！或许秋林社长也有这样的同感，我们俩默默地相视无语，最后，说出了同一句话：我们都要好好保重！

还有半个月这间办公室就要更换主人了，心中不觉泛起一个问号，秋林社长在出版界出于其类、拔乎其萃，如果继续让他干下去，二十一世纪出版社肯定能创造出更多的辉煌和奇迹。可是，我们的制度不允许他这样做。制度要求对业务干部也如同行政干部一样管理，三年一个任期，到年龄就退休。须知，有时一本好书要在市场上闪闪发光，起码得三五载时间。二十一世纪出版社为什么历久不衰，永葆青春？有人总结出两个原因：一是秋林社长个人的德才；二是因为他连续在这个社当了三十年社长，使社的发展得以有连续性。此话是有一定的道理的。当我与秋林社长握手告别时，突然想到，制度不允许他再在这儿任社长，可是，对这样一个充满活力、积聚了三十年经验的出版社社长，制度能让他就此俯首回家养花弄草、颐养晚年了吗？难道他的活力和经验不会再去创造另一个奇迹？在这改革开放的年代，什么可能都存在。让我们拭目以待吧！

（2015 年 12 月）

雪泥鸿爪

本辑共收褚钰泉为《文汇报》《文汇读书周报》采写的新闻作品凡十一篇，包括消息、特写、侧记、专访、通讯及编辑部文章等。

“跟着你的足迹”

——上海各界人士祭扫鲁迅墓侧记

一阵秋雨，把绿树环抱的鲁迅墓洗刷得格外洁净。花丛中的花岗石基碑，显得愈加庄严肃穆。这儿，中国文坛的一位巨人静静地安息着。在他诞生一百周年的前夕，人们络绎来到他的身边，寄托无限的思念。

昨天上午，上海市鲁迅诞生一百周年纪念委员会在这里举行扫墓仪式。鲁迅墓前，摆满了花篮。前来扫墓的人中，有的曾同鲁迅有过交往；有的是在鲁迅著作鼓舞下走上文坛的。大家凝视着百花丛中洁白的墓椁，思绪万千。人们想起了二十五年前，鲁迅墓从虹桥万国公墓迁葬到这儿来时的情景。不少同志当时都在场。那也是同样的季节，一阵秋风，卷起了鲁迅灵柩上覆盖的“民族魂”大旗的一角，鲁迅夫人许广平取下胸前的彩色水钻扣花，将旗子扣好。当灵柩带着这朵扣花徐徐落入墓穴时，许广平大颗的泪珠滚出了眼眶。这时，在她身边的宋庆龄轻轻地挽起她的臂膊……二十五年过去了，这些情景依然历历在目。文化局局长李太成当年曾参加迁葬仪式，他回忆当时的情景感慨地说：时间过得真快，二十五年过去了，我们这一代人都受过鲁迅很大的影响，鲁迅是一个伟大的人，他的名字与中国革命是连在一起的。鲁迅的精神是韧的战斗精神，有了这种精神，我们就能战胜一切困难。

在墓地前，一位修长的女青年久久默立着。她是鲁迅的孙女，名叫周宁，这次专程从北京赶来，代表全家向鲁迅敬献了花篮。周宁怀着深情看着墓边的两棵桧柏。这两棵树是她奶奶许广平和父亲周海婴亲手种的。一九六八年，当她奶奶病逝后，她的爸爸曾把奶奶的一部分骨灰撒在这两棵树下。如今，这两棵树长得郁郁葱葱，生机盎然。这两棵树寄托了鲁迅的亲属对他的无限怀念。

人们离开墓地后，来到了鲁迅纪念馆。一件件展品吸引着大家。在一幅祥林嫂的木刻像前，袁雪芬停下了脚步。最近她正患病休息在家，然而听到有纪念鲁迅的活动，她抱病前来参加。这位曾演过一二百出戏，扮演过一二百个角色的著名演员，望着祥林嫂的画像，激动地说：是鲁迅的作品，是祥林嫂这个形象引导我走向进步，走向革命的。谈起祥林嫂，她不禁打开了记忆的闸门。一九四六年，经人推荐，袁雪芬把祥林嫂搬上了越剧舞台。她当时并不理解这个戏的深远意义，可是演出后在社会上激起的强烈反响教育了她，使她懂得了旧社会的制度是吃人的制度。三十多年来，她曾多次对这个戏进行了加工修改。袁雪芬兴奋地说："演祥林嫂这个人物是我一生中最幸福的一次艺术创作。我还要对祥林嫂这个人物进行探索，使她在舞台上更加丰满动人。"

当人们来到山阴路大陆新村鲁迅故居时，心情更为激动。这儿的一切陈设都是按鲁迅生前居住时的原样布置的。一堆一堆的书籍，都经过鲁迅的手摩挲；在台灯下，鲁迅曾伏案疾书，就在这张书桌旁，鲁迅翻译了《死魂灵》，编辑了瞿秋白的译文集《海上述林》和他自己的最后著作《且介亭杂文集》。鲁迅逝世前两天，还在赶写纪念章太炎的文章，并记完了这一天的日记，还写了"十八日星期"五个字，此后，就气喘得不能工作，直至病终。在鲁迅的床边，上海市文联负责人钟望阳心潮翻卷。四十五年前，在鲁迅逝世的当天晚上，他曾来到这间屋子，与鲁迅作最后的告别。如今，一切都记忆犹新。当时鲁迅静静地躺在床上，仿佛是熟睡过去一般。钟望阳当时仅是个二十来岁的文学青年，他一面写作，一面搞地下工作，曾与鲁迅通过几次信，鲁迅先生在日记中也有所记载。当时他还把自己写的长篇童话寄给鲁迅，请他提意见。回忆起鲁迅对青年的关心以及鲁迅对革命事业的贡献，钟望阳深情地说：我们应当纪念鲁迅，宣传鲁迅，使广大群众都认识鲁迅，发扬鲁迅的革命的战斗精神。

人们依依不舍地离开鲁迅故居。四十五年前，许广平曾经为鲁迅写过这样的献词："希望我们大众锲而不舍，跟着你的足迹！"四十五年过去了，人们可以自豪地说，我们正是循着鲁迅的足迹，走着，走着。

（载 1981 年 9 月 25 日《文汇报》第二版）

为孩子们操了一辈子心

——访老作家冰心

坐在我们面前的，就是曾以自己的作品使千千万万个孩子着了迷的老作家冰心。

她，今年已八十高龄了。虽然外形柔弱纤小，却给人以神采奕奕的感觉。她身穿一件浅灰色的中式对襟服，那如银的鬓发朝后梳理在两耳边，显得十分精神；广额下一双炯炯有神的眼睛，闪烁着智慧的火花。她那爽朗的谈吐，一口纯正的普通话，就像磁石般地把我们吸引住了。

“我一直是喜爱儿童的，年纪越大，越觉得有许多话要对孩子们说说。”冰心深情地说着。她从事文学创作足足有六十年了。一位女作家，如此年长月久地在文坛上辛勤耕耘，这是难能可贵的。在她的创作生涯中，曾以相当大的精力，关注着儿童文学。她以自己特有的细腻的笔触，像细雨滋润着幼苗一样，把自己对孩子们的爱，洒进了一棵棵幼苗的心田。然而，老作家跨越了好几个朝代，她面对的儿童也在一代又一代地更新。究竟如何为孩子们写好作品，经过半个多世纪的探索，她有了越来越多的感触。

老作家的谈话把我们的思绪带到了遥远的年代。她是她的家族中第一个正式上学读书的女孩子，因此从孩提时代起，她就珍惜读书的机会，她常溜进祖父的书房，满屋满架的书，成了她的乐园，七岁时就囫囵吞枣地啃完了《三国志》。她从小承受着母亲的爱。她热爱孩子。当她拿起笔来写作时，她就想到了孩子们。她在《寄小读者》中说过：“我自己也要永远勉励着，做你们的一个最热情忠实的朋友！”从那时起，二十来岁的冰心就勤奋地为孩子们写作。可是，她的生活经历，使她的作品的题材离不开母亲的爱，离不开童年的回忆以及对家乡故园的怀恋。这些写给孩子们看的作品，“满蕴着温柔，微带着忧愁”。它有着一种动人的情思，像是缕缕的云雾，在清丽飘逸的文字中升腾而起。巴金在三四十年前就曾说过：“过去我们都是孤寂的孩子，从冰心的作品那里我们得到了不少的温暖和安慰。我们知道了爱星，爱海……”自然，今天看来，这些作品免不了给人浅斟低唱的感觉。若干年后，冰心渐渐地感到用这样的作品来教育孩子们是不足的。

当初冰心的《寄小读者》的读者，如今都已五六十岁了。这些读者的儿子、孙子又都成了冰心的新的读者。时代在前进，孩子们也发生了变化。冰心把话题转到了今天的孩子。她说："到了二十一世纪，就是由现在这批孩子掌握我们整个国家了，如果我们今天不把将来的主人翁教育好，培养好，将是很大的失职。"说到这里，她停顿了片刻，目光突然显得严峻起来，接着说："这十几年，对孩子们的影响太大了。有的孩子文化知识十分贫乏，有的甚至连最基本的礼貌都不懂，他们连'谢谢您'、'对不起'这类词汇都不会用。想想这番景象，如再不加紧教育，真令人心寒啊！"

听了这话，我们不禁想起五六十年前，这位老作家刚握笔进入文坛时写下的最初几篇作品中所讲的话：要"为无量数的青年人着想，为将来的世界着想。""我一生只要孩子们追随着我，我要生活在孩子的群中。"为孩子着想，为未来着想，这正是这位老作家一辈子的心愿。随着岁月的推移，严酷的、波澜起伏的生活海洋使她明白，以那种朦胧的、抽象的爱，来作为对未来追求的动力，是不现实的。如今，她看得更远，想得更深了。冰心说："今天我们进行的是新的长征，我们的孩子，远之，受着我国几千年的封建文化的严重影响；近之，受着林彪、'四人帮'的干扰和破坏，我们的前途不是平坦而容易的，作为孩子们的忠诚的朋友，我要用作品，把自己的经验教训，和现在对于建设四个现代化的社会主义祖国的想法看法，对未来的建设者谈谈，征求他们的意见，引起他们的注意和讨论，这就是我现在所想做的。"

说到这里，老人显得有些激动，嗓音也略略提高了些。她说："我们对青少年自然要讲大道理，可是首先不要忘记对他们多讲些小道理，诸如，从小要教育他们爱祖国、爱人民、爱劳动、爱科学、爱护公共财物，可惜，多少年没有听到关于这'五爱'的宣传了。我们要给孩子以美的教育，可是现在还得先帮他们把丑的东西去掉，例如使他们懂得，随地吐痰、打人骂人、讲粗鲁的话、撒谎等等，都是不好的习惯。”老作家很自然地联系起自己的经历说了下去。她说：“我有一个信念，一个人只要热爱自己的祖国，有一颗爱国之心，就什么事情都能解决了。什么苦楚，什么冤屈都受得了。对孩子们来说，首先要加强这方面的教育。”说得多么对啊！“热爱祖国”这几个闪闪发光的大字，贯串了老作家不平凡的一生。辛亥革命刚爆发时，年仅十一岁刚识世事的冰心，兴冲冲地将自己攒下的十块压岁钱，送到申报馆去捐作为劳军之款；当五星红旗刚在天安门广场升起不久，冰心正以第一个女教授的身份在日本东京大学任教，她毫不留恋优裕的物质生活待遇，放弃美国一所著名大学的聘书，想方设法、辗转回到国内，参加社会主义的建设；在乾坤颠倒的年月中，老作家蒙受了许多不白之冤，可是每当想起了祖国，想起了未来，她就泰然处之，终于熬过了逼人的严冬。她说：“比起祖国，个人的委曲又算得了什么！我既然已经投身到祖国的怀抱，我就不能给她抹黑，不能让我的子孙后代，亲亲友友议论她的一点不是。”多么深挚的爱国之情啊！

当话题转到怎样教育孩子时，冰心的语音渐渐平静下来，她说：“对孩子的教育一定要细心，要想法把他们培养成一个健康的孩子，不仅身体上健康，而且心理上也健康，这是很不容易的。然而，要做到这一点，家庭环境的影响是非常重要的。”她回顾自己的童年，她那相当开通的家庭给她的一生以深刻的影响。她的那位在甲午海战中坠水不死，泅回岸上、由海军学生升为清朝海军副舰长的父亲，从小保护她，使她免受锥耳缠足之苦，并督促她勤奋地读书，从而使她渐渐地具有丰富的文化素养，掌握起一支生花之笔。冰心接着说：“一个孩子的成长，与她的家庭教育是分不开的。每个家庭出来的孩子并不一样，有的彬彬有礼，有的却相当粗俗，这与家长对他们的影响很有关系。我们往往可以从孩子的身上看到他所处的家庭环境之一斑。因此，作为家长，时刻要把教育好自己的子女作为一个重大的问题，要处处当好自己子女的表率。”冰心又说：“自然，家庭的教养，离不开物质生活的提高。如果我们住宿条件相当紧张，几代人挤在一间小屋子，家长每天忙于排队买菜，烧饭洗衣，成天为这些事吵吵嚷嚷，忙忙碌碌，家中自然会造成许多不和谐的气氛，这对孩子的教育是有影响的。古话说：安居乐业，不安居怎么乐业？否则就是釜底抽薪。因此，我们现在要齐心协力实现四化，加快我们的经济建设步伐，有了一定的物质基础，就更有利于对青少年的教育。”

老作家的谈话，正如她的文章一般，使人感到感情真挚，亲切动听。夜深了，老作家却并无丝毫倦意，谈起孩子们，她真有说不完的话。这位用自己的笔在文坛上驰骋六十来年的老作家，为孩子们操了一辈子心，如今，她的心依然那么年轻，依然属于千千万万新一代的孩子们。在结束采访辞别时，我们不由从心中升起深深的敬意。

（载 1980 年 6 月 1 日《文汇报》第二版）

意大利但丁学会
委托专人向巴金赠送但丁诗集

［本报讯］昨天下午，中国作家协会主席巴金在自己的住所愉

快地接受了一套珍贵的但丁诗集。这套诗集是意大利但丁学会委托《新日报》记者弗尔南多·梅泽蒂专程带来的。

巴金接受这一礼品时，意大利驻华大使塔马尼尼也在座。

这四厚册装帧精美的但丁的《神曲》。是一套十分珍贵的版本。一九六五年，意大利为了纪念但丁诞生七百周年，专门印制了这套诗集。书店中早已销售一空。为了表达对巴金的热爱和对中国人民的友谊，意大利但丁学会特地将自己留存的这套书赠送给巴金。

巴金十分高兴地接受了这套诗集。他说："这是很珍贵的礼物。我很喜欢但丁的作品，在困难的时候，我读了但丁的作品，激励自己克服困难，增加了勇气。今后我还要读但丁的作品。文化交流是很重要的，通过文化交流可以互相了解，增进友谊。"

（载 1982 年 3 月 16 日《文汇报》二版）

"作家最重要的是写作"

——巴金会见瑞典作家斯蒂格·汉森

千千万万个读者惦念着巴金。不光是中国的，许多外国朋友也在关心这位老作家：身体健康吗？是不是还在写作？

瑞典作家斯蒂格·汉森就是其中的一位。这位热心介绍中国文化的作家，曾两度到过中国。最近，为了出版《中国小说选》，他又来到上海，要求与一些中国作家见面，其中最主要的一位就是巴金。

巴金满足了他的要求。九月一日下午，斯蒂格·汉森来到巴金的住所。他向巴金提出了一个又一个问题，其中有巴金的创作道路，在法国、日本的情况，笔名的来历，生活经历，还问巴金最喜欢自己的哪些作品。巴金一一作了回答。话题从半个世纪前开始，渐渐转到了当前文坛。斯蒂格·汉森希望巴金谈谈对今天中国文坛的看法，巴金微笑着说："当前中国文艺界的形势非常好，刊物之多，创作之繁荣，青年作家人数的增加，都是前所未有的。作品题材也非常广泛，写各种各样的生活都有，显得很有生气。有一批青年作家一面在勤奋探索，一面在刻苦创作，写得很多，写的东西一篇比一篇好。他们前途无限，我们老作家应让位于他们。"

斯蒂格·汉森又问巴金，还打算写些什么？巴金回答说："我经常讲，作家最重要的是写作。几年前我订了个计划，打算在这一生中再完成十三本著作，现在已经完成了七本。还有六本著作未完成，想到这一点，我经常睡不好觉。我现在时间不多了，我打算关起门来写作。"斯蒂格·汉森说，"你与四年前我见到你时变化并不大，头脑很清晰。"巴金说："作家应该写自己熟悉的生活，才能写出满意的作品。自然，有些不熟悉的生活，也应该去熟悉。如果把自己熟悉的生活丢掉，另外又不去熟悉新的生活，那就写不出什么东西了。"

"作家最重要的是写作"，巴金已不止一次地讲过这句话。几十年来，他已为祖国，为千千万万中国和外国的读者，留下了一笔十分珍贵的精神财富。斯蒂格·汉森告诉巴金，在瑞典，以及在欧洲许多国家都翻译了巴金的作品。

会见进行了近两个小时，巴金最后把今年五月在东京国际笔会大会上发言时使用的讲稿赠送给斯蒂格·汉森。

（载 1984 年 9 月 3 日《文汇报》第二版）

巴金的生日

今天，十一月二十五日，是巴金的八十寿辰。每一个了解巴金的人，以及千千万万的读者，都希望能在这一天，对这位文学大师表达自己的祝贺。

然而，谦虚的巴金从不愿意给别人增添麻烦。他说："我历来不主张做寿。"对于海内外友人提出的祝寿建议，他一再表示婉谢。早在几个月前，他就打算悄悄地躲到一个僻静的地方去。可是，由于杂事缠身，终于未能成行。

国内外的贺信、贺电雪片似的飞来。老舍夫人胡絜青特地在信中用毛笔工工整整写上："立德立言、于兹不朽；寿人寿世、共此无疆。"这四句话，正表达了人们的心意。

昨天一早，《收获》杂志社的全体同志来到巴金的寓所。他们向自己的主编祝寿来了。满头银发的巴金笑容满面地到客厅门口迎接客人。从一九五七年起，巴金就担任《收获》的主编。他笑着说："我是一个挂名的主编，工作都是其他同志在做。"宾主坐定，话题就转到工作上。巴金说："要把一个刊物办好，要有好的稿件、好的作者，每个刊物都应该团结一批作者。"有人告诉巴金，现在发表惊险、爱情题材作品的通俗文艺刊物印数很大，超过了许多文学刊物。巴金说："这不用怕，这些刊物大都是消遣性的，时间长了，不能给人们留下什么印象。重要的还是作品的质量，这才经得起时间的考验。"巴金把视线转向编辑部的两位最年轻的编辑，深情地说："做一个编辑很有意思，作者非要靠编辑不可，大作家没有好编辑也不行。希望寄托在你们年轻人身上。我年轻时也当过编辑。现在我剩下的时间不多了，想做的事情还很多；你们年轻人精力充沛，可以做更多的工作。”

《收获》编辑部的同志希望能在《收获》上早些发表巴金新创作的小说。巴金回答说：“小说正在写，已开了个头。我想先把《随想录》写完，再来完成那部小说。我是要抓紧时间写的。”

巴金为祖国、为人类留下了一笔极为宝贵的精神财富。人们衷心地祝愿他健康长寿，创作出更多的新作品来！

（载 1984 年 11 月 25 日《文汇报》第二版）

“人民的友谊是我一生奋斗的目标”

——记巴金接受苏联人民友谊勋章时的即席谈话

昨天，苏联驻沪总领事斯特罗科受苏联最高苏维埃主席团的委托，专程赶到巴金的寓所，将“人民友谊勋章”授予这位八十五岁的老人。外国政府向巴金授勋、颁奖已不是第一次，今天巴老却感到分外的高兴。

这是由于巴老对俄罗斯文学有着特殊兴趣的缘故。他说过：“俄罗斯文学对我的影响最大。十四五岁时，俄罗斯文学和俄罗斯人道主义唤醒了一个中国青年的灵魂，使我懂得热爱文学，追求人民友谊，使我在六十年的创作生涯中始终保持艺术家的良心。”正因为这样，当这位总领事双手把这枚金光闪闪的勋章交到巴金手中时，老人笑了。

巴金有着令人吃惊的记忆力。他打开了记忆的闸门，回忆起五十年代五次访问苏联的情景。那时，他见过波列伏依、西蒙诺夫等苏联作家，参加过纪念契诃夫的活动。巴金说："人民的友谊是我一生奋斗的目标，我始终记住列夫·托尔斯泰的话，把人民团结起来就是美的。直到今天，列夫·托尔斯泰仍是我最敬爱的老师，我永远向他学习。"

总领事告诉巴金，他写的不少作品，像《家》《春》《秋》等都早已翻译成俄文。在苏联，巴金的作品有几百万读者。这位总领事也一定读过不少巴金的作品，他笑着对巴金说："我记得你说过，人为什么需要文学，需要它给我们带来希望，带来勇气，带来力量！"说着，他拿出随身带来的一套巴金的《随想录》，请求巴金能在封套上签个名。巴金高兴地满足了这位总领事的要求，指着他带来的这套书，风趣地说："是读者养活了作家。"总领事也笑了起来，说："不，正如你说的，文学可以扫除我们心灵上的尘垢。"

（载 1990 年 4 月 12 日《文汇报》第一版）

巴金偏爱读书人

鲜花盛开，满室温馨。巴金九二华诞前夕，记者在华东医院见到了正在治病的巴老。他端坐轮椅，精神气色都比今春见到时要好得多。看到前来祝贺生日快乐的人，他一一颔首致意，神态依然那么亲切，那么真挚。

今年春夏之交，巴金赴杭州养病，期间并没有放下手中的工作，除审读十卷本的《巴金译文全集》外，还以书信体形式，一字一字地写下了四篇代跋，其中三篇已于本报11月“新月版”刊出[①]，引起海内外读者的广泛注意和欢迎。有的报纸即时转载，有的国外报纸作了专题报道。连日来，本报编辑部门庭若市，读者纷至沓来，索取这期“新月版”，以便先睹为快。至于来电来信索求者，更是多不胜数。当记者谈到这些情况时，巴金脸上绽现了一种得到理解的笑容。

是的，巴金心中装着读者，读者心中思念巴金。半个多世纪以来，巴金与读者始终心连心。而今，尽管疾病缠身，随着气候变化，他不得不住进医院，但仍不忘把心里的所思所想告诉读者，执意要将刚开了个头的第五篇文章写完。他对记者说：这第四、第五篇文章仍将交《文汇读者周报》首先刊登[②]。他的女儿李小林说：“爸爸偏爱《文汇读书周报》！”“不，巴老偏爱的是读书人！”记者这么理解。

巴金偏爱读书人。海内外读书人将在本报明年第一期“新月版”上，再次读到巴金的新作。而作为一张办给读书人看的报纸的从业者，本报同仁纷纷表示：在工作中更不敢稍稍懈怠，决不辜负巴金和广大读书人的厚爱。

（载《文汇读书周报》1995年12月2日）

① 即《文汇读书周报》1995年11月4日刊发的《巴金译文全集》第一、第二、第三卷三篇代跋。
② 《巴金译文全集》第四、第五卷两篇代跋刊于1996年1月6日出版的《文汇读书周报》。

巴金新作《怀念曹禺》问世

［本报讯］九五高龄的当代文学巨匠巴金，尽管体弱多病、行动不便，近日又给读者奉献了一篇两千七百多字的新作《怀念曹禺》[①]，这给热爱他的读者带来很大的惊喜。

这篇文章经巴金同意，今天在《人民日报》和《文汇读书周报》同时发表。

为读者付出了毕生心血的巴金，由于长期受帕金森氏症等疾病的折磨，提笔写字已十分困难。

今年年初，他应曹禺的夫人李玉茹之请，为编纂中的曹禺遗著《没有说完的话》写几句话。六十多年的往事在老人心中翻腾，自今年春节起，花了一个多月的时间，在女儿李小林的协助下，完成了这篇新作。

曹禺是巴金与之交往六十多年的挚友。在文章中，巴金充满深情地回忆两人相识的经过，字里行间流溢着对曹禺的真挚的爱，述说着一代知识分子在特定的历史时代中所经历的风雨和坎坷，坦露了自己的心路历程。文章感人至深，再次印证了巴金常说的："疾病夺走了我的笔，我还有一颗心，它还在燃烧，还要永远燃烧。我要把它奉献给读者。"

（载 1998 年 5 月 15 日《文汇报》第四版）

---

① 这是褚钰泉主编《文汇读书周报》期间刊发的最后一篇巴金文章。此前，自 1989 年 3 月 25 日《文汇读书周报》刊出巴金的《怀念从文》之后，褚钰泉先后经手编发了巴金的《路，的确是人走出来的（〈巴金全集〉第二十一卷"代跋"）》（1991 年 8 月 17 日）、《怀念二叔》（1993 年 1 月 2 日）、《最后的话》（1993 年 12 月 4 日）、《致四川省作协各位同志》（1994 年 1 月 1 日）、《怀念卫惠林》（1994 年 8 月 13 日），以及巴金为十卷本《巴金译文全集》所写的十篇"代跋"。

交流探讨　坦诚相见

——记中苏作家在上海的聚会

这些年，几乎每年都有一个苏联作家代表团来到上海，刚开始，或许是彼此间隔太久的缘故，多少有些陌生，相互间的话题多半是了解各自创作的近况。最近两年，谈话的内容丰富多了，从介绍到交流，又从交流到探讨，彼此仿佛是相知已久的朋友。

昨天上午，以苏联作协理事会书记、《旗》杂志主编格里戈里·巴克拉诺夫为团长的苏联作家代表团与上海作家的一次聚会，就给人留下了深刻的印象。

代表团中的七位作家，大部分都曾经来过中国。然而，这都是二三十年前的事了。如今重新踏上中国的土地，他们感到新奇，希望了解这些年来中国发生的种种变化。有的刨根究底地问王安忆，她十六岁那年到农村插队，是否真的心甘情愿；有的对毁灭文化的那十年为什么称之为“文化大革命”，也想探个明白……听了吴强、罗洛、王安忆、赵丽宏等人的介绍后，一位苏联作家深情地说：中国的“文革”使我想起了我们国家的一些时期，我们应该从中吸取一些共同的教训。

我国正在改革，苏联也在进行改革。两国作家很自然地讨论起改革时期作家的任务。王元化说：“我们正处于改革时期，对如何实现现代化，每人会有不同的回答。我们都是马克思主义者，但对马克思主义的理解，我们也正在进行反省，有些东西过去以为是马克思主义的，可是实际上并非是真正的马克思主义。对许多问题都应该放在实践的法庭上重新加以认识。”苏联的作家很赞同他的这一观点。格里戈里·巴克拉诺夫说：“人类应该得到幸福，伊斯兰教、天主教等都开出了使人类得到幸福的种种‘药方’，其实没有一种‘药方’能解决全人类的问题。人类应该利用大家的经验，才能使人类真正得到幸福。这次到中国来走走，觉得有不少值得我们学习的东西，自然，我们国家也有你们可以学习的地方。要改革就得改变思维，文学应该在这方面起一定的作用。”

几个小时过去了，作家们言犹未尽。苏联作家兴奋地说，我们之间已不再是进行礼节性的交谈了，这样的探讨对我们双方都有好处，我们两国作家应该经常讨论这些问题。

（载1988年11月24日《文汇报》第二版）

2005，最后的告别[①]

——痛悼本报知音、最可敬的书友汪道涵

汪道涵撒手西去，我们感到十分悲痛。《文汇读书周报》又失去了一位十分关爱我们的良师、知音和书友！

汪老是我们所见的最爱书、最知书、最懂书的一位领导。他的一生可谓嗜书如命，博览兼听，谋及疏贱。自《文汇读书周报》创刊后，他即对这份报纸付以深切的关爱。如今，当他的身影远离我们之时，许多往事一一浮现眼前：

① 这是2005年12月24日汪道涵逝世后，褚钰泉应约为《文汇读书周报》撰写的“本报编辑部”文章，也是他在《文汇读书周报》上执笔的最后一篇文章。汪道涵生前对《文汇读书周报》付以深切的关爱，1995年，《文汇读书周报》创刊十周年前夕，汪道涵曾欣然题词：出版津梁。

很长一段时期里，每期《文汇读书周报》汪老都会仔细阅读，有时邮局漏送了一期，他都会打电话来索取；

汪老阅报十分仔细，报纸的中缝也一一过目，看到值得注意的书籍，还会用笔一一画出，有时读到了好文章，还会亲自打电话来，谈谈对文章的感受，并对我们表示鼓励；

我们曾举办过十多届“文汇书展”，汪老只要人在上海，每次都会亲临展厅，一个书架、一个书架地认真浏览。跻身在普通读者之间，感到其乐融融；

汪老十分关心出版界的状况，逝世前一两个月，他还特地请身边的工作人员向我们了解上海出版界的情况；

最使我们难忘的是，每当《文汇读书周报》遇到困难，遇到挫折时，他总是热情地鼓励我们。他多次找我们谈话，告诫我们：无论遇到什么困难，周报已经形成的风格和传统不能丢，要按这样的风格和传统办下去，读者需要这样一份报纸。他一再表示会支持我们……

斯人已走，言犹在耳！今天，我们再度回顾他老人家的一次次教诲，心潮翻卷。如果不把他所肯定的报纸的风格和传统传承下去，发扬光大，如何告慰他的在天之灵？

明月不沉，哲人不朽，愿书香永远萦绕着另一个世界中的汪老！

（2005 年 12 月 30 日）

全国学术界心血的结晶

——记我国第一部大型综合性辞书《辞海》的诞生

一九五七年九月十七日，一场暴风雨刚过，天气凉爽了下来。这天晚上，毛主席约见并设便宴招待老《辞海》主编舒新城先生等人。席间，舒先生提出编写辞书的建议，毛主席极为赞赏，当即把修订老《辞海》的任务交给了上海。舒先生原以为只要“百位干部，百万元经费，五年时间”就可完成这项任务，可是，事情的发展，远远出乎他的估计：这项工作足足花了二十二年，直至国庆三十周年的前夕，三厚册的新《辞海》才刚刚问世。面对我国第一部大型综合性辞书，令人感慨万千！《辞海》呵，你真是一片茫茫无比的大海，字里行间，波浪起伏。两百多家单位的五千多位参加编写的知识分子在这汹涌的波涛中,经受了一次严峻的考验。如今,循着《辞海》诞生的足迹，人们可以对那些埋头书案、立足讲台的知识分子有更深入的了解。

一

《辞海》修订工作从第一天起，就不是风平浪静的。一九五八年,一阵热风,把不少人都吹离了客观规律的轨道。《辞海》的修订,恰恰就从此时迈出了第一步。大呼隆了一阵，留下了一大堆没有多大用处的废稿。这件事教育了人们，也引起了人们的深思：究竟应该如何来编写《辞海》？

其实这问题并不难回答。上下几千年，人类社会积累了无穷无尽的知识，如今要把记载这些知识的字和词都汇集起来，编成一部工具书，这项工作理所当然地应该依靠广大的知识分子。

许多知识分子是乐意参加这项工作的。当他们得知修订《辞海》的消息后，真是喜不自禁。交通大学副校长程孝刚激动地说："编写《辞海》，我们有用武之地了。"杭州大学副校长陈建功写信给编辑部说："这次不参加，下次再搞恐怕要等三十年，我们这些人是等不及了。"中山大学陈寅恪教授双目失明，仍让旁人把稿子念给他听，提出了修改意见。北京大学副校长汤用彤教授由于半身不遂，无法握管，但仍一口承担了编写印度哲学史条目的任务，邀请金克木教授一起完成了这项工作。上海的高等院校、科研机构等有关单位，以及全国各地的不少部门都发动了起来，一支浩浩荡荡的修订《辞海》的队伍组成了。为了早日编成《辞海》，几千名知识分子废寝忘食地工作着，这一派热气腾腾的景象雄辩地说明：广大知识分子确实是愿意为繁荣祖国的科学文化事业贡献自己的全部心血的。

修订《辞海》是一项艰巨的劳动。说是修订，实际上等于重写。淘沙披金，不知要花费多少心血。别看有的释文仅几百字，真是"千字容易百字难"！参加编写的同志常说："一字之误，谬以千里，贻害匪浅。"为了对读者负责，有时为了核对一句话，竟要花费几个月的时间。就拿火车的自动挂钩来说吧，几十年来，几乎妇孺皆知是由詹天佑发明的。事实是否这样呢？当有的专家提出质疑后，为了弄清真相，不致贻笑中外，有关的同志博访广咨，进行了三四个月的调查研究。他们风尘仆仆地走访了詹天佑的亲属，以及前京张、京绥铁路的老工程师；一丝不苟地查阅了记载詹天佑生平事迹的十五种中外书籍，并向有关方面发信询问。掌握了大量资料后，他们仍不贸然下结论，而是把交通大学、同济大学的教授以及詹天佑的亲属一并请来，一起对这些材料进行分析，最后才搞清这是由于当初译名搞错而使人误以为是詹天佑发明的。花了如此巨大的劳动，反映到《辞海》中，仅仅是去掉了一句话。这样的例子真是不胜枚举。“罗斯福”这一条目，前后改写了三十多遍；许多有关物理方面的条目，至少与三本专科辞典进行核对；为了核实加纳这个国家的面积，编写的同志翻阅了各种中外资料，终于发现国内一本常用的工具书因校对的疏忽而搞错了数字。一九六一年，当《辞海》试行本印出后，《辞海》副主编杭苇亲自带队，和一部分主要编写人员、编辑同志，分兵三路，冒着严寒，在两个月内，访问了二十三个大中城市，接触了三千余人，收集到近六万条意见……当你了解了这些情况后，能不为这些知识分子所付出的辛勤劳动所感动吗？！

一个共同的目标——早日编成《辞海》，把大家吸引在一起。通力合作，不计报酬地工作，成了参加编写的知识分子的共同风格。这儿传诵着相互尊重、相互协作的佳话。复旦大学苏步青教授告诉别人：“这儿一位青年教师懂俄文，师大的一位教授英文比我好，我自己懂日文，三本‘辞典’合起来，就能取长补短，比较全面了。”师大地理系一位青年教师原来认为老教师的观点比较陈旧，一起工作后，看到老教师对资料十分熟悉，改变了原来的看法，加强了与老教师的团结。《辞海》真是大协作的产物。在修订过程中，成千上万封来信涌向这里，全国学术界几乎所有的著名人士，如郭沫若、翦伯赞、顾颉刚、赵朴初、吕秋逸、任继愈、何其芳、吕叔湘、王若水、竺可桢、茅以升等等，都曾热情地为它出过力。正如苏步青教授在一首诗中所写：“辞海汪洋景万千，高楼有幸集群贤。”

自然，由于学术观点不同，争论是难免的，有时甚至是十分激烈的。就拿编写“遗传学”的条目来说，摩尔根学派与米丘林学派两种观点就相持不下。灯不拨不亮，理不辩不明。每次讨论时，双方都争得面红耳赤。怎么办？他们采取解剖麻雀的办法，选择“纯系学说”这个条目双方进行试写。开始彼此都不能接受对方的解释，后来采取折衷的办法，把两种观点糅合在一起，可是大家仍不满意。最后，通过反复讨论，才对如何在《辞海》中表述不同观点的问题取得了一致的看法。有人说，知识分子容易固执己见，其实他们是愿意服从真理的。通过这场讨论，复旦大学谈家桢教授深有感触地说：“经过争论，我看到‘双百’方针真正得到了贯彻，心里真的乐了。”

从一九五九年起，《辞海》修订的进展确是很快的。短短的四五年时间，《辞海》修订本两易其稿，出版了十六册试行本，并试印了六十分册的试排本。眼看《辞海》像一个怀胎足月的婴儿一样，快要呱呱降临人世了。

二

可是，《辞海》真有些生不逢时，命运多舛。一九六四年，正当排印时，一阵灼烈的风，把刚出土的秧苗烤得焦头烂额。在“复查”的名义下，《辞海》被删去了八百余条条目，修改了六千多处。彭德怀同志遭到“批判”，于是连平江起义也不能提；《红与黑》《约翰·克利斯朵夫》等作品也容不得在《辞海》中占一席之地。经过七删八改，最后才被批准以“未定稿”的名义“内部发行”。

更令人遗憾的是，这部书在人世间刚满周岁，就遭到了一场浩劫，顷刻间这部书被判为“集封资修之大成的大毒草”，它似乎成了人间罪恶的“渊薮”。林彪、“四人帮”把持的中央文革宣传出版组专门作出“指示”，宣称《辞海》“大有批判的必要”。张春桥还公开叫嚣：“辞海那里怕好人不多”，于是，《辞海》编委会中有百分之九十六的人都被打成“牛鬼蛇神”，参加编写的人也在劫难逃。那些曾经为《辞海》熬过夜、出过力的学者专家，不少因《辞海》而受到株连，成串地被揪到台上进行批斗。

痛心呵！这样一本凝聚了全国学术界心血的著作被踩在脚下。就在《辞海》遭到欺凌、辱骂的时候，敬爱的周总理却惦念着这本书。有一次，他因工作来到大连，夜已很深了，他突然布置秘书连夜找一部《辞海·未定稿》来。在彻夜不灭的灯光中，这一部《辞海·未定稿》陪伴着我们的总理。一九七一年，周总理提议把修订《辞海》列入全国出版规划。直到逝世前不久，周总理还让王冶秋转告《辞海》编辑部，《辞海》如有介绍杨度的条目，要把杨度最后加入共产党的事写上。在周总理的关心下，《辞海》终于从一九七二年开始继续修订。

修订工作虽然恢复了，但面临的是一条更为艰巨曲折的道路。在“四人帮”设置的种种障碍下，不少专家学者被排斥在外，即使被允许参加修订的人，在形形色色的羁绊束缚下，也是寸步难行。然而，这并没有令人却步。这时，他们听到了一则传闻：一个只有一千几百万人口的国家的总理，送给我国一部他们自己编写的百科全书，并要求我们也能送些相应的书给他们。可是，我们这个有九亿人口的国家，却拿不出一部像样的工具书，我们的总理只能回赠他们几本薄薄的《新华字典》。

这则传闻像针样刺痛知识分子的心。他们感到总理未能代表祖国拿出一部较大的辞书，这是知识分子的失职。他们感到羞愧难言，也激起心中汹涌的波澜：

我国有悠久的文化传统，我们的祖先在一千八百多年前就编过字典，可是为什么他们的子孙却至今拿不出一本与自己祖国文化传统相称的工具书？

我们有优越的社会制度，我们有党的领导，可是为什么清朝康熙皇帝用六年时间，调集三十人就编成了一本《康熙字典》，而我们调动了这样多的人力物力却至今未成？

一个个问题在人们头脑中盘旋着，这一切是为什么，为什么？林彪、"四人帮"污蔑知识分子是"臭老九"，许多人不过付之一笑。而文化遭到摧残，书林已成荒芜，空怀报国之心，并无用武之地，却使每个正直的爱国的知识分子感到痛心。正是怀着这种心情，许多人忍着个人的委屈，顶着秽言的攻击，倔强地投入了修订《辞海》的工作。过去人们总以为知识分子是软弱的，其实并不然。从他们在最困难的时刻，依然千方百计想为《辞海》做一些工作，就可以看到他们中间不少人的骨头是硬的。

复旦大学生物系主任王鸣岐教授就是一例。当时王鸣岐的党籍还未恢复，每天只能坐在阅览室的一个角落里"反省"。在楼上一间房间里，《辞海》生物学科的修订工作正在进行着。修订中遇到了难题，有人提出，是否去问问他，可是王鸣岐还在挨批啊。但是这并没有难倒人们，乘人不备时，他们走进阅览室，假装查资料，走到王鸣岐的桌子边，偷偷地把纸片塞给他，王鸣岐会意地点了点头。晚上，回到家中，王鸣岐把房门紧闭，伏在灯光下，认真地写起来，第二天，又偷偷地塞过去。谁也没料到，一个被判为"牛鬼蛇神"的人，就这样一次又一次地继续为《辞海》添砖加瓦。其实像这样艰苦地、顽强地工作着的，又岂止王鸣岐一个人！

可是，事情并不尽如人意。当一场铺大盖地的政治运动的浪潮奔腾而来时，一时清浊难分。此时，《辞海》也被牵进了政治的漩涡，在"把无产阶级专政落实到每个条目"的口号下，大批判代替了正当的释文，政治标签代替了科学分析。政治学、社会学、宗教学、民族学、心理学、美学、经济学等学科，都被视作资产阶级伪科学，有关的词目被大量删去。风云变幻的政治运动无情地冲击着《辞海》，一忽儿批判“客观主义”，一忽儿“评法批儒”，一忽儿又要评论《水浒》……花样不断翻新，《辞海》的修订工作也只得不断跟着变化，不少条目朝书夕改，修订工作何时可了啊？！人们的心紧揪着。

三

在十月的金风吹拂下，我们的国家，我们的民族重又容光焕发，也给《辞海》带来了新的希望。

一九七八年十二月二十八日，上海展览馆电影院灯火通明，恢复和充实了的《辞海》编辑委员会，正在这儿举行第一次编委扩大会。来自北京、南京、杭州、上海等地的一百多个学科的编委和主要编写者九百余人聚集一堂。会议决定，加快修订步伐，争取在国庆三十周年使《辞海》正式出版。

从这一天起，一场紧张的战斗开始了。七十余个单位，一千余位同志夜以继日地投入了最后的定稿工作。桌上堆满了线装书、外文书、辞典、卡片、表册、图集，专家学者们埋头苦干，忘却了年老体衰，忘却了曾在自己头上晃动过的“帽子”和“棍子”，他们心情舒坦，因为他们平生第一次自豪地感到自己是以工人阶级的一分子在从事着这项光荣的劳动。

定稿工作的进展是快的，总编办公室墙上的统计表的各种数字在急速上升。可是，一个新的问题出现在大家面前：如何对待“禁区”。诸如阶级斗争如何提法？无产阶级专政下继续革命如何理解？对一些历史人物、历史事件如何正确认识？……没有统一的认识，不少条目就无从入手。

感谢党的十一届三中全会，一阵和煦的春风，吹散了束缚人们思想的枷锁。在党的解放思想的号召下，他们开始敢于把长期蕴藏在心底的对一些问题的看法公开讲了。自然，免不了也有个别人心有余悸。《辞海》编委会的领导看到这现象，觉得应该进一步鼓励大家解放思想。这些天，副主编罗竹风真是忙得不可开交，他不顾自己年迈体弱，每天坐镇在编辑部，经常赶到一个个小组参加讨论。对“阶级斗争”问题，他发表了自己的看法；对“清官”问题，他谈出了自己的意见……领导敞开思想，其他同志就更无所顾忌了。为了进一步把大家的思想统一到三中全会的轨道上来，定稿工作刚开始不久，《辞海》编委会的领导，决定召开一次理论务虚会。

当时正值三九时节，窗外尽管阳光融融，可是冰雪仍未融化；窗内却热气腾腾，充满了春意。《辞海》的负责人争先恐后地发表自己的意见，对一系列问题提出自己的见解，归结到一点，就是不该从“本本”出发，一切都应该经过实践来检验。会后整理出一份题为《〈辞海〉处理稿件的几点具体意见》的文件，作为统一全体参加编写同志思想的依据。文中对阶级和阶级斗争的提法，对“文化大革命”的提法，对如何引用革命导师的语录，对路线和路线斗争的提法等等，提出了一整套具体的意见。这个文件今天看来也许并不特别，因为，其中不少观点报刊杂志上已能经常看到。可是在八九个月之前，能如此准确而尖锐地对一些问题提出看法，你能不敬佩这些同志的胆识吗？

就是这份文件，在整个定稿过程中起了很大的作用。它打开了大家的思路，统一了参加编写人员的思想，使大家能以更加实事求是的态度，来对待《辞海》的编写工作。

思想的缰绳打开后，智慧和干劲更像决闸的洪流，奔腾而出。每天一早，在编辑部的门口，可以看到年逾八旬的水利专家、白发苍苍的美术理论家、步履维艰的语言学家……匆匆而来，他们总是冒着朔风，准时赶来参加定稿。上海社会科学院副院长孙怀仁，年过七旬，不论刮风下雨，天寒地冻，每天从虹口赶来，中午也从不休息，在不到三个月的时间里，审阅了两千四百条条目，共计三十多万字。谭其骧教授因中风瘫痪，住院治病，他让别人按时把稿子送到医院去，每天几乎要阅读一两万字，日隔一日，还把有关的编辑请去，商谈稿子修改问题，有的时候，他把一块木板搁在身上，勉强地利用一只尚能转动的手，一个字、一个字地写，有次为了写几个朝代的疆域，千把个字，足足花了两天时间。交通大学冶金系副主任陈舜揆，在定稿过程中，发现患有癌症，当时已不能上班，可是他仍每天在家中帮助审阅《辞海》的稿子。这样的事例实在太多了。无论走到哪个办公室，随便与哪个编辑同志交谈，都可听到不少动人的事例：国际关系学科主编刘思慕，身体和视力都不太好，却特地从北京赶来，参加定稿工作，每天坚持到深夜；天文学家戴文赛，因病不能赶来参加工作，还特地把参加工作的同志叫到医院的病床前，再三叮嘱，一定要把任务完成好；八十二岁的编委李珩，仍然亲自主持讨论；南京大学马大浦教授，开完刀，伤口未愈，就赶到上海参加工作……他们的动人事迹，冲天的干劲，这样的激动人心。他们把自己的知识，像涓涓的溪水，一点一滴地聚积在这部一千三百余万字的字和词的海洋中。他们的事迹，又怎能写完啊？！

春交秋替，暑往寒来，二十二个年头过去了，《辞海》终于诞生了。止愀共他许多工作一样，这部辞书在编写过程中，被白白耽搁了许多岁月，这正是我们一代人的沉痛教训。《辞海》的编写是对我国的知识分子的一次大检阅。亲爱的读者，当你从这片片书页中获得各种知识时，请不要忘记编写这部书的五千余位知识分子所走过的曲折的道路，以及他们的经验教训，这是一笔更为宝贵的财富。

（载 1979 年 9 月 21 日《文汇报》第三版）

图书在版编目（CIP）数据

褚钰泉编辑随笔选 / 褚钰泉著. -- 南昌：二十一世纪出版社集团, 2017.1
ISBN 978-7-5568-2441-0

Ⅰ. ①褚… Ⅱ. ①褚… Ⅲ. ①随笔 - 作品集 - 中国 - 当代
Ⅳ. ①I267.1

中国版本图书馆CIP数据核字(2016)第311061号

褚钰泉编辑随笔选 褚钰泉 / 著

策　　划	张秋林
责任编辑	熊　炽　徐　泓
出版发行	二十一世纪出版社集团 （江西省南昌市子安路75号　330025） www.21cccc.com　cc21@163.net
出 版 人	张秋林
经　　销	新华书店
印　　刷	南昌市红星印刷有限公司
开　　本	720mm × 1000mm　1/16
印　　张	27.125
字　　数	300千字
版　　次	2017年1月第1版
印　　次	2017年1月第1次印刷
书　　号	978-7-5568-2441-0
定　　价	48.00元